LES CHEFS-D'ŒUVRE DE L'ESPRIT

BOCCACE

CONTES

Illustrations
de
GRAVELOT, BOUCHER
COCHIN ET EISEN

ÉDITIONS JULES TALLANDIER
75, Rue Dareau, 75
PARIS

CONTES

DE

BOCCACE

BOCCACE

CONTES

TRADUCTION DE FRANCISQUE REYNARD

ILLUSTRATIONS

DE

GRAVELOT, BOUCHER
COCHIN ET EISEN

PARIS

ÉDITIONS JULES TALLANDIER

75, RUE DAREAU, 75

NOTICE SUR LA VIE
ET LES ŒUVRES
DE BOCCACE

En publiant une édition de luxe des célèbres *Contes*, nous avons pensé qu'il ne serait pas inutile de la faire précéder d'une notice sur la vie et les œuvres de Boccace. L'immense popularité dont jouit dans le monde entier le chef-d'œuvre du grand prosateur italien a rejeté dans l'ombre ses autres ouvrages, dont quelques-uns cependant méritaient de survivre. D'un autre côté, en dehors de sa renommée littéraire, Boccace a marqué parmi ses contemporains et a été mêlé à presque tous les événements politiques qui se sont produits de son temps en Italie. A ce double titre, nous croyons qu'on lira avec quelque intérêt les documents que nous avons pu recueillir sur son compte, documents puisés aux meilleures sources, et peu connus pour la plupart, surtout en France.

La famille de Boccace était originaire de Certaldo, petit bourg de Toscane, situé dans le val d'Elsa. Son père, Boccacio di Chellino, suivit, tout enfant, ses parents à Florence, dont il devint plus tard un des notables marchands, et où il exerça plusieurs charges publiques importantes. Dans un de ses voyages à Paris, où l'appelaient parfois ses affaires, il se lia avec une jeune fille de cette ville, et c'est de cette amourette de passage que serait né, suivant quelques-uns, Giovanni Boccacci[1], auteur du *Décaméron*. Mais cette version est absolument contestée par d'autres biographes, qui le font naître à Florence. Salvini précise même davantage; il assure

---

1. Quand le nom de famille est précédé du prénom, il faut écrire *Boccacci*, et *Boccaccio* quand il est seul. C'est ainsi qu'on écrit *Francesco Guicciardini* et *Guicciardino ; Niccolo Machiavelli* et *Machiavello*, etc., d'après un vieil usage.

que l'illustre écrivain naquit près du Pozzo Toscannelli, lequel se trouve au commencement de la montée de Santa Felicita. Les deux versions ne s'accordent que sur un point, l'époque de la naissance de Boccace, qu'elles fixent à l'année 1313. Il faut dire que Boccace a contribué lui-même à ajouter à cette incertitude sur le lieu de sa naissance. Si nous nous en rapportons à ce qu'il dit dans le *Filocopo*, il serait né à Paris, dans ce qu'il appelle la *Gallia togata*. Mais, dans la *Fiammetta*, il déclare avoir vu le jour à Florence. Ce qui n'est pas douteux, comme le dit M. Étienne dans son *Histoire de la littérature italienne*, c'est qu'il naquit en 1313 d'une femme que son père avait connue à Paris. Boccace avait donc dans les veines non seulement du sang français, mais du sang parisien. Ce détail n'est pas insignifiant. Outre qu'il n'est pas de nature à nous déplaire, à nous, Français, il peut, jusqu'à un certain point, expliquer le naturel et la verve qu'il a déployés dans la plupart de ses écrits et surtout dans son chef-d'œuvre, le *Décaméron*.

Où tous les commentateurs sont d'accord, c'est pour affirmer que Boccace habita Florence dès son bas âge, et qu'à sept ans il avait déjà donné des preuves d'une grande intelligence. Son père, voulant profiter de ces heureuses dispositions, le confia à Giovanni da Strada, savant renommé, sous lequel il apprit les principes de la grammaire. Plus tard, désireux de le diriger vers le commerce, il l'envoya étudier les mathématiques, et le plaça auprès d'un marchand de ses amis, qui le conduisit à Paris. Il paraît que Boccace ne mordait pas beaucoup aux études commerciales, car, peu de temps après son arrivée à Paris, celui à qui il avait été confié écrivait à son père qu'il n'y avait rien à en tirer de ce côté. Sur quoi le père de Boccace ordonna à son fils d'étudier le droit canon. Mais, le jeune étudiant ne paraissant pas prendre davantage goût à ces nouvelles études, son père le tourna de nouveau vers le commerce et l'envoya à Naples. Boccace avait alors vingt ans.

A Naples, Boccace se lia familièrement avec les littérateurs les plus fameux de l'époque, et assista à l'examen que le roi Robert fit solennellement subir à Pétrarque avant de le couronner poète. Cet exemple, ces fréquentations, si conformes aux goûts du jeune Florentin, l'éloignèrent à tout jamais de l'idée du commerce. Mais ce qui décida surtout de sa vocation, ce fut son amour pour la fille naturelle du roi Robert, la belle Maria, comtesse d'Aquino, qu'il a désignée, dans plusieurs de ses œuvres, sous le nom de Fiammetta.

C'est pour lui plaire qu'il composa ses deux premiers ouvrages, le *Filocopo* et la *Teseïde*. Le *Filocopo* est en prose ; c'est le récit des faits et gestes de deux amants, Flor et Blanchefleur. C'est l'œuvre d'un jeune homme inexpérimenté. Il y a abusé étrangement de la mythologie ; on y trouve de graves erreurs géographiques ; en un mot, malgré quelques éclairs qui font pressentir le futur écrivain du *Décaméron*, c'est une œuvre longue et ennuyeuse. La *Teseïde* est meilleure. C'est un poème en strophes de huit vers, ce qu'on appelle en Italie *ottava rima*, mètre dont Boccace passe pour l'inventeur, bien qu'en réalité il fût déjà employé pour les romans de chevalerie. Ce qui a donné lieu à cette croyance, c'est que la *Teseïde* est bien supérieure aux poèmes, ou soi-disant tels, connus jusqu'alors, par la belle disposition, par le style, par l'imagination. Elle est le premier ouvrage de ce genre dont l'Italie puisse à juste titre s'enorgueillir. Si elle n'atteint pas à la perfection de *Roland furieux* et de *La Jérusalem délivrée*, on peut dire qu'elle en a été le précurseur.

Sur ces entrefaites, le père de Boccace, vieux et infirme, le rappela à Florence, Ce fut un grand chagrin pour notre jeune amoureux. Il eut, du moins, pour faire diversion à ses ennuis et le distraire de ses amours, le spectacle des commotions civiles qui déchiraient Florence, car il revint dans sa patrie juste pour voir l'expulsion du duc d'Athènes, qu'il a racontée dans le livre IX des *Illustres infortunés*. Mais tout cela ne lui faisait pas oublier Fiammetta. Pour adoucir le chagrin qu'il avait d'être loin d'elle, il se mit à composer l'*Ameto*, où, sous prétexte de raconter les amours d'Ameto, le grossier chasseur, avec la belle nymphe Lia, il parle des amours de Florence et, par-dessus tout, de son amour pour Fiammetta. L'ouvrage est une allégorie. Les cinq nymphes qu'il met en scène représentent cinq vertus qui, pénétrant dans le cœur d'Ameto, en font peu à peu un gentilhomme accompli.

Cependant Boccace supportait de plus en plus difficilement son séjour à Florence ; aussi s'en retourna-t-il à Naples, en 1345, lorsque son père, veuf et bien que vieux et malade, prit sa seconde femme. A Naples, il trouva tout bien changé : le roi Robert était mort, le royaume était aux mains débiles de Jeanne et d'André, son mari, dont Boccace vit la fin tragique. Les graves événements dont ce malheureux pays fut alors le théâtre, et auxquels il assista, ne le détournèrent pas de ses travaux. A peine de retour à Naples, il se mit à écrire l'*Amorosa Fiammetta*, où, en paroles enflammées, il décrit la dolente histoire de leur séparation et les désespoirs de l'amante abandonnée. Mais il faut croire que ces désespoirs existaient surtout dans l'imagination de Boccace, et que l'ardeur première de Fiammetta s'était singulièrement calmée. La volage, en effet, s'était enfuie à Baja. Boccace, pris de furieuse jalousie, chercha à la ramener en lui envoyant un nouveau poème, le *Filostrato*, qu'il accompagna d'une lettre passionnée. Obtint-il le retour de l'infidèle ? C'est douteux, car peu de temps après il lui décoche deux autres ouvrages lyriques : l'*Amorosa visione* et les *Nymphes de Fiesole* ; ce dernier ouvrage est aussi écrit en *ottava rima*, mode qu'il affectionne et qu'il met décidément en vogue.

Il était à Naples depuis trois ans, lorsque, en 1348, éclata en Italie la peste venue d'Orient. Entre toutes les villes de la péninsule, Florence fut surtout frappée. Le fléau passé, il vint à l'esprit de Boccace de rassembler quelques nouvelles qu'il avait déjà composées, d'en ajouter d'autres jusqu'au nombre de cent, et d'en former un volume en imaginant que ces nouvelles avaient été racontées par une réunion de jeunes femmes et de jeunes gens sortis de Florence et réfugiés dans la campagne environnante pour fuir la peste. En tête de ce nouvel ouvrage, intitulé *le Décaméron*, d'un mot grec qui veut dire les dix journées, il a placé la description de la peste de Florence. C'est l'œuvre à laquelle Boccace doit son universelle renommée. La description des délicieuses campagnes de Florence, où s'étaient réfugiés ces joyeux ermites, comme aussi celle de leurs excursions, de leurs ébats, de leurs banquets, donnèrent, comme le fait très justement observer Sismondi, occasion à l'auteur de montrer toutes les richesses du style le plus élevé et le plus gracieux à la fois. « Les nouvelles, continue le même Sismondi, qui sont variées avec un art infini, et comme sujet et comme façon de le traiter, depuis les plus émouvantes jusqu'aux plus comiques, et même jusqu'aux plus licencieuses, sont un splendide et sûr témoignage de son excellence dans l'art d'écrire. Il sait se plier à tous les genres de sujets les plus variés, appropriant à chacun le style et la couleur qui lui conviennent le mieux. Ici, il est comique ; là, tragique. Tantôt il est populaire et tout à fait familier ; tantôt il s'élève à la plus haute éloquence. Il raconte, il raisonne, il décrit, et son style est toujours varié, toujours vivant, toujours naturel. Et ce sont ces nouvelles qui ont donné pour ainsi dire la forme du sujet et de la narration employée, le plus souvent depuis, par les grands écrivains étrangers, comme Molière, La Fontaine et beaucoup d'autres. »

Ce fut au moment où Boccace publiait le *Décaméron*, que la reine Jeanne s'enfuit de Naples, à l'approche du roi Louis de Hongrie qui venait venger la mort de son frère. Louis, par ses cruautés et ses proscriptions, devint bientôt odieux aux Napolitains, qui rappelèrent Jeanne, réfugiée en Provence. Boccace fut témoin de tous ces événements et, comme il était très attaché à la reine Jeanne, de qui il avait reçu de nombreuses marques d'intérêt, il chanta ses malheurs dans la quatrième et la cinquième de ses *Églogues*. Mais, peu de temps après la restauration de Jeanne, la mort de son père l'obligea à retourner à Florence, en 1350. Ce fut pendant cette année même qu'il se lia d'amitié avec Pétrarque.

A partir de cette époque nous le voyons chargé de graves fonctions publiques ; nous le trouvons engagé dans toutes les questions qui intéressent l'honneur et la prospérité de son pays. Il s'était épris d'un véritable enthousiasme pour Dante Alighieri. Ne pouvant lui élever ni statue ni monument, Dante étant encore sous le coup des lois de proscription, il écrivit la *Vie* de l'auteur de la *Divine Comédie*, œuvre remarquable, où respirent à chaque mot l'amour et la vénération qu'il portait au grand poète florentin. Pendant qu'il était occupé à composer cet ouvrage, Boccace fut chargé de deux missions par ses compatriotes ; il fut envoyé comme ambassateur dans les Romagnes pour contracter alliance avec les Ordelaffi, les Malatesti et les Polentani. A son retour il dut, chose bien douce à son cœur, aller porter à Pétrarque le décret qui le rappelait à Florence et lui rendait son patrimoine. Pétrarque reçut son ami à Padoue, où il résidait, et parut accepter le décret qui le concernait, aussi Boccace s'en revint-il tout joyeux ; mais peu après, le chantre de Laure, soit mobilité naturelle, soit aversion pour Florence dont il avait tant à se plaindre, changea d'avis et repoussa les avances que lui faisait la République.

Cet échec ne détruisit en rien la confiance que les Florentins avaient mise dans leur ambassadeur ordinaire. Menacés par Visconti, ils envoyèrent Boccace demander l'aide de Louis de Bavière, marquis de Brandebourg, avec lequel du reste ils ne purent s'entendre. Puis, quelque temps après, ils le dépêchèrent au Pape Innocent III, pour le prier de s'opposer à la descente en Italie de l'empereur Charles IV.

Boccace avait désormais passé la quarantaine, mais les occupations sérieuses auxquelles il se livrait depuis quelque temps ne l'empêchaient pas de songer à ses plaisirs. Il s'amouracha d'une jeune veuve, qui, après l'avoir poussé à faire mille folies, finit par l'évincer brutalement. L'amour-propre de Boccace en fut fort affecté. Mais il n'était pas homme à souffrir en silence. Il voulut se venger publiquement, et il composa à cet effet le *Labyrinthe d'amour*, qu'il intitula aussi le *Corbaccio* (le vilain corbeau). Dans cet ouvrage, dicté par le dépit, il fulmine contre les femmes en général et, en particulier, contre la veuve, dont il dépeint minutieusement tous les défauts les plus cachés, aussi bien ceux du corps que ceux de l'esprit. C'est celle de ses œuvres qui, par la verve et l'éloquence, s'approche le plus du *Décaméron*.

Cette aventure semble avoir enfin calmé la fougue amoureuse de Boccace, qui se lança dans l'étude des auteurs grecs et latins avec l'ardeur qu'il mettait dans tout ce qu'il entreprenait. Pour satisfaire sa nouvelle passion, il réunissait tous les manuscrits précieux qu'il pouvait trouver. Ses moyens ne lui permettant pas de les acheter tous, il en copia plusieurs de sa propre main. C'est à cette époque également qu'il noua des relations étroites avec les hommes les plus éminents de son temps et surtout avec Pétrarque, dont il recherchait avec avidité les entretiens. Il fit, en 1359, le voyage de Milan, rien que pour le voir et s'entretenir avec lui, et il le quitta de plus en plus séduit par son affabilité et par ses mérites transcendants. Ce fut par l'intermédiaire de Pétrarque qu'il fit connaissance avec Léonce Pilate, docteur calabrais, très érudit en langue grecque. Afin d'avoir sous la main un pareil maître pour continuer ses études, il le fit nommer professeur de grec à Florence, où il lui donna l'hospitalité dans sa propre maison. Comme on manquait de livres grecs, il dépensa presque toute sa fortune pour en faire venir. Il en fut assez mal récompensé par Léonce Pilate, homme plein d'orgueil, hargneux et d'un commerce difficile, qui finit, au bout de trois ans de séjour à Florence, où il vivait entièrement aux dépens de Boccace, par s'enfuir, un beau matin, sans crier gare et alla s'établir à Constantinople. Boccace n'en poursuivit pas moins son œuvre, et c'est à lui que sa ville natale doit d'avoir acquis dans les lettres et dans les sciences une si grande renommée.

Il était tout à fait absorbé par ses chères études, lorsqu'il reçut la visite d'un certain religieux de Sienne, Giovacchino Ciani, qui lui reprocha avec véhémence les scandales qu'il avait causés par sa vie déréglée et surtout par ses ouvrages licencieux. Boccace, effrayé, résolut de faire pénitence, de vendre ses livres, de renoncer à la poésie et de n'avoir désormais en vue que les choses du ciel. Il écrivit ses intentions à son ami Pétrarque et lui demanda conseil. Pétrarque lui répondit en l'encourageant à se retirer du monde, à vaincre tout à fait ses passions, à réformer ses mœurs, mais il le conjura de ne pas abandonner ses études. S'il voulait vendre ses livres, il les lui achèterait ; mais il le priait de les lui garder et, au cas où il viendrait à mourir, de les léguer à quelque couvent, afin que ce riche trésor ne fût pas dispersé. Boccace céda à ces affectueux conseils ; il tempéra l'épouvante que Ciani lui avait mise au cœur, et, tout en tenant un juste compte de ses remontrances, il s'enfonça de plus en plus dans ses études qu'il alla continuer auprès de Pétrarque lui-même, alors résidant à Venise.

Là, Boccace revit Léonce Pilate ; il y connut Jean de Ravenne, le plus illustre des élèves de Pétrarque et qui devint par la suite le maître de tout ce que l'Italie comptait de savants et de lettrés. Mais bientôt le désir de revoir sa patrie rappela Boccace à Florence, où il retourna en 1363. Florence était alors en guerre avec Pise, et Boccace y revint juste pour la voir vaincue à Cascina. N'ayant pas trouvé ce qu'il était venu chercher, c'est-à-dire la tranquillité nécessaire à ses travaux, il se retira à Certaldo, patrie de ses aïeux. C'est là qu'il médita et écrivit ses œuvres latines, dont la première en date fut la *Généalogie des Dieux*, qu'il composa à l'instigation de Hugues IV, roi de Chypre et de Jérusalem. Dans son ouvrage intitulé : *Des monts, des bois, des fleuves*, il donna le premier exemple d'un dictionnaire géographique. A ce livre succéda celui des *Dames illustres*, qu'il dédia à Andrea Acciajuoli, duchesse d'Altavilla. Peu après il écrivit les *Illustres malheureux*, ouvrage de haute conception, dédié à Mainardo de' Calvacanti, son ami et son protecteur. Enfin, il composa, toujours en latin, des *Églogues*, où il traitait des événements publics et de ses affaires privées.

Quelque ardeur qu'apportât Boccace à ses chères études, il n'en était pas moins prompt à se mettre au service de sa patrie. En 1365, il fut envoyé comme ambassadeur à Avignon, auprès du pape Urbain V. Il y rencontra Philippe, patriarche de Constantinople, ami de Pétrarque, qui lui fit un accueil des plus affectueux et l'entoura d'honneurs et de prévenances. De retour de son ambassade, il alla à Venise pour revoir Pétrarque, mais il ne l'y trouva pas, ce dernier ayant été appelé à Pavie par les Visconti.

En 1370, nous le retrouvons de nouveau à Naples, où il était allé rejoindre Mainardo de' Calvacanti, et où il revit la reine Jeanne qui le reçut comme un ami. A cette même époque, Pétrarque l'invitait à venir auprès de lui. Le roi de Majorque, dom Jaymes, le pressait aussi dans le même but. Mais Boccace avait la ferme volonté de vivre libre le peu de temps qu'il avait encore à passer sur terre. Il avait résolu de retourner dans sa patrie, à ses études, à ses livres, auprès des siens. Il y revint en effet; mais, ayant trouvé Florence plus divisée et plus bouleversée que jamais, il s'en alla à Certaldo en 1373, où il tomba dangereusement malade et faillit mourir. Il se releva cependant, et, avec la santé, lui revint l'amour de l'étude. Cédant à ses instances, la seigneurie de Florence institua une chaire spéciale pour lire et commenter la *Divine Comédie* et en chargea Boccace. Bien qu'à peine rétabli, il se mit à l'ouvrage avec ardeur; mais il ne put continuer au delà du XVIe chant de l'*Enfer*. Ses forces le trahirent, et il en était arrivé à mettre trois jours pour écrire une lettre. La nouvelle de la mort de Pétrarque, à laquelle il ne s'attendait pas, vint lui donner le dernier coup. Estimant que la mort de son meilleur ami avait rompu tous les liens qui l'unissaient au monde, il songea à faire son testament, et il le fit sans plus tarder, instituant pour ses héritiers Boccace et Antoine, tous deux fils de son frère Jacques. Il laissa ses livres à fra Martino da Signa, son directeur spirituel, en lui enjoignant de les léguer, après sa mort, au couvent du Saint-Esprit de Florence, pour être mis à la disposition des étudiants.

Enfin, après une année de lente et douloureuse agonie, il mourut à Certaldo, le 2 décembre 1375, et fut enseveli dans l'église de Saint-Jacques et Saint-Philippe.

Boccace n'est pas seulement un des plus grands écrivains dont s'honore l'Italie : sa renommée est universelle. C'est, comme nous l'avons dit ailleurs, un des maîtres peintres de l'humanité. Le *Décaméron* a été traduit dans toutes les langues, et la splendide édition que lui consacre la Librairie illustrée est un nouvel hommage rendu à cette œuvre impérissable.

Francisque REYNARD.

AVANT-PROPOS

C'est chose humaine que d'avoir compassion des affligés ; et bien que cela soit un devoir pour chacun, ceux-là surtout y sont le plus obligés, qui ont eu jadis besoin de confort et l'ont trouvé chez quelques-uns. Parmi ces derniers, s'il en fut qui en eurent jamais besoin, le tinrent pour cher, ou en éprouvèrent du plaisir, je suis un de ceux-là. Dès ma première jeunesse, en effet, jusqu'au temps présent, ayant été embrasé outre mesure d'un très haut et noble amour, plus peut-être qu'en le racontant il ne semblerait convenir à ma basse condition, et bien que par les gens discrets à qui la connaissance en parvint j'en aie été loué et estimé davantage, néanmoins cet amour me fut très dur à supporter, non certes par la cruauté de la dame aimée, mais à cause du feu excessif allumé en mon cœur par un appétit peu réglé ; lequel feu, pour ce qu'il ne me laissait satisfait d'aucun résultat convenable, m'avait fait sentir souvent plus d'ennui qu'il n'était besoin. En cet ennui, les plaisants récits d'un ami et ses louables consolations m'apportèrent tant de soulagement, que j'ai la très ferme opinion que c'est à cela que je dois de n'être point mort. Mais comme il plut à Celui qui, étant lui-même infini, donna pour loi immuable à toutes les choses mondaines d'avoir une fin, mon amour, fervent par-dessus tous les autres, et que ni force de raisonnement, ni conseil, ni vergogne apparente ou péril imminent n'avaient pu rompre ni ployer, de soi-même, avec le temps, diminua de telle façon, qu'il m'a seulement laissé en la mémoire ce plaisir qu'il fait éprouver d'ordinaire à quiconque ne se hasarde pas à naviguer trop avant parmi ses plus profonds abîmes. P our quoi, là où il était d'habitude pénible, tout souci étant écarté, je sens qu'il est resté délectable. Mais bien que la peine ait cessé, je n'ait point perdu pour cela le souvenir des bienfaits que j'ai reçus autrefois de ceux que leur bienveillance pour moi portait à prendre part à mes peines ; et je ne crois pas que ce souvenir s'efface jamais, sinon par la mort. Et pour ce que la reconnaissance, comme je crois, est entre toutes les autres vertus celle qu'il faut louer, et que le défaut contraire est à blâmer, pour ne point paraître ingrat, je me suis proposé, selon le peu que je puis par moi-même, en échange de ce que j'ai reçu, maintenant que je peux me dire libre, d'apporter quelque allègement sinon à ceux qui m'ont aidé et qui, grâce à leur bonne étoile ou à leur intelligence, n'en ont pas besoin, du moins à ceux à qui cela est nécessaire. Et bien que mon appui, je veux dire mon confort, doive être et soit peu de chose aux besoigneux, néanmoins il me semble qu'il doit se porter de préférence là où le besoin apparaît plus grand, non seulement parce qu'il y sera le plus utile, mais aussi parce qu'il y sera tenu pour plus cher. Et qui niera que, de quelque valeur qu'il soit, ce confort ne doive être donné bien plus aux dames amoureuses qu'aux hommes ? Au fond de leurs délicates poitrines, tremblant et rougissant, elles tiennent cachées les amoureuses flammes, lesquelles ont bien plus de forces que celles qui sont apparentes, comme le savent ceux qui ont éprouvé leurs atteintes. En outre, restreintes dans leurs volontés et dans leurs plaisirs par les ordres des pères, des mères, des frères et des maris, elles restent la plupart du temps renfermées dans l'étroite enceinte de leurs chambres, et, s'y tenant quasi oisives, voulant et ne voulant pas en une même heure, roulent des pensers divers qui ne peuvent être toujours gais. Et si quelque mélancolie, mue par un désir de feu, survient en leur esprit, il faut qu'elles l'y gardent à leur grand ennui, à moins qu'elle n'en soit chassée par des propos nouveaux ; sans compter qu'elles sont beaucoup moins fortes que les hommes pour supporter les peines. Il n'en est pas de même des hommes amoureux, comme nous pouvons apertement le voir. Eux, si quelque mélancolie, ou si quelque pensée pénible les afflige, ils ont mille moyens de l'alléger ou de s'en distraire, pour ce que, s'ils le veulent, ils ont loisir d'aller et venir, d'entendre et de voir de nombreuses choses, d'oiseler, chasser, pêcher, chevaucher, jouer ou marchander. Chacun de ces moyens a assez de force pour tirer, en tout ou en partie, l'esprit à soi, et le détourner des ennuyeuses pensées, au moins pour quelque temps ; après quoi, par un moyen ou par un autre, la consolation survient ou bien l'ennui diminue. Donc, afin que par moi soit en partie corrigée la faute de la fortune, laquelle, là où il y a le moins de forces, comme nous voyons pour les femmes délicates, fut plus avare d'aide, j'entends, pour le secours et le refuge de celles qui aiment — car aux autres c'est assez de l'aiguille, du fuseau et du dévidoir — raconter cent nouvelles fables, paraboles ou histoires, comme on voudra les appeler, dites en dix jours par une honnête compagnie de sept dames et de trois jeunes hommes, compagnie formée aux temps pestilencieux de la mortalité dernière, ainsi que quelques légères chansons chantées par lesdites dames pour leur plaisir. Dans ces nouvelles, se verront plaisants et âpres cas d'amour et autres événements de fortune, advenus aussi bien dans les temps modernes que dans les temps antiques. Les susdites dames qui les liront pourront aussi tirer plaisir des choses plaisantes qui y sont montrées et en prendre d'utiles conseils, en tant qu'elles pourront y reconnaître ce qui est à fuir et pareillement ce qui est à suivre ; lesquelles choses je ne crois qu'on puisse entendre sans que l'ennui en soit dissipé. Si cela arrive — et Dieu veuille qu'il en soit ainsi — elles devront en rendre grâce à l'Amour, lequel, me libérant de ses liens, m'a rendu le pouvoir de m'appliquer à leurs plaisirs.

CONTES

DE

BOCCACE

LA FAUSSE CONFESSION

*Ser Ciappelletto trompe un saint moine par une fausse
confession, et meurt. Après avoir été un méchant
homme pendant sa vie, il passe pour un saint
après sa mort, et est appelé San Ciappelletto.*

« On raconte que Musciatto Franzesi, étant de richissime et grand
marchand devenu chevalier, dut aller en Toscane avec messire
Charles-sans-terre, frère du roi de France, qui avait été mandé et
sollicité par le pape Boniface. Sentant que ses affaires, comme sont
la plupart du temps celles des marchands, étaient de toute façon
fort embrouillées, et qu'il ne pourrait les remettre en ordre ni facilement ni promptement, il se décida à confier cette tâche à plusieurs
personnes, ce qu'il réussit à faire pour toutes, sauf pour une, étant
fort en peine de trouver un homme assez capable pour recouvrer
les crédits qu'il avait faits à plusieurs Bourguignons. Le motif de
son embarras provenait de ce qu'il connaissait les Bourguignons
pour des gens chicaneurs, de mauvaise condition et déloyaux ; et
il ne lui revenait à la mémoire personne qui fût assez retors pour
qu'il pût l'opposer avec confiance à leur mauvaise foi. Après avoir
longuement cherché, il se souvint d'un certain ser Ciapperello da
Patro qui venait souvent en sa maison à Paris et que, à cause de sa
petite stature et de la recherche de sa mise, les Français, qui ne
savaient ce que voulait dire Ciapperello et qui croyaient que cela

était synonyme de Cappello, c'est-à-dire guirlande en leur langage
familier, appelaient non Cappello, mais Ciappelletto. Il était donc
connu de tous sous le nom de Ciappelletto, tandis que peu de personnes connaissaient son vrai nom de ser Ciapperello.

« Voici quel était le genre de vie de ce Ciappelletto : étant notaire,
il éprouvait grande vergogne quand un de ses actes — et il faut dire
qu'il en faisait peu — était tenu pour autrement que pour faux. Il
en aurait fait de ce genre autant qu'il lui en eût été demandé, et
plus volontiers gratis que d'autres pour un gros salaire. Il rendait
un faux témoignage avec un souverain plaisir, qu'il en fût ou non
requis. A cette époque, les serments avaient en France une grande
autorité, et comme il ne regardait en aucune façon à en faire de
faux, il gagnait toutes les affaires mauvaises dans lesquelles il était
appelé à jurer sur sa foi de dire la vérité. Il éprouvait aussi du
plaisir et s'appliquait beaucoup à susciter entre amis, parents ou
autres personnes, des inimitiés et des scandales, et il en prenait
d'autant plus de joie, qu'il en voyait résulter plus de mal. Invité à
commettre un homicide ou quelque autre action coupable, loin de
refuser jamais, il acceptait volontiers, et il lui arriva plus d'une fois
de blesser ou de tuer des gens de ses propres mains. Il était grand
blasphémateur de Dieu et des saints, et pour la moindre petite
chose, il était plus colère que qui que ce soit. Il n'allait jamais à
l'église ; quant aux sacrements qu'elle ordonne, il en parlait en
termes abominables, comme d'une chose vile. Au contraire, il
fréquentait volontiers et visitait les tavernes et autres lieux déshon-
nêtes. Il fuyait les femmes comme les chiens les coups de bâton, et
il se complaisait dans le vice contraire, à l'instar du plus débauché
des hommes. Il aurait pillé et volé avec la même conscience qu'un
saint homme aurait fait l'aumône. Il était glouton et grand buveur,
au point de s'en rendre parfois honteusement malade, et joueur, et
pipeur de dés. Pourquoi m'étendre en tant de paroles ? Il était le
plus méchant homme qui fût peut-être jamais né. Ses méfaits
furent longtemps protégés par la puissance et la haute situation de
messer Musciatto, qui le mettait à l'abri des poursuites de ceux
auxquels il faisait trop souvent du tort, et même de la cour à
laquelle il s'attaquait aussi.

« Messer Musciatto, s'étant donc rappelé ce ser Ciapperello dont il connaissait parfaitement la vie, pensa que c'était là l'homme qu'il lui fallait pour opposer à la mauvaise foi des Bourguignons. Pour ce, il le fit appeler, et lui parla ainsi : « Ser Ciappelletto, comme « tu sais, je suis sur le point de partir d'ici, et ayant entre autres « clients à faire à des Bourguignons, hommes pleins de tromperies, « je ne sais à qui je pourrais plus convenablement qu'à toi confier « le soin de leur réclamer ce qu'ils me doivent. C'est pourquoi, « comme tu ne fais rien pour le moment, si tu veux te consacrer à « cela, j'entends te faire avoir les faveurs de la cour et te donner une « large part sur ce que tu recouvreras. » Ser Ciappelletto, qui était oisif et mal partagé quant aux biens de ce monde, et qui voyait s'éloigner celui qui avait été longtemps son soutien et son refuge, réfléchit promptement et, contraint pour ainsi dire par la nécessité, répondit qu'il le voulait volontiers. Pour quoi ayant pris ensemble leurs arrangements, et messer Musciatto étant parti, ser Ciappelletto, muni de sa procuration et de lettres de recommandation du roi, s'en alla en Bourgogne où il ne connaissait presque personne. Là, dissimulant sa nature emportée, il commença, avec des façons douces et bénignes, à faire des recouvrements et ce pour quoi il était venu, comme s'il réservait les moyens violents pour les derniers.

« Ainsi faisant, comme il s'était logé dans la maison de deux frères florentins qui prêtaient à usure, et qui le tenaient en grande considération par respect pour messer Musciatto, il advint qu'il tomba malade. Sur quoi, les deux frères firent promptement venir des médecins et des domestiques pour le servir, et firent tout ce qu'il était nécessaire pour le remettre en bonne santé. Mais tout secours était inutile, et le bonhomme qui était déjà vieux et avait vécu dans le désordre, au dire des médecins, allait chaque jour de mal en pis, comme un homme atteint du mal de la mort ; de quoi les deux frères se lamentaient fort. Et un jour qu'ils étaient dans une chambre voisine de celle où ser Ciappelletto gisait malade, ils commencèrent à s'entretenir tous deux à son sujet. « Qu'en « ferons-nous ? disait l'un ; nous voici fortement embarrassés de « lui. Chasser un homme si malade, serait une source de grand « blâme et l'on pourrait nous accuser de peu de cœur si, après

« nous avoir vus le recevoir tout d'abord et puis le faire servir et
« soigner avec tant de sollicitude, on nous voyait, sans qu'il ait
« rien fait qui ait pu nous déplaire, le mettre hors de chez nous
« aussi subitement et alors qu'il est malade à mourir. D'autre part,
« il a été un si méchant homme, qu'il ne voudra point se confes-
« ser ni recevoir aucun des sacrements de l'Église. Mourant sans
« confession, aucune église ne voudra recevoir son corps ; il sera
« bien plutôt jeté dans une fosse, comme chien. Et s'il se confesse,
« ses péchés sont si nombreux et si horribles, que le résultat sera le
« même, pour ce que moine ni prêtre ne se trouvera qui veuille ou
« qui puisse l'absoudre. S'il en advient ainsi, le peuple de cette
« ville, tant à cause de notre métier qui lui paraît inique et dont on
« dit tout le long du jour du mal, que par envie de voler, voyant
« cela, se soulèvera en grande rumeur, et criera : Ces chiens de
« Lombards qu'on refuse de recevoir à l'église, nous ne voulons
« plus les supporter ! et l'on courra sus à nos maisons et, d'aven-
« ture, non seulement on nous ravira notre avoir, mais on s'atta-
« quera peut-être aussi à nos personnes. De quoi, de toute manière,
« il en tournera mal pour nous si celui-ci meurt. »

« Ser Ciappelletto qui, comme nous l'avons dit, gisait près de
l'endroit où les deux frères parlaient de la sorte, ayant l'ouïe comme
nous voyons le plus souvent les malades l'avoir, entendit ce qu'ils
disaient de lui. Il les fit appeler et leur dit : « Je ne veux pas que
« vous puissiez craindre quoi que ce soit à cause de moi, ni que
« vous ayez peur de recevoir à mon sujet aucun dommage. J'ai
« entendu ce que vous avez dit de moi, et je suis certain qu'il en
« adviendrait comme vous dites, si les choses se passaient comme
« vous le prévoyez ; mais elles se passeront autrement. J'ai, de mon
« vivant, assez fait d'injures à Dieu, pour lui en faire encore une
« maintenant que je suis près de ma mort ; il ne m'en adviendra
« ni plus ni moins. Pour ce, occupez-vous de me faire venir un
« saint et bon moine, le plus saint et le meilleur que vous pourrez
« trouver, s'il en est un, et laissez-moi faire ; j'arrangerai certaine-
« ment vos affaires et les miennes de façon que tout ira bien et que
« vous aurez lieu d'être satisfait. » Les deux frères, bien qu'ils ne
fondassent pas grand espoir sur cela, allèrent néanmoins à un cou-

vent de moines, et demandèrent un saint et digne homme pour
entendre la confession d'un Lombard qui était malade chez eux.
On leur donna un vieux moine de bonne et sainte vie, grand maître
en Écriture, homme très vénérable et dans lequel tous les habitants
de la ville avaient une grande et spéciale dévotion, et ils l'emmenèrent.

« Le moine, arrivé dans la chambre où gisait ser Ciappelletto, et
s'étant assis à son côté, commença par le réconforter doucement,
puis il lui demanda combien de temps il y avait qu'il s'était confessé pour la dernière fois. A quoi ser Ciappelletto, qui ne s'était
jamais confessé, répondit : « Mon père, j'ai pour habitude de
« me confesser au moins une fois chaque semaine, sans compter
« qu'il y a beaucoup de semaines où je me confesse davantage. Il
« est vrai que depuis que je suis malade, huit jours se sont passés
« sans que je me sois confessé, tant a été grand l'abattement que la
« maladie m'a occasionné. » Le moine lui dit alors : « Mon fils,
« tu as bien fait, et c'est ainsi qu'il faut faire toujours. Je vois que,
« puisque tu t'es confessé si souvent, j'aurai peu à te demander et
« peu à entendre. » Ser Ciappelletto dit : « Messire moine, ne
« parlez point ainsi. Je ne me suis jamais confessé si souvent que je
« n'aie voulu me confesser généralement de tous les péchés dont je
« me souvenais depuis le jour où je naquis, jusqu'au jour de la
« confession. Pourquoi, je vous prie, mon bon père, de m'interroger
« aussi minutieusement sur chaque chose que si je ne m'étais jamais
« confessé. Ne vous arrêtez pas à mon état de maladie, car j'aime
« mieux déplaire à ma chair que, faisant ce qui lui plaît, com-
« mettre un acte qui puisse être une cause de perdition pour mon
« âme que mon sauveur a rachetée de son sang précieux. »

« Ces paroles plurent fort au saint homme et lui parurent un
signe de bonne disposition d'esprit. Après avoir vivement loué ser
Ciappelletto de cette pratique, il commença par lui demander s'il
n'avait jamais commis le péché de luxure avec une femme. A quoi
ser Ciappelleto répondit en souriant : « Mon père, sur ce point
« je rougis de vous dire la vérité, craignant de pécher par vaine
« gloire. » A quoi le saint moine dit : « Parle en toute sûreté,
« car en disant la vérité, en confession ou autrement, on ne pèche

« jamais. » Alors ser Ciappelletto dit : « Puisque vous m'assurez de
« cela, je vous la dirai : je suis aussi vierge que lorsque je sortis
« du corps de ma mère. » « — O bénis sois-tu de Dieu ! dit le moine,
« comme tu as bien fait ! et, ce faisant, tu as d'autant plus de
« mérite que, le voulant, tu avais plus le loisir de faire le contraire
« que nous ne l'avons, nous et tous les autres qui sont soumis à
« une règle quelconque. » Puis il lui demanda s'il avait offensé Dieu
par le péché de la gourmandise. A quoi, soupirant fortement, ser
Ciappelletto répondit que oui et plusieurs fois ; pour ce que, comme
outre les jeûnes de Carême que font dans l'année les personnes
dévotes, il avait l'habitude de jeûner au pain et à l'eau au moins
trois fois par semaine, il lui était arrivé de boire cette eau avec le
même plaisir et la même avidité qu'éprouvent les buveurs à boire
le vin, et spécialement quand il avait supporté quelque fatigue en
priant ou en allant en pèlerinage ; et souvent il avait désiré avoir
certaine salade d'herbes comme celles que les femmes cueillent
quand elles vont dans la campagne. Et une fois son manger lui
avait paru meilleur qu'il n'aurait dû paraître à quelqu'un qui jeûnait
par dévotion, comme il le faisait. A quoi le moine dit : « Mon
« fils, ces péchés sont naturels et sont fort légers ; et c'est pourquoi
« je désire que tu ne t'en charges pas plus la conscience qu'il n'est
« besoin. Il arrive à tout homme, quelque saint qu'il soit, qu'après
« un long jeûne le manger lui paraît bon, ainsi que le boire après
« la fatigue. — Oh ! dit ser Ciappelletto, mon père, vous me dites
« cela pour me réconforter. Vous pensez bien que je sais que les
« choses qui se font au service de Dieu se doivent toutes faire net-
« tement et sans aucune souillure d'esprit, et que quiconque agit
« autrement commet un péché. » Le moine, très satisfait, dit :
« Et moi, je suis content que tu penses ainsi dans ton âme, et
« ta pure et bonne conscience me plaît fort en cela. Mais dis-moi :
« as-tu péché par avarice, désirant plus qu'il n'est convenable, ou
« détenant ce que tu n'aurais pas dû garder ? » A quoi ser Ciappelletto dit : « Mon père, je ne voudrais pas que vous le croyiez
« parce que je suis dans la maison de ces usuriers. Je n'ai rien à
« faire avec eux ; au contraire, j'étais venu pour les admonester et
« les châtier, et les arracher à cet abominable gain ; et je crois que

« j'en serais venu à bout, si Dieu ne m'avait ainsi visité. Mais il
« faut que vous sachiez que mon père a fait de moi un homme riche
« et que j'ai donné, à sa mort, la plus grande partie de sa fortune à
« Dieu. Puis, pour soutenir mon existence et pouvoir aider les
« pauvres de Jésus-Christ, je me suis livré à mes modestes opérations
« commerciales, et si j'ai désiré gagner sur elles, j'ai toujours par-
« tagé par moitié avec les pauvres de Dieu ce que j'ai gagné,
« employant une moitié pour mes besoins, leur donnant l'autre
« moitié. Et en cela mon créateur m'a si bien aidé, que j'ai toujours
« fait mes affaires de mieux en mieux. — Tu as bien fait, dit le
« moine, mais combien de fois t'es-tu mis en colère ? — Oh ! dit
« ser Ciappelletto, cela, je dois dire que je l'ai fait souvent. Et qui
« pourrait s'en empêcher en voyant tout le long du jour les hommes
« faire des choses viles, ne pas observer les commandements de
« Dieu, ne pas craindre ses jugements ? Ils ont été nombreux les
« jours où j'aurais voulu être plutôt mort que vivant, en voyant
« les jeunes gens pleins de vanité, jurer et se parjurer, aller aux
« tavernes, ne pas visiter les églises, et suivre plutôt les voies du
« monde que celles de Dieu. » Le moine dit alors : « Mon fils,
« c'est là une bonne colère, et pour moi je ne saurais t'imposer d'en
« faire pénitence. Mais peut-être parfois la colère a pu te pousser à
« commettre quelque homicide, ou à dire des injures à quelqu'un,
« ou à lui faire quelque autre offense ? » A quoi ser Ciappelletto
répondit : « Hélas ! messire, vous qui me paraissez un homme
« de Dieu, comment me parlez-vous ainsi ? Si j'avais eu la moindre
« pensée de faire la plus petite des choses que vous dites, croyez-
« vous que je me persuaderais que Dieu m'ait si longtemps sup-
« porté ? Ces choses sont bonnes pour des bandits, des méchants
« hommes, et pour mon compte je n'en ai jamais vu un sans que
« je n'aie dit : Dieu te convertisse ! » Alors le moine dit : « Or,
« mon cher fils, sois béni de Dieu. As-tu jamais porté faux témoi-
« gnage contre quelqu'un, ou dit du mal d'autrui, ou pris à un
« autre contre son gré ce qui lui appartenait ? — Mais oui,
« messire, répondit ser Ciappelletto, j'ai dit du mal d'autrui.
« J'ai eu un voisin qui, fort à tort, ne faisait que battre sa femme,
« de sorte qu'une fois je dis du mal de lui aux parents de celle-ci,

« tellement j'eus pitié de cette malheureuse qu'il brutalisait comme
« Dieu seul pourrait le dire, chaque fois qu'il avait bu outre me-
« sure. » Le moine dit alors : « Très bien. Tu me dis que tu as
« été marchand ; n'as-tu jamais trompé personne, comme font
« d'habitude tes confrères ? — Par ma foi, oui messire, dit ser Ciap-
« pelletto, j'ai trompé quelqu'un, mais je ne sais pas qui il était ; je
« sais seulement qu'une fois un homme m'ayant payé de l'argent
« qu'il me devait pour des vêtements que je lui avais vendus, je
« mis cet argent dans un tiroir sans le compter. Un mois après, je
« trouvai qu'il y avait quatre deniers de plus que ce qu'il me
« devait ; pour quoi, ne l'ayant plus revu, et les ayant conservés
« une année pour les lui rendre, je les donnai en aumône. » Le
moine dit : « C'est peu de chose, et tu fis bien en agissant comme tu
« l'as fait. »

Le saint moine demanda ensuite beaucoup d'autres choses, et à
toutes il fut répondu de cette façon. Comme il voulait déjà donner
l'absolution, ser Ciappelletto dit : « — Messire, il y a encore un
« péché que je ne vous ai pas dit. » Le moine demanda lequel, et
Ciappelletto dit : « Je me souviens qu'un samedi, après none, je
« fis balayer ma maison par mon domestique, et que je n'eus pas
« pour le Saint jour du dimanche le respect que je devais. » « Oh !
« mon fils, dit le moine, ceci est chose légère. — Non, dit ser
« Ciappelletto, ne dites pas que c'est chose légère, car le dimanche
« ne saurait être trop honoré, pour ce que c'est en un tel jour que
« Notre-Seigneur ressuscita de la mort à la vie. » Le moine dit
alors : « N'as tu pas fait d'autres choses ? — Oui, je crachai
« une fois dans l'église de Dieu. » Le moine se mit à sourire, et dit :
« Mon fils, c'est chose dont il ne faut point s'inquiéter. Nous
« qui sommes des religieux, nous y crachons tout le long du jour. »
Alors ser Ciappelletto dit : « Et vous faites une grande vilenie,
« pour ce que nulle chose ne doit être tenue plus propre que le saint
« temple dans lequel on offre des sacrifices à Dieu. » Et il lui dit
beaucoup de choses de ce genre ; puis il se mit à soupirer et à pleurer fortement, ce qu'il savait trop bien faire quand il voulait. Le
saint moine dit : « Mon fils, qu'as-tu ? » Ser Ciappelletto répondit :
« Hélas ! messire, il me reste à dire un péché dont je ne me suis

LA FAUSSE CONFESSION

« jamais confessé, tellement j'ai honte de le dire, et chaque fois que
« je me le rappelle, je pleure comme vous voyez, et il me semble
« que jamais Dieu ne me pardonnera à cause de ce péché. » Alors
le saint moine dit : « Allons, allons, mon fils, que dis-tu là ? Si
« tous les péchés qui ont été jusqu'ici commis par tous les hommes
« et qui se doivent commettre par eux tant que le monde durera,
« étaient réunis sur la tête d'un seul individu et que cet individu
« s'en montrât repentant et contrit comme je te vois, la bonté et la
« miséricorde de Dieu sont si grandes, qu'en les lui confessant, il
« les pardonnerait libéralement. Pour ce, dis-le en toute assurance. »
Alors ser Ciappelletto dit, pleurant toujours très fort : « Hélas !
« mon père, mon péché est trop grand, et à peine puis-je croire, si
« vos prières ne me viennent en aide, qu'il me soit jamais pardonné
« par Dieu. » A quoi le moine dit : « Dis-le-moi en toute sécu-
« rité, car je te promets de prier Dieu pour toi. » Cependant ser
Ciappelletto pleurait toujours et ne parlait pas, et le moine l'exhor-
tait à parler. Mais après que ser Ciappelletto, pleurant, eut tenu
longtemps le moine en suspens, il poussa un grand soupir et dit :
« Mon père, puisque vous me promettez de prier Dieu pour moi,
« je vous le dirai. Sachez donc que, lorsque j'étais tout petit, je
« maudis une fois ma mère. » Et cela dit, il recommença à pleurer fortement. Le moine dit : « O mon fils, est-ce là ce qui te
« paraît un si grand péché ? Les hommes blasphèment Dieu tout
« le jour, et il pardonne volontiers à qui se repent de l'avoir blas-
« phémé ; et tu ne crois pas qu'il puisse te pardonner cela ! Ne
« pleure pas ; console-toi, car certainement, quand même tu aurais
« été un de ceux qui le mirent en croix, il te pardonnerait en faveur
« de la contrition que je te vois. » Ser Ciappelletto dit alors :
« Hélas ! mon père, que dites-vous ? Ma douce mère qui me
« porta dans son sein pendant neuf mois, le jour et la nuit, et me
« tint suspendu plus de cent fois à son cou, j'ai trop mal fait en
« blasphémant contre elle, et c'est un trop grand péché ; et si vous
« ne priez pas Dieu pour moi, il ne me sera point pardonné. »

« Le moine, voyant qu'il ne restait plus rien autre à dire à ser
Ciappelletto, lui donna l'absolution ainsi que sa bénédiction, le
tenant pour un très saint homme, car il croyait pleinement que tout

ce qu'il lui avait dit était vrai. Et qui ne l'aurait cru, voyant un homme en danger de mort parler ainsi ? Après quoi, il lui dit : « Ser Ciappelletto, avec l'aide de Dieu, vous serez bientôt guéri ; « mais s'il arrivait cependant que Dieu rappelât à lui votre âme « bénie et bien disposée, vous plairait-il que votre corps fût ense-« veli dans notre couvent ? » A quoi ser Ciappelletto répondit : « Oui, messire, et même je ne voudrais pas être enseveli ailleurs, « puisque vous m'avez promis de prier Dieu pour moi, sans que « j'aie jamais eu une dévotion spéciale pour votre ordre. C'est pour-« quoi je vous prie, lorsque vous serez rentré dans votre couvent, « de faire en sorte que l'on m'apporte le corps très véritable du Christ « que vous consacrez le matin sur l'autel, car bien que je n'en « sois pas digne, je désire avec votre licence le prendre et puis rece-« voir la sainte et extrême-onction, afin que, si j'ai vécu comme un « pécheur, je meure au moins comme un chrétien. » Le saint homme lui dit que cela lui plaisait fort et qu'il parlait bien, et qu'il ferait en sorte que le viatique lui fût apporté sans retard ; ce qui fut fait.

« Les deux frères, qui craignaient que ser Ciappelletto ne les trompât, s'étaient placés contre une cloison qui séparait la chambre où gisait le malade d'une autre chambre voisine, et là, écoutant, ils entendirent facilement ce qu'il disait au moine. Il leur était arrivé par moments d'avoir si grande envie de rire, en entendant les choses qu'il se confessait d'avoir faites, qu'ils étaient sur le point d'éclater, et ils se disaient entre eux : « Quel homme est celui-ci, que ni la « vieillesse, ni la maladie, ni la peur de la mort dont il se voit si « proche, ni même Dieu devant le jugement duquel il s'attend à com-« paraître d'ici à peu d'heures, n'ont pu l'arracher à sa scélératesse, « et n'ont pu faire qu'il ne voulût pas mourir comme il a vécu ? » Mais cependant, voyant qu'on lui avait dit qu'il serait enseveli dans l'église, ils ne se préoccupèrent pas du reste.

« Peu après, ser Ciappelletto communia, et comme son état s'aggravait considérablement, il reçut l'extrême-onction ; puis, un peu après vêpres, le jour même où il avait fait une si bonne con-fession, il mourut. Pour quoi, les deux frères ayant tout ordonné à ses frais pour qu'il fût honorablement enseveli, et ayant envoyé dire au couvent des moines qu'ils vinssent le soir veiller, et le matin

emporter le corps, préparèrent tout ce qu'il fallait pour les funé-
railles. Le saint moine qui l'avait confessé, apprenant qu'il était tré-
passé, alla trouver le prieur du couvent, et ayant fait sonner au
chapitre, démontra aux moines assemblés que ser Ciappelletto avait
été un saint homme, selon qu'il avait pu s'en convaincre par sa
confession ; et, dans l'espoir que par lui Dieu ferait de nombreux
miracles, il leur persuada de recevoir son corps avec un grand respect
et une grande dévotion. A quoi, croyant que c'était la vérité, le
prieur et les autres moines consentirent. Et le soir, étant tous allés
là où gisait le corps de ser Ciappelletto, ils firent autour de lui une
grande et solennelle veille, et le matin, revêtus tous de chemises et
de chapes, le livre à la main et la croix portée devant eux, ils
allèrent chercher le corps en grande pompe et solennité et le portèrent en leur église, suivis de presque toute la population de la ville,
hommes et femmes. Quand Ciappelletto fut dans l'église, le saint
moine qui l'avait confessé monta en chaire et se mit à prêcher de
merveilleuses choses sur lui, sur sa vie, sa virginité, sa simplicité,
son innocence, sa sainteté, racontant entre autres choses ce que ser
Ciappelletto lui avait confessé en pleurant comme son plus grand
péché, et comment il avait pu à grand'peine lui mettre dans l'idée
que Dieu dût lui pardonner. Prenant occasion de cela pour réprimander le peuple qui l'écoutait, il dit : « Et vous, maudits de
« Dieu, pour le moindre fétu de paille que vous trouvez sous vos
« pieds, vous blasphémez Dieu, sa mère et toute la cour du paradis. »
Il parla aussi beaucoup de sa loyauté et de sa pureté, et bientôt, par
ses paroles auxquelles les gens de la ville ajoutaient entièrement foi,
il excita tellement en faveur du défunt la dévotion de tous les assistants, que lorsque l'office fut terminé, la foule vint lui baiser les
pieds et les mains, et qu'on lui arracha tous ses vêtements, chacun
se tenant fort heureux s'il pouvait en avoir un morceau. Il fallut
qu'on le laissât exposé là tout le jour, afin qu'il pût être vu et visité
par tous. Puis, la nuit venue, il fut honorablement enseveli sous un
tombeau de marbre, dans une chapelle, et sans plus tarder, le jour
suivant, les gens commencèrent à la visiter, à allumer des cierges,
à l'adorer, à lui adresser des vœux et à suspendre des images de
cire autour de son tombeau, selon la promesse faite. Le bruit de sa

renommée et de sa sainteté s'accrut tellement, ainsi que la dévotion
qu'on lui rendit, à lui qui était quasi inconnu, que, en quelque
adversité qu'on se trouvât, on ne s'adressait pas à d'autre saint qu'à
lui, et qu'on l'appela, qu'on l'appelle encore, san Ciappelletto. On
affirme que Dieu a opéré par lui de nombreux miracles et en opère
chaque jour en faveur de qui se recommande dévotement de lui.

« Donc, c'est ainsi que vécut et mourut ser Ciappelletto da Patro,
et qu'il passa à l'état de saint, comme vous l'avez entendu. Non
que je veuille nier qu'il soit possible qu'il jouisse de la béatitude en
présence de Dieu ; car bien que sa vie ait été scélérate et perverse, il
put à sa dernière heure avoir une telle contrition que, par aventure,
Dieu l'ait eu en miséricorde et l'ait reçu dans son royaume. Mais
comme cela nous est caché, je raisonne selon ce qui peut nous
paraître vraisemblable, et je dis que celui-ci doit plutôt être en perdition entre les mains du diable, qu'au paradis. Et, s'il en est ainsi,
la bonté de Dieu peut se manifester grandement à nous, car elle a
égard non à notre erreur, mais à la pureté de la foi ; car elle nous
excuse alors que nous prenons pour intermédiaire un de ses ennemis,
le croyant son ami, tout comme si nous avions eu recours, pour
obtenir sa faveur, à un saint véritable. Pour quoi, afin que par sa
grâce, en cette présente adversité et en si joyeuse compagnie, nous
soyons gardés sains et saufs, louant son nom sous la protection
duquel nous nous sommes réunis, ayons-le en respect, et recom-
mandons-lui nos besoins, sûrs d'être exaucés. »

LE JUIF CONVERTI

*Le Juif Abraham, poussé par Jeannot de Chevigné, va à
la cour de Rome, et voyant la dépravation des gens
d'Église, il retourne à Paris et se fait chrétien.*

« J'ai entendu dire qu'il fut autrefois dans Paris un grand marchand, bon homme, lequel fut appelé Jeannot de Chevigné, très
loyal et très droit, et qui faisait un grand commerce de draperie. Il

était particulièrement lié d'amitié avec un juif très riche, nommé Abraham, qui était aussi marchand, et, comme lui, très droit et très loyal. Jeannot, voyant la droiture et la loyauté de son ami, se mit à regretter vivement que l'âme d'un homme si bon, si sage et d'une telle valeur fût en voie de perdition par manque de Foi. C'est pourquoi il entreprit amicalement de lui faire abandonner les erreurs de la croyance judaïque, et le supplia de se convertir à la religion chrétienne qu'il pouvait voir, étant sainte et bonne, prospérer et augmenter sans cesse, tandis qu'au contraire la sienne diminuait et se mourait, ainsi que cela était manifeste. Le juif répondit qu'il ne voyait aucune religion sainte et bonne hors la religion juive ; qu'il y était né et qu'il entendait y vivre et y mourir. Jeannot ne se tint point pour cela de lui renouveler au bout de quelque temps les mêmes exhortations, lui démontrant, aussi grossièrement que les marchands savent le faire, pour quelles raisons notre religion est meilleure que la religion juive.

« Bien que le juif fût un grand maître dans la loi juive, néanmoins, soit que la grande amitié qu'il avait pour Jeannot l'ébranlât, soit que les paroles que l'Esprit-Saint plaçait sur la langue de l'homme simple eussent produit de l'effet, il commença à se plaire beaucoup aux démonstrations de Jeannot. Cependant, obstiné dans sa croyance, il ne se laissait pas convertir. De même qu'il se montrait tenace, de même Jeannot ne se lassait pas de le solliciter, à tel point que le juif, vaincu par une telle insistance, dit : « Voici, « Jeannot, qu'il te plaît que je devienne chrétien, et je suis disposé « à le devenir, à la condition que j'irai d'abord à Rome, et que là je « verrai celui que tu dis être le vicaire de Dieu sur la terre, et que « je serai témoin de ses mœurs et de ses actes, ainsi que de ceux de « ses moines-cardinaux. Et s'ils me paraissent tels que je puisse, « grâce à tes paroles et à eux, comprendre que votre foi est meilleure « que la mienne, comme tu t'es efforcé de me le démontrer, je ferai « ce que je t'ai dit. Dans le cas contraire, je resterai juif, comme « je suis. »

« Quand Jeannot entendit cela, il fut chagrin outre mesure, se disant tout bas : « J'ai perdu ma peine ; je croyais cependant « l'avoir utilement employée en m'imaginant avoir converti celui-ci.

« En effet, s'il va à la cour de Rome, et s'il voit la vie scélérate et
« mauvaise des clercs, non seulement de juif il ne se fera pas chré-
« tien, mais s'il était chrétien, sans aucun doute il se ferait juif. »
Et, s'étant retourné vers Abraham, il dit : « Eh ! mon ami, pour-
« quoi veux-tu affronter une telle fatigue et une telle dépense que
« d'aller d'ici à Rome ? sans compter que par mer ou par terre,
« pour un homme riche comme tu l'es, tout est plein de périls. Ne
« crois-tu donc pas trouver ici quelqu'un qui puisse te donner le
« baptême ? Et si par hasard tu as quelques doutes au sujet de la
« Foi que je t'ai expliquée, où trouveras-tu de meilleurs maîtres,
« de plus savants hommes que ceux qui sont ici, pour t'éclairer sur
« ce que tu voudras ou demanderas ? C'est pourquoi, à mon avis, ce
« voyage est chose superflue. Imagine-toi que là-bas les prélats sont
« comme tu as pu les voir ici, et qu'ils sont d'autant meilleurs,
« qu'ils sont plus près du Pasteur souverain. Pour ce, si tu m'en
« crois, tu remettras cette fatigue à une autre fois, à l'occasion de
« quelque jubilé, ou, par aventure, je t'accompagnerai. » A quoi
le juif répondit : « Je crois, Jeannot, que les choses sont comme
« tu me dis ; mais, me résumant en un mot, si tu veux que je fasse
« ce dont tu m'as tant prié, je suis tout à fait résolu à aller à
« Rome ; autrement je n'en ferai jamais rien. » Jeannot, voyant
sa résolution, dit : « Va donc à la bonne aventure ! » Et, à part lui,
il pensait qu'il ne se ferait jamais chrétien quand il aurait vu la
cour de Rome ; mais pourtant, n'y pouvant plus rien, il n'in-
sista pas.

Le juif monta à cheval, et le plus rapidement qu'il put, il alla à
la cour de Rome, où, étant arrivé, il fut honorablement reçu par
ses coreligionnaires juifs. Il y demeura sans dire à personne pourquoi il y était venu, et se mit à observer avec soin la façon de vivre
du Pape, des cardinaux, des autres prélats et de tous les courtisans,
Et tant par ce dont il s'aperçut lui-même, en homme fort avisé
qu'il était, que par ce qu'il sut d'autrui, il trouva que, du plus grand
au plus petit, tous péchaient généralement par une luxure déshonnête, non seulement d'une manière naturelle, mais encore à la
mode de Sodome, sans aucun frein de remords ou de vergogne,
tellement que, pour obtenir les plus grandes faveurs, la protection

des courtisanes ou des jeunes garçons était toute-puissante. En
outre, il reconnut qu'ils étaient universellement gloutons, buveurs,
ivrognes, serviteurs de leur ventre, à l'instar des brutes, plus que
de toute autre chose. Et, regardant plus avant, il les vit tous avares,
si cupides d'argent qu'ils vendaient et achetaient à beaux deniers le
sang humain, même chrétien, et les choses divines quelles qu'elles
fussent, appartenant aux sacrifices et aux bénéfices, les transfor-
mant en marchandises pour lesquelles il y avait plus de courtiers
qu'il y en avait à Paris pour les draperies ou autres choses. A la
simonie la plus évidente, ils avaient donné le nom de *procuratie*,
et à la gloutonnerie celui de *sustentation*, comme si Dieu ne connaissait pas, je ne dirai point la signification des mots, mais les
intentions des esprits pervers, et se laissait, à la façon des hommes,
tromper par le nom des choses. Tout cela, et bien d'autres choses
encore qu'il faut taire, déplut souverainement au juif, comme à un
homme sobre et modeste qu'il était, et, pensant en avoir assez vu,
il se décida à retourner à Paris ; ce qu'il fit.

« Dès que Jeannot sut qu'il était revenu, il accourut, n'ayant pas
le moindre espoir de le voir devenir chrétien, et ils se firent l'un à
l'autre grande fête. Puis, lorsque le juif se fut reposé quelques jours,
Jeannot lui demanda ce qu'il pensait du Saint-Père, des cardinaux,
et des autres courtisans. A quoi le juif répondit sans hésiter : « Je
« pense que Dieu doit les punir tous tant qu'ils sont. Et je te dis, si
« j'ai su bien regarder, que je n'y ai vu ni sainteté, ni dévotion, ni
« bonnes œuvres, ni bon exemple. Par contre, l'avarice et la glou-
« tonnerie et choses semblables ou pires, si toutefois il peut en être
« de pires, m'ont paru tellement dans les mœurs de tous, que j'ai
« pris ce lieu plutôt pour une officine d'œuvres diaboliques que
« d'œuvres divines. Aussi, après y avoir réfléchi avec beaucoup de
« sollicitude, en toute liberté d'esprit et avec prudence, il me paraît
« que votre Pasteur, et par conséquent tous les autres, s'efforcent de
« réduire à néant et de chasser du monde la religion chrétienne,
« alors qu'ils devraient en être le fondement et le soutien. Et pour
« ce que je vois qu'il en résulte le contraire de ce qu'ils semblent
« chercher, c'est-à-dire que votre religion s'étend sans cesse et devient
« plus florissante et plus éclatante, il me paraît clairement que

« l'Esprit-Saint en est le soutien et le fondement, comme étant plus
« vraie et plus sainte que les autres. Pour quoi, là où je restais
« insensible et rebelle à tes exhortations et refusais de me faire
« chrétien, je te dis maintenant très sincèrement que, pour rien au
« monde, je n'abandonnerais l'idée de me faire chrétien. Allons
« donc à l'église, et là, suivant le rite de votre sainte Foi, je me ferai
« baptiser. » Jeannot, qui s'attendait à une conclusion toute contraire, en l'entendant parler ainsi, fut l'homme le plus content qui
fut jamais. Étant allé avec lui à Notre-Dame de Paris, il requit les
clercs de cette église de donner le baptême à Abraham. Ceux-ci,
voyant que ce dernier le demandait aussi, le firent aussitôt, et
Jeannot le tint sur les fonts baptismaux et le nomma Jean. Puis il
le fit complètement instruire par de savants hommes dans notre Foi
qu'il apprit rapidement ; et depuis il fut un bon et digne homme,
et de sainte vie. »

LA DIGNITÉ DE L'ABBÉ

*Un moine, ayant commis un péché digne d'une très grave
punition, échappe à la peine qu'il avait méritée en
reprochant adroitement la même faute à son abbé.*

« Il était autrefois dans la Lunigiane, pays qui n'est pas très loin
de celui-ci, un monastère plus renommé pour sa sainteté et plus fourni
de moines qu'il ne l'est aujourd'hui. Parmi les religieux de ce monastère, se trouvait un jeune moine dont la vigueur et la jeunesse
n'avaient pu être domptées par le jeûne et les veilles. Un jour que,
par aventure, sur le coup de midi, alors que tous les autres moines
dormaient, il se promenait tout seul autour du monastère, lequel
était situé dans un lieu fort solitaire, il aperçut une jeune fille très
belle, qui était probablement la fille de quelque laboureur de la
contrée, et qui s'en allait par les champs cueillant certaines herbes.
A peine l'eut-il vue, qu'il fut assailli par une ardente concupiscence

charnelle. Pour quoi, s'étant approché, il entra en conversation et,
d'un propos à un autre, il fit si bien qu'il s'entendit parfaitement
avec elle, et qu'il l'emmena avec lui dans sa cellule, ce dont personne ne s'aperçut.

« Pendant que, emporté par un trop grand désir, il se divertissait
avec elle moins prudemment qu'il n'eût fallu, il advint que l'abbé,
ayant achevé sa sieste, et passant tout doucement devant sa cellule,
entendit le bruit qu'ils faisaient tous les deux. Afin de mieux reconnaître les voix, il s'approcha doucement de la porte pour écouter, et
il reconnut qu'il y avait une femme dans la cellule. Son premier
mouvement fut de se faire ouvrir ; puis il pensa qu'il valait mieux
agir autrement. Il retourna dans sa chambre et attendit que le jeune
moine sortît de la sienne. Ce dernier, bien qu'il fût fort occupé par
l'extrême plaisir qu'il prenait avec la jeune fille, se tenait cependant
sur ses gardes. Ayant cru entendre un bruit de pas dans le couloir,
il mit l'œil au trou de la serrure ; il vit parfaitement l'abbé en train
d'écouter, et il comprit bien que ce dernier avait pu s'apercevoir
qu'une femme était dans sa cellule. De quoi, sachant qu'il devait
lui en advenir une grande punition, il fut fort chagrin. Pourtant,
sans rien montrer de son ennui à la jeune fille, il se mit à chercher
en toute hâte s'il ne pourrait trouver aucun moyen de salut. C'est
alors qu'il lui vint à l'esprit une nouvelle ruse qui le fit parvenir à
ses fins. Feignant d'être assez demeuré avec la jeune fille, il lui dit :
« Je vais chercher un moyen de te faire sortir d'ici sans que tu
« sois vue ; pour cela, attends-moi tranquillement jusqu'à ce que je
« revienne. » Puis il sortit, ferma la cellule à clef et s'en alla droit
à la chambre de l'abbé lui présenter la clef, ainsi que chaque moine
faisait quand il sortait, et il lui dit d'un air calme : « Messire, je
« n'ai pu ce matin faire rentrer tout le bois que j'avais fait couper ;
« en conséquence, avec votre permission, je vais aller à la forêt et
« le faire transporter. »

« L'abbé, afin de mieux constater la faute commise, et voyant que
le moine ne s'était point aperçu qu'il l'avait vu, se réjouit de cet incident, prit la clef et lui donna la permission demandée. Dès qu'il l'eut
vu partir il se mit à réfléchir sur ce qu'il valait mieux faire : ou bien
ouvrir la cellule en présence de tous et leur montrer la faute, pour

qu'ensuite ils n'eussent pas occasion de murmurer contre lui quand
il punirait le moine, ou bien apprendre par la jeune fille même comment la chose s'était passée. Et songeant à part lui que celle-ci pouvait
être la femme ou la fille d'un homme auquel il n'aurait pas voulu faire
cette honte de la montrer à tous les moines, il résolut de voir d'abord
qui elle était et de prendre ensuite un parti. Il s'en alla doucement à
la cellule, l'ouvrit, entra et referma la porte. La jeune fille voyan t
entrer l'abbé, tout éperdue et tremblant de honte, se mit à pleurer.
Messire l'abbé, ayant jeté l'œil sur elle et la voyant belle et fraîche,
sentit, quelque vieux qu'il fût, l'aiguillon de la chair non moins vif
que ne l'avait senti son jeune moine, et il se mit à dire en lui-même :
« Eh ! pourquoi ne prendrais-je pas du plaisir quand je puis en
« avoir ? Avec cela que les privations et les ennuis seront toujours
« prêts tant que j'en voudrai ! Voilà une belle jeune fille, et personne
« au monde ne sait qu'elle est ici. Si je puis la décider à satisfaire
« mes désirs, je ne vois pas pourquoi je ne le ferais pas. Qui le saura ?
« Personne ne le saura jamais, et péché caché est à moitié pardonné.
« Cette occasion ne se représentera peut-être jamais plus. J'estime
« qu'il est grandement sage de prendre le bien quand Dieu vous
« l'envoie. » Ce disant, et ayant du tout au tout changé le projet
pour lequel il était venu, il s'approcha de la jeune fille, se mit à la
consoler doucement et à lui dire de ne pas pleurer, et, de parole en
parole, il finit par lui exprimer son désir. La jeune fille, qui n'était
de fer ni de diamant, se plia très complaisamment au désir de l'abbé,
lequel, l'ayant saisie dans ses bras et embrassée à plusieurs reprises,
monta avec elle sur le lit du moine. Mais, songeant au poids considérable de sa dignité et à l'âge tendre de la jeune fille, craignant peut-
être de la blesser sous sa corpulence, il ne se mit pas sur elle ; il la fit
mettre sur lui, et, dans cette posture, se divertit longtemps avec
elle.

« Le moine, qui avait fait semblant d'aller au bois, s'était caché
dans le dortoir. Dès qu'il vit l'abbé entrer dans sa chambre, il fut
tout de suite rassuré, comprenant que sa ruse devait réussir, et quand
il vit fermer la porte en dedans, il en fut certain. Sortant de l'endroit
où il était, il s'en vint doucement regarder par une fente, et il vit et
entendit tout ce que l'abbé faisait et disait. Lorsqu'il parut à l'abbé

être assez demeuré avec la jeune fille, il l'enferma dans la cellule
et retourna à sa chambre. Peu après, entendant venir le moine, et
croyant qu'il revenait du bois, il s'apprêta à le réprimander fortement
et à le faire mettre au cachot, afin de posséder à lui seul la proie si bien
gagnée. L'ayant fait appeler, il l'admonesta gravement et d'un ton
sévère, et ordonna qu'il fût conduit au cachot. Le moine répondit
prestement : « Messire, je ne suis pas encore assez resté dans
« l'ordre de Saint-Benoît pour pouvoir en connaître toutes les
« règles. Vous ne m'aviez pas encore montré que les moines dussent
« s'humilier sous les femmes comme dans les jeûnes et dans les
« veilles. Mais maintenant que vous me l'avez montré, je vous pro-
« mets, si vous me pardonnez pour cette fois, de ne plus jamais
« pécher en cela, mais de faire toujours comme je vous ai vu
« faire. » L'abbé, qui était un homme avisé, comprit sur-le-champ
que non seulement le moine avait plus d'esprit que lui, mais qu'il
avait vu ce qu'il avait fait. Pour quoi, se reprochant sa propre faute,
il eut honte d'infliger au moine une punition qu'il avait méritée aussi
bien que lui. Il lui pardonna, et après lui avoir recommandé le
silence sur ce qu'il avait vu, ils firent sortir sans bruit la jeune fille, et
il est à croire qu'ils durent la faire rentrer plus d'une fois depuis. »

LE FAUX PARALYTIQUE

*Martellino feint d'être perclus et de recouvrer la santé sur
le corps de saint Arrigo. Sa fourberie ayant été reconnue,
il est battu, mis en prison, et en grand danger
d'être pendu. Finalement, il en échappe.*

« Il n'y a pas encore longtemps, il y avait à Trévise un Allemand
nommé Arrigo, lequel, étant pauvre, servait pour de l'argent de
portefaix à qui réclamait ses services ; toutefois, il était tenu par
tous pour un homme de sainte et bonne vie. Que ce fût vrai ou faux,
il arriva qu'à l'heure de sa mort, selon ce que les Trévisans affir-

ment, toutes les cloches de la principale église de Trévise se mirent à sonner sans être tirées par personne. Cela ayant passé pour un miracle, chacun soutenait que cet Arrigo était un saint; aussi la population de la cité accourut-elle à la maison où gisait le corps, et on le transporta, comme on eût fait de celui d'un saint, à l'église principale, suivi des boiteux, des paralytiques, des aveugles, et de tous les gens atteints d'une infirmité quelconque, comme si tous, en touchant le corbillard, devaient recouvrer la santé.

« Au milieu d'un tel tumulte et concours de peuple, arrivèrent à Trévise trois de nos concitoyens, dont l'un était nommé Stecchi, l'autre Martellino et le troisième Marchese, et qui, visitant les cours des princes, amusaient par leurs bouffonneries et les bons tours qu'ils jouaient. N'étant jamais venus à Trévise, et voyant courir tout le monde, ils s'étonnèrent, et, ayant appris le motif de ce tumulte, il leur vint envie d'y aller et de voir. Après qu'ils eurent fait déposer leurs bagages dans une auberge, Marchese dit : « Nous « voulons aller voir ce saint; mais pour mon compte je ne vois pas « comment nous pourrons y parvenir, car j'ai entendu dire que la « place est remplie d'Allemands et d'autres gens d'armes que le gou- « verneur de cette ville y fait stationner afin qu'on ne commette pas « de désordres. En outre, l'église, à ce qu'on dit, est tellement pleine « de monde, que personne ne peut plus y entrer. » Alors, Mar- tellino, qui désirait voir le spectacle, dit : « Je ne m'arrête point « à cela, car je trouverai bien un moyen d'arriver jusqu'au corps du saint. » Marchese dit : « Comment? » Martellino répondit : « Je vais te le dire. Je ferai comme si j'étais paralytique; toi, d'un « côté, et Stecchi de l'autre, vous me soutiendrez comme si je ne « pouvais marcher seul, et vous ferez semblant de vouloir me mener « là, afin que le saint me guérisse; il n'y aura personne qui, voyant « cela, ne nous fasse place et ne nous laisse passer. » Le moyen plut à Marchese et à Stecchi, et sans plus de retard ils sortirent de l'au- berge.

« Arrivés en un endroit où ils étaient seuls, Martellino se tordit les mains, les doigts, les bras, les jambes, ainsi que la bouche, les yeux et tout le visage, de si merveilleuse façon, qu'aucun de ceux qui l'auraient vu n'aurait pu dire qu'il n'était pas vraiment perclus et paralysé de toute sa personne. Ainsi contrefait et soutenu par Marchese et Stecchi, ils se dirigèrent tous trois vers l'église, d'un air plein de piété, et demandant humblement pour l'amour de Dieu, à tous ceux qui se trouvaient devant eux, de leur faire place, ce qu'ils obtenaient tout de suite. En peu de temps, tout le monde les regardant et criant : faites place ! faites place ! ils parvinrent à l'endroit où était déposé le corps de saint Arrigo. Aussitôt, quelques galants hommes qui étaient autour prirent Martellino et le placèrent sur le corps, pour qu'à ce contact il revînt à la santé. Martellino, tout le monde étant attentif à ce qu'il adviendrait de lui, après être resté quelque temps dans cette position, se mit, comme quelqu'un qui savait parfaitement jouer ce rôle, à faire semblant d'étendre l'un de ses doigts, puis la main, puis le bras, et tout le reste du corps. Ce que voyant la foule, une si grande rumeur s'éleva en faveur de saint Arrigo, que le tonnerre n'aurait pu se faire entendre.

« Par aventure, se trouvait près de là un Florentin qui connaissait bien Martellino, mais qui ne l'avait pas reconnu quand on l'avait amené, à cause de son déguisement. Le voyant redressé, et l'ayant reconnu, il se mit sur-le-champ à rire et à dire : « Dieu le punisse ! « qui n'aurait cru, en le voyant venir, qu'il était véritablement para- « lysé ? » Ces paroles furent entendues de quelques habitants de Trévise, qui demandèrent aussitôt : « Comment, il n'était point « paralysé ? » A quoi le Florentin répondit : « Non pas, grâce « à Dieu ; il a toujours été aussi droit que n'importe lequel de nous ; « mais, comme vous avez pu le voir, il sait mieux que personne « faire des contorsions et se contrefaire comme il veut. » A peine ces gens eurent-ils entendu cela, qu'ils n'en demandèrent pas davantage ; se frayant de force un passage, ils se mirent à crier : « Qu'on « s'empare de ce traître, ce contempteur de Dieu et des saints, qui, « n'étant nullement paralysé, pour se moquer de notre saint et de « nous, est venu ici comme s'il l'était. » Et ce disant, ils le saisirent, et l'ayant entraîné loin de là, ils le prirent par les cheveux, lui arrachèrent tous les vêtements qu'il avait sur le dos, et se mirent à lui donner force coups de poing et coups de pied. Il n'y avait pas un seul des assistants qui ne se ruât à cette besogne. Martellino criait : « Pour Dieu ! grâce ! » et se défendait tant qu'il pouvait ;

mais cela ne lui servait à rien, la foule qui l'entourait devenant de plus en plus épaisse.

« Ce que voyant, Stecchi et Marchese commencèrent à se dire entre eux que la chose allait mal, et craignant pour eux-mêmes, ils hésitaient à le secourir. Bien plus, ils criaient avec les autres qu'il fallait le mettre à mort, songeant néanmoins comment ils pourraient le tirer des mains du peuple qui l'aurait certainement tué, si une idée n'était venue subitement à Marchese. Tous les familiers de la Seigneurie étant dehors, Marchese, le plus vite qu'il put, s'en alla trouver celui qui remplaçait le podestat et dit : « Justice, au nom « de Dieu ! il y a là-bas un méchant homme qui m'a volé ma bourse « avec cent florins d'or. Je vous prie de le faire prendre, afin que je « retrouve mon bien. » Dès qu'on eut entendu sa plainte, une douzaine de sergents coururent à l'endroit où le malheureux Martellino était peigné sans peigne ; avec la plus grande peine pour percer la foule, ils l'arrachèrent de ses mains, tout rompu et tout moulu, et le conduisirent au palais. Un grand nombre de gens l'y suivirent, prétendant qu'il s'était joué d'eux, et, ayant appris qu'il avait été arrêté comme coupeur de bourses, il leur parut qu'il n'y avait pas de meilleure occasion pour se venger de lui, de sorte que chacun se mit à dire aussi qu'il lui avait enlevé sa bourse. Ce qu'entendant, le juge du podestat, qui était un homme brutal, le fit prestement mener en un lieu sûr et se mit à l'interroger. Mais Martellino répondit en plaisantant, tenant cette accusation pour peu sérieuse ; de quoi le juge courroucé le fit lier à l'estrapade où il le fit traiter de la bonne manière, afin de lui faire avouer ce qu'on lui reprochait et le faire ensuite pendre par la gorge. Quand on l'eut reposé par terre, le juge, lui demandant de nouveau si ce qu'on avait dit contre lui était vrai, Martellino, voyant qu'il ne lui servait à rien de dire non, dit : « Monseigneur, je « suis prêt à confesser la vérité, mais faites dire d'abord à chacun « de ceux qui m'accusent quand et où je lui ai coupé sa bourse, et « je vous dirai ce que j'ai fait et ce que je n'ai pas fait. » Le juge dit : « Ceci me plaît. » Et en ayant fait appeler quelques-uns, l'un dit que sa bourse lui avait été coupée huit jours auparavant, l'autre six, un autre quatre, et quelques-uns le jour même. Ce qu'en-

tendant, Martellino dit : « Monseigneur, ils mentent tous par la
« gorge. Mais la preuve que moi je vous ai dit la vérité, c'est que
« je ne suis jamais venu en cette ville, sinon depuis peu d'heures.
« Et à peine y ai-je été arrivé, que je suis allé, pour ma mésaven-
« ture, voir le corps du saint, où j'ai été coiffé comme vous pouvez
« voir. Et vous pouvez vous assurer de la vérité de ce que je dis, par
« l'officier de la Seigneurie qui préside à l'arrivée des étrangers,
« ainsi que par son livre, et enfin par mon hôtelier. Pour quoi, si
« vous trouvez que tout s'est passé comme je vous dis, vous ne vou-
« drez pas, sur les instances de ces méchants hommes, me torturer
« et me mettre à mort. »

« Pendant que les choses en étaient à ce point, Marchese et Stecchi, qui avaient appris que le juge du podestat procédait sérieuse-
ment contre lui et l'avait déjà mis à l'estrapade, furent pris de
grand'peur et se dirent : « Nous avons mal fait ; nous l'avons
« tiré de la poêle pour le jeter dans le feu. » Pour quoi, ayant
cherché avec sollicitude partout, et ayant réussi à retrouver leur hôtelier, ils lui contèrent l'aventure. De quoi celui-ci riant beaucoup les
mena à un Sandro Agolanti qui habitait Trévise et avait grand crédit auprès du gouverneur, et lui ayant dit en détail tout ce qu'il en
était, il se joignit à eux pour le prier de s'occuper des intérêts de
Martellino. Sandra, après avoir bien ri, s'en alla trouver le gouverneur et demanda qu'on fît venir Martellino, ce qui fut fait. Ceux qui
allèrent le chercher le trouvèrent encore en chemise devant le juge,
fort ému et ayant grand'peur, pour ce que le juge ne voulait entendre aucune raison. Au contraire, ayant par aventure les Florentins
en haine, il était tout disposé à le faire pendre, et ne voulait pas,
tout d'abord, le céder au gouverneur ; il ne le fit que contraint et à
contre-cœur. Lorsque Martellino fut devant le gouverneur, et après
qu'il lui eut tout dit, il le pria pour grande grâce de le laisser aller,
car, avant qu'il ne fût de retour à Florence, il lui semblerait toujours avoir la corde au cou. Le gouverneur rit beaucoup de cette
aventure, et fit donner un vêtement à chacun des trois compagnons ;
après quoi ils s'en retournèrent chez eux sains et saufs, sortis, contre
toute espérance, d'un si grand péril. »

L'ORAISON DE SAINT JULIEN

Renauld d'Asti, ayant été dévalisé, arrive à Castel-
Guiglielmo où il reçoit l'hospitalité d'une dame
veuve. Après avoir été dédommagé de toutes
ses pertes, il retourne chez lui sain et sauf.

« Au temps du marquis Azzo de Ferrare, un marchand
nommé Renauld d'Asti était venu à Bologne pour ses affaives. Après
les avoir terminées, et comme il s'en revenait chez lui, il advint
qu'au sortir de Ferrare, et chevauchant du côté de Vérone, il rencontra des gens qui paraissaient être des voyageurs et qui étaient en
réalité des brigands et des hommes de méchante vie et condition,
avec lesquels il fit route en causant imprudemment. Ces gens, voyant
qu'il était marchand, et pensant qu'il devait porter de l'argent sur
lui, formèrent le projet de le voler au premier moment qu'ils verraient propice. Pour ce, afin qu'il ne prît aucun soupçon, ils s'en
allaient avec lui, parlant, en gens modestes et de condition paisible,
de choses honnêtes et loyales, et se faisant, autant qu'ils pouvaient
et savaient, humbles et doux envers lui ; pour quoi Renauld s'estimait très heureux de les avoir rencontrés, pour ce qu'il était seul
avec un de ses domestiques qui l'accompagnait à cheval. Ainsi cheminant, et passant, comme il advient dans les conversations, d'une
chose à une autre, ils en vinrent à parler des prières que les hommes
adressent à Dieu, et l'un des brigands — ils étaient trois — dit à
Renauld : « Et vous, mon gentilhomme, quelle oraison avez-
« vous l'habitude de dire en voyageant ? » A quoi Renauld répondit : « De vrai, je suis un homme matériel et grossier, et j'ai
« peu d'oraisons en mains ; je vis à l'antique et je laisse courir deux
« sols pour vingt-quatre deniers. Mais, néanmoins, j'ai toujours eu
« l'habitude en voyageant de dire, le matin quand je quitte l'au-
« berge, une patenôtre et un ave Maria pour l'âme du père et de la
« mère de saint Julien ; après quoi, je prie Dieu et saint Julien de

Gravelot inv.   Tardieu sc.

L'ORAISON DE SAINT JULIEN

C. B. - II

« me donner bon logis pour la nuit suivante. Et très souvent
« déjà, pendant ma vie, je me suis trouvé dans mes voyages en de
« grands périls ; non seulement j'en ai toujours échappé, mais la
« nuit d'après j'ai trouvé bon gîte et bonne auberge. Pour quoi, j'ai
« la ferme croyance que saint Julien, en l'honneur de qui je dis
« cette oraison, m'a obtenu cette grâce de Dieu. Et il ne me sem-
« blerait pas que la journée pût se bien passer, ni qu'il pût m'adve-
« nir heureusement pour la nuit d'après, si je ne l'avais pas dite le
« matin. » A quoi celui qui avait fait la demande dit : « Et
« ce matin, l'avez-vous dite? » A quoi Renauld répondit : « Oui
« bien. » Alors son interlocuteur, qui savait ce qui devait s'en
suivre, dit en lui-même : « Tu en auras besoin, car si aucun
« empêchement ne survient, à mon avis, tu seras cependant mal
« logé. » Puis il lui dit : « Moi aussi j'ai déjà bien voyagé et
« je n'ai jamais dit cette oraison, quoique je l'aie entendu re-
« commander par bon nombre de gens, et malgré cela, il ne
« m'est jamais arrivé d'être logé autrement que très bien. Il est
« vrai qu'à la place de cette oraison j'ai l'habitude de réciter le
« *dirupisti*, ou la *intemerata*, ou le *de profundis*, dont la vertu
« est grande, comme avait coutume de me le dire ma grand'-
« mère. »

« Ainsi parlant de choses et d'autres et poursuivant leur route,
en attendant le lieu et le moment propices à leur mauvais dessein,
il advint qu'un soir, au delà de Castel-Guiglielmo, au passage d'une
rivière, les trois compagnons voyant l'heure avancée, l'endroit solitaire et sombre, se jetèrent sur Renauld, le volèrent et, l'ayant laissé
à pied et en chemise, s'en allèrent en lui disant : « Va, et vois si
« ton saint Julien te donnera bon logis cette nuit, car le nôtre nous
« en donnera un excellent. » Et, ayant passé la rivière, ils continuèrent leur chemin. Quant au domestique de Renauld, le voyant
attaqué, comme un poltron qu'il était, il n'essaya pas la moindre
tentative pour le défendre, mais faisant faire volte-face au cheval qu'il
montait, il ne cessa de courir jusqu'à ce qu'il fût à Castel-Guiglielmo,
où, le soir étant déjà venu, il se logea sans prendre plus de
souci.

« Renauld, resté en chemise et à pied, le froid étant très grand et

là neige tombant avec force, ne savait que faire : voyant la nuit venir,
transi et claquant des dents, il se mit à regarder s'il n'apercevrait
pas autour de lui quelque refuge où il pût passer la nuit, afin de ne
pas mourir de froid. Mais n'en voyant aucun — la contrée avait été
un peu auparavant en guerre et tout avait été brûlé — et saisi par le
froid, il se dirigea en courant vers Castel-Guiglielmo, ne sachant pas
si son domestique s'était réfugié là ou ailleurs, et pensant que, s'il
pouvait y entrer, Dieu lui enverrait du secours. Mais la nuit obscure
le surprit à plus d'un mille encore de la ville, de sorte qu'il y arriva
si tard qu'il trouva les portes fermées et les ponts levés, et qu'il ne
put y entrer. Désolé, inconsolable, se lamentant, il regardait autour
de lui s'il ne pourrait du moins trouver un endroit où il ne recevrait
pas la neige sur le dos, lorsqu'il vit par hasard une maison qui avançait un peu en dehors des remparts, et sous la saillie de laquelle il
résolut de se mettre pour attendre le jour. Y étant allé, il trouva une
porte ; malheureusement, elle était fermée. Devant la porte, se trouvait amassée un peu de paille ; triste et dolent, il s'y coucha, ne cessant
de se plaindre à saint Julien, et disant que ce n'était pas là ce qu'avait
mérité la foi qu'il avait en lui. Mais saint Julien, ayant jeté les yeux
sur le pauvre diable, lui prépara sans retard un bon gîte.

« Il y avait alors dans Castel-Guiglielmo une dame veuve et plus
belle de corps que n'importe qui ; le marquis Azzo, qui l'aimait plus
que sa propre vie, la tenait là à sa disposition. La susdite veuve habitait justement dans la maison sous laquelle Renauld s'était décidé
à rester. Par aventure, le marquis avait fait dire la veille à sa maîtresse qu'il viendrait passer la nuit chez elle, où il avait ordonné de
préparer en secret un bain et un excellent souper. Tout étant prêt, et
la dame n'attendant plus que la venue du marquis, il advint qu'un
messager se présenta aux portes de la ville, portant au marquis des
nouvelles qui le firent subitement monter à cheval. Pour quoi, ayant
envoyé dire à la dame qu'elle ne l'attendît pas, il se mit sur-le-
champ en route. La dame, quelque peu désappointée, ne sachant que
faire, se décida à entrer dans le bain préparé pour le marquis, puis
à souper et à se mettre au lit.

« Étant donc entrée dans le bain qui se trouvait tout à côté de la
porte où le malheureux Renauld s'était tapi hors de la ville, la dame

entendit les gémissements et le claquement de dents de Renauld qui
semblait changé en cigogne. Ayant appelé sa servante, elle lui dit :
« Va là-haut, et regarde hors des remparts qui est au pied de
« cette porte et ce qu'on y fait. » La servante y alla, et la trans-
parence de l'atmosphère aidant, elle vit Renauld en chemise et nu,
assis en cet endroit comme je vous l'ai dit, et tremblant de toutes
ses forces; pour quoi elle lui demanda qui il était. Renauld, tremblant si fort qu'il pouvait à peine prononcer une parole, lui dit le
plus brièvement qu'il put qui il était, comment et pourquoi il était
là; puis il se mit à la supplier, si cela se pouvait, de ne pas le laisser
mourir de froid pendant la nuit. La servante, apitoyée, revint trouver
la dame et lui conta tout. Celle-ci, émue aussi de pitié, se rappela
qu'elle avait la clef de cette porte, qui servait parfois aux entrées
clandestines du marquis, et dit : « Va vite lui ouvrir. Le souper
« est prêt et personne ne le mangerait, et nous avons de quoi le
« loger. » La servante, ayant vivement approuvé la dame de son
humanité, retourna vers Renauld, lui ouvrit et le fit entrer. La dame
le voyant presque raide de froid, lui dit : « Et vite, brave homme,
« entrez dans ce bain qui est encore chaud. » Et lui, sans
attendre plus longue invitation, le fit volontiers, et tout réconforté
par la chaleur, il lui sembla ressuscité. Pendant ce temps, la dame
lui fit tenir prêts des vêtements que son mari portait peu avant sa
mort. Lorsqu'il les eut revêtus, ils semblaient avoir été faits pour
lui. Alors, attendant les ordres de la dame, il se mit à remercier
saint Julien qui l'avait délivré de la mauvaise nuit à laquelle il
s'attendait, et l'avait conduit à bonne auberge, à ce qu'il lui semblait.

« La dame, après s'être reposée un peu, fit faire un grand feu
dans une de ses chambres, s'y installa et demanda des nouvelles du
brave homme. A quoi la servante répondit : « Madame, il est
« habillé; c'est un bel homme, et il a tout l'air d'être une personne
« de bien et de bonne manières. » « Va donc — dit la dame
« — appelle-le et dis-lui qu'il vienne ici près du feu où il soupera,
« car je sais qu'il n'a pas soupé. » Renauld, entré dans la chambre
et voyant la dame, la salua respectueusement et lui rendit grâces de
son mieux pour sa bonne action. La dame, l'ayant vu et entendu, et

le trouvant tel que la servante avait dit, l'accueillit d'un air joyeux.
Elle le fit asseoir familièrement devant le feu à côté d'elle et l'interrogea sur l'accident qui l'avait amené là. Sur quoi Renauld lui
conta tout par ordre. La dame avait, par suite de l'arrivée à Castel-
Guiglielmo du domestique de Renauld, entendu parler de cette
affaire, ce qui fit qu'elle ajouta foi à ce qu'il lui disait ; elle lui apprit
à son tour ce qu'elle savait au sujet de son domestique, et où il
pourrait facilement le retrouver le lendemain matin. Puis, la table
mise, Renauld, sur les instances de la dame, et après qu'ils se furent
tous deux lavés les mains, se mit à souper. Il était grand de sa personne, beau et agréable de figure, et de manières gracieuses et ave-
nantes ; c'était un homme d'âge moyen. La veuve, l'ayant regardé
à plusieurs reprises, le trouva fort à son goût, et l'appétit de sa
concupiscence se trouvant réveillé en elle par l'idée que le marquis
devait venir coucher avec elle, elle se mit en tête d'en devenir
amoureuse.

« Donc, après le souper, s'étant levée de table, elle prit conseil
de sa servante pour savoir s'il ne lui semblerait pas juste que, puisque le marquis s'était moqué d'elle, elle usât du bien que la fortune
lui envoyait. La servante, voyant le désir de la dame, l'engagea le
plus qu'elle put et qu'elle sut à contenter ce désir. Quant à la dame,
retournée près du feu où elle avait laissé Renauld seul, elle se mit
à le regarder amoureusement et lui dit : « Eh ! Renauld, pour-
« quoi êtes-vous si pensif ? Ne croyez-vous pas que vous pourrez
« être dédommagé d'un cheval et de quelques vêtements que vous
« avez perdus ? Rassurez-vous et tenez-vous en joie ; vous êtes chez
« vous ; même, je veux vous dire davantage, car vous voyant sur le
« dos ces habits qui appartiennent à mon défunt mari, il m'a sem-
« blé que c'était lui, et il m'est venu ce soir cent fois le désir de
« vous accoler et baiser ; et si je n'avais craint de vous déplaire, je
« l'eusse certainement fait. » Renauld, entendant ces paroles et
voyant le feu des regards de la dame, en homme qui n'est point sot,
s'avança vers elle les bras ouverts et lui dit : « Madame, quand je
« songe que c'est grâce à vous que je puis dire désormais que je suis
« en vie, et d'où vous m'avez tiré, je crois que ce serait grande in-
« jure de ma part si je ne m'empressais de faire tout ce qui peut vous

« être agréable. Donc, contentez votre désir de m'accoler et me
« baiser, car moi, je vous accolerai et baiserai plus que volon-
« tiers. » Après cela, plus n'était besoin de paroles. La dame,
toute allumée d'amoureux désirs, se jeta prestement dans ses bras,
et après que mille fois, la serrant étroitement, il l'eut embrassée et
eut été embrassé par elle, ils se levèrent de là, s'en allèrent dans la
chambre et sans plus de retard, s'étant déshabillés, pleinement et à
de nombreuses reprises, avant que le jour vînt, ils satisfirent leurs
désirs.

« Mais dès que l'aurore vint à paraître, selon le bon plaisir de la
dame, ils se levèrent, afin que cette aventure ne pût être soupçon-
née par personne ; elle lui donna des vêtements en assez mauvais
état et, ayant rempli sa bourse d'argent, elle le pria de tenir tout
ceci caché ; enfin, après lui avoir montré le chemin qu'il devait
prendre pour retrouver son domestique, elle le fit sortir par la porte
où il était entré. Le jour étant tout à fait revenu et les portes ayant
été ouvertes, il entra dans Castel-Guiglielmo comme s'il arrivait de
loin et retrouva son domestique. Pour quoi, ayant revêtu les habits
qu'il avait dans sa valise, il se disposait à monter sur le cheval de
son domestique, lorsqu'il advint, comme par miracle, que les trois
brigands qui l'avaient volé la veille furent pris à la suite d'un nouveau méfait et conduits en cette ville. Sur leurs aveux, on lui resti-
tua son cheval, ses vêtements et son argent. Il ne perdit pas autre
chose qu'une paire de jarretières dont les brigands ne se rappelèrent
pas ce qu'ils avaient fait. Pour quoi Renauld, rendant grâce à Dieu
et à saint Julien, monta à cheval et retourna sain et sauf chez lui,
Quant aux trois brigands, ils allèrent, dès le lendemain, battre l'air
de leurs talons. »

LA FILLE DU ROI D'ANGLETERRE

*Trois jeunes gens, ayant dissipé leur avoir, tombent dans la misère.
Leur neveu, revenant désespéré chez lui, fait la rencontre d'un
abbé qui se trouve être la fille du roi d'Angleterre,
laquelle l'épouse, répare les pertes de ses oncles
et les rétablit dans leur premier état.*

« Il fut jadis dans notre cité un chevalier qui avait nom messer
Tedaldo, lequel, selon que quelques-uns le veulent, appartenait à la
famille des Lamberti. D'autres affirment qu'il était de celle des Agolanti, se fondant surtout sur la profession exercée dans la suite par
ses fils, profession que les Agolanti ont toujours exercée et exercent
encore. Mais, laissant de côté la question de savoir à laquelle des deux
maisons il appartenait, je dis qu'il fut dans son temps un richissime
chevalier, et qu'il eut trois fils, dont le premier s'appela Lambert, le
second Tedaldo et le troisième Agolante, tous trois beaux et aimables
jeunes gens. Le plus âgé n'avait pas encore accompli ses dix-huit ans,
quand le richissime messer Tedaldo vint à mourir, leur laissant,
comme à ses héritiers légitimes, tout son bien, meubles et immeubles.
Se voyant très riches en argent comptant et en domaines, ils se mirent
à dépenser sans aucun autre mobile que leur bon plaisir, sans frein
ni retenue, entretenant un nombreux domestique, force chevaux de
prix, des chiens, des oiseaux ; prodiguant les largesses ; courant les
joutes ; faisant non seulement ce qui convient à des gentilshommes,
mais encore ce qu'il prenait fantaisie à leur junévile appétit de faire.
Cette vie ne dura pas longtemps, car le trésor que leur avait laissé
leur père vint à s'épuiser, et leurs revenus ne suffisant pas à leurs
dépenses accoutumées, ils se mirent à vendre et à engager leurs biens.
Vendant aujourd'hui l'un, demain l'autre, ils s'aperçurent à peine
qu'ils en étaient venus à ne posséder presque plus rien. La pauvreté
ouvrit alors les yeux que la richesse avait tenus fermés. C'est pourquoi Lambert, ayant un jour mandé les deux autres, leur représenta

quelle avait été la magnificence de leur père et la leur, quelles
avaient été leurs richesses, et la pauvreté à laquelle ils en étaient arrivés par leurs dépenses désordonnées. Du mieux qu'il sut, il les engagea, avant que leur misère fût plus connue, à vendre le peu qui leur
restait et à partir avec lui ; ce qu'ils firent. Sans prendre congé de
personne, sans aucune cérémonie, ils sortirent de Florence, et ne
s'arrêtèrent que lorsqu'ils furent arrivés en Angleterre. Là, ayant loué
une petite maison, près de Londres, faisant mince dépense, ils se
mirent avec âpreté à prêter à usure ; et la fortune leur fut en cela si
favorable, qu'en peu d'années ils amassèrent de grandes sommes
d'argent. Avec cet argent, retournant successivement tantôt l'un,
tantôt l'autre, à Florence, ils rachetèrent une grande partie de leurs
anciennes propriétés, en achetèrent de nouvelles et prirent femme.
Continuant à faire l'usure en Angleterre, ils y firent venir un de
leurs neveux, jeune homme qui avait nom Alexandre, et tous les trois
revinrent à Florence, ayant oublié à quoi les avaient réduits une première fois leurs dépenses extravagantes. Bien que tous eussent de la
famille, ils se remirent à dépenser plus étourdiment que jamais, jouis-
sant d'un grand crédit auprès de tous les marchands et empruntant
de grosses sommes. Pendant quelques années, leur train fut soutenu
par l'argent que leur envoyait Alexandre, qui s'était mis à prêter
aux barons sur le produit de leurs places fortes et de leurs autres
charges, ce qui lui rapportait de gros bénéfices.

« Tandis que les trois frères dépensaient aussi largement et emprun-
taient quand ils manquaient d'argent, comptant toujours fermement
sur l'Angleterre, il advint que, contre toutes les prévisions, une
guerre s'éleva en Angleterre entre le roi et l'un de ses fils, par laquelle
toute l'île se divisa, qui tenant pour l'un, qui pour l'autre. Cela fut
cause que la ressource des places fortes où commandaient les barons
fut enlevée à Alexandre qui n'avait plus rien pour garantir ses
créances. Espérant que d'un jour à l'autre la paix se ferait entre le
père et le fils et que, par conséquent, tout lui serait remboursé, intérêts et capital, Alexandre ne quittait pas l'île, et les trois frères qui
étaient à Florence ne diminuaient en rien leurs énormes dépenses,
empruntant chaque jour davantage. Mais lorsque, après plusieurs
années, on ne vit aucun effet suivre les espérances, les trois frères

non seulement perdirent tout crédit, mais furent poursuivis, ceux à qui ils devaient voulant être payés. Leurs propriétés n'ayant pas suffi à solder toutes leurs dettes, ils furent mis en prison pour le reste, et leurs femmes ainsi que leurs enfants s'enfuirent de côté et d'autre, en assez pauvre équipage, ne sachant plus qu'attendre sinon une existence à jamais misérable. Alexandre, qui pendant plusieurs années avait attendu en Angleterre que la paix se fît, voyant qu'elle n'arrivait pas, et craignant non seulement d'attendre en vain, mais que sa vie fût en danger, se décida à retourner en Italie et se mit tout seul en chemin.

« Comme il sortait de Bruges, il vit, par aventure, qu'en sortait aussi un abbé blanc, accompagné de beaucoup de moines, de nombreux domestiques et précédé d'un grand équipage. Près de lui, venaient deux vieux chevaliers, parents du roi, avec lesquels Alexandre s'aboucha comme avec des connaissances, et qui l'admirent volontiers en leur compagnie. Chemin faisant, Alexandre leur demanda discrètement qui étaient ces moines qui les précédaient avec une si grande suite, et où ils allaient. A quoi l'un des chevaliers répondit : « Celui qui marche à la tête est un jeune homme, notre parent, « récemment élu abbé d'une des plus grandes abbayes d'Angleterre ; « et pour ce qu'il n'a pas l'âge exigé par les lois pour une telle « dignité, nous allons avec lui à Rome pour prier le Saint-Père de « lui accorder une dispense d'âge et de le confirmer dans sa dignité. « Mais il ne faut parler de cela à personne. »

« En chemin, le nouvel abbé, marchant tantôt devant, tantôt derrière ses gens, ainsi que nous voyons faire chaque jour aux seigneurs qui voyagent, aperçut près de lui Alexandre, lequel était fort jeune, beau de personne et de visage, d'aussi bon ton et d'aussi belles manières que quiconque. A la première vue, il plut infiniment à l'abbé, qui le fit appeler près de lui, se mit à lui causer et lui demanda qui il était, d'où il venait et où il allait. A quoi Alexandre répondit en exposant franchement sa situation, et après avoir satisfait à sa demande, lui offrit ses services dans le peu qu'il pourrait. L'abbé, entendant sa belle façon de parler, frappé surtout de ses belles manières, le tint — bien que la profession qu'il exerçait fût assez servile — pour un gentilhomme, et s'éprit tout à fait de lui. Plein de compassion pour ses mésaventures, il le réconforta familièrement et lui dit d'avoir bonne espérance, pour ce que, s'il était homme de bien, Dieu le replacerait dans la situation d'où la fortune l'avait fait tomber et plus haut encore. Il le pria, puisqu'il allait en Toscane, de lui faire le plaisir de rester en sa compagnie, attendu qu'il y allait aussi. Alexandre le remercia de ses bonnes paroles et ajouta qu'il était entièrement à ses ordres.

« L'abbé cheminant donc avec Alexandre, dont la vue lui avait inspiré au cœur des sentiments tout nouveaux, il advint qu'après plusieurs jours ils arrivèrent dans une petite ville qui n'était pas trop richement pourvue en auberges. L'abbé voulant y loger, Alexandre le fit descendre chez un hôtelier qui avait été longtemps son domestique et lui fit préparer la moins mauvaise chambre de la maison. Comme il était déjà devenu en quelque sorte le sénéchal de l'abbé, étant homme fort pratique, il logea du mieux qu'il put toute la suite de l'abbé, qui çà, qui là. Après que l'abbé eut soupé, la nuit étant déjà fort avancée et chacun ayant été dormir, Alexandre demanda à l'hôtelier où il pourrait reposer à son tour. A quoi l'hôte répondit : « En vérité, je ne sais pas. Tu vois que tout est plein « et que moi et les miens sommes forcés de dormir sur le plancher. « Cependant, dans la chambre de l'abbé, il y a un cabinet où je peux « te conduire et te dresser un petit lit où tu pourras, si cela te va, « passer la nuit de ton mieux. » A quoi Alexandre dit : « Comment veux-tu que j'aille dans la chambre de l'abbé puisque tu « sais qu'elle est si petite que l'on n'a pu y faire coucher aucun de « ses moines ? Si je m'étais aperçu qu'il y eût un cabinet quand on « préparait son lit, j'y aurais placé ses moines et j'aurais pris pour « moi la chambre où ceux-ci dorment. » A quoi l'hôtelier dit : « La chose est faite et tu peux, si tu veux, reposer en cet endroit « le mieux du monde. L'abbé dort, ses courtines sont tirées ; je te » porterai, sans bruit, un petit lit de plume et tu y dormiras. » Alexandre, voyant que tout cela pouvait se faire sans déranger l'abbé, y consentit et s'y arrangea le plus doucement possible.

« L'abbé, qui ne dormait pas et qui, au contraire, était tout entier à ses nouveaux désirs, avait entendu ce que l'hôtelier et Alexandre s'étaient dit, et avait vu où Alexandre s'était allé coucher. Fort con-

tent de cela, il se mit à dire en lui-même : « Dieu a envoyé l'occa-
« sion favorable à mes désirs ; si je ne la saisis pas, il est probable
« qu'elle ne se représentera plus. » Et il résolut de la saisir. Tout
faisant silence dans l'auberge, il appela à voix basse Alexandre, et
lui dit de venir se coucher auprès de lui. Alexandre, après beaucoup d'excuses, s'étant déshabillé, se mit à ses côtés. Alors, l'abbé
lui ayant mis la main sur la poitrine, se mit à le caresser de la même
façon que les jeunes filles caressent leur amant. De quoi Alexandre
s'étonna fort et crut que l'abbé était pris d'un amour déshonnête,
pour le toucher de la sorte. Soit que l'abbé se doutât de sa crainte,
soit qu'Alexandre eût fait quelque geste de dégoût, il se mit tout à
coup à sourire, et ayant prestement écarté sa chemise, il prit la
main d'Alexandre et la posa sur sa poitrine, disant : « Alexandre,
« chasse ta mauvaise pensée, cherche, et reconnais ce que je cache à
tous. » Alexandre ayant posé la main sur le sein de l'abbé, trouva
deux petits tétons ronds, fermes et délicats, qui semblaient faits
d'ivoire. A cette découverte, voyant que c'était une femme, sans
attendre une nouvelle invitation, il l'entoura lestement de ses bras
et se disposait à l'embrasser, quand elle lui dit : « Comme tu
« peux le voir, je suis femme et non homme. Je suis partie pucelle
« de chez moi, et j'allais trouver le pape pour qu'il me marie. Par
« un effet de ta bonne fortune ou de mon malheur, dès que je t'ai
« vu l'autre jour, je me suis tellement éprise d'amour pour toi que
« jamais femme n'a aimé un homme à ce point. Pour quoi, j'ai
« résolu de te prendre pour mari de préférence à tout autre. Aussi,
« si tu ne veux pas de moi pour femme, sors sur-le-champ d'ici
« et regagne ton lit. » Alexandre, bien qu'il ne la connût pas,
considérant qu'elle suite elle avait, estima qu'elle devait être noble
et riche, et de plus il la voyait très belle. Pour quoi, sans réfléchir
trop longtemps, il répondit que si cela lui plaisait à elle, cela lui était
à lui très agréable. S'étant alors assise sur le lit, devant un tableau
qui représentait l'effigie de Notre Seigneur, elle lui mit au doigt un
anneau et se fit épouser. Puis, s'étant embrassés au grand plaisir de
tous deux, ils se satisfirent tout le reste de la nuit. Ils prirent ensuite
leurs mesures pour leurs plaisirs futurs et, le jour venu, Alexandre
se leva, sortit de la chambre par où il y était entré, sans que personne

sût où il avait couché pendant la nuit, et joyeux outre mesure, il se remit en route avec l'abbé et son escorte et, plusieurs jours après, ils arrivèrent à Rome.

« Là, après s'être reposés quelques jours, l'abbé, les deux chevaliers et Alexandre, sans autre suite, allèrent trouver le pape et, leurs révérences faites, l'abbé se mit à parler ainsi : « Saint-Père, vous
« devez mieux que personne savoir que tous ceux qui veulent vivre
« bien et honnêtement doivent autant que possible fuir les occasions
« qui pourraient les entraîner à faire le contraire. C'est pour cela
« que moi, qui ai le désir de vivre honnêtement, je me suis enfuie
« secrètement sous l'habit que vous me voyez, avec une grande
« partie du trésor du roi d'Angleterre, mon père, lequel voulait me
« marier au vieux roi d'Écosse, moi, jeune comme vous voyez, et
« que je me suis mise en route pour venir ici, afin que Votre Sain
« teté me mariât. Ce n'est pas tant la vieillesse du roi d'Écosse qui
« m'a fait fuir que la peur de faire, à cause de la fragilité de ma
« jeunesse, quelque chose contre les lois divines et contre l'honneur
« du sang royal si j'étais mariée à lui. Ainsi résolue, je venais, lors
« que Dieu, qui seul connaît parfaitement ce qui convient à chacun,
« a placé devant mes yeux, par sa miséricorde je crois, celui qu'il
« lui plaît que j'aie pour mari. C'est ce jeune homme — et elle
« montra Alexandre — que vous voyez ici près de moi, et dont les
« manières, la vaillance, sont dignes des plus grandes dames du
« monde, bien que peut-être la noblesse de son sang ne soit pas
« aussi illustre que celle de sang royal. C'est donc lui que j'ai pris
« et que je veux pour époux ; et je n'en aurai jamais d'autre, quoi
« qu'en puisse penser mon père ou qui que ce soit. Le principal
« motif pour lequel je me suis mise en route n'existe donc plus ;
« mais il m'a plu d'achever mon voyage, autant pour visiter et
« adorer les lieux saints dont cette cité est remplie et pour m'age
« nouiller aux pieds de Votre Sainteté, que pour déclarer ouverte
« ment devant vous, et par conséquent devant tous les hommes, le
« mariage contracté entre Alexandre et moi en présence de Dieu.
« Pour quoi je vous prie humblement que ce qui a plu à Dieu et
« à moi vous soit agréable, et que vous nous donniez votre bénédic
« tion, afin qu'avec elle nous soyons plus sûrs que notre union

« plaira à Celui dont vous êtes le vicaire, et que nous puissions vivre
« et mourir ensemble à l'honneur de Dieu et de vous. »

« Alexandre fut fort étonné en apprenant que sa femme était fille
du roi d'Angleterre, et son cœur s'emplit d'une grande allégresse.
Mais les deux chevaliers furent plus étonnés encore, et ils furent
tellement courroucés que s'ils avaient été ailleurs que devant le pape,
ils auraient fait un mauvais parti à Alexandre et peut-être à la dame.
D'un autre côté, le pape s'étonna beaucoup de l'habit porté par la
dame et du choix qu'elle avait fait ; mais voyant qu'il n'y avait pas
moyen de revenir sur ce qui était fait, il se rendit à sa prière. Tout
d'abord il apaisa les chevaliers qu'il voyait si courroucés et, les ayant
remis en paix avec la dame et avec Alexandre, il donna des ordres
pour ce qui restait à faire.

« Le jour fixé par lui étant venu, en présence de tous les cardinaux et d'un grand nombre de personnages de haut rang qu'il avait
invités et qui étaient venus pour assister à la magnifique fête qu'il
avait fait préparer, il fit venir la dame revêtue d'habits royaux et
qui était si belle et si plaisante à voir qu'elle était justement louée
par tous. Alexandre vint également revêtu d'habits splendides, res-
semblant beeucoup moins, dans son maintien et dans son air, à
un jeune usurier qu'à un prince de sang royal, et recevant les hommages des deux chevaliers. Puis le pape fit de nouveau célébrer
solennellement les épousailles et, après avoir fait de belles et somp-
tueuses noces, il leur donna congé avec sa bénédiction.

« Il plut à la dame et à Alexandre, en quittant Rome, d'aller à Florence où la renommée avait déjà porté la nouvelle. Ils y furent reçus
par les Florentins avec de grands honneurs. La dame fit mettre en
liberté les trois frères, après avoir fait payer tous leurs créanciers,
et les remit, eux et leurs femmes, en possession de leurs biens. Fort
approuvés de tous pour cela, Alexandre et sa femme, emmenant avec
eux Agolante, quittèrent Florence et vinrent à Paris, où ils furent
reçus avec beaucoup d'honneurs par le roi. De là, les deux chevaliers
allèrent en Angleterre, et ils firent si bien auprès du roi que celui-ci
rendit ses bonnes grâces à sa fille et l'accueillit en grande fête, ainsi
que son gendre, qu'il fit peu de temps après chevalier, en lui donnant
le comté de Cornouailles. Alexandre déploya tant d'habileté, tant de

savoir-faire, qu'il raccommoda le fils avec le père, dont il s'ensuivit
un grand bien pour toute l'île, et ce qui lui conquit l'affection et
l'estime de tous les habitants du pays. Quant à Agolante, il recouvra
en totalité ce qui lui était dû, et il s'en revint à Florence, riche outre
mesure, après avoir été fait chevalier par le comte Alexandre. Le
comte vécut très glorieusement avec sa femme et, suivant l'affirma-
tion d'aucuns, grâce à sa prudence, à sa valeur, et avec l'aide de son
beau-père, il conquit par la suite l'Écosse et fut couronné roi. »

LA FIANCÉE DU ROI DE GARBE

*Le soudan de Babylone envoie sa fille en mariage au roi de
Garbe. Celle-ci, par suite de nombreux accidents, tombe
dans l'espace de quatre années aux mains de neuf
hommes qui l'emmènent en divers pays. En dernier
lieu, rendue à son père comme pucelle, elle
est de nouveau envoyée au roi de Garbe.*

« Il y a bon temps déjà, vivait en Babylonie un soudan nommé
Beminedab, et à qui, pendant sa vie, tout réussit à souhait. Parmi
ses autres nombreux enfants, mâles et femelles, il avait une fille
appelée Alaciel, laquelle, au dire de quiconque l'avait vue, était la
plus belle femme qui se vît au monde en ces temps-là ; et pour ce
que, dans une grande défaite qu'il avait fait essuyer à une multitude
d'Arabes qui l'avaient attaqué, le roi de Garbe l'avait merveilleuse-
ment aidé, il lui avait, sur la demande que celui-ci en avait faite
comme d'une grâce spéciale, donné sa fille pour épouse, et après
l'avoir fait monter sur un navire bien armé et bon marcheur avec
une escorte d'honneur composée d'hommes et de femmes, et lui
avoir donné de nombreux et riches vêtements, il la lui envoya, en
la recommandant à Dieu. Les marins, voyant le temps bien disposé,
livrèrent les voiles au vent, et après être sortis du port d'Alexandrie,
naviguèrent plusieurs jours très heureusement. Ils avaient déjà

dépassé la Sardaigne, et le terme de leur course leur paraissait proche, quand un jour des vents divers s'élevèrent soudain, lesquels, étant impétueux outre mesure, fatiguèrent tellement le navire où étaient la dame et les marins, qu'ils se crurent tous plus d'une fois perdus. Pourtant, agissant en vaillants hommes, de tout leur art et de toutes leurs forces, quoique battus par la mer immense, ils se maintinrent pendant deux jours. La troisième nuit survenant depuis que la tempête était commencée, et celle-ci ne cessant pas mais croissant au contraire de plus en plus, ils ne savaient où ils étaient, et ne pouvaient le savoir par calculs marins, ni le reconnaître par la vue, attendu que le ciel était totalement obscurci par les nuages et la nuit noire ; quand soudain, se trouvant à peu près à la hauteur de Mayorque, ils sentirent le navire s'entr'ouvrir. Pour quoi, ne voyant aucun moyen de salut, et chacun ayant à l'esprit soi-même et non les autres, ils jetèrent à la mer une chaloupe, et résolus de se fier à celle-ci plutôt qu'au navire détruit, les patrons s'y précipitèrent, suivis un à un de tous les hommes qui étaient sur le navire, bien que ceux qui étaient descendus les premiers sur la chaloupe voulussent les en empêcher le couteau à la main ; et croyant ainsi fuir la mort, ils s'éloignèrent avec la chaloupe. Mais, contrariés par le temps, ils ne purent manœuvrer l'embarcation, qui s'abîma, et ils périrent tous tant qu'ils étaient. Quant au navire, qui était poussé par un vent impétueux, bien qu'il fût entr'ouvert et déjà plein d'eau — il n'y était resté personne que la dame et ses femmes, qui toutes, vaincues par la violence de la mer et par la peur, gisaient sur le pont quasi mortes — il vint en courant très vite heurter contre une plage de l'île Mayorque ; le choc fut si violent qu'il s'engrava tout entier dans le sable, loin du rivage, à peu près à la distance d'une jetée de pierre. Là, combattu par la mer, il se tint toute la nuit, sans que le vent pût le faire bouger.

« Le jour venu, et la tempête étant un peu apaisée, la dame, qui était à moitié morte, leva la tête, et faible comme elle était se mit à appeler tantôt l'un, tantôt l'autre de ses compagnons ; pour quoi, voyant qu'aucun d'eux ne lui répondait et n'en apercevant aucun, elle s'étonna beaucoup et commença à avoir une grandissime peur, Alors s'étant levée du mieux qu'elle put, elle vit les dames qui

l'accompagnaient ainsi que les autres femmes étendues autour d'elle.
Après les avoir longtemps appelées, tantôt l'une, tantôt l'autre, elle
en trouva peu qui eussent conscience d'elles-mêmes, étant toutes
comme mortes de peur et en proie aux angoisses de l'estomac ; de
quoi la peur de la dame devint plus grande. Mais néanmoins, la
nécessité de prendre une décision la poussant, attendu qu'elle se
voyait là toute seule, et sans savoir où elle était, elle stimula celles
de ses compagnes qui étaient encore vivantes et les fit lever ; celles-
ci, ne sachant où les hommes s'en étaient allés et voyant le navire
lutter contre le rivage et plein d'eau, se mirent à se lamenter avec
elle. L'heure de none était déjà proche qu'elles n'avaient encore vu
personne, sur le rivage ou autre part, à qui elles pussent inspirer
quelque pitié et qui les secourût. Sur l'heure de none, revenant par
aventure de chez lui, passa par là un gentilhomme dont le nom était
Pericon da Visalgo, suivi de plusieurs de ses familiers à cheval,
lequel, voyant le navire, comprit aussitôt de quoi il s'agissait, et
ordonna à un de ses familliers de monter sans retard sur le navire
et de lui dire ce qu'il y aurait trouvé. Le familier, encore qu'il éprou-
vât quelque difficulté à ce faire, parvint cependant à y monter, y
trouva la gente jeune fille avec les quelques compagnes qui lui res-
taient, et qui se tenait timidement cachée sous le bec de la proue du
navire. Dès qu'elles le virent, pleurant, elles implorèrent à plusieurs
reprises sa miséricorde ; mais voyant qu'elles n'étaient pas comprises
de lui, et qu'elles ne le comprenaient pas, elles s'efforcèrent de lui
expliquer par gestes leur mésaventure. Le familier, ayant tout regardé
de son mieux, raconta à Péricon ce qu'il avait vu sur le navire ; sur
quoi Pericon, ayant promptement fait descendre à terre les femmes
et les choses les plus précieuses qui s'y trouvaient, s'en fut avec elles
dans son château ; et les femmes s'étant réconfortées par la nourriture et le repos, il comprit, à ses riches vêtements, que la dame qu'il
avait trouvée devait être une grande et gente dame, ce qu'il reconnut
aussi au respect que toutes les autres avaient pour elle seule. Et bien
que la dame fût toute pâle et très fatiguée, à cause de la mer, cependant ses beautés n'échappèrent point à Pericon ; pour quoi il résolut
soudain en lui-même, si elle n'avait point de mari, de la prendre pour
femme, et s'il ne la pouvait avoir pour femme, d'obtenir ses faveurs.

« Pericon était un homme de fière prestance et très robuste; ayant pendant quelques jours fait servir abondamment la dame, cette dernière s'était de la sorte entièrement rétablie. Pour quoi, voyant qu'elle était belle au delà de toute imagination, et fort ennuyé de ne pouvoir la comprendre et de n'être point compris d'elle, et de ne pouvoir ainsi savoir qui elle était, démesurément enflammé cependant par sa beauté, il s'efforça, par gestes plaisants et amoureux, de l'amener à satisfaire ses désirs ; mais cela ne servait à rien ; elle repoussait complètement ses offres de service, et l'ardeur de Pericon s'en allumait d'autant plus. Ce que voyant la dame, comme elle était déjà demeurée parmi ces gens pendant plusieurs jours, elle comprit à leurs façons d'agir qu'elle était chez des chrétiens, et en un lieu où, même si elle l'avait su, il lui aurait peu réussi de se faire connaître. Sentant également qu'à la longue, par force ou par amour, il faudrait en venir à satisfaire Pericon, elle résolut de dominer par sa force d'âme la situation malheureuse où elle se trouvait. Elle recommanda donc à ses femmes — il ne lui en était plus resté que trois — de ne révéler à personne qui elles étaient, à moins qu'elles ne se trouvassent en un endroit où elles verraient moyen d'être secourues et délivrées. En outre, elle les engagea fortement à conserver leur chasteté, affirmant que pour elle, elle était bien résolue à ce que personne, si ce n'est son mari, pût jouir d'elle. Ses femmes la louèrent beaucoup de cela, et promirent de suivre ses ordres selon leur pouvoir.

« Pericon s'enflammant chaque jour davantage — d'autant plus qu'il voyait à sa portée la chose désirée et qu'elle lui était refusée — et voyant que ses frais n'aboutissaient à rien, résolut d'agir par ruse et artifice, réservant la force pour la fin. S'étant aperçu plusieurs fois que le vin plaisait à la dame comme à une personne qui n'avait pas été habituée à en boire, sa religion le lui défendant, il pensa qu'il la pourrait prendre à l'aide du vin, ministre ordinaire de Vénus. Feignant de ne plus avoir envie de ce dont elle se montrait si avare, il fit servir un soir, en manière de fête solennelle, un beau souper, auquel la dame vint assister. A ce souper, égayé par toutes sortes de bonnes choses, il ordonna à celui qui la servait de lui donner à boire des vins variés mêlés ensemble, ce que le serviteur fit très

LA FIANCÉE DU ROI DE GARBE

C. B. - III

bien ; et elle qui ne se méfiait pas de cela, entraînée par l'agrément
du breuvage, en prit plus qu'il n'aurait été honnête. De quoi, toute
infortune passée étant oubliée, elle devint joyeuse, et voyant quelques femmes danser à la mode de Mayorque, elle dansa à la mode
d'Alexandrie. Ce que voyant Pericon, il lui sembla qu'il était près
d'obtenir ce qu'il désirait, et continuant à lui faire servir plus abondamment des mets et des vins, il prolongea le souper une grande
partie de la nuit. Enfin, les convives partis, il entra dans la chambre de la dame seul avec elle. Celle-ci, plus chaude de vin que retenue par l'honnêteté, entra dans le lit, après s'être dépouillée de ses
vêtements en présence de Pericon, comme s'il avait été une de ses
femmes, et sans être retenue par la moindre vergogne. Pericon
l'imita sans retard, et ayant éteint toute lumière, il se glissa prestement à ses côtés, la saisit dans ses bras, et, sans qu'elle lui opposât
la moindre résistance, il se mit à se satisfaire amoureusement avec
elle. Ce qu'ayant senti la dame, elle qui n'avait jamais su auparavant
avec quelle corne cossaient les hommes, quasi repentante de n'avoir
pas consenti aux avances de Pericon et sans attendre d'être invitée
par lui à de si douces noces, elle l'y invita plusieurs fois elle-même,
non par des paroles, car elle ne savait pas se faire entendre, mais
par gestes.

« Pendant qu'elle goûtait ce grand plaisir avec Pericon, la fortune,
mécontente de l'avoir, de femme de roi qu'elle était, fait devenir
l'amie d'un simple châtelain, lui prépara bientôt une plus rude
amitié. Pericon avait un frère âgé de vingt-cinq ans, beau et frais
comme une rose, dont le nom était Marato ; ayant vu Alaciel, et celle-
ci lui ayant souverainement plu, il crut s'apercevoir, selon qu'il pouvait en juger par ses gestes, qu'il en était bien accueilli ; et estimant
que rien ne l'empêchait d'obtenir ce qu'il désirait d'elle, sinon la
garde vigilante que Pericon en faisait, il tomba dans une pensée
cruelle, pensée qui fut suivie sans retard d'un criminel effet. Il y
avait alors par hasard dans le port de la ville un navire chargé de
marchandises pour Chiaranza en Romagne, et dont deux jeunes
Génois étaient les patrons ; déjà la voile était levée pour partir au
premier bon vent. Marato, s'étant entendu avec eux, prépara tout
pour qu'ils le reçussent la nuit suivante avec la dame. Cela fait, la

nuit étant venue et ayant tout disposé pour ce qu'il avait à faire, il
s'en alla dans la maison de Pericon, qui ne se défiait nullement de
lui, accompagné de quelques fidèles compagnons qu'il avait requis
pour l'aider dans ses projets et, suivant le plan arrêté entre eux, il se
cacha dans la maison. Quand une partie de la nuit fut écoulée, il
ouvrit à ses compagnons, alla avec eux à l'endroit où Pericon dormait avec la dame et, étant entrés, ils tuèrent Pericon endormi et
s'emparèrent de la dame, qui s'était réveillée et se lamentait, la menaçant de mort si elle faisait du bruit. Puis, avec la plus grande partie des choses précieuses appartenant à Pericon, sans avoir été entendus, ils s'en allèrent promptement au port où, sans plus de retard,
Marato monta avec la dame sur le navire, laissant ses compagnons
s'en retourner.

« Les marins, ayant bonne et fraîche brise, levèrent les voiles et
se mirent en voyage. La dame se lamenta amèrement sur sa première mésaventure ainsi que sur la seconde ; mais Marato, ayant en
main le Saint-Croissant que Dieu nous donna, se mit à la consoler
de telle façon que bientôt, apprivoisée avec lui, elle eut oublié
Pericon : et déjà elle s'estimait heureuse quand la fortune, non
satisfaite des tristesses passées, lui en prépara une nouvelle. Comme
elle était très belle de forme, ainsi que nous l'avons déjà dit souvent,
et de manières fort gracieuses, les deux jeunes patrons du navire
s'énamourèrent si fort d'elle, qu'oubliant toute autre chose, ils ne
s'occupaient qu'à la servir et qu'à lui être agréable, prenant bien
garde que Marato ne le soupçonnât. S'étant aperçus l'un l'autre de
leur amour, ils eurent à ce sujet un entretien secret où ils convinrent de faire en commun l'acquisition de la dame, comme si l'amour
devait se traiter de la même façon que les marchandises ou les pro-
fits du commerce. La voyant parfaitement gardée par Marato, et
pour ce étant empêchés dans leur projet, un jour que le navire marchait à pleines voiles et que Marato se tenait sur la poupe à regarder
la mer sans se méfier en rien d'eux, ils s'approchèrent de lui et, d'un
commun accord, le saisirent prestement par derrière et le jetèrent à
l'eau ; et le navire alla plus d'un mille avant que personne se fût
aperçu que Marato était tombé à l'eau. Ce qu'apprenant la dame, et
ne voyant aucune possibilité de le retrouver, elle se mit à recom-

mencer sur le navire ses premières plaintes. Sur quoi, les deux
amants vinrent incontinent pour la consoler et, par de douces
paroles, par de grandes promesses, bien qu'elle les comprît peu,
ils s'efforçaient de calmer la dame, qui pleurait bien moins le mari
perdu que sur sa propre mésaventure. Après lui avoir tenu une
ou deux fois de longs discours, il sembla qu'ils l'avaient quasi
consolée, et ils en vinrent à discuter pour savoir celui qui le premier
la mènerait coucher avec lui. Voulant chacun être le premier, et ne
pouvant s'accorder entre eux à ce sujet, ils commencèrent d'abord à
échanger de graves injures ; leur colère s'en augmentant, ils mirent
la main aux couteaux, et, s'attaquant avec fureur, ils s'en portèrent
plusieurs coups avant que ceux qui étaient sur le navire pussent les
séparer ; sur quoi l'un d'eux tomba mort, et l'autre, gravement
blessé en plusieurs endroits, eut la vie sauve. Cette aventure contra-
ria beaucoup la dame, qui se voyait seule et sans l'appui de personne
et craignait fort que la colère des parents et des amis des deux
patrons se tournât contre elle ; mais les prières du blessé, et une
prompte arrivée à Chiarenza, la sauvèrent de ce danger de mort.

« Etant descendue à terre avec le blessé, et demeurant avec lui
dans une auberge, le bruit de sa grande beauté courut soudain par
la ville, et ce bruit parvint aux oreilles du prince de la Morée, qui
était alors à Chiarenza. Ce dernier voulut la voir et, l'ayant vue,
elle lui parut plus belle que la renommée la faisait ; c'est pourquoi
il s'enamoura si fortement d'elle qu'il ne pouvait penser à autre
chose ; et ayant entendu de quelle façon elle était venue là, il résolut
d'essayer de l'avoir. Comme il cherchait les moyens pour y parvenir, les parents du blessé l'ayant appris, sans attendre davantage,
ils la lui envoyèrent, ce qui fut très agréable au prince et aussi à la
dame, pour ce qu'il lui sembla que cela la tirait d'un grand péril. Le
prince la voyant, outre sa beauté, ornée d'habits royaux, ne pouvant
autrement savoir qui elle était, pensa qu'elle devait être une noble
dame, et son amour en redoubla. La tenant en grand honneur, il la
traitait non comme sa maîtresse, mais comme sa propre femme.
Pour quoi, la dame se rappelant ses malheurs passés, et se trouvant
en comparaison fort bien et toute réconfortée, était redevenue
joyeuse, et ses beautés fleurirent tellement qu'il semblait que toute

la Romagne n'eût point à parler d'autre chose. Cela fit que le duc
d'Athènes, jeune homme beau et vaillant de sa personne, ami et
parent du prince, eut le désir de la voir et, sous prétexte d'aller visiter celui-ci, comme il avait l'habitude de le faire parfois, il s'en vint
avec une belle et honorable suite à Chiarenza où il fut reçu avec
honneur et en grande fête. Au bout de quelques jours, étant venus
à causer ensemble des beautés de cette dame, le duc demanda si
c'était chose aussi belle qu'on le prétendait. A quoi le prince répondit : « Beaucoup plus, mais de cela ce ne sont pas mes paroles,
« mais tes yeux que je veux prendre pour garants. » Alors, sur les
instances du duc, ils s'en allèrent ensemble là où elle était. La
dame, informée d'avance de leur visite, les reçut en riches atours
et d'un air joyeux ; et, l'ayant fait asseoir entre eux, ils ne purent
avoir le plaisir de causer avec elle, pour ce qu'elle n'entendait rien
ou que bien peu de leur langage. Pour quoi chacun la regardait
comme une merveilleuse chose, et surtout le duc qui pouvait à peine
croire qu'elle fût créature mortelle ; et croyant, grâce à l'amoureux
venin qu'il buvait par les yeux, pouvoir satisfaire son désir en la
regardant, il prépara son propre malheur, en s'enamourant ardemment d'elle. Quand il eut pris congé d'elle avec le prince, et qu'il put
penser à son aise, il estima le prince heureux entre tous, pouvant
disposer à son plaisir d'une si belle chose. Après y avoir longuement
et diversement songé, son feu amoureux pesant plus que son honnêteté, il résolut, quoi qu'il en dût arriver, d'enlever cette félicité au
prince, et de s'en rendre seul possesseur par quelque moyen que ce
fût ; et dans sa hâte, laissant de côté toute raison et toute justice, il
concentra sa pensée toute entière vers les embûches.

« Un jour donc, suivant l'exécrable projet arrêté par lui de con-
cert avec un camérier secret du prince, lequel avait nom Ciuriaci,
il fit préparer très secrètement tous ses chevaux et tous ses bagages
afin de pouvoir partir ; et, la nuit venue, le susdit Ciuriaci l'intro-
duisit en cachette, avec un sien compagnon armé comme lui, dans
la chambre du prince, qu'il vit, à cause de la grande chaleur, la dame
dormant, debout tout nu à une fenêtre donnant sur la mer, pour res-
pirer une petite brise qui s'en élevait. Pour quoi, après avoir informé
d'avance son compagnon de ce qu'il avait à faire, il alla sans bruit

par la chambre jusqu'à la fenêtre, et là il frappa le prince dans les
reins d'un coup de couteau qui le transperça de part en part, puis il
le saisit promptement et le jeta par la fenêtre. Le palais qui donnait
sur la mer était très élevé, et la fenêtre à laquelle était le prince avait
vue sur quelques masures effondrées par l'impétuosité de la mer,
et dans lesquelles personne n'allait sinon très rarement. Il advint
donc, comme le duc l'avait prévu, que la chute du corps du prince
ne fut entendue et ne put l'être de personne. Le compagnon du duc,
voyant cette action accomplie et faisant semblant d'embrasser Ciuriaci, lui jeta prestement autour du cou un lacet qu'il avait apporté
tout exprès, et le tira si violemment que Ciuriaci ne put pousser un
seul cri. Le duc étant venu à son aide, ils l'étranglèrent et le jettè-
rent par la même fenêtre qu'ils avaient jeté le prince. Cela fait,
voyant qu'ils n'avaient été entendns ni par la dame, ni par d'autres,
le duc prit en main une lumière, la porta vers le lit, et découvrit en
silence la dame qui dormait profondément. La regardant des pieds
à la tête, il l'admira beaucoup, et si, vêtue, elle lui avait plu, elle
lui plut au delà de toute comparaison étant nue. Pour quoi, embrasé
d'un plus chaud désir, et nullement épouvanté du crime qu'il venait
de commettre, les mains encore ensanglantées, il se glissa à ses
côtés et se coucha près d'elle, qui était tout assoupie et croyait que
c'était le prince. Après qu'il fut demeuré avec elle en grandissime
plaisir, il se leva et ayant fait venir quelques-uns de ses compagnons,
il fit enlever la dame de façon qu'elle ne pût crier, et la fit emporter
par une fausse porte par laquelle il était entré ; puis, l'ayant placée
sur un cheval, il se mit en route avec tous ses gens, faisant le
moins de bruit qu'il pouvait, et s'en retourna vers Athènes. Mais
comme il était marié, il n'alla point jusque-là, et s'arrêta en un très
bel endroit à lui qu'il avait sur le bord de la mer ; il la tint cachée
et lui fit servir tout ce dont elle avait besoin.

« Les courtisans du prince avaient, le lendemain matin, attendu
jusqu'à l'heure de none qu'il se levât ; mais n'entendant rien, et
ayant poussé les portes des chambres qui n'étaient point fermées,
sans voir non plus personne, ils pensèrent qu'il était allé incognito
quelque part passer quelques jours en compagnie de sa belle dame,
et ils n'en prirent plus de souci. Les choses étant en cet état, il

advint que, le jour suivant, un fou étant entré dans les ruines où gisaient le corps du prince et celui de Ciuriaci, saisit Ciuriaci par le lacet, et s'en alla en le traînant derrière lui. Ciuriaci fut, non sans grand étonnement, reconnu par un grand nombre de gens, lesquels, au moyen de promesses, s'étant fait mener par le fou à l'endroit d'où il l'avait traîné, y trouvèrent, au grand désespoir de toute la ville, le corps du prince qu'ils ensevelirent avec honneur. Et comme on cherchait les auteurs d'un si grand forfait, et qu'on vit que le duc d'Athènes n'était plus là, mais qu'il était parti furtivement, ils estimèrent, comme cela était vrai, que c'était lui qui avait fait le coup et emmené la dame. Pour quoi, mettant à la place du prince mort un de ses frères, ils l'élurent pour leur prince, et l'excitèrent de tout leur pouvoir à se venger. Ce dernier, ayant par la suite eu la preuve que la chose s'était passée comme on l'avait imaginé tout d'abord, rassembla de tous côtés ses amis, ses parents et ses serviteurs, en forma rapidement une belle, grande et puissante armée, et se dirigea contre le duc d'Athènes pour lui faire la guerre. Le duc, apprenant cela, apprêta également ses forces pour se défendre, et de nombreux seigneurs accoururent à son aide, parmi lesquels, envoyés par l'empereur de Constantinople, se trouvaient son fils Constantin et Manovello, son neveu, avec une belle et nombreuse suite. Ces princes furent reçus très honorablement par le duc et encore plus par la duchesse, pour ce qu'elle était leur sœur.

« Les choses tournant de jour en jour davantage à la guerre, la duchesse, le moment venu, les fit venir tous les deux en sa chambre, et là, avec force larmes et force paroles, elle leur conta toute l'histoire, les motifs de la guerre, et leur montra l'affront que lui faisait le duc avec cette femme qu'il croyait tenir si bien cachée : et se plaignant fort de tout cela, elle les pria d'y apporter de leur mieux remède, pour l'honneur du duc et pour sa consolation à elle. Les jeunes gens savaient le fait tel qu'il était, et pour ce, sans trop l'interroger, ils réconfortèrent la duchesse du mieux qu'ils surent, et la remplirent de bonne espérance. Ayant été informés par elle de l'endroit où était la dame, ils partirent ; et comme ils avaient souvent entendu vanter la merveilleuse beauté de celle-ci, ils désirèrent la voir et prièrent le duc de la leur montrer. Celui-ci, ne se souvenant plus de ce qui était advenu au prince pour la lui avoir montrée à lui-même, promit de le faire. Et ayant fait préparer un magnifique déjeuner, dans un très beau jardin où demeurait la dame, il les conduisit, le lendemain matin, avec quelques autres compagnons, manger avec elle. Constantin, étant assis à côté de la dame, se mit à la regarder plein d'étonnement, affirmant en lui-même qu'il n'avait jamais vu chose si belle, et que certainement le duc devait être excusé si, pour posséder une si belle chose, il avait trahi son ami et avait commis un crime ; et comme il la regardait à plusieurs reprises, l'admirant chaque fois de plus en plus, il ne lui en advint pas autrement à lui qu'il n'en était advenu au duc. Pour quoi, il partit enamouré d'elle, et ayant abandonné toute pensée de guerre, il se mit à songer comment il pourrait l'enlever au duc, cachant soigneusement son amour à tout le monde.

« Pendant qu'il brûlait de ce feu, le moment vint de sortir pour aller contre le prince, qui déjà s'approchait des domaines du duc ; pour quoi, le duc et Constantin, et tous leurs autres compagnons, suivant l'ordre adopté, étant sortis d'Athènes, s'en allèrent s'établir aux frontières, afin que le prince n'avançât pas davantage. Ils y étaient depuis deux jours, lorsque Constantin, ayant toujours l'esprit et la pensée tournés vers la dame, et s'imaginant que, maintenant que le duc n'était plus près d'elle, il pourrait très bien en venir à satisfaire son désir, pour avoir un motif de retourner à Athènes, feignit d'être tombé gravement malade ; pour quoi, avec la per-mission du duc, ayant remis son commandement à Manovello, il s'en vint à Athènes vers sa sœur. Là, après un jour de repos, l'ayant amenée à causer de l'injure qu'elle avait reçue du duc à pro-pos de la dame qu'il entretenait, il lui dit que, si elle voulait, il l'aiderait en cette circonstance, en l'enlevant de l'endroit où elle était, et l'emmènerait au loin. La duchesse, croyant que Constantin lui faisait cette proposition par affection pour elle et non par amour pour la dame, dit que cela lui plairait fort s'il s'arrangeait de façon que le duc ne pût jamais savoir qu'elle y avait prêté la main, ce que Constantin lui promit pleinement ; pour quoi, la duchesse consentit à ce qu'il fît du mieux qu'il lui semblerait.

« Constantin, ayant fait armer en secret une barque légère, la fit amener un soir tout près du jardin où demeurait la dame, et informa ceux des siens qui la montaient de ce qu'ils auraient à faire ; puis, avec les autres, il alla au palais où était la dame. Là, par ceux qui étaient au service de cette dernière, et par la dame elle-même, il fut joyeusement reçu, et elle l'accompagna au jardin, selon qu'il lui plut, avec ses serviteurs et les compagnons de Constantin. Celui-ci, sous prétexte d'avoir à lui parler de la part du duc, alla seul avec elle vers une porte qui donnait sur la mer et qui avait été à l'avance ouverte par un de ses compagnons ; et là, ayant par le signal convenu appelé la barque, il fit prestement saisir la dame, et la fit porter sur la barque ; puis, étant revenu vers les serviteurs, il leur dit : « Que personne ne bouge ou ne dise mot, s'il ne veut « mourir, pour ce que je n'entends pas ravir la dame du duc, « mais effacer la honte qu'il fait à ma sœur. » A cela, nul n'osa répondre ; pour quoi Constantin, monté avec les siens sur la barque, et s'étant approché de la dame qui pleurait, ordonna qu'on mît les rames à l'eau et qu'on partît. Volant plutôt que voguant, ils parvinrent à Égine un peu avant le point du jour et, étant descendus à terre pour se reposer, Constantin se satisfit avec la dame, qui pleurait sur sa malheureuse beauté. De là, remontés sur la barque, ils parvinrent en peu de jours à Chios, où, par crainte de la colère de son père, et redoutant aussi de se voir enlever la dame qu'il avait ravie, il plut à Constantin de rester comme en un lieu sûr. Pendant plusieurs jours, la dame pleura sa mésaventure ; mais, à la fin, consolée par Constantin, elle se mit, comme elle avait fait les autres fois, à prendre plaisir de ce que la fortune lui apportait.

« Pendant que les choses allaient ainsi, Osbech, alors roi des Turcs, et qui était en guerre continuelle avec l'empereur, vint en ce temps par hasard à Smyrne ; et là, ayant entendu dire que Constantin se tenait à Chios sans prendre la moindre précaution et y menait une existence lascive avec une dame qu'il avait volée, il s'y rendit une nuit avec quelques petits navires de guerre ; et, étant entré sans bruit dans la ville avec ses gens, il en surprit beaucoup dans leur lit avant que ceux-ci s'aperçussent que les ennemis étaient survenus ; quant au petit nombre de ceux qui s'étaient réveillés à la rumeur et avaient pris les armes, ils furent occis. La ville tout

entière étant brûlée, et le butin et les prisonniers portés sur les
navires, ils retournèrent vers Smyrne. Là, Osbech, qui était jeune,
trouva, en passant son butin en revue, la belle dame, qui avait été
prise endormie dans son lit ; pour quoi, très content de la voir, il en
fit sur-le-champ sa femme, célébra les noces et coucha joyeusement
avec elle plusieurs mois. L'empereur qui, avant que ces choses arri-.
vassent, avait fait un traité avec Basan, roi de Cappadoce, afin qu'il
assaillît d'un côté Osbech avec ses forces, pendant qu'il l'attaque-
rait d'un autre côté avec les siennes, et qui ne l'avait pas encore pu
mettre à exécution pour ce qu'il ne voulait pas faire, comme n'étant
pas convenable, une des choses que lui demandait Basan, apprenant ce qui était arrivé à son fils, et dolent outre mesure de cela,
fit sans plus attendre ce que lui demandait le roi de Cappadoce, et
le pressa tant qu'il put de fondre sur Osbech, s'apprêtant de son côté
à lui tomber sus. Osbech, apprenant cela, rassembla une armée
avant d'être cerné par les deux puissants souverains, et alla à la
rencontre du roi de Cappadoce, laissant à Smyrne sa belle dame
sous la garde d'un de ses familiers, qui était en même temps
son ami ; et après qu'il eut combattu quelque temps contre le roi
de Cappadoce, il fût tué dans la bataille, et son armée déconfite
et dispersée ; pour quoi, Basan, victorieux, marcha librement
vers Smyrne, et, sur son passage, tous lui obéissaient comme au
vainqueur.

« Le familier d'Osbech, nommé Antiochus, à qui la belle dame
avait été donnée en garde, la voyant si belle, s'en amouracha, bien
qu'il fût vieux, sans garder le moins du monde fidélité à son ami et
seigneur ; et sachant sa langue — ce qui était très agréable à la
dame qui, depuis plusieurs années, avait dû se résoudre à vivre
comme si elle était sourde et muette, n'ayant personne qu'elle pût
comprendre ou dont elle pût être comprise — poussé par l'amour,
il prit en peu de jours tant de familiarité avec elle, que bientôt, sans
nul égard pour leur seigneur qui était sous les armes et en guerre,
ils devinrent non seulement amis, mais amants, prenant l'un avec
l'autre, sous les draps, un merveilleux plaisir. Mais apprenant
qu'Osbech avait été vaincu et tué, et que Basan venait, pillant tout
sur son passage, ils se disposèrent à partir ensemble sans l'attendre,

mais toutefois après avoir pris la plus grande partie des choses
appartenant à Osbech. Ils s'en allèrent donc tous les deux secrètement à Rhodes, où, au bout de peu de temps, Antiochus tomba
malade à mourir.

« Il était logé par hasard avec un marchand de Chypre, qu'il
aimait beaucoup et qui était son meilleur ami ; sentant sa fin venir,
il pensa à lui laisser ce qu'il possédait ainsi que sa chère dame. Près
de la mort, il les appela tous les deux et leur dit : « Je vois, sans
« que je puisse en douter, que je m'en vais, ce qui me chagrine,
« pour ce que je ne me suis jamais plus réjoui de vivre que je le
« faisais. Il est vrai que je meurs très content d'une chose, à savoir
« que, puisque je dois mourir, je me vois mourir dans les bras des
« deux personnes que j'ai le plus aimées que qui que ce soit au
« monde, c'est-à-dire dans les tiens, très cher ami, et dans ceux de
« cette dame que j'ai aimée plus que moi-même du moment que je
« l'ai connue. Il est vrai qu'il m'est dur de la voir rester ici, étran-
« gère, sans aide et sans conseil, moi mourant ; et cela me serait
« plus dur encore, si je ne te sentais pas ici, car j'espère que, par
« amitié pour moi, tu auras d'elle le même soin que tu aurais eu de
« moi. Et pour ce, je te prie tant que je peux, s'il arrive que je
« meure, que mes affaires et elle-même te soient confiées, et que tu
« fasses de l'une et des autres ce que tu croiras devoir faire pour la
« consolation de mon âme. Et toi, très chère dame, je te prie de ne
« pas m'oublier après ma mort, afin que là-bas je puisse me vanter
« que, sur cette terre, j'ai été aimé de la plus belle dame que la
« nature ait jamais formée. Si vous me donnez entière espérance
« sur ces deux choses, sans nul doute je m'en irai consolé. » Son
ami le marchand, ainsi que la dame, pleuraient en entendant ces
paroles ; et quand il eut fini, ils le réconfortèrent et lui promirent
sur leur foi de faire ce dont il les priait, s'il arrivait qu'il mourût.
Il ne tarda guère à trépasser, et il fut enseveli avec honneur par eux.
Puis, quelques jours après, le marchand de Chypre, ayant terminé
tout ce qu'il avait à faire à Rhodes, et voulant s'en retourner à
Chypre sur un coche de Catalans qui se trouvait dans le port,
demanda à la belle dame ce qu'elle voulait faire, car pour lui, il lui
fallait retourner à Chypre. La dame répondit que, si cela lui plai-

sait, elle irait volontiers avec lui, espérant que, par amitié pour
Antiochus, elle serait traitée et regardée par lui comme une sœur.
Le marchand répondit que son désir serait satisfait ; et afin de la
soustraire à toute injure qui pourrait survenir avant qu'ils fussent
arrivés à Chypre, il la fit passer pour sa femme. Une fois montés sur
le navire, on leur donna une chambre à la poupe, et afin que le fait
ne parût pas contraire aux paroles, ils dormirent tous deux en un
même petit lit. Pour quoi, il advint ce que ni l'un ni l'autre
n'avaient prévu en partant de Rhodes, c'est-à-dire que l'obscurité,
jointe à la commodité, à la chaleur du lit dont les forces ne sont
pas petites, leur firent oublier l'amitié et l'amour qu'ils avaient pour
Antiochus mort et, qu'attirés par un égal appétit, ils commencèrent à se caresser mutuellement, si bien qu'avant d'avoir gagné
Baffa, où habitait le Chyprien, ils s'étaient déjà apparentés. Arrivés
à Baffa, la dame resta longtemps avec le marchand.

« Sur ces entrefaites, arriva à Baffa, pour une affaire, un gentilhomme nommé Antigone, de grand âge et de grand sens, mais de
peu de fortune, pour ce que, s'étant entremis pour de nombreuses
choses au service du roi de Chypre, le sort lui avait été contraire.
Passant un jour devant la maison où la belle dame demeurait — le
marchand étant allé en Arménie avec sa marchandise — Antigone
la vit à une fenêtre. Comme elle était très belle, il se mit à la regarder, et il lui sembla l'avoir vue une autre fois, mais sans pouvoir
dire en aucune façon où. De son côté, la belle dame, qui avait été
longtemps le jouet de la fortune, mais dont les malheurs touchaient
à leur fin, dès qu'elle vit Antigone, se rappela l'avoir vu à Alexandrie au service de son père. Pour quoi, prise d'une subite espérance
de pouvoir encore par son aide revenir à son état royal, et voyant
que son marchand était absent, elle fit appeler Antigone, dès qu'elle
put. Celui-ci étant venu, elle lui demanda en rougissant s'il était
Antigone de Famagosta, ainsi qu'elle le croyait. Antigone répondit
que oui, et lui dit en outre : « Madame, il me semble vous recon-
« naître, mais je ne puis en aucune façon me rappeler où je vous ai
« connue ; pour quoi je vous prie, si cela ne vous fâche point, de
« me remettre en mémoire qui vous êtes. »

« La dame, entendant qui il était, lui jeta les bras au col en pleu-

rant fortement et, après quelques instants, comme il était très
étonné, elle lui demanda s'il ne l'avait jamais vue à Alexandrie. A
cette question, Antigone reconnut aussitôt qu'elle était Alaciel, fille
du Soudan, qu'on croyait morte en mer, et voulut s'incliner devant
elle ; mais elle ne le souffrit point et le pria de s'asseoir à ses côtés.
Ce qu'ayant fait Antigone, il lui demanda respectueusement comment, quand et d'où elle était venue en ces lieux, alors que par toute
l'Égypte on avait pour certain qu'elle s'était noyée en mer, il y avait
déjà plusieurs années. A quoi la dame dit : « Je voudrais bien
« qu'il en eût été ainsi plutôt que d'avoir mené la vie que j'ai menée,
« et je crois que mon père le voudrait aussi, si jamais il la con-
« naît. » Et cela dit, elle se remit à pleurer abondamment. Pour
quoi Antigone lui dit : « Madame, ne vous découragez pas avant
« qu'il n'en soit besoin. S'il vous plaît, narrez-moi vos malheurs, et
« quelle vie a été la vôtre. Peut-être, avec l'aide de Dieu, pourrons-
« nous arranger les choses convenablement. » « Antigone — dit
« la belle dame — il m'a semblé, quand je t'ai vu, voir mon père,
« et mue par cet amour et cette tendresse que je suis tenue de lui
« porter, pouvant me cacher de toi, je me suis fait connaître ; et il
« y a peu de personnes dont la vue m'eût fait autant de plaisir que
« celui que j'ai éprouvé en te voyant et en te reconnaissant avant
« tout autre. Et pour ce, ce que j'ai toujours tenu caché dans ma
« mauvaise fortune, je te le dirai à toi comme à mon père. Si tu
« vois, après que tu l'auras entendu, quelque moyen de me pouvoir
« remettre en ma première condition, je te prie de le saisir ; si tu
« n'en vois pas, je te prie de ne dire jamais à personne que tu m'as
« vue, ni que tu as entendu parler de moi. » Cela dit, toujours
pleurant, elle lui conta ce qui lui était arrivé, du jour où elle fut jetée
sur l'île de Mayorque, jusqu'au moment présent. De quoi Antigone
se mit à la plaindre avec compassion ; puis, quand il eut réfléchi un
peu, il dit : « Madame, puisque dans vos infortunes on n'a pas
« su qui vous étiez, sans nul doute je vous rendrai à votre père plus
« chère que jamais, puis pour femme au roi de Garbe. » Et la
dame lui ayant demandé comment, il lui indiqua minutieusement
ce qu'elle devait faire, et afin qu'un autre incident ne pût déranger
leur projet, Antigone retourna le jour même à Famagosta et alla

trouver le roi, auquel il dit : « Mon seigneur, si cela vous agrée,
« vous pouvez d'un même coup vous faire grand honneur et m'être
« très utile à moi qui suis pauvre à cause de vous, sans qu'il vous en
« coûte grand'chose. » Le roi demanda comment. Antigone dit
alors : « Il est arrivé à Baffa la belle jeune fille du Soudan qu'on
« a crue longtemps noyée ; pour sauver son honneur, elle a souffert
« de longues et cruelles épreuves ; elle se trouve à présent en un
« pauvre état, et désire retourner chez son père. S'il vous plaît de
« la lui mander sous ma garde, ce serait grand honneur pour vous.
« et grand bien pour moi ; je crois que le Soudan n'oublierait jamais
« un pareil service. » Le roi, mû par une royale générosité d'âme,
répondit aussitôt que cela lui plaisait ; et l'ayant envoyé chercher la
dame, il la fit venir à Famagosta où elle fut reçue par la reine et
par lui avec une fête inexprimable et de magnifiques honneurs.
Interrogée par le roi et par la reine sur ses aventures, Alaciel leur fit
un récit selon la leçon que lui avait faite Antigone. Peu de jours
après, sur sa demande, le roi, lui ayant donné une belle et honorable
suite composée d'hommes et de femmes, la renvoya, sous la conduite d'Antigone, au Soudan ; et il n'est pas besoin de demander si
elle fut reçue par celui-ci avec joie, ainsi qu'Antigone et toute sa
suite.

« Quand elle fut un peu reposée, le Soudan voulut savoir comment il se faisait qu'elle vivait encore et qu'elle fût restée si longtemps sans lui avoir jamais rien fait savoir de l'état où elle se trouvait. La dame, qui avait parfaitement retenu les conseils d'Antigone,
se mit à parler ainsi après son père : « Mon père, le vingtième
« jour environ après que je vous eus quitté, notre navire, assailli
« par une cruelle tempête, alla pendant une nuit heurter contre cer-
« taine plage vers le ponant, voisin d'un lieu appelé Aigues-Mortes.
« Ce qu'il advint des hommes qui étaient sur notre navire, je ne l'ai
« jamais su et ne le sais pas. Je me souviens seulement que, le jour
« venu, et revenant à la vie de quasi morte que j'étais, le navire
« naufragé ayant déjà été vu par des paysans qui étaient accourus
« de toute la contrée pour le piller, nous fûmes, moi et deux de mes
« femmes, portées sur le rivage, et prises aussitôt par des jeunes
« gens qui se mirent à fuir, entraînant qui l'une qui l'autre de nos

« compagnes. Qu'est-il advenu d'elles ? je ne le sus jamais ; mais
« deux jeunes gens m'ayant prise, et se disputant entre eux pour
« m'avoir, et me traînant par les cheveux, tandis que je pleurais
« abondamment, il advint que ceux qui m'entraînaient ainsi passant
« en un chemin pour entrer dans un grand bois, quatre hommes à
« cheval survinrent et aussitôt que ceux qui m'entraînaient les
« virent, ils me lâchèrent soudain et se mirent à fuir. Les quatre
« hommes qui me parurent d'un aspect plein d'autorité, voyant cela,
« coururent à l'endroit où j'étais et m'adressèrent de nombreuses
« demandes auxquelles je fis de nombreuses réponses, mais je ne
« fus pas comprise par eux et je ne les compris pas non plus. Après
« avoir tenu longtemps conseil, ils me mirent sur un de leurs che-
« vaux et me menèrent à un monastère de femmes de leur religion ;
« là je ne sais ce qu'ils dirent, mais je fus reçue par toutes les
« femmes avec douceur, et toujours respectée par elles, et en grande
« dévotion, j'ai ensuite servi avec elles saint Croissant en Val-Creux,
« à qui les femmes de ce pays portent une grande vénération. Mais
« après être demeurée quelque temps avec elles, et avoir un peu
« appris leur langue, comme elles me demandaient qui et d'où
« j'étais, connaissant le pays où je me trouvais et craignant, si je
« disais la vérité, d'être chassée par elles comme ennemie de leur
« loi, je répondis que j'étais fille d'un grand gentilhomme de Chypre,
« et que mon père m'ayant envoyée à mon mari en Crète, nous
« avions par hasard fait naufrage. Et souvent, en bien des choses,
« par crainte qu'il m'arrivât pis, j'observai leurs usages ; enfin la
« principale de ces dames, qu'elles nomment abbesse, m'ayant
« demandé si je voulais m'en retourner en Chypre, je répondis que
« je ne désirais rien de plus ; mais elle, craignant pour mon honneur,
« ne voulut jamais me confier aux gens qui allaient à Chypre.
« Cependant il y a à peu près deux mois, certains gentilshommes de
« France étant arrivés avec leurs femmes, dont l'une était parente
« de l'abbesse, et celle-ci apprenant qu'ils allaient à Jérusalem visi-
« ter le tombeau où celui qu'ils tiennent pour Dieu fut enseveli après
« avoir été mis à mort par les Juifs, elle me recommanda à eux, et
« les pria de me rendre à mon père. Combien ces gentilshommes me
« respectèrent, et avec quelle joie ils m'admirent parmi leurs dames,

« serait une longue histoire à raconter. Étant donc montés sur un
« navire, nous parvînmes après plusieurs jours à Baffa ; me voyant
« arrivée là, où je ne connaissais personne, et comme je ne savais
« ce que je devais dire aux gentilshommes qui voulaient me pré-
« senter à mon père selon ce qui leur avait été recommandé par la
« vénérable dame, Dieu, qui sans doute s'occupait de moi, amena
« sur le rivage Antigone, à l'heure même où nous descendions à
« Baffa. Je m'empressai de l'appeler, et je lui dis dans notre langue,
« pour ne pas être comprise des gentilhommes ni de leurs dames,
« qu'il m'accueillît comme sa fille. Il me comprit sur-le-champ, et
« après m'avoir fait une grande fête, il fit honneur, selon que sa
« pauvreté le lui permettait, à ces gentilhommes et à ces dames, et
« me mena au roi de Chypre, qui me reçut avec des honneurs que
« je ne pourrai jamais vous raconter, et qui m'a renvoyée vers vous.
« S'il reste autre chose à dire, qu'Antigone, qui m'a plusieurs fois
« entendue conter mes aventures, vous le raconte. »

« Antigone, s'étant alors tourné vers le Soudan, dit : « Mon
« seigneur, comme elle me l'a dit à plusieurs reprises, et comme me
« l'ont dit les gentilshommes et les dames avec lesquelles elle vint,
« ainsi elle vous l'a raconté. Elle a oublié seulement de vous dire
« une chose, et je crois qu'elle l'a fait parce qu'il ne lui appartenait
« pas de vous la dire, c'est-à-dire combien ces gentilshommes et ces
« dames avec lesquels elle est venue ont parlé de l'honnêteté de la
« vie qu'elle avait tenue avec les religieuses dames et de sa vertu,
« et de ses mœurs pures, et des larmes et des gémissements que
« firent les dames et les gentilshommes, quand, après l'avoir remise
« entre mes mains, ils se séparèrent d'elle. Pour lesquelles choses,
« si je voulais redire pleinement ce qu'ils m'ont dit, non seulement
« le jour actuel, mais la nuit ne suffirait pas ; sachez seulement que,
« selon qu'en témoignaient leurs paroles et aussi selon ce que j'ai pu
« voir, vous pouvez vous vanter d'avoir la fille la plus belle, la plus
« honnête, la plus vaillante, qu'aucun autre seigneur qui porte
« aujourd'hui la couronne. »

« Le Soudan fit de tout cela une merveilleuse fête, et pria plusieurs
fois Dieu de lui faire la grâce de pouvoir récompenser dignement tous
ceux qui avaient honoré sa fille, et principalement le roi de Chypre qui

la lui avait renvoyée avec tant d'honneur. Et au bout de quelques
jours, ayant fait de grandes largesses à Antigone, il lui donna licence
de retourner à Chypre, rendant grâce au roi, par lettre et par ambas-
sadeurs spéciaux, de ce qu'il avait fait pour sa fille. Après quoi,
voulant achever ce qui avait été commencé, à savoir que sa fille fût
la femme du roi de Garbe, il le fit savoir à celui-ci, et lui écrivit en
outre que, s'il lui plaisait de la recevoir, il l'envoyât chercher. Le
roi de Garbe fit de cela grande fête, et ayant envoyé une escorte
d'honneur pour la chercher, il la reçut avec joie. Et elle qui avait
couché avec huit hommes peut-être dix mille fois, se coucha à ses
côtés comme pucelle et lui fit accroire qu'elle l'était. Elle vécut en
reine auprès de lui, très heureuse, pendant longtemps. Et pour ce,
on dit : bouche baisée ne perd pas sa vente ; au contraire, elle se
renouvelle comme la lune. »

LE CALENDRIER DES VIEILLARDS

*Paganino de Monaco enlève la femme de Messer Ricciardo di Chinzica,
lequel, ayant appris où elle est, va la redemander à Paganino.
Mais elle ne veut pas retourner avec lui, et messer Ricciardo
étant mort, elle devient la femme de Paganino.*

« Il y eut à Pise un juge doué de plus d'esprit que de force cor-
porelle, et dont le nom était messer Ricciardo di Chinzica, lequel
croyant peut-être pouvoir satisfaire les femmes avec les mêmes
moyens qu'il satisfaisait à l'étude, mit, en homme très riche qu'il
était, une extrême sollicitude à prendre pour femme une belle et
jeune dame, alors qu'il aurait dû doublement repousser cette idée,
s'il avait su se conseiller soi-même comme il savait conseiller les
autres. La chose advint comme il voulut, pour ce que messer Lotto
Gualandi lui donna pour femme une sienne fille, nommée Bartolo-
mea, une des plus belles et des plus désirables jeunes femmes de
Pise, où il y en a bien peu qui ne ressemblent à des lézards gris. Le

LE CALENDRIER DES VIEILLARDS

juge l'ayant menée en grandissime fête à sa maison et ayant fait des
noces magnifiques, se hasarda, la première nuit, à la toucher une
fois pour consommer le mariage, et encore s'en fallut-il de peu
qu'il ne pût finir la partie ; pour quoi, le matin d'après, comme un
homme maigre, sec et de peu de souffle qu'il était, il lui fallut se
réconforter avec du bon vin, des confitures fortifiantes et autres
ingrédients, afin de se remettre en vie.

« Or ce messire le juge, meilleur estimateur de ses forces qu'il
n'avait été avant son mariage, commença à enseigner à sa femme
un calendrier bon pour les enfants qui apprennent à lire, et peut-
être fabriqué jadis à Ravenne. En effet, selon qu'il lui montrait, il
n'y avait pas dans ce calendrier un jour qui ne fût la fête d'un
saint, mais de plusieurs, en révérence desquels il lui démontrait que
l'homme et la femme se devaient abstenir de relations conjugales, y
ajoutant encore les jeûnes, les quatre-temps et vigiles des apôtres
et de mille autres saints, et le vendredi et le samedi, et le dimanche
du Seigneur, et tout le carême, et certains moments de la lune, et
nombre d'autres exceptions, pensant peut-être qu'on pouvait faire
avec les femmes dans le lit comme il faisait parfois lui-même en
plaidant au civil. Il employa longtemps cette méthode, non sans
grave mélancolie de la dame, qui n'en tâtait à peine pas plus d'une
fois par mois, prenant bien garde qu'un autre ne lui apprît les jours
de travail, comme il lui avait appris les jours de fête.

« Il advint qu'un jour, la chaleur étant grande, l'envie prit messer Ricciardo d'aller se promener en un sien domaine fort beau,
voisin de Monte-Nero et d'y rester quelques jours pour prendre
l'air avec sa belle dame. Et là, voulant lui donner quelque distrac-
tion, il fit un jour pêcher, et étant montés, lui sur une petite barque
avec les pêcheurs, et elle sur une autre avec les autres dames, ils
s'en allèrent voir ; et, le plaisir les entraînant, ils s'éloignèrent,
quasi sans s'en apercevoir, plusieurs milles en mer. Pendant qu'ils
étaient le plus occupés à regarder, survint soudain une galére de
Paganino da Mare, fameux corsaire d'alors, laquelle, ayant vu les
barques, se dirigea vers elles. Ces dernières ne purent s'enfuir assez
vite que Paganino n'atteignît celle où étaient les femmes ; et y voyant
la belle dame, sans plus vouloir autre chose, il la mit sur sa galère,

sous les yeux de messer Ricciardo qui était déjà retourné à terre, et
continua sa route. Ce que voyant messire le juge, lui qui était si
jaloux qu'il avait peur de l'air même, il ne faut pas demander s'il
fut désolé. Ce fut en vain qu'à Pise et ailleurs il se plaignit de la
barbarie des corsaires, sans savoir qui lui avait pris sa femme
et où on l'avait emmenée. Quant à Paganino, voyant la dame si
belle, l'aventure lui semblait excellente ; n'ayant pas de femme, il
résolut de la garder toujours près de lui, et comme elle pleurait
fort, il se mit à la consoler doucement. La nuit venue, le calendrier
lui étant tombé de la ceinture et les fêtes et jours fériés lui étant
sortis de la mémoire, il commença à la consoler par des actes, les
paroles lui paraissant avoir fait peu d'effet dans le jour ; et il la con-
sola si bien, qu'avant qu'ils arrivassent à Monaco, le juge et ses lois
étaient loin de l'esprit de la dame, qui se mit à vivre le plus joyeusement du monde avec Paganino. Celui-ci l'ayant menée à Monaco,
outre les consolations qu'il lui donnait de jour et de nuit, il la traitait honorablement comme sa femme.

« Au bout d'un certain temps, messer Ricciardo ayant appris où
était sa femme fut pris d'un ardent désir de la revoir ; avisant que
personne ne ferait aussi bien que lui ce qu'il fallait faire, il résolut
d'aller la trouver lui-même, disposé à dépenser pour sa rançon tout
l'argent qu'il faudrait. S'étant mis en mer, il s'en alla à Monaco,
et là il vit sa femme et fut vu par elle qui, le soir même, en parla
à Paganino et l'informa de ses intentions. Le lendemain matin,
Messer Ricciardo, voyant Paganino, l'accosta et lui fit sur-le-champ
de grandes démonstrations d'amitié, bien que Paganino, attendant
où il voulait en venir, feignît de ne le point connaître. Pour quoi,
quand le moment parut venu à messer Ricciardo, il lui découvrit,
du mieux qu'il sut et le plus gracieusement possible, le motif de sa
venue, le priant de lui demander ce qu'il lui plairait et de lui rendre
la dame. A quoi Paganino répondit d'un air joyeux : « Messire,
« soyez le bien venu ; et pour vous répondre brièvement, je vous
« dis ceci : il est vrai que j'ai chez moi une jeune dame ; et je ne
« sais si elle est votre femme ou celle d'un autre, pour ce que je ne
« vous connais pas ni elle non plus, si ce n'est pour le peu de temps
« qu'elle a demeuré avec moi. Si vous êtes son mari, comme vous

« le dites, je vous conduirai vers elle, car vous me semblez être un
« aimable gentilhomme, et je suis certain qu'elle vous reconnaîtra
« bien. Si elle dit que les choses sont comme vous le prétendez, et
« qu'elle veuille s'en aller avec vous, vous me donnerez pour sa
« rançon ce que vous-même voudrez ; si les choses ne sont pas
« ainsi, vous feriez une vilaine action en me la voulant ôter, pour
« ce que je suis jeune, et puis tout comme un autre avoir une femme,
« et surtout celle-ci, qui est la plus plaisante que j'aie jamais vue. »
Messer Ricciardo dit alors : « Certes, elle est ma femme, et
« si tu me mènes où elle est, tu le verras, elle se jettera aussitôt à
« mon col ; et pour ce, je ne demande pas qu'il soit fait autre-
« ment que tu l'as toi-même proposé. » « Allons donc », dit
Paganino.

« Il se rendirent donc en la maison de Paganino et, étant entrés
dans une salle, Paganino fit appeler la dame. Celle-ci, habillée et
parée, sortit de sa chambre et, étant venue dans celle où était messer
Ricciardo avec Paganino, elle n'adressa pas plus la parole à messer
Ricciardo qu'elle n'eût fait pour un autre étranger qui serait venu
avec Paganino chez lui. Ce que voyant, le juge, qui s'attendait à
être reçu par elle avec une grandissime fête, s'étonna fortement, et
se mit à dire en lui-même : peut-être la mélancolie et le long chagrin que j'ai éprouvés après l'avoir perdue m'ont tellement changé
qu'elle ne me reconnaît pas. Pour quoi il lui dit : « Femme, il
« m'en coûte cher de t'avoir menée à la pêche, pour ce qu'on
« n'éprouva jamais douleur semblable à celle que j'ai endurée
« depuis que je t'ai perdue, et toi, tu ne sembles pas me reconnaître,
« tellement tu me fais un sauvage accueil. Ne vois-tu pas que je
« suis ton messer Ricciardo venu ici pour payer ce que voudra ce
« gentilhomme en la maison de qui nous sommes, afin de te ravoir
« et de t'emmener ; et qu'il veut bien te rendre à moi en échange
« de ce que je voudrai lui payer ? » La dame, s'étant tournée
vers lui, dit en souriant un peu : « Messire, est-ce à moi que vous
« parlez ? Prenez garde de me prendre pour une autre ; car, pour
« moi, je ne me souviens pas de vous avoir jamais vu. » Messer
Ricciardo dit : « Prends garde à ce que tu dis, regarde-moi bien ;
« si tu veux bien te rappeler, tu verras bien que je suis ton Ric-

« ciardo di Chinzica. » La dame dit : « Messire, vous me par-
« donnerez, ce n'est peut-être pas chose honnête à moi, comme
« vous vous l'imaginez, de tant vous regarder, mais je vous ai
« néanmoins assez regardé pour bien savoir que je ne vous ai
« jamais vu. » Messer Ricciardo pensa qu'elle agissait ainsi par
peur de Paganino, et qu'elle ne voulait pas avouer devant lui qu'elle
le connaissait ; pour quoi, après un moment, il pria Paganino de le
laisser parler seul dans une chambre avec la dame. Paganino dit
que cela lui plaisait, pourvu qu'il ne la dût point embrasser contre
sa volonté ; et il ordonna à la dame d'aller avec lui dans une
chambre, d'écouter ce qu'il voulait lui dire et de lui répondre comme
cela lui plairait.

« La dame et messer Ricciardo étant donc allés seuls en une
chambre, dès qu'ils se furent assis, messer Ricciardo se mit à dire :
« Eh ! cœur de mon corps, ma douce âme, mon espoir, ne
« reconnais-tu pas maintenant ton Ricciardo, qui t'aime plus que
« lui-même ? Comment cela peut-il se faire ? Suis-je tellement
« changé ? Eh ! mon bel œil, regarde-moi un peu. » La dame se
mit à rire, et sans en laisser dire plus, elle dit : « Vous savez
« bien que je ne suis pas si oublieuse que je ne reconnaisse que
« vous êtes messer Ricciardo di Chinzica, mon mari ; mais vous,
« pendant que j'ai été avec vous, vous avez montré que vous me con-
« naissiez très mal, pour ce que, si vous aviez été sage, comme vous
« voulez qu'on le croie, vous deviez bien avoir assez de bon sens
« pour voir que j'étais jeune et fraîche et gaillarde, et pour savoir
« par conséquent ce qu'il faut aux jeunes femmes, en outre des
« vêtements et du manger, bien que, par vergogne, elles ne le
« disent pas ; comment le faisiez-vous, vous le savez ! Et si l'étude
« des lois vous était plus agréable que votre femme, vous ne deviez
« pas la prendre ; pour moi, vous ne me fîtes jamais l'effet d'un
« juge, mais bien d'un crieur juré de sacrements et de fêtes, de
« jeûnes et de vigiles, tellement vous les connaissiez bien. Et je vous
« dis que si vous aviez fait faire par les laboureurs qui travaillent
« vos domaines autant de fêtes que vous en faisiez faire à celui qui
« avait mon petit champ à labourer, vous n'auriez jamais récolté un
« grain de blé. Dieu, qui a pris en pitié ma jeunesse, m'a fait ren-

« contrer celui avec lequel je demeure en cette maison, où l'on ne
« sait pas ce que c'est qu'une fête — je dis ces fêtes que vous, plus
« dévot à Dieu qu'au service des dames, vous célébriez — et dont
« jamais n'ont franchi la porte, samedi ni vendredi, ni vigiles, ni
« quatre-temps, ni carême qui est chose si longue ; au contraire on
« y travaille de jour et de nuit, et l'on y bat la laine ; et cette nuit
« même, dès que matines ont sonné, je sais bien comment le fait
« est allé, une fois en sus. Donc, j'entends rester avec lui et tra-
« vailler pendant que je suis jeune ; quant aux fêtes, aux péni-
« tences et aux jeûnes, je me réserve de les observer quand je serai
« vieille ; et vous, allez-vous-en à la bonne aventure le plus tôt
« que vous pourrez, et faites sans moi autant de fêtes qu'il vous
« plaira. »

« En entendant ces paroles, messer Ricciardo éprouva une douleur insupportable ; et quand il l'eut vue se taire, il dit : « Eh !
« ma douce âme, qu'est-ce que tu dis là ! N'as-tu point garde à
« l'honneur de tes parents et à ton propre honneur ? Veux-tu rester
« ici plus longtemps prostituée à cet homme et en péché mortel,
« tandis qu'à Pise tu es ma femme ? Celui-ci, quand il sera fatigué
« de toi, te chassera à ta grande honte ; moi je t'aurai toujours
« pour chère, et toujours, encore que je voulusse pas, tu seras
« Dame en ma maison. Dois-tu, pour cet appétit désordonné et
« peu honnête, abandonner en même temps et ton honneur et moi
« qui t'aime plus que ma vie ? Eh ! ma chère espérance, ne parle
« plus ainsi ; consens à venir avec moi ; à partir d'aujourd'hui,
« puisque je connais ton désir, je m'efforcerai de le satisfaire ; donc,
« ô mon doux bien, change d'avis et viens-t'en avec moi, car je
« n'ai jamais éprouvé de joie depuis que tu m'as été enlevée. »
A quoi la dame répondit :

« Quant à mon honneur, je n'entends que personne, mainte-
« nant qu'il n'en peut être autrement, se montre plus susceptible
« que moi ; que mes parents ne s'en sont-ils pas souciés, eux, quand
« ils me donnèrent à vous ! S'ils ne furent point alors soucieux de
« mon honneur, je n'entends pas me soucier présentement du leur ;
« et si je suis maintenant en péché mortier, j'y resterai quand même
« je serais en péché pilon ; n'en soyez pas plus en peine que moi.

« Et je vous dis ceci : ici, il me semble être la femme de Paga-
« nino, tandis qu'à Pise il me semblait être votre concubine, en
« voyant que pour les points de la lune et les mesures de géométrie,
« les planètes venaient se mettre entre vous et moi, tandis qu'ici
« Paganino me tient toute la nuit entre ses bras, et m'étreint, et me
« mord ; et comme il m'arrange, Dieu vous le dit pour moi. Vous
« dites aussi que vous vous efforcerez ; et de quoi ? de le faire lever
« à coups de bâton ? Je sais que vous êtes devenu un preux cheva-
« lier depuis que je ne vous ai vu. Allez, et efforcez-vous de vivre ;
« car il me semble au contraire que vous vivez en ce monde en
« simple locataire, tellement vous me paraissez étique et malingre.
« Et je vous dirai plus encore : quand celui-ci me laissera — et il ne
« me paraît pas disposé à cela tant que je voudrai rester avec lui —
« je n'entends point pour cela retourner jamais à vous dont en
« vous compressant tout entier on ne ferait pas une écuelle de
« sauce, pour ce qu'à mon très grand dommage et détriment j'y
« ai été une fois ; je chercherai ma pitance ailleurs. Sur quoi, je
« vous le dis de nouveau : ici il n'y a fêtes ni vigiles, ce qui fait
« que j'entends y rester ; et pour ce, le plus tôt que vous pourrez,
« allez-vous-en à la garde de Dieu, sinon je croirai que vous voulez
« me faire violence. »

« Messire Ricciardo se voyant en mauvais parti, et reconnaissant
sa folie d'avoir pris une femme jeune alors qu'il était épuisé, sortit
de la chambre d'un air dolent et triste, et dit à Paganino beaucoup
de paroles encore qui n'aboutirent à rien. Enfin, sans avoir rien
obtenu, il laissa la dame et s'en retourna à Pise où il tomba tellement fou de douleur, qu'il s'en allait dans Pise ne répondant pas
autre chose à tous ceux qui le saluaient ou lui parlaient, sinon : le
mauvais trou ne veut pas de fête ; et au bout de peu de temps il
mourut. Ce qu'ayant appris Paganino, et connaissant l'amour que
la dame lui portait, il la prit pour femme légitime, et sans jamais
observer fêtes ou vigiles, sans faire le carême, ils travaillèrent tous
deux tant que les jambes les purent porter, et se donnèrent du bon
temps. Pour quoi, mes chères dames, il me paraît que Bernabo,
dans sa discussion avec Ambrogiuolo, chevauchait la chèvre à
l'encontre de son penchant. »

LE JARDINIER DU COUVENT

*Masetto de Lamporecchio, s'étant fait passer pour
muet, devient jardinier d'un couvent de nonnes,
qui finissent toutes par coucher avec lui.*

« Dans nos contrées était autrefois et est encore un couvent de
femmes très renommé pour sa sainteté, et que je ne nommerai pas,
pour ne diminuer en quoi que ce soit sa réputation. Il n'y a pas
longtemps que dans ce couvent, où ne se trouvaient alors que huit
nonnes avec une abbesse, toutes fort jeunes, était un pauvre
homme chargé de cultiver un beau jardin que les religieuses possédaient. Mécontent de son salaire, il régla un beau jour ses comptes
avec l'intendant des nonnes et s'en retourna à Lamporecchio, d'où
il était. Là, parmi ceux qui l'accueillirent joyeusement, était un
jeune ouvrier fort, robuste et, pour un campagnard, très beau de sa
personne, et qui avait nom Masetto. Ayant demandé au bonhomme
où il était resté si longtemps, celui-ci, qui s'appelait Nuto, le lui
ayant dit, Masetto l'interrogea sur ce qu'il faisait dans le couvent.
A quoi Nuto répondit : « Je travaillais dans leur grand et beau
« jardin, et, en outre, j'allais quelquefois au bois pour la provision ;
« je puisais de l'eau et faisais quelques autres semblables besognes ;
« mais les nonnes me donnaient un si mince salaire que je pouvais
« à peine payer mes chaussures. En outre, elles sont toutes
« jeunes, et il me semble qu'elles ont le diable au corps, car on ne
« peut rien faire à leur goût. Au contraire, souvent, quand je tra-
« vaillais au jardin, l'une disait : Porte ceci là, et l'autre disait :
« Porte-le ici ; une autre m'enlevait la bêche des mains et disait :
« Ceci n'est pas bien : et elles me causaient tant de tracas que je
« laissais là l'ouvrage et que je sortais du terrain. De sorte que, soit
« pour une chose, soit pour une autre, je n'ai plus voulu y rester,
« et je m'en suis venu. Leur intendant, quand je suis parti, m'a

« prié, si j'avais sous la main quelqu'un qui pût faire ce service, de
« le lui envoyer, et je le lui ai promis ; mais Dieu le fasse solide
« des reins comme je lui en chercherai et lui en enverrai un ! »

« Quand Masetto eut entendu ce que lui disait Nuto, il lui vint
en l'esprit un si grand désir d'être avec ces nonnes qu'il s'en consumait tout entier, comprenant bien aux paroles de Nuto qu'il pourrait venir à bout de ce qu'il désirait. Mais avisant qu'il n'y arriverait
pas s'il ne lui parlait point, il lui dit : « Eh ! comme tu as bien
« fait de t'en venir ! Un homme est-il fait pour vivre avec des
« femmes ? Il lui vaudrait mieux vivre avec des diables. Elles ne
« savent pas, six fois sur sept, ce qu'elles veulent elles-mêmes. »
Mais dès que leur entretien eut cessé, Masetto se mit à songer à la
façon dont il s'y devait prendre pour s'introduire près d'elles ; et
comme il se savait parfaitement apte aux services dont parlait Nuto,
il ne craignit pas d'être refusé pour ce motif, mais parce qu'il était
trop jeune et de bonne mine. Pour quoi, après avoir ruminé en soi-
même de nombreux projets, il se dit : « L'endroit est très loin
« d'ici et personne ne m'y connaît. Si je sais faire semblant d'être
« muet, certainement j'y serai reçu. » Et s'arrêtant à cette ruse,
sa cognée au cou, sans dire à personne où il allait, il s'en vint au
monastère comme un pauvre homme. Y étant arrivé, il y entra et
trouva par hasard l'intendant dans la cour. Alors, par gestes, comme
font les muets, il lui témoigna le désir d'avoir à manger pour l'amour
de Dieu, lui donnant à entendre que, s'il en avait besoin, il irait
lui fendre du bois. L'intendant lui donna volontiers à manger, puis
il le mit devant quelques souches que Nuto n'avait pas pu fendre,
et que lui, qui était très robuste, fendit toutes en peu de temps.
L'intendant, qui avait besoin d'aller au bois, l'emmena ensuite avec
lui et là, lui fit couper des fagots ; puis, ayant mis l'âne devant lui,
il lui fit comprendre par signes de le conduire au couvent, Masetto
s'en acquitta fort bien ; pour quoi l'intendant le retint plusieurs jours
pour certains travaux qu'il y avait à faire.

« Or il advint qu'un jour l'abbesse le vit et demanda à l'intendant qui il était. Celui-ci lui dit : « Madame, c'est un pauvre
« homme sourd et muet, qui, un de ces jours derniers, est venu
« me demander l'aumône, de sorte que je lui ai fait du bien et lui

« ai donné à faire plusieurs choses qui devaient être faites. S'il savait
« travailler le jardin et qu'il voulût demeurer ici, je crois que nous
« aurions un bon serviteur, car il nous en faut un et il ferait ce
« qu'il pourrait. En outre, vous n'auriez point à craindre qu'il
« parlât à vos jeunes nonnes. » A quoi l'abbesse dit : « Sur ma
« foi en Dieu, tu dis vrai ; sache s'il sait travailler, et essaie de le
« retenir ; donne-lui quelque paire de mauvais souliers, quelque
« vieux capuchon ; flatte-le ; soigne-le ; donne-lui bien à manger. »
L'intendant dit qu'il le ferait. Masetto n'était guère loin, mais faisant
semblant de balayer la cour, il entendait toute cette conversation,
et, joyeux, il disait en lui-même : « Si vous m'y introduisez, je
« vous travaillerai si bien le jardin que jamais il n'aura été travaillé
« de la sorte. » Bref, l'intendant ayant vu qu'il savait très bien
travailler, et lui ayant demandé par signes s'il voulait rester, et
Masetto lui ayant répondu également par signes qu'il y consentait, il
l'occupa, lui enjoignit de travailler le jardin et lui montra ce qu'il avait
à faire ; puis il alla vaquer aux autres affaires du couvent et le laissa.

« Masetto travaillant tous les jours, les nonnes commencèrent à
le taquiner et à se moquer de lui, comme il arrive souvent qu'on
fait avec les muets, et lui disaient les plus scélérates paroles du
monde, croyant n'être pas entendues de lui ; et l'abbesse, qui
pensait sans doute qu'il était sans queue comme sans parole, ne se
préoccupait en aucune façon de cela. Il advint toutefois qu'un jour
Masetto ayant beaucoup travaillé et se reposant, deux toutes jeunes
nonnes qui se promenaient par le jardin s'approchèrent de l'endroit où il était et se mirent à le regarder pendant qu'il faisait
semblant de dormir. Pour quoi, l'une d'elles, qu'était plus hardie,
dit à l'autre : « Si je croyais que tu me gardasses le secret, je te
« dirais une pensée que j'ai eue plusieurs fois et qui pourrait te faire
« aussi plaisir, à toi. » L'autre répondit : « Parle en toute sûreté,
« car certainement je ne le dirai à personne. » Alors la jeune
effrontée commença : « Je ne sais si tu as réfléchi à la façon dont
« nous sommes tenues enfermées, et que jamais un homme n'ose
« entrer ici, si ce n'est l'intendant qui est vieux, et ce muet. Pour
« moi, j'ai plusieurs fois entendu dire à des dames qui sont venues
« nous voir que toutes les autres douceurs du monde sont une plai-

« santerie en comparaison du plaisir que la femme goûte avec
« l'homme. Pour quoi, il m'est plus d'une fois venu à l'esprit,
« puisque je ne puis le faire avec d'autres, d'éprouver avec ce muet
« s'il en est ainsi. C'est l'homme le mieux du monde choisi pour
« cela, car, même quand il voudrait, il ne pourrait ni ne saurait le
« redire. Tu vois que c'est un jeune sot, vigoureux plutôt qu'in-
« telligent. Volontiers j'écouterai ce qu'il t'en semble. » « Hélas !
« — dit l'autre — qu'est-ce que tu dis? Ne sais-tu pas que nous
« avons promis notre virginité à Dieu ! » « Oh ! — dit la pre-
« mière — combien de choses on lui promet tout le long du jour,
« dont on ne tient aucune ! Si nous la lui avons promise, que les
« autres la tiennent. » A quoi sa compagne dit : « Et si nous deve-
» nions grosses, comment ferions-nous ? » L'autre dit alors : « Tu
« commences à penser au mal avant qu'il arrive. Quand il sera
« venu, alors on y pensera. Il y aura mille moyens de faire que
« cela ne se sache jamais, pourvu que nous ne le disions pas nous-
« mêmes. » Entendant cela, l'autre, qui avait meilleure envie que
sa compagne d'éprouver quelle bête c'était que l'homme, dit :
« Or bien, comment ferons-nous ? » A quoi la première répondit : « Tu vois que c'est l'heure de none ; je crois que les sœurs
« sont toutes endormies, excepté nous. Regardons par le jardin
« s'il n'y a personne, et nous n'aurons plus autre chose à faire
« qu'à le prendre par la main et le mener dans cette cabane où il se
« met à l'abri de la pluie ; et là, l'une se tiendra avec lui et l'autre
« fera la garde. Il est si niais qu'il fera comme nous voudrons. »
Masetto entendait toute cette conversation et, disposé à obéir,
n'attendait plus que d'être pris par l'une d'elles. Les jeunes nonnes
ayant bien regardé partout et s'étant assurées que d'aucun côté elles
ne pouvaient être vues, celle qui avait pris d'abord la parole s'approcha de Masetto et le réveilla ; aussitôt il se leva tout debout. Sur
quoi, lui prenant la main avec des airs engageants, et tandis qu'il
riait d'un air niais, elle le mena dans la cabane où, sans se faire
trop inviter, il fit ce qu'elle voulut. La nonne, en loyale compagne,
ayant eu ce qu'elle désirait, céda la place à l'autre et Masetto, se
montrant toujours aussi simple, fit encore à leur volonté. Pour quoi,
avant qu'elles s'en allassent, elles voulurent éprouver chacune plus

d'une fois comment le muet savait chevaucher. Et depuis, causant souvent entre elles, elles disaient que c'était bien la plus douce chose dont elles eussent entendu parler ; et prenant le temps à heure convenable, elles s'en allaient s'ébattre avec le muet.

« Il advint un jour qu'une de leurs compagnes, s'étant aperçue de la chose par la fenêtre de sa cellule, le fit remarquer à deux autres. Toutes trois délibérèrent tout d'abord d'aller le dénoncer à l'abbesse ; mais bientôt, changeant d'avis, elles s'accordèrent avec leurs compagnes pour éprouver elles aussi la puissance de Masetto. Au bout d'un certain temps, par suite de divers incidents, les trois autres nonnes vinrent se joindre aux premières. Enfin, l'abbesse, qui ne s'était pas encore aperçue de ces choses, se promenant un jour seule au jardin, par une chaleur grande, trouva Masetto — lequel, pour avoir trop chevauché la nuit, était assez peu disposé à travailler le jour — étendu tout endormi à l'ombre d'un amandier ; et, comme le vent avait relevé le pan de devant de sa chemise, tout restait à découvert. Ce que regardant la dame, et se voyant seule, elle tomba dans ce même appétit où étaient tombées ses nonnains. Ayant réveillé Masetto, elle l'emmena avec elle dans sa chambre où, pendant plusieurs jours, au grand déplaisir des nonnes qui ne voyaient plus le jardinier venir travailler le jardin, elle le retint, éprouvant à diverses reprises cette douceur qu'elle avait auparavant coutume de blâmer chez autrui. Enfin, elle le renvoya de sa chambre à son logis ; mais comme elle voulait le revoir souvent, et qu'elle lui demandait plus que sa part, Masetto, ne pouvant satisfaire à telle besogne, s'avisa que son métier de muet pourrait bien, s'il durait plus longtemps, lui causer un dommage par trop grand. Et pour ce, une nuit qu'il était avec l'abbesse, rompant le silence, il se mit à dire :
« Madame, j'ai entendu dire qu'un coq suffit bien pour dix poules,
« mais que dix hommes peuvent mal satisfaire une seule femme ;
« d'où je ne puis, moi, en servir neuf ; à quoi je ne pourrais durer :
« au contraire, en suis-je venu par ce que j'ai fait jusqu'ici, à un tel
« point, que je ne puis plus faire ni beaucoup ni peu. Et pour ce,
« laissez-moi aller à la grâce de Dieu, ou bien trouvez un moyen
« d'arranger cela. » La dame entendant parler celui qu'elle tenait
pour muet, toute surprise, dit : « Qu'est cela ? Je croyais que tu

« étais muet. » « Madame — dit Masetto — je l'étais aussi, mais
« non de naissance ; la parole m'avait été enlevée par une mala-
« die, et seulement de cette nuit je me la sens rendue ; dont je
« loue Dieu tant que je puis. » La dame le crut et lui demanda ce
qu'il voulait dire par ces neuf femmes qu'il avait à servir. Masetto
lui dit le fait. Ce qu'entendant l'abbesse, elle s'aperçut qu'aucune de
ses nonnes n'avait été plus sage qu'elle ; pour quoi, en femme dis-
crète, sans laisser partir Masetto, elle résolut de s'entendre avec ses
nonnes pour trouver un moyen d'arranger les choses de façon que le
couvent ne fût pas couvert de scandale par le fait de Masetto. L'intendant étant mort un des jours précédents, les nonnes, d'un mutuel
consentement, chacune sachant ce que toutes avaient fait, et avec
l'assentiment de Masetto, s'arrangèrent pour faire croire que, grâce
à leurs prières et au mérite du saint dont le couvent portait le nom,
la parole avait été rendue à Masetto après avoir été longtemps
muet ; elles le firent leur intendant et lui répartirent la besogne de
façon qu'il pût la supporter. Aussi, bien qu'il eût engendré nombre
de moinillons, les choses se passèrent cependant si discrètement
qu'on n'en sut rien, sinon après la mort de l'abbesse, Masetto étant
alors bien près d'être vieux, et, devenu riche, fort désireux de s'en
retourner chez lui. La découverte de son aventure lui facilita
l'accomplissement de ce désir. C'est ainsi que Masetto sur ses vieux
jours s'en revint, riche et père de famille, sans avoir eu la peine de
nourrir ses enfants et de les entretenir, et ayant su par sa prévoyance
bien employer sa jeunesse, au lieu d'où il était parti une cognée sur
le cou, affirmant qu'ainsi le Christ traitait quiconque lui posait des
cornes au chapeau. »

LE PALEFRENIER DU ROI

Un palefrenier couche avec la femme du roi Agilulf. Ce
dernier s'en aperçoit, retrouve le coupable et lui tond
une mèche de cheveux. Le tondu tond à son tour ses
camarades et se tire ainsi de sa male aventure.

« Agilulf, roi des Lombards, avait, comme ses prédécesseurs,
placé le siège de son royaume à Pavie, cité de Lombardie, après avoir
pris pour femme Teudelinge, restée veuve d'Autari, qui avait été
également roi des Lombards, laquelle fut une très belle dame, sage
et honnête, mais malheureuse en amour. Grâce au courage et au
grand sens de ce roi Agilulf, les affaires de Lombardie ayant été
pendant un certain temps prospères et tranquilles, il advint qu'un
palefrenier de la susdite reine, homme de condition très basse quant
à la naissance, mais d'un esprit plus élevé que ne le comportait un
aussi vil métier, et de sa personne beau et grand, s'enamoura sans
mesure de la reine, tout comme s'il avait été le roi. Comme sa profession infime ne lui avait pas empêché de reconnaître que son
amour était hors de toute convenance, en homme sage il ne s'en
ouvrait à personne, pas plus qu'il n'avait la hardiesse de le décou-
vrir à la reine par ses regards ; et quoiqu'il vécût sans aucune espérance de devoir jamais lui plaire, cependant il se glorifiait en lui-
même d'avoir placé ses pensées en haut lieu. Et comme il brûlait
tout entier d'une amoureuse flamme, il s'étudiait à faire, par-dessus
tous ses autres compagnons, tout ce qu'il croyait devoir plaire à la
reine. Pour quoi il se trouvait que la reine, devant chevaucher,
montait plus volontiers son palefroi que celui d'aucun autre ; ce que,
quand cela arrivait, il regardait comme une grandissime faveur ; et
jamais il ne lâchait les étriers, se tenant pour heureux quand parfois
il pouvait toucher ses vêtements. Mais, de même que nous voyons
souvent arriver que l'amour devient d'autant plus grand que l'espérance est moindre, ainsi il advint dans le cœur de ce pauvre pale-

frenier ; à tel point qu'il lui était très douloureux d'être obligé de
tenir son grand désir ainsi caché, comme il faisait, sans être réconforté d'aucun espoir ; aussi plus d'une fois, ne pouvant se guérir de
cet amour, il résolut de mourir. Songeant à quel moyen il aurait
recours, il prit le parti de s'arranger de façon que l'on vît bien qu'il
mourait à cause de l'amour qu'il avait porté et qu'il portait à la
reine ; et il décida que son entreprise serait telle, qu'il tenterait pour
elle la fortune afin de satisfaire tout ou partie de son désir. Il ne se
hasarda point à parler à la reine, ni à lui faire connaître son amour
par lettre, car il savait qu'il parlerait et qu'il écrirait en vain ; mais
il voulut éprouver, si, par ruse, il pourrait coucher avec elle. Il n'y
avait pas d'autre ruse ni d'autre voie que de trouver le moyen de
parvenir jusqu'à la reine et de pénétrer dans sa chambre en se faisant passer pour le roi, lequel, il le savait, ne couchait pas toujours
avec sa femme. Pour quoi, afin de voir de quelle façon le roi s'y
prenait, et quel costume il avait quand il allait la voir, il se cacha à
plusieurs reprises la nuit dans une grande salle du palais qui était
située entre la chambre du roi et celle de la reine. Or, une nuit entre
autres, il vit le roi, enveloppé dans un grand manteau et tenant
d'une main une lumière et de l'autre une baguette, sortir de sa
chambre et aller à la chambre de la reine, et là, sans dire mot,
frapper une fois ou deux à la porte avec cette baguette ; et incontinent la porte lui était ouverte et la lumière lui était enlevée des
mains. Ayant donc vu cela, et ayant vu aussi le roi s'en retourner, il
pensa à faire de même ; et ayant réussi à se procurer un manteau
semblable à celui qu'il avait vu au roi, ainsi qu'une lumière et une
petite baguette, et après s'être lavé tout d'abord en un bain chaud,
afin que l'odeur de l'écurie n'incommodât pas la reine ou ne la fît
s'apercevoir de la ruse, il se cacha, ainsi qu'il en avait l'habitude,
dans la grande salle. Quand il vit que tout le monde dormait, et
quand le temps lui sembla venu de donner effet à son désir ou de
trouver la mort qu'il souhaitait, il fit un peu de feu avec la pierre et
l'amadou qu'il portait, alluma sa lumière et, enveloppé hermétique-
ment dans son manteau, il s'en alla à la porte de la chambre où il
frappa deux coups avec la baguette. La chambre fut ouverte par une
camériste à moitié endormie qui lui prit la lumière des mains et

l'éteignit ; sur quoi, lui, sans rien dire, étant entré et ayant déposé
son manteau, il se glissa dans le lit où la reine dormait. L'ayant
saisie dans ses bras, et feignant d'être de méchante humeur, pour ce
qu'il savait que le roi quand il était de mauvaise humeur ne pro-
nonçait pas un mot, sans rien dire et sans qu'il lui fût rien dit, il
connut plusieurs fois charnellement la reine. Et bien qu'il lui sem-
blât dur de s'en aller, cependant, craignant qu'une trop longue séance
lui fût occasion de changer en tristesse le plaisir éprouvé, il se leva,
et après avoir repris son manteau et sa lumière, sans rien dire autre
chose, il s'en alla et, le plus tôt qu'il put, regagna son lit.

« Il pouvait à peine y être revenu quand le roi, s'étant levé, alla
à la chambre de la reine, ce dont celle-ci s'émerveilla fort ; et
comme il était entré dans le lit et la saluait joyeusement, elle prit
hardiesse de sa bonne humeur et dit : « O mon seigneur, quelle
« nouveauté est-ce, cette nuit ? Vous venez à peine de me quitter, et,
« au delà de vos habitudes, vous avez pris de moi plaisir, et vous
« revenez derechef si vite ? Prenez garde à ce que vous faites. »
Le roi, entendant ces paroles, soupçonna soudain que la reine avait
été trompée par une ressemblance de manières et de personne ; mais
en homme sage, il se garda bien, voyant que la reine ni personne
autre ne s'en était aperçu, de l'en faire apercevoir. C'est ce que nombre de sots n'auraient pas fait ; ils auraient dit au contraire : Je ne
suis pas venu ; quel est celui qui est venu ? Comment est-il venu ?
Qui est-ce ? De quoi seraient survenues de nombreuses choses par
lesquelles il aurait inutilement contristé la reine et lui aurait donné
l'idée de désirer une seconde fois ce qu'elle avait déjà goûté : en tai-
sant l'aventure, il ne pouvait lui en revenir aucune honte, tandis
qu'en parlant, il se serait attiré du déshonneur. Le roi répondit donc,
plus irrité au fond du cœur que dans son air et dans ses paroles :
« Femme, ne vous semblé-je pas homme capable d'avoir été ici
« tantôt et d'y revenir une autre fois ? » A quoi la reine répondit : « Mon seigneur, si ; mais cependant je vous prie de prendre
« garde à votre santé. » Alors le roi dit : « Il me plaît de suivre
« votre conseil ; et pour cette fois, sans vous causer plus d'ennui,
« je vais m'en retourner. » Et, le cœur plein de colère et de mécon-
tentement à cause de l'affront qu'il voyait qu'on lui avait fait, il

reprit son manteau, sortit de la chambre et songea à trouver sans
bruit celui qui l'avait fait, pensant bien que c'était quelqu'un de sa
maison, et que, quel qu'il fût, il n'avait pu encore en sortir.

« Ayant donc pris une petite lumière dans une petite lanterne, il
s'en alla vers un vaste corps de logis qui était dans son palais au-
dessus des écuries et dans lequel dormaient en divers lits presque
tous ses familiers. Et estimant que, quel que fût celui qui avait fait
ce que la dame lui avait dit, son pouls et ses battements de cœur ne
pouvaient être encore apaisés à cause de la rude besogne qu'il avait
accomplie, il se mit à tâter sans bruit, en commençant par un des
bouts de la salle, la poitrine de tous ses gens, pour savoir si le cœur
battait vite à l'un d'entre eux. Tous dormaient fortement, hormis
celui qui avait été avec la reine et qui ne dormait pas encore ; pour
quoi, voyant venir le roi et comprenant ce qu'il cherchait, il se mit
à trembler tellement qu'au battement de cœur que la fatigue éprouvée peu avant lui avait occasionné, la peur en ajouta un plus grand ;
et il vit bien que si le roi s'en apercevait, il le ferait mourir sur-le-
champ. Et bien que de nombreuses pensées lui allassent par l'esprit
sur ce qu'il avait à faire, cependant, voyant le roi sans arme, il résolut de faire semblant de dormir et d'attendre ce que le roi ferait.
Après avoir longtemps cherché, et n'en trouvant aucun qui lui parût
être celui qu'il croyait, le roi arriva à notre homme et, voyant que
le cœur lui battait fort, il se dit : C'est lui ! Mais, en homme qui
n'entendait rien faire qui fût su, il se borna, avec une paire de ciseaux
qu'il portait sur lui, à lui couper quelques mèches de cheveux qu'en
ces temps on portait très longs, afin qu'à l'aide de cette marque il
pût le reconnaître le lendemain matin ; cela fait, il s'en alla et
regagna sa chambre.

« Le palefrenier, qui avait tout vu, comprit clairement, en homme
avisé qu'il était, pourquoi il avait été ainsi marqué. Aussi, s'étant
levé sans plus attendre et ayant cherché des ciseaux dont, par aventure, il y avait une paire dans la salle pour le service des chevaux, il
alla doucement vers tous ceux qui étaient couchés et leur coupa à
tous les cheveux sur les oreilles de la même façon ; et, cela fait, sans
avoir été entendu, il s'en revint dormir.

« Le matin, le roi, s'étant levé, ordonna qu'avant que les portes

Gravelot inv.   Le Mire sc.

FRÈRE PUCCIO

C. B. - V

du palais s'ouvrissent, tous ses gens passassent devant lui ; ce qui fut
fait. Et tous, sans rien avoir sur la tête, étant rangés devant lui, il se
mit à les examiner pour voir lequel avait été tondu par lui ; et,
voyant le plus grand nombre d'entre eux avec les cheveux coupés de
la même façon, il s'étonna et se dit en lui-même : « Celui que
« je cherche, bien qu'il soit de basse condition, montre bien qu'il
« est d'un grand sens. » Puis, voyant qu'il ne pouvait avoir sans
faire d'esclandre celui qu'il cherchait, et peu disposé à vouloir,
pour une petite vengeance, s'attirer grande vergogne, il se borna à
avertir le coupable d'un mot seulement et à lui faire voir qu'il s'était
aperçu de la chose ; s'étant donc tourné vers tous ses gens, il dit :
« Que celui qui l'a fait ne le fasse plus jamais, et allez avec Dieu. »
« Un autre aurait voulu faire mettre à la gêne, torturer, examiner, questionner, et, ce faisant, aurait ébruité ce que chacun
doit s'efforcer de cacher, et l'ayant découvert, encore qu'il en eût
pris entière vengeance, sa honte n'en aurait pas été diminuée mais
fort accrue, et l'honneur de sa femme contaminé.

« Ceux qui entendirent ces paroles du roi s'étonnèrent et se demandèrent longtemps entre eux ce qu'il avait voulu dire par là ; mais
nul ne les comprit, sinon celui à qui seul elles s'adressaient ; lequel,
en homme sage, n'en ouvrit jamais la bouche du vivant du roi, pas
plus qu'il ne commit désormais sa vie au hasard en une semblable
aventure. »

FRÈRE PUCCIO

*Don Félice enseigne à frère Puccio comment il deviendra
bienheureux en faisant une certaine pénitence. Pendant
que frère Puccio fait cette pénitence, don Félice se
donne du bon temps avec la femme de celui-ci.*

« Suivant ce que j'ai ouï dire, vivait autrefois, près de San Brancazio, un brave homme fort riche, nommé Puccio di Rinieri ; mais
comme, en prenant de l'âge, il s'était complètement adonné à la

dévotion, et qu'il s'était engagé parmi les bigots de Saint-François,
on l'appelait frère Puccio. Dans ce genre de vie toute spirituelle, ne
possédant pour famille qu'une femme et qu'une servante, et n'ayant
par conséquent besoin de se livrer à aucune profession, il fréquentait beaucoup l'église. Ignorant et d'une pâte grossière, il disait ses
patenôtres, allait aux prêches, assistait à la messe, ne manquait
jamais de faire sa partie dans les cantiques que chantaient les
séculiers, jeûnait et se donnait la discipline, et passait pour être de
la confrérie des flagellés. Sa femme, qui avait nom dame Isabetta,
encore jeune, de vingt-huit à trente ans, fraîche, belle et potelée
comme une pomme d'api, faisait, par suite de la sainteté de son
mari et peut-être de son vieil âge, de plus nombreuses et de plus
longues diètes qu'elle n'aurait voulu. Quand elle avait envie de
coucher, ou plutôt de se divertir avec lui, il lui racontait la vie du
Christ, les sermons de frère Nostagio, les lamentations de la Made-
leine, ou autres choses semblables.

« Sur ces entrefaites, arriva de Paris un moine appelé don Felice,
conventuel de San Brancazio, jeune et beau de sa personne, d'esprit
fin et de science profonde, avec lequel frère Puccio se lia d'étroite
amitié. Comme don Felice lui éclaircissait tous ses doutes et se
montrait un fort saint homme, frère Puccio prit l'habitude de le
mener chez lui et de lui donner à dîner et à souper toutes les fois
qu'il en trouvait l'occasion. Quant à la dame, pour complaire à
frère Puccio, elle était devenue l'amie de don Felice, et l'accueillait
très volontiers. Or, le moine, continuant à fréquenter la maison de
frère Puccio, et voyant sa femme si fraîche et si rondelette, comprit
quelle était la chose dont elle devait manquer le plus, et songea,
pour décharger frère Puccio de toute fatigue, à le suppléer auprès
d'elle. Lui ayant à plusieurs reprises lancé d'adroites œillades, il fit
tant qu'il alluma dans le cœur de la dame le même désir qu'il avait
lui-même. Le moine s'étant aperçu de cela, se hasarda à lui exprimer
ses vœux. Mais quelque disposée qu'il la trouvât à mener l'affaire à
bonne fin, il ne pouvait trouver un moyen d'y arriver, attendu
qu'elle ne voulait lui donner rendez-vous que chez elle, ce qui ne
se pouvait pas, frère Puccio ne sortant jamais de la ville ; de quoi le
moine avait grand ennui.

« Après y avoir bien réfléchi, il imagina un moyen de se rencontrer avec la dame dans sa maison même, sans attirer le soupçon
et malgré la présence de frère Puccio. Celui-ci étant un jour allé le
voir, il lui parla ainsi : « J'ai déjà plusieurs fois compris, frère
« Puccio, que ton désir est de te sanctifier, à quoi il me semble que
« tu t'achemines par une voie très longue, alors qu'il en est une
« beaucoup plus courte. Le pape et les autres hauts prélats qui la
« connaissent et en usent, ne veulent pas qu'on la dévoile, car le
« clergé, qui vit surtout d'aumônes, serait tout de suite ruiné si les
« séculiers ne lui venaient plus en aide par leurs aumônes. Mais
« comme tu es mon ami, et que tu m'as fort honorablement reçu, je
« te l'enseignerais si je croyais que tu ne dusses la révéler à qui que
« ce soit au monde, et que tu la suivisses. » Frère Puccio, désireux
de connaître la chose, se mit aussitôt à le prier avec instance de la
lui enseigner, et à lui jurer que jamais, à moins que cela ne lui
convînt, il n'en parlerait à personne, affirmant que, si cette voie
était telle qu'il pût la suivre, il le ferait. « Puisque tu me le promets
« — dit le moine — je te la montrerai. Tu sauras que les saints
« docteurs soutiennent que, pour devenir bienheureux, il faut faire
« la pénitence que tu vas entendre. Mais comprends-moi bien : je
« ne dis pas qu'après avoir accompli cette pénitence, tu ne seras pas
« moins pécheur que tu n'es ; mais il arrivera que les péchés que
« tu auras commis jusqu'au moment de ladite pénitence te seront
« tous effacés ou pardonnés, et que ceux que tu commettras après
« ne te seront pas comptés pour ta damnation, mais s'en iront avec
« l'eau bénite, comme de simples péchés véniels. Il faut donc com-
« mencer la pénitence par te confesser en grande hâte de tes péchés,
« puis t'astreindre à une grande abstinence et à un jeûne de qua-
« rante jours, pendant lesquels tu devras non seulement t'abstenir
« d'autres femmes, mais même de toucher à la tienne. En outre,
« il faut choisir dans ta propre maison un endroit d'où tu puisses
« voir le ciel pendant la nuit, et, à l'heure de complies, te rendre
« en cet endroit, et là, avoir une table très large, posée de façon
« que, te tenant debout, tu puisses y appuyer les reins et, tenant
« les pieds à terre, y étendre les bras, comme si tu étais crucifié.
« Si tu veux soutenir tes bras avec une cheville, tu le peux faire.

« Dans cette position, regardant le ciel, tu te tiendras sans bouger
« jusqu'au matin. Si tu étais lettré, il te faudrait, pendant ce temps,
« dire certaines oraisons que je t'indiquerais ; mais comme tu ne
« l'es pas, il te faudra réciter trois cents *Pater noster* avec trois cents
« *Ave Maria*, en l'honneur de la Trinité. Pendant que tu regar-
« deras le ciel, tu te rappelleras que Dieu a été le créateur du ciel
« et de la terre, et tu auras présente à la mémoire la passion du
« Christ, te trouvant dans la même position qu'il fut lui-même sur
« la croix. Puis, dès que matines sonneront, tu pourras, si tu veux,
« t'en aller et, tout habillé, te jeter sur ton lit et dormir. Dans
« la matinée, tu iras à l'église, et là tu entendras au moins trois
« messes, et tu diras cinquante *Pater noster* et autant d'*Ave Maria*.
« Après cela, tu vaqueras naturellement à tes affaires si tu en as ;
« tu iras dîner, et, le soir, tu retourneras à l'église, et tu diras cer-
« taines oraisons que je te donnerai par écrit et sans lesquelles rien
« ne pourrait être fait. Enfin, à complies, tu recommenceras comme
« la veille. En faisant ainsi, comme je l'ai fait moi-même autrefois,
« j'espère qu'avant la fin de ta pénitence, tu éprouveras les meilleurs
« effets de la béatitude éternelle, si tu l'accomplis avec dévotion. »
Frère Puccio dit alors : « Ce n'est chose ni trop dure, ni trop
« longue, et cela peut fort bien se faire. Pour ce, je veux, en l'hon-
« neur du saint nom de Dieu, commencer dimanche. » Et s'étant
séparé de don Felice, il revint chez lui, où, avec sa permission, toutefois, il conta tout de point en point à sa femme.

« La dame comprit trop bien ce que le moine avait voulu dire en
recommandant à frère Puccio de ne pas bouger jusqu'au matin ;
pour quoi, le moyen lui paraissant fort bon, elle répondit à son mari
que cette pénitence, comme tout ce qu'il pouvait faire pour le salut
de son âme, la réjouissait, et que, pour que Dieu lui rendît sa pénitence profitable, elle voulait jeûner avec lui, mais non faire plus.
Tout étant donc convenu, et le dimanche étant arrivé, frère Puccio
commença sa pénitence, et messire le moine, après s'être entendu
avec la dame, s'en venait, à l'heure où il ne pouvait être vu, souper
presque tous les soirs avec elle, ayant soin toujours de bien manger
et de bien boire, puis couchait avec elle jusqu'au matin. Alors il se
levait, s'en allait, et frère Puccio regagnait son lit.

« L'endroit que frère Puccio avait choisi pour faire sa pénitence se trouvait tout à côté de la chambre où couchait la dame et n'en était séparé que par une mince cloison. Une nuit que le moine et la dame se trémoussaient par trop vigoureusement, il sembla à frère Puccio que le plancher remuait. Sur quoi, comme il avait dit cent *Pater noster*, il s'arrêta et, sans bouger, appela sa femme et lui demanda ce qu'elle faisait. La dame, qui était d'humeur plaisante, et qui en ce moment chevauchait probablement la bête de saint Benoît ou celle de saint Jean Gualberto, répondit : « Ma foi, mon cher « mari, je me trémousse tant que je peux. » Frère Puccio dit alors : « Comment tu te trémousses ! que signifie ce trémousse- « ment ? » La dame, riant, et d'un air joyeux, car elle était gail- larde et avait sans doute ses raisons pour rire, répondit : « Com- « ment, vous ne savez pas ce que cela signifie ? Je vous l'ai entendu « dire mille fois : qui n'a pas soupé, le soir, se démène toute la « nuit. » Frère Puccio crut que le jeûne l'empêchait en effet de dormir et la faisait ainsi se retourner sur son lit ; pour quoi, il lui dit naïvement : « Femme, je te l'ai bien dit de ne pas jeûner ; mais « enfin puisque tu as voulu le faire, ne pense pas à cela, et songe « à dormir. Tu donnes de telles secousses au lit, que tu fais tout « remuer dans la maison. » La dame dit alors : « Ne vous en « inquiétez pas ; je sais bien ce que je fais ; faites votre affaire en « conscience, moi je ferai du mieux que je pourrai. » Frère Puccio se tut et se remit à ses patenôtres.

« A partir de cette nuit, la dame et messer le moine, ayant fait préparer un lit dans une autre partie de la maison, s'y fêtèrent gran- dement pendant tout le temps que dura la pénitence de frère Puccio. A l'heure dite, le moine s'en allait, la dame retournait à son lit et, peu après, frère Puccio revenait de l'endroit où il faisait sa pénitence. Les choses continuant de cette façon, frère Puccio faisant la péni- tence et la dame et le moine prenant le plaisir, elle dit plusieurs fois à son compagnon : « Tu fais faire à frère Puccio la « pénitence « grâce à laquelle nous avons gagné le paradis ! » Et comme cela semblait plaire beaucoup à la dame qui avait été longtemps tenue à la diète par son mari, elle s'habitua si bien à la bonne chère que lui octroyait le moine, qu'une fois la pénitence de frère Puccio finie,

elle trouva moyen de se rassasier ailleurs avec lui, et d'en prendre
longuement et à discrétion. Ainsi, pour que mes dernières paroles
concordent avec les premières, il advint que, tandis que frère Puccio
crut gagner le paradis en faisant pénitence : il y envoya et le moine
qui lui avait montré le chemin pour y aller, et sa femme qui, auprès
de lui, manquait par trop de ce que messer le moine, en homme
charitable, lui dispensait copieusement. »

RICCIARDO MINUTOLO

Ricciardo Minutolo aime la femme de Filippello Fighiuolfo.
Sachant qu'elle était jalouse de son mari, il lui dit que
Filippello a un rendez-vous le jour suivant
dans une maison de bains avec sa femme
à lui. La dame ne manque pas d'y
aller et, croyant être avec
son mari, elle couche
avec Ricciardo.

« A Naples, cité très ancienne, et peut-être aussi plaisante, ou
même plus, qu'aucune autre d'Italie, fut jadis un jeune homme
illustre par la noblesse du sang et signalé par ses grandes richesses,
dont le nom était Ricciardo Minutolo, lequel, bien qu'il eût pour
femme une très belle et très désirable jeune dame, s'amouracha
d'une autre qui, suivant l'opinion de tous, surpassait de très loin
en beauté toutes les autres dames napolitaines, et s'appelait Catella.
C'était la femme d'un jeune homme également gentilhomme, appelé
Filippello Fighiuolfo, qu'en femme très honnête elle aimait et
estimait plus que toute autre chose.

« Ricciardo Minutolo aimant donc cette Catella, et faisant toutes
les choses par lesquelles la faveur et l'amour d'une dame se doivent
pouvoir acquérir, et, malgré cela, ne pouvant en rien parvenir à
satisfaire ses désirs, était quasi désespéré ; et ne sachant ou ne pouvant se défaire de son amour, il ne savait ni mourir ni trouver du
plaisir à vivre. Comme il était en cette disposition d'esprit, des

dames qui étaient ses parentes l'engagèrent un jour à s'abstenir d'un tel amour, pour ce qu'il luttait en vain, Catella n'ayant d'autre bien que Filippello, dont elle était si jalouse, qu'elle croyait que le moindre oiseau qui volait par l'air le lui allait enlever. Ricciardo, apprenant la jalousie de Catella, forma soudain un projet pour arriver à ses plaisirs, et se mit à feindre de ne plus espérer l'amour de Catella, et d'avoir placé son affection sur une autre gente dame, et, pour l'amour de celle-ci, il se mit à faire ostentation de joutes et de fêtes et à faire toutes les choses qu'il avait coutume de faire pour Catella. Il ne se passa guère de temps que quasi tous les Napolitains, et entre autres Catella, fussent persuadés que ce n'était plus Catella, mais cette nouvelle dame qu'il aimait passionnément ; et il persévéra si bien en cela, que non seulement chacun le tenait pour certain, mais que Catella se départit de la sauvagerie qu'elle avait vis-à-vis de lui à cause de l'amour qu'il paraissait lui porter et que, dans ses allées et venues, elle se mit à le saluer gracieusement en voisin, comme elle faisait pour les autres.

« Or, il advint que, la saison étant chaude, et de nombreuses troupes de dames et de cavaliers étant allées s'établir sur le bord de la mer, suivant l'usage des Napolitains, Ricciardo, sachant que Catella y était allée avec sa société, y alla aussi avec la sienne et fut reçu dans la société de Catella, après s'être fait longtemps inviter comme s'il n'eût guère été désireux d'y rester. Là les dames, et Catella avec elles, se mirent à le plaisanter sur son nouvel amour, au sujet duquel, se montrant fort épris, il leur fournissait ample matière de raisonner. A la longue, les dames étant allées, qui ici, qui là, ainsi qu'on fait en ces sortes d'endroit, et Catella étant restée avec Ricciardo en petite compagnie, Ricciardo lui lança un mot piquant sur une certaine amourette qu'avait Filippello son mari, et pour lequel elle entra en soudaine jalousie et se mit à brûler du désir de savoir ce que Ricciardo voulait dire. Après s'être maîtrisée quelque temps, ne pouvant plus se retenir, elle pria Ricciardo, pour l'amour de la dame qu'il aimait le plus, de lui faire le plaisir de l'éclairer sur ce qu'il avait dit de Filippello. Ricciardo lui dit : « Vous m'avez prié au nom d'une personne telle que je n'ose « vous refuser ce que vous me demandez ; et pour ce, je suis prêt à

« vous le dire, à condition que vous me promettrez que vous n'en
« direz jamais rien ni à lui, ni à autrui, sinon quand vous aurez eu
« la preuve que ce que je vais vous conter est vrai ; donc, quand
« vous voudrez, je vous apprendrai comment vous pourrez le
« voir. » Ce qu'il demandait plut à la dame ; elle le crut vrai et
lui jura de ne jamais le dire.

« S'étant donc retirés à part, en un endroit où ils ne pussent être
entendus des autres, Ricciardo commença à parler ainsi : « Ma-
« dame, si je vous aimais comme je vous ai aimée autrefois, je
« n'aurais pas l'audace de vous dire quelque chose que je croirais
« devoir vous causer de l'ennui ; mais comme cet amour est passé,
« j'aurai moins de souci de vous éclairer sur tout. Je ne sais pas si
« Filippello a jamais pris l'ombrage de l'amour que je vous ai porté,
« ou s'il a cru que j'aie jamais été aimé de vous ; mais, qu'il en ait
« été ou non ainsi, je n'en ai jamais rien montré dans ma personne :
« or, maintenant, attendant peut-être l'occasion, et croyant que j'ai
« moins de soupçon, il semble vouloir me faire à moi ce que je
« soupçonne qu'il craint que je lui aie fait, c'est-à-dire vouloir avoir
« ma femme à son plaisir et, suivant ce que je sais, depuis quelque
« temps, il l'a secrètement obsédée par bon nombre de messages, ce
« que j'ai entièrement su d'elle ; et même elle a fait les réponses se-
« lon que je le lui ai ordonné. Mais pourtant ce matin, avant que
« je vinsse ici, j'ai trouvé dans la maison de ma femme, en conver-
« sation intime avec elle, une personne que j'ai incontinent jugée
« pour ce qu'elle était : pour quoi, j'ai appelé ma femme et lui ai
« demandé ce que cette personne voulait. Elle me dit : « C'est la
« poursuivante de Filippello qu'en me faisant lui répondre et lui
« donner espoir tu m'as mis sur le dos ; et il dit qu'il veut savoir ce
« que j'entends faire, et que, quant à lui, dès que je le voudrai, il
« fera en sorte que je pourrai le rencontrer en secret dans une mai-
« son de bains de cette ville ; et pour ce, il me prie et m'obsède ; et
« n'était que tu m'as fait, je ne sais pourquoi, tenir tout ce trafic, je
« m'en serais débarrassée de façon qu'il n'aurait jamais guetté là où
« je me serais trouvée. » Alors, il m'a paru qu'il allait trop loin,
« qu'il n'en fallait pas souffrir davantage et que je devais vous
« le dire, afin que vous sachiez quelle récompense reçoit votre

RICCIARDO MINUTOLO

C. B. - VI

« complète fidélité pour laquelle j'ai été jadis près de mourir. Et
» pour que vous ne croyiez pas que ce sont là des mots et des fables,
« mais que vous puissiez, quand l'envie vous en viendra, le voir et le
« toucher apertement, j'ai fait faire par ma femme à la personne qui
« l'attendait, cette réponse qu'elle était prête à aller demain, sur
« l'heure de none, quand tout le monde dormirait, à cette maison
« de bains ; sur quoi, celle-ci, très contente, l'a quittée. Maintenant,
« je ne crois pas que vous croyiez que j'y enverrai ma femme ;
« mais, si j'étais de vous, je ferais qu'il me trouvât en place de celle
« qu'il croit y trouver ; et après que je serais restée quelque temps
« avec lui, je lui ferais voir avec qui il a été et je lui en ferais l'hon-
« neur qui lui convient ; et, faisant ainsi, je crois qu'il en aurait une
« telle vergogne, qu'en une même heure, l'injure qu'il veut faire à
« vous et à moi serait vengée. »

« Catella, entendant cela, sans prendre aucunement garde à ce
qu'était celui qui le lui disait ni à ses tromperies, ajouta foi sur-le-
champ, selon l'habitude des jaloux, à ces paroles, et se mettant à
rattacher à ce fait certaines choses advenues auparavant, allumée
d'une colère subite, répondit qu'elle le ferait certainement ; que ce
n'était pas si malaisé à faire, et que s'il venait, elle lui ferait une telle
honte que toutes les fois qu'il verrait une femme, cela lui reviendrait
à la mémoire. Ricciardo, enchanté de cela, et son projet lui paraissant bon et marcher admirablement, la confirma dans ce dessein par
beaucoup d'autres paroles, et augmenta encore sa crédulité, la priant
néanmoins de se garder de dire jamais qu'elle l'avait appris de lui ;
ce qu'elle lui promit sur sa foi. Le matin suivant, Ricciardo s'en alla
trouver une bonne femme qui tenait la maison de bains dont il avait
parlé à Catella ; il lui dit ce qu'il entendait faire et la pria de lui être
en cela aussi favorable qu'elle pourrait. La bonne femme, qui lui était
très obligée, dit qu'elle le ferait volontiers, et concerta avec lui ce
qu'elle avait à faire ou à dire. Il y avait dans la maison de bains une
chambre très obscure, pour ce qu'il n'y avait aucune fenêtre par où la
lumière pût entrer ; suivant les instructions de Ricciardo, la bonne
femme l'arrangea, y fit mettre du mieux qu'elle put un lit dans
lequel Ricciardo, ainsi qu'il était convenu, se mit et attendit Catella.

« La dame, ayant entendu les paroles de Ricciardo, et leur ayant

donné plus de créance qu'il n'était besoin, s'en retourna le soir
pleine d'indignation chez elle où, d'adventure, Filippello s'en revint
de son côté préoccupé d'autre pensée, et ne lui fit peut-être pas l'accueil amical qu'il avait coutume de lui faire. Ce que voyant, elle
entra en un soupçon plus grand encore qu'elle n'était, se disant à
soi-même : Vraiment, il a l'esprit à cette dame avec laquelle il croit
avoir demain plaisir et contentement ; mais certainement cela n'arrivera pas. Et elle resta toute la nuit sur cette pensée, et songeant à
ce qu'elle devrait lui dire quand elle serait avec lui.

« Mais que dire de plus ? L'heure de none venue, Catella ayant
pris avec elle sa suivante et, sans rien changer à son projet, s'en alla
à cette maison de bains que Ricciardo lui avait indiquée, et là, ayant
trouvé la bonne femme, elle lui demanda si Filippello était venu
ce jour-là. A quoi, la bonne femme, stylée par Ricciardo, dit :
« Êtes-vous cette dame qui devez venir lui parler ? » Catella répondit : « Oui, je le suis. » « Donc — dit la bonne femme — « allez
le trouver. » Catella, cherchant ce qu'elle n'aurait pas voulu
trouver, se fit mener à la chambre où était Ricciardo, y entra la
tête couverte, et s'y enferma. Ricciardo, la voyant venir, se leva
joyeux, et l'ayant reçue en ses bras, dit doucement : « Bien
venue soit mon âme ! » Catella, pour mieux feindre ce qu'elle
n'était pas, l'accola et le baisa et lui fit grande fête, sans prononcer
une seule parole, craignant, si elle parlait, d'être reconnue par lui.

« La chambre était très obscure — de quoi chacun d'eux était
content — et même après qu'on y était longtemps resté, les yeux
n'en reprenaient pas plus de pouvoir. Ricciardo la mena sur le lit
et, là, sans parler, de peur que la voix se pût reconnaître, ils restè-
rent longuement, au grand contentement et au grand plaisir de l'une
et de l'autre partie. Mais lorsqu'il parut temps à Catella de donner
libre cours à son indignation, elle commença à parler ainsi, enflam-
mée d'une fervente colère : « Ah ! combien est malheureux le sort
« des femmes, et comme est mal employé l'amour que beaucoup
« d'elles portent à leur mari ! Moi, malheureuse, voilà déjà huit
« ans que je t'ai aimé plus que ma vie, et toi, comme je l'ai vu, tu
« brûles tout entier, tu te consumes dans l'amour d'une femme
« étrangère, coupable et méchant homme que tu es. Or, avec qui

« crois-tu avoir été? Tu as été avec celle que, par de fausses caresses,
« tu as depuis trop longtemps trompée en lui montrant de l'amour
« tandis que tu étais enamouré ailleurs. Je suis Catella ; je ne suis
« pas la femme de Ricciardo, traître déloyal que tu es ! Écoute si tu
« reconnais ma voix ; c'est bien moi ; et il me semble qu'il se pas-
« sera plus de mille ans avant que nous soyons en plein jour, pour
« que je puisse te faire honte comme tu le mérites, vil chien mau-
« dit que tu es ! Hélas ! pauvre de moi ; à qui ai-je pendant tant
« d'années porté un tel amour ? à ce chien déloyal qui, croyant avoir
« en ses bras une autre femme, m'a fait plus de caresses et donné
« plus de preuves d'amour en si peu de temps que j'ai été avec lui,
« que pendant tout le reste du temps que je lui ai appartenu. Tu as
« été bien gaillard aujourd'hui, chien de renégat, tandis qu'à la mai-
« son tu as coutume de te montrer si débile et sans puissance. Mais,
« loué soit Dieu, car c'est ton champ, non celui d'autrui, comme tu
« croyais, que tu as labouré. Je ne m'étonne point, si cette nuit tu
« ne m'as point approché ; tu attendais d'être ailleurs pour te dé-
« charger de ton fardeau, et tu voulais arriver frais cavalier à la
« bataille ; mais, grâce à Dieu et à ma prévoyance, l'eau a pris son
« cours par en bas, comme elle devait. Pourquoi ne réponds-tu pas,
« homme coupable ? Pourquoi ne dis-tu rien ? Es-tu devenu muet
« en m'entendant ? Sur ma foi en Dieu, je ne sais ce qui me retient
« de te planter les mains dans les yeux et de te les arracher. Tu as
« cru faire cette trahison très secrètement ? par Dieu ! les uns en
« savent autant que les autres ; j'ai mis à tes trousses de meilleurs
« chiens que tu ne croyais. »

« Ricciardo se réjouissait à part lui de ces paroles, et, sans rien
répondre, l'accolait et la baisait et lui faisait de plus grandes caresses
que jamais. Pour quoi, elle, poursuivant ses invectives, disait :
« Oui, tu crois maintenant me tromper avec tes caresses feintes,
« chien fastidieux que tu es, et m'apaiser et me consoler ; tu te
« trompes. Je ne serai jamais consolée de cela que je ne t'en aie
« vitupéré en présence d'autant de parents et d'amis que nous en
« avons. Or, ne suis-je pas, méchant, aussi belle que l'est la femme
« de Ricciardo Minutolo ? Ne suis-je pas aussi noble dame ? Que
« ne réponds-tu, maudit chien ? Qu'a-t-elle de plus que moi, elle ?

« Eloigne-toi, ne me touche pas, car tu as trop accompli de faits
« d'armes pour aujourd'hui. Je sais bien qu'à présent que tu connais
« qui je suis, tu ferais par force ce que tu viens de faire ; mais si
« Dieu m'accorde sa faveur, je t'en ferai encore endurer l'envie ; et je
« ne sais à quoi tient que j'envoie chercher Ricciardo qui m'a aimée
« plus que lui-même, et ne put jamais se vanter que je l'aie une seule
« fois regardé, et je ne sais pas quel mal il y aurait eu à le faire. Tu
« as cru avoir ici sa femme, et c'est comme si tu l'avais eue, en tant
« que ce n'est point par ta faute que cela n'est pas arrivé ; donc, si
« moi je l'avais eu, lui, tu ne pourrais avec raison m'en blâmer. »

« Les paroles de la dame furent longues et longs aussi ses
reproches ; à la fin pourtant, Ricciardo pensant que, s'il la laissait
s'en aller sur cette croyance, il pourrait s'ensuivre beaucoup de mal,
résolut de se faire connaître et de la tirer de l'erreur où elle était, et
l'ayant reprise dans ses bras et si bien enlacée qu'elle ne pouvait
partir, il dit : « Ma douce âme, ne vous courroucez point ; ce que
« je n'ai pu avoir simplement en vous aimant, Amour m'a appris à
« l'obtenir en vous trompant, et je suis votre Ricciardo. » Ce
qu'entendant Catella, et reconnaissant la voix, elle voulut soudain
se jeter hors du lit, mais elle ne put ; sur quoi, elle voulut crier ; mais
Ricciardo lui ferma la bouche des deux mains, et dit : « Madame,
« il ne peut se faire désormais que ce qui a été n'ait pas été, dussiez-
« vous crier tout le temps de votre vie ; et si vous criez, ou si
« vous faites d'une façon quelconque savoir jamais cela à quel-
« qu'un, deux choses en adviendront. L'une sera — dont vous ne
« devez pas vous soucier peu — que votre honneur et votre
« bonne réputation seront compromis, pour ce que, quand vous
« diriez que je vous ait fait venir ici par ruse, je dirai que ce n'est
« pas vrai, et qu'au contraire je vous ai fait venir en vous promet-
« tant de l'argent et des cadeaux, et que ne vous les ayant pas don-
« nés aussi largement que vous l'espériez, vous vous êtes fâchée et
« que c'est pour cela que vous faites cette rumeur et ces reproches.
« Et vous savez que le monde est plus disposé à croire le mal que le
« bien ; pour ce, on me croira plutôt que vous. Après cela, il s'en-
« suivra entre votre mari et moi une inimitié mortelle, et les choses
« pourront aller de façon que je le tuerai ou qu'il me tuera, de quoi

« vous ne sauriez plus être jamais joyeuse ni contente. Et pour ce,
« cœur de mon corps, renoncez à vous déshonorer vous-même, en
« même temps qu'à mettre en danger et en lutte votre mari et moi.
« Vous n'êtes pas la première qui a été trompée et vous ne serez pas
« la dernière, et moi je ne vous ai pas trompée pour vous enlever ce
« qui est à vous, mais à cause de la surabondance d'amour que je
« vous porte et que je suis disposé à vous porter toujours, comme
« je le suis à rester votre très humble serviteur. Et comme il y a
« grand temps que moi et tout ce que j'ai, et ce que je puis ou je
« vaux, sommes à votre service, j'entends qu'à partir de ce moment
« tout cela vous appartienne plus que jamais. Maintenant, vous êtes
« avisée pour toutes les autres choses, et ainsi je suis certain que
« vous le serez en celle-ci. »

« Catella, pendant que Ricciardo parlait ainsi, pleurait fortement,
et bien qu'elle fût grandement courroucée et qu'elle se répandît en
reproches, néanmoins la raison lui montrait que ce que disait Ricciardo était vrai, car elle reconnut que ce qu'il lui avait fait voir
comme devant arriver était possible, et pour ce, elle dit : « Ric-
« ciardo, je ne sais comment Dieu me donnera la force de supporter
« l'injure et la tromperie que tu m'as faites. Je ne veux pas crier ici
« où ma simplicité et ma jalousie excessive m'ont conduite ; mais
« sois certain que jamais je ne serai contente si, d'une façon ou
« d'une autre, je ne me vois vengée de ce que tu m'as fait ; et pour
« ce, laisse-moi aller, ne me retiens plus ; tu as eu ce que tu dési-
« rais, et tu m'as jouée tant qu'il t'a plu ; il est temps de me laisser ;
« laisse-moi, je t'en prie. » Ricciardo, qui voyait que son esprit
était encore trop courroucé, avait résolu de ne pas la laisser aller à
moins d'obtenir la paix d'elle ; pour quoi, se mettant à l'adoucir
avec de bonnes paroles, il dit tant, il pria tant, il conjura tant, qu'il
fit la paix avec elle, et, du consentement de tous les deux, ils res-
tèrent ensemble un assez long temps, à leur grandissime satisfaction.
Et la dame, reconnaissant alors combien plus savoureux étaient les
baisers de l'amant que ceux du mari, ayant changé sa dureté en doux
amour pour Ricciardo, l'aima à partir de ce jour très tendrement ;
et agissant avec beaucoup de prudence, ils jouirent nombre de fois
de leur amour. Dieu nous fasse jouir du nôtre ! »

LE PURGATOIRE

Ferondo avale une certaine poudre et est enterré comme mort. Tiré
du sépulcre par l'abbé qui jouit de sa femme, il est tenu par
celui-ci en prison, et on lui fait croire qu'il est dans le
purgatoire. Une fois ressuscité, il élève comme sien
un fils que l'abbé avait eu avec sa femme.

« Il y eut donc en Toscane, et il y a encore une abbaye comme
nous en voyons beaucoup, et située dans un lieu peu fréquenté.
De cette abbaye, fut fait abbé un moine qui en toute chose était
très saint homme, hormis en ce qui concernait le commerce des
femmes ; et il savait faire si prudemment, que quasi personne ne
le soupçonnait, loin de le savoir, pour ce qu'il était tenu pour très
saint et juste en toutes choses. Or, il advint que l'abbé étant lié avec
un fort riche paysan du nom de Ferondo, homme matériel et
grossier, sans éducation, et dont la fréquentation ne plaisait à l'abbé
que parce qu'il prenait parfois amusement de sa simplicité, l'abbé
s'aperçut que Ferondo avait pour épouse une très belle femme
dont il s'amouracha si ardemment qu'il ne pensait jour et nuit à
autre chose. Mais ayant entendu dire que Ferondo, bien qu'il fût
en tout le reste simple et sot, était très avisé pour aimer sa femme et
la surveiller, il s'en désespérait quasi. Cependant, comme il était
très adroit, il fit si bien auprès de Ferondo, qu'il l'amena à venir
parfois avec sa femme se promener dans le jardin de l'abbaye ; et là
ils raisonnaient ensemble modestement de la béatitude de la vie
éternelle, et des saintes œuvres d'un grand nombre d'hommes et de
femmes des temps passés, tellement que le désir vint à la dame de
se confesser à lui, et après en avoir demandé la permission à
Ferondo, elle l'obtint.

« La dame étant donc venue se confesser à l'abbé, au grandissime
plaisir de celui-ci, et s'étant mise à ses pieds, elle commença ainsi,
avant de dire autre chose : « Messire, si Dieu m'eût donné un

« vrai mari, ou s'il ne m'en eût pas donné, peut-être me serais-je
« rendue à vos exhortations d'entrer dans le chemin dont vous
« m'avez parlé et qui mène à la vie éternelle ; mais quand je con-
« sidère ce qu'est Ferondo et sa sottise, je puis me dire veuve, et
« pourtant je suis mariée en cela que, lui vivant, je ne puis avoir un
« autre mari ; et lui, sot comme il est, sans que je lui en donne
« aucun motif, est tellement jaloux de moi, qu'à cause de cela je ne
« puis vivre avec lui, sinon dans les tribulations et les chagrins.
« Pour quoi, avant que j'en vienne à me confesser d'autre chose,
« je vous prie le plus humblement que je peux, qu'il vous plaise
« me donner à ce sujet quelque conseil, pour ce que, si de là ne
« surgit pas l'occasion pour moi de bien faire, il me servira peu de
« m'être confessée ou d'avoir accompli toute autre œuvre louable. »
Ce raisonnement toucha d'un grand plaisir l'esprit de l'abbé, car il
lui parut que la fortune avait ouvert le chemin à son plus grand
désir, et il dit : « Ma fille, je crois que c'est un grand ennui pour
« une femme belle et délicate comme vous êtes, d'avoir pour mari
« un sot ; mais je crois que c'en est un bien plus grand encore d'en
« avoir un jaloux : pour quoi, comme vous avez l'un et l'autre, je
« crois aisément à votre tribulation dont vous m'entretenez. Mais
« à cela, parlant brièvement, je ne vois ni conseil, ni remède, hors
« un, lequel est que Ferondo se guérisse de cette jalousie. Le remède
« pour le guérir, je le saurais trop bien faire, pourvu que vous ayez
« la force de tenir secret ce que je vous dirai. » La dame dit :
« Mon père, n'en doutez point, pour ce que je me laisserais
« plutôt mourir que de redire à autrui ce que vous m'aurez dit ;
« mais comment se pourra ce faire ? » L'abbé répondit : « Si
« nous voulons qu'il guérisse, il faut de toute nécessité qu'il aille en
« purgatoire. » « Et comment — dit la dame — pourra-t-il y
« aller vivant ? » L'abbé dit : « Il faut qu'il meure, et ainsi il
« ira ; et quand il aura souffert une assez grande peine pour qu'il
« soit guéri de sa jalousie, nous prierons Dieu avec certaines orai-
« sons qu'il revienne en cette vie, ce qu'il fera. » « Donc — dit
« la dame — dois-je rester veuve ? » « Oui — répondit l'abbé —
« pour un certain temps, pendant lequel il faudra bien vous garder
« de vous laisser remarier à un autre, pour ce que Dieu l'aurait pour

« mauvais, et Ferondo étant revenu, il vous faudrait retourner avec
« lui, et il serait plus jaloux que jamais. » La dame dit : « Pourvu
« qu'il guérisse de cette maladie, comme il ne me convient pas
« de rester toujours enfermée, je serai satisfaite ; faites comme il
« vous plaira. » L'abbé dit alors : « Et je le ferai ; mais quelle
« récompense devrai-je avoir, moi, pour vous avoir rendu un tel
« service ? » « Mon père — dit la dame — ce qu'il vous plaira,
« pourvu que je le puisse ; mais que peut une femme comme
« moi pour un homme comme vous ? » A quoi l'abbé dit :
« Madame, vous pouvez faire non moins pour moi que je pourrai
« faire pour vous ; pour ce que, de même je suis disposé à faire tout
« ce qui pourra amener votre bien et votre consolation, ainsi vous
« pouvez faire ce qui sera mon salut et le bonheur de ma vie. »
La dame dit alors : « S'il en est ainsi, je suis prête. » « Donc
« — dit l'abbé — vous me donnerez votre amour et contentement
« de vous pour laquelle je brûle et me consume tout entier. »
La dame entendant cela, répondit tout effrayée : « Hé ! mon père,
« qu'est-ce que vous me demandez ! Je croyais que vous étiez un
« saint ; or convient-il aux saints de requérir pour telles choses
« les femmes qui vont leur demander conseil ? » A quoi l'abbé
dit : « Ma belle âme, ne vous étonnez pas, car pour cela la sain-
« teté n'en diminue point, pour ce qu'elle réside dans l'âme, et que
« ce que je vous demande est péché du corps. Mais quoi qu'il en
« soit, votre beauté désirée a eu tant de force, que l'amour me con-
« traint à faire ainsi. Et je vous dis que vous pouvez, vous, être
« plus glorieuse de votre beauté que beaucoup d'autres femmes, en
« songeant qu'elle a plu aux saints qui sont habitués à voir les
« beautés du ciel ; et puis, bien que je sois abbé, je suis un homme
« comme les autres, et, comme vous voyez, je ne suis pas encore
« vieux. Et cela ne doit pas vous être pénible à faire, au contraire vous
« devez le désirer, pour ce que, pendant que Ferondo sera en pur-
« gatoire, je vous donnerai, vous faisant la nuit compagnie, cette
« consolation qu'il devrait, lui, vous donner ; et jamais de cela per-
« sonne ne s'apercevra, chacun croyant, et plus peut-être, que je
« suis ce que vous croyiez vous-même que j'étais il y a un moment.
« Ne refusez pas la grâce que Dieu vous envoie, car elles sont nom-

« breuses celles qui désireraient ce que vous pouvez avoir et ce que
« vous aurez, si vous croyez sagement mon conseil. En outre, j'ai
« de beaux joyaux et de belles pierreries, et je n'entends pas qu'ils
« soient à d'autres qu'à vous. Faites donc pour moi, ma douce
« espérance, ce que je fais pour vous volontiers. »

« La dame tenait le visage baissé ; elle ne savait comment le refuser, et consentir ne lui paraissait pas bien ; pour quoi, l'abbé voyant
qu'elle l'avait écouté et qu'elle retardait sa réponse, pensant l'avoir
déjà à moitié convertie, ajouta beaucoup d'autres paroles semblables
aux premières et ne s'arrêta pas qu'il ne lui eût mis en tête que ce
serait bien agir ; pour quoi, toute honteuse, elle dit qu'elle était à
ses ordres, mais qu'elle ne le pouvait faire avant que Ferondo fût
en purgatoire. A quoi l'abbé, très content, dit : « Et nous ferons
« qu'il y aille promptement ; vous ferez donc demain ou après-
« demain en sorte qu'il vienne ici me trouver. » Et cela dit, il lui
mit en cachette un bel anneau au doigt et la congédia. La dame,
joyeuse du présent, et s'attendant à en avoir d'autres, rejoignit ses
compagnes auxquelles elle se mit à raconter de merveilleuses choses
sur la sainteté de l'abbé, et s'en revint avec elles à sa maison.

« Peu de jours après, Ferondo s'en alla à l'abbaye, où, dès que
l'abbé le vit, il songea à l'envoyer en purgatoire. En ayant retrouvé
une poudre d'une vertu merveilleuse qu'il tenait d'un grand prince
des pays du levant — lequel affirmait qu'elle était employée d'habitude par le Vieux de la Montagne quand il voulait envoyer, en
l'endormant, quelqu'un dans son paradis ou l'en retirer, et que
donnée à plus forte ou plus petite dose, elle faisait, sans produire
aucune lésion, plus ou moins dormir celui qui l'avait prise, de telle
façon que pendant que son action durait, on n'aurait jamais dit que
le dormeur était vivant — il en prit autant qu'il en fallait pour faire
dormir trois jours, et l'ayant versée dans un verre de vin un peu
trouble, il le donna à boire dans sa cellule à Ferondo, sans que
celui-ci s'en fût aperçu ; puis il le mena dans le cloître où il se mit
avec plusieurs de ses moines à se divertir de ses sotises.

« Il ne se passa guère de temps sans que, la poudre agissant,
Ferondo fût pris d'un tel sommeil dans la tête qu'il dormait tout
debout et qu'il tomba tout endormi. L'abbé, feignant de se troubler

de cet accident, le fit déshabiller, envoya chercher de l'eau froide, la lui jeta au visage, et fit faire beaucoup d'autres tentatives, comme s'il voulait lui ramener la vie et le sentiment que quelques vapeurs de l'estomac et d'ailleurs lui avaient enlevés. L'abbé et les moines voyant qu'il ne donnait, malgré tout cela, aucun signe de vie, lui tâtant le pouls et ne lui en trouvant pas, eurent tous pour certain qu'il était mort ; pour quoi, l'ayant envoyé dire à sa femme et à ses parents, ceux-ci accoururent tous sur le-champ, et après qu'ils l'eurent pleuré quelque peu, l'abbé le fit mettre, vêtu comme il était, dans un cercueil. La dame s'en retourna chez elle et dit qu'elle n'entendait jamais se séparer d'un petit enfant qu'elle avait eu de lui ; et pour ce, restée en la maison, elle se mit à diriger le fils et la fortune qu'avait laissés Ferondo. Pendant la nuit l'abbé accompagné d'un moine bolonais auquel il se confiait beaucoup et qui était arrivé le jour même de Bologne, se leva en cachette, tira Ferondo de son cercueil, et ils le portèrent tous deux dans un caveau où l'on ne voyait aucune lumière et qui servait de prison pour les moines qui avaient commis quelque faute ; puis, après lui avoir ôté ses vêtements et l'avoir vêtu comme un moine, ils le mirent sur un tas de paille et l'y laissèrent jusqu'à ce qu'il fût revenu à lui. Cela fait, le moine bolonais, informé par l'abbé de ce qu'il aurait à faire, et personne autre n'en sachant rien, se mit à attendre que Ferondo reprît ses sens. Le jour suivant, l'abbé, accompagné d'un de ses moines, s'en alla sous prétexte de visite à la maison de la dame, qu'il trouva vêtue de noir et plongée dans la douleur, et après l'avoir un peu réconfortée, il lui rappela sa promesse. La dame se voyant libre et n'ayant plus l'empêchement de Ferondo ni de personne, ayant en outre vu au doigt de l'abbé un autre bel anneau, dit qu'elle était prête, et s'entendit avec lui pour qu'il vînt la nuit suivante. Pour quoi, la nuit venue, l'abbé, revêtu des habits de Ferondo et accompagné de son moine, y alla, et coucha avec elle jusqu'au matin avec grandissime plaisir et contentement ; puis il s'en retourna à l'abbaye, faisant depuis très souvent le chemin pour le même service. Ayant dans ses allées et venues été rencontré par quelques personnes, on crut que c'était Ferondo qui allait ainsi par le pays pour faire pénitence ; ce qui fut l'objet de grosses nouvelles parmi les gens du village, et on le redit plusieurs fois à sa femme, laquelle savait, elle, ce que c'était.

« Ferondo ayant repris ses sens et se voyant dans le caveau sans savoir où il était, le moine bolonais y entra en prenant une voix horrible, tenant des verges à la main ; et l'ayant saisi, il le battit grandement. Ferondo, pleurant et criant, ne faisait que demander : « Où suis-je ? » A quoi le moine répondit : « Tu es en purgatoire. » « Comment ! — dit Ferondo — suis-je donc mort ? » Le moine dit : « Mais oui. » Sur quoi Ferondo se mit à pleurer sur lui-même, sur sa femme et sur son enfant, disant les plus étranges choses du monde. Alors le moine lui porta un peu à manger et à boire ; ce que voyant Ferondo, il dit : « Oh ! est-ce « que les morts mangent ? » Le moine dit : « Oui, et voilà ce « que je te porte ; la femme qui fut tienne l'envoie chaque matin « à l'église pour faire dire des messes pour ton âme, et Dieu veut « qu'on te le donne ici. » Ferondo dit alors : « Seigneur, donne- « lui le bon an, je lui voulais grand bien avant que je mourusse, « tellement que je la tenais toute la nuit en mes bras et ne faisais « que l'embrasser, et autre chose aussi quand l'envie m'en venait. » Puis ayant grand besoin, il se mit à manger et à boire ; et le vin ne lui paraissant pas trop bon il dit : « Seigneur, punis-la de ce « qu'elle n'a pas donné au curé du vin du tonneau qui est contre le « mur. » Mais quand il eut mangé, le moine le reprit de nou-veau, et avec les mêmes verges lui redonna une grande batterie. Sur quoi, Ferondo ayant beaucoup crié dit : « Eh ? pourquoi me « fais-tu cela ? » Le moine dit : « Parce que Dieu a ordonné qu'on « te le fasse deux fois par jour. » « Et pour quel motif ? dit « Ferondo. » Le moine dit : « Parce que tu fus jaloux, ayant « pour femme la meilleure dame qui fût dans ta contrée. » « Hélas ! — dit Ferondo — tu dis vrai, et la plus douce ; elle était « plus mielleuse que confiture, mais je ne savais pas que Dieu eût « pour mauvais que l'homme fût jaloux, car je ne l'aurais point « été. » Le moine dit : « Tu aurais dû t'apercevoir de cela pen- « dant que tu étais là-haut, et t'en corriger. Et s'il arrive jamais « que tu y retournes, fais en sorte d'avoir à l'esprit ce que je te fais « aujourd'hui, et ne sois plus jamais jaloux. » Ferondo dit :

« Oh ! ceux qui meurent y retournent-ils jamais ? » Le moine
« dit : « Oui, ceux que Dieu veut. » « Oh ! — dit Ferondo — si j'y
« retourne jamais, je serai le meilleur mari du monde ; je ne la
« battrai jamais, je ne lui dirai jamais d'injures, excepté à propos
« du vin qu'elle m'a envoyé ici ce matin, et aussi parce qu'elle ne
« m'a point envoyé de chandelle, et qu'il m'a fallu manger dans
« l'obscurité. » Le moine dit : « Elle en avait bien apporté,
« mais on les a brûlées pour les messes. » « Oh ! — dit Ferondo
« — tu dis vrai ; et pour sûr, si j'y retourne, je la laisserai faire ce
« qu'elle voudra. Mais dis-moi, qui es-tu, toi qui me fais cela ? »
Le moine dit : « Je suis mort, moi aussi, et je fus de Sardaigne,
« et parce que j'ai jadis loué beaucoup un mien seigneur d'avoir été
« jaloux, j'ai été condamné par Dieu à cette peine de te donner à
« manger et à boire et de te battre ainsi, jusqu'à ce que Dieu en
« décidera autrement de toi et de moi. » Ferondo dit : « N'y a-
« t-il personne autre que nous deux ? » Le moine dit : « Si ;
« il y en a des milliers, mais tu ne peux ni les voir ni les entendre,
« de même qu'eux ne le peuvent pas pour toi. » Ferondo dit
alors : Et sommes-nous bien loin de notre pays ? » « Oh ! — dit le
« moine — un nombre indéfini de milliers de lieues. » « Diable,
« c'est beaucoup — dit Ferondo — et pour ce qu'il me semble,
« nous devrions être hors du monde, tant il y en a. »

« Or, au milieu de semblables discours, Ferondo fut tenu dix
mois, mangeant et battu, pendant lesquels l'abbé rendit très souvent
visite à la belle dame, et se donna avec elle le meilleur temps du
monde. Mais comme arrivent les mésaventures, la dame devint grosse
et, s'en étant vite aperçue, elle le dit à l'abbé ; pour quoi il leur
parut à tous deux temps de rappeler sans retard Ferondo du purgatoire à la vie, afin qu'il revînt à sa femme et qu'elle pût se dire
grosse de lui. La nuit suivante donc, l'abbé fit avec une voix con-
trefaite appeler Ferondo dans sa prison, et lui fit dire : « Ferondo,
« console-toi, car il plaît à Dieu que tu retournes au monde ; et y
« étant retourné, tu auras de ta femme un fils que tu nommeras
« Benedetto, pour ce qu'il t'a fait grâce par les prières de ton saint
« abbé et de ta femme, et pour l'amour de saint Benoît. »
Ferondo, entendant cela, fut très joyeux et dit : « Cela me plaît.

« Dieu lui donne le bon an à messire le bon Dieu, à l'abbé, à saint
« Benoît et à ma femme aimable, douce, suave. » L'abbé lui
ayant fait donner, dans le vin qu'il lui envoyait, de la poudre en
quantité suffisante pour le faire dormir pendant quatre heures, on
lui remit ses habits, et aidé du moine, il le porta secrètement de son
caveau dans le cercueil où il avait été enseveli. Le matin, sur le point
du jour, Ferondo reprit ses sens, et vit un peu de jour par une fente
du cercueil, ce qu'il n'avait pas vu depuis dix bons mois ; pour quoi,
lui paraissant être en vie, il commença à crier : « Ouvrez-moi,
ouvrez-moi ! » Et lui-même, il se mit à heurter si fort de la tête
contre le couvercle du cercueil, qu'il commençait à le briser, pour ce
qu'il était mal joint, quand les moines, qui venaient de dire matines,
accoururent et reconnurent la voix de Ferondo et le virent déjà
sorti du cercueil ; de quoi, épouvantés par la nouveauté du fait, ils
se mirent tous à s'enfuir et s'en allèrent trouver l'abbé.

« Celui-ci, feignant de se lever de prière dit : « Mes fils, n'ayez
« point peur ; prenez la croix et l'eau sainte, et venez derrière
« moi, et voyons ce que la puissance de Dieu veut nous mon-
« trer. » Et cela fut fait. Ferondo était tout pâle, comme un
homme qui était resté si longtemps sans voir le ciel, et il était sorti
de son cercueil. Dès qu'il vit l'abbé, il courut se jeter à ses pieds et
dit : « Mon père, vos prières, selon qu'il m'a été révélé, celles de
« saint Benoît et de ma femme, m'ont tiré des peines du purgatoire
« et rappelé à la vie ; de quoi je prie Dieu qu'il vous donne le bon
« an et les bonnes calendes, aujourd'hui et toujours. » L'abbé
dit : « Louée soit la puissance de Dieu. Va donc, mon fils, puis-
« que Dieu t'a renvoyé ici, et console ta femme qui, depuis que tu
« avais passé de cette vie dans l'autre, a été en pleurs, et sois, à par-
« tir d'aujourd'hui, ami et serviteur de Dieu. » Ferondo dit :
« Messire, il m'a bien été dit ainsi ; laissez-moi donc faire, car
« dès que je la verrai, je l'embrasserai tant je lui veux du bien. »
L'abbé, resté avec ses moines, feignit d'avoir une grande admiration
de cette aventure, et fit dévotement chanter le *miserere*. Ferondo
retourna à son village où tous ceux qui le voyaient s'enfuyaient,
comme on a coutume de faire pour les choses effrayantes ; mais lui,
les rappelant, affirmait qu'il était ressuscité. Sa femme avait égale-

ment peur de lui. Mais quand les gens se furent rassurés à son sujet,
et virent qu'il était vivant, ils lui firent beaucoup de questions
comme à un sage revenu de loin ; et il répondait à tous, et leur donnait des nouvelles des âmes de leurs parents, et faisait, de sa propre
invention, les plus belles fables du monde sur ce qui se passe en
purgatoire, et devant toute la population il raconta la révélation qui
lui avait été faite par Ragnolo Braghiello, avant qu'il ressuscitât.
Pour quoi étant retourné chez lui avec sa femme, et rentré en possession de ses biens, il l'engrossa à son plaisir, et d'aventure il advint
qu'après un temps convenable — suivant l'opinon des sots qui croient
que la femme doit porter les enfants neuf mois — la dame accoucha
d'un enfant mâle qui fut appelé Benedetto Ferondi. Le retour de
Ferondo et ses récits, chacun le croyant ressuscité, accrurent la
renommée de sainteté de l'abbé. Quant à Ferondo, qui avait reçu
de nombreux coups pour sa jalousie, comme s'il en eût été guéri,
selon la promesse faite par l'abbé à la dame, il ne fut plus du tout
jaloux par la suite. De quoi la dame satisfaite vécut honnêtement
avec lui, comme d'habitude ; excepté que vraiment, quand cela se
pouvait facilement, elle se retrouvait volontiers avec le saint abbé
qui l'avait bien et diligentement servie dans ses plus grands besoins. »

LE DIABLE EN ENFER

Alibech s'étant faite ermite, le moine Rustico lui
apprend à remettre le diable en enfer. Elle
devient ensuite la femme de Néerbale.

Dans la cité de Capsa, en Barbarie, fut jadis un homme très riche,
lequel, parmi ses autres enfants, avait une fille belle et gracieuse, nommée Alibech. N'étant pas chrétienne, et ayant entendu vanter la religion du Christ et le service de Dieu par plusieurs chrétiens qui étaient
dans la ville, Alibech demanda un jour à l'un d'entre eux de quelle
façon et comment on pouvait plus facilement servir Dieu. Il lui
fut répondu que ceux qui le servaient le mieux étaient ceux qui

fuyaient le plus possible les choses du monde, comme le faisaient les gens qui s'en étaient allés dans les solitudes des déserts de la Thébaïde. La jeune fille, on ne peut plus simple et qui était âgée de quatorze ans à peine, poussée moins par une volonté raisonnée que par un désir d'enfant, sans en rien dire à personne, partit le lendemain toute seule et en cachette pour le désert de la Thébaïde. Après de grandes fatigues, son désir persistant, elle atteignit au bout de quelques jours ces solitudes. Ayant vu de loin une cabane, elle y alla, et trouva sur le seuil un saint homme, qui, étonné de la voir en ce lieu, lui demanda ce qu'elle cherchait, Elle répondit qu'inspirée par Dieu, elle désirait se mettre à son service, et qu'elle cherchait quelqu'un qui lui apprît comment il fallait le servir. Le brave homme, la voyant si jeune et si belle, et craignant s'il la retenait d'être séduit par le démon, loua ses bonnes dispositions, et après lui avoir donné à manger quelques racines, des pommes sauvages et des dattes, et à boire un peu d'eau, il lui dit : « Ma fille, non loin d'ici « est un saint homme qui est meilleur maître que moi pour ce « que tu cherches ; va vers lui, » et il la mit sur le chemin. La jeune fille, parvenue vers l'autre solitaire, obtint de lui la même réponse, et poursuivant sa route, elle arriva à la cellule d'un jeune ermite, très digne et très dévot personnage, nommé Rustico, à qui elle fit la même demande qu'elle avait faite aux autres.

« Celui-ci, voulant mettre sa fermeté à une grande épreuve, ne la renvoya pas comme ses confrères, mais il la retint près de lui dans sa cellule. La nuit venue, il lui fit un lit de branches de palmier et l'engagea à s'y reposer. Ceci fait, les tentations ne tardèrent pas à lui livrer bataille. Trahi bientôt par ses propres forces, il céda sans trop faire de résistance, et se déclara vaincu. Laissant de côté les saintes pensées, les oraisons et les disciplines, il se mit à repasser en sa mémoire la jeunesse et la beauté de la jeune fille, et à réfléchir à la façon dont il devait s'y prendre avec elle, afin d'en obtenir ce qu'il désirait sans qu'elle le prît pour un homme dissolu. Ayant tout d'abord hasardé quelques questions, il s'aperçut bien vite qu'elle n'avait jamais connu d'homme, et qu'elle était aussi simple qu'elle le paraissait. Pour quoi, il imagina de la faire servir à ses plaisirs sous le prétexte de servir Dieu.

« Il commença, en de longs discours, à lui montrer combien le
diable est l'ennemi de Dieu ; puis il lui donna à entendre que le service qui pouvait être le plus agréable à Dieu était de remettre le
diable dans l'enfer, auquel le Tout-Puissant l'avait condamné. La
jeune fille lui demanda comment cela se faisait. A quoi Rustico
répondit : « Tu le sauras tout à l'heure ; pour cela, fais ce que tu
« me verras faire. » Et il se mit à se dépouiller du peu de vêtements qu'il avait, de sorte qu'il se trouva complètement nu. La jeune
fille en ayant fait autant, il la fit placer à genoux, droit en face de
lui, comme si elle voulait prier. Tous deux étant dans cette posture,
et Rustico se sentant plus que jamais le désir en la voyant si belle,
survint la résurrection de la chair. Ce que voyant Alibech, elle dit,
tout étonnée : « Rustico, quelle est cette chose que je te vois poin-
dre si fortement en dehors, et que moi je n'ai pas ? » « Ma fille,
« — dit Rustico, — c'est là le diable dont je t'ai parlé. Et vois-
« tu ? il me tourmente tellement, à cette heure, que je puis à peine
« le supporter. » La jeune fille dit alors : « Loué soit Dieu !
« je vois que je suis mieux partagée que toi, car moi je n'ai pas ce
« vilain diable. » Rustico reprit : « Tu dis vrai, mais tu as
« autre chose que je n'ai pas, moi, et tu l'as en place du diable. »
« Et quoi donc ? — dit Alibech. — » A quoi Rustico répondit :
« Tu as l'enfer et je t'assure que je crois que Dieu t'a envoyée
« ici pour le salut de mon âme, afin que, tandis que ce diable me
« cause tant de tourments, tu aies pitié de moi et consentes à ce
« que je le remette dans l'enfer. Tu me donneras un grand soula-
« gement, et tu feras un grandissime plaisir à Dieu, tout en le ser-
« vant, si tu es venue en ce lieu pour faire ce que je te dis. » La
jeune fille, dans sa naïve bonne foi, répondit : « O mon père,
« puisque j'ai l'enfer, ce sera quand il vous plaira. » Rustico dit
alors : « Ma fille, sois bénie. Allonc donc, et remettons-l'y de
« façon qu'il me laisse ensuite tranquille. » Ainsi dit, il mena
la jeune fille sur un des deux lits, et lui montra comment elle devait
se tenir pour laisser emprisonner ce maudit de Dieu.

« La jeune fille, qui n'avait encore jamais mis aucun diable en enfer, ressentit la première fois un peu de douleur. Pour quoi elle dit
à Rustico : « Certes, mon père, ce diable doit être bien méchant et

Boucher inv.   Le Mire sc

LE DIABLE EN ENFER

C. B. - VII

« véritablement ennemi de Dieu, car même dans l'enfer il fait souf-
« frir quand on l'y fait entrer. » « Ma fille — dit Rustico — il
« n'en sera pas toujours ainsi. » Et pour faire que cela n'arrivât
plus, six fois de suite, avant de descendre du lit, ils remirent le
diable en enfer, tant qu'enfin ils lui eurent fait baisser la tête, et qu'il
se tint tranquille. Mais le lendemain, ils recommencèrent à plusieurs
reprises, et l'obéissante jeune fille se prêtant toujours à la chose, il
advint que le jeu commença à lui plaire, et elle se mit à dire à Rustico : « Je vois bien qu'ils disaient vrai, ces braves gens de Capsa,
« en prétendant que servir Dieu était si douce chose. Et certes, je ne
« me souviens pas avoir jamais rien fait qui m'ait procuré un plaisir
« si grand que celui de remettre le diable en enfer. Aussi j'estime
« que quiconque s'occupe de toute autre chose que de servir Dieu,
« est une bête. » C'est pourquoi elle allait souvent trouver Rustico,
et elle lui disait : « Mon père, je suis venue ici pour servir Dieu
« et non pas pour rester oisive ; allons remettre le diable en
« enfer. » Ce que faisant, elle disait parfois: « Rustico, je ne sais
« pourquoi le diable s'enfuit de l'enfer, car s'il y restait aussi volon-
« tiers que l'enfer le reçoit et le retient, il n'en sortirait jamais. »

« En provoquant ainsi souvent Rustico, et en l'excitant au service
de Dieu, la jeune fille avait fini par lui tirer tellement le coton de la
chemise, qu'il se sentait froid comme glace là où tout autre aurait
sué. Aussi se mit-il à dire à la jeune fille que le diable ne devait être
châtié et remis en enfer que lorsqu'il levait la tête par orgueil ;
« Et nous l'avons — ajoutait-il — grâce à Dieu, tellement châtié,
« qu'il prie le Ciel de se tenir en paix. » C'est ainsi qu'il imposa
silence pendant quelque temps à la jeune fille. Celle-ci, voyant que
Rustico ne lui demandait plus de remettre le diable en enfer, lui dit
un jour : « Rustico, si ton diable est châtié, et ne te cause plus
« d'ennui, moi, mon enfer ne me laisse pas de repos ; pour quoi, tu
« feras bien de m'aider à amortir la rage de mon enfer, de même
« que moi, avec mon enfer, je t'ai aidé à abattre l'orgueil de ton
« diable. » Rustico, qui vivait de racines, d'herbe et d'eau, ne
pouvait que répondre mal à ces sollicitations. Il lui dit qu'il faudrait
trop de diables pour pouvoir apaiser l'enfer, mais que, quant à lui,
il ferait ce qu'il pourrait. Et il la satisfaisait quelquefois, mais si

rarement, que cela ne produisait pas plus d'effet que s'il eût jeté une fève dans la gueule d'un lion. De quoi la jeune fille, jugeant qu'elle ne servait pas Dieu comme il voulait être servi, murmurait très fort.

« Pendant qu'entre le diable de Rustico et l'enfer d'Alibech s'agitait cette question causée d'un côté par trop d'ardeur et de l'autre par manque de forces, il advint qu'un incendie éclata dans Capsa et brûla dans sa propre maison le père d'Alibech, tous ses enfants et tous ses serviteurs ; par suite de quoi Alibech resta seule héritière de tous ses biens. Aussitôt, un jeune homme, nommé Néerbale, et qui avait dissipé toute sa fortune en prodigalités, apprenant qu'Alibech était encore en vie, se mit à sa recherche et la retrouva avant que le fisc n'eût mis la main sur les biens de son père, comme sur ceux d'un homme mort sans héritiers. Au grand plaisir de Rustico et contre la volonté de la jeune fille, il la ramena à Capsa et la prit pour femme, héritant, grâce à elle, d'un patrimoine considérable. Interrogée par les dames, avant qu'elle eût couché avec Néerbale, sur la façon dont elle servait Dieu dans le désert, Alibech répondit qu'elle le servait en remettant le diable en enfer, et que Néerbale avait commis un grand péché en la détournant d'un tel service. Les dames lui demandèrent alors : « Comment remet-on le diable en enfer ? » La jeune fille, par paroles et par gestes, le leur montra. De quoi elles se prirent si fort à rire, qu'elles en rient encore ; et elles dirent : « Ne t'afflige pas, ma fille, car on en fait bien autant ici ; Néer-« bale servira très bien Dieu avec toi. » Puis les unes et les autres s'en allant conter l'aventure par la ville, donnèrent lieu à ce dicton que le plus agréable plaisir qu'on pût faire à Dieu était de remettre le diable en enfer. Pour quoi, jeunes dames qui avez besoin d'être en grâce près de Dieu, apprenez à remettre le diable en enfer, pour ce que la chose est fort agréable à Dieu et à ceux qui la font, et qu'un grand bien peut en naître et en résulter. »

L'ANGE GABRIEL

*Frère Alberto fait croire à une dame que l'ange Gabriel
est amoureux d'elle, et, se faisant passer pour l'ange
Gabriel, il couche plusieurs fois avec la dame.
Surpris par les parents de cette dernière, il
se sauve de chez elle et se réfugie chez un
pauvre homme qui, le lendemain, le
conduit sur la place sous le déguisement d'un homme sauvage.
Là, il est reconnu, pris
et mis en prison.*

« Il y eut dans Imola un homme de vie scélérate et corrompue,
lequel s'appelait Berto della Massa, dont les œuvres blâmables très
connues des habitants de la ville, le signalèrent tellement, que personne dans Imola ne croyait plus non seulement à ses mensonges,
mais aux vérités qu'il disait ; pour quoi, voyant que ses tromperies
ne pouvaient plus prendre en ce pays, il s'en alla en désespoir de
cause à Venise, réceptacle de toute ignominie, et là il imagina de
prendre un nouveau moyen pour exercer ses méfaits, ce qu'il n'avait
pu faire ailleurs. Et comme s'il avait été mordu par sa conscience
pour les malversations commises auparavant par lui, se montrant
pris d'une extrême humilité, et devenu en outre plus dévot que quiconque, il alla se faire frère mineur, et se fit appeler frère Alberto da
Imola ; et sous cet habit, il se mit à simuler une vie de privations et
à prêcher beaucoup la pénitence et l'abstinence, ne mangeant jamais
de viandes, ne buvant pas de vin, quand il n'en avait pas qui lui
plût. A peine l'eut-on remarqué, que de voleur, de ruffian, de faus-
saire, d'homicide, il devint subitement grand prédicateur, sans avoir
pour cela abandonné les vices susdits, se proposant de les pratiquer
en cachette quand il pourrait. En outre s'étant fait prêtre, il était
toujours à l'autel, et quand il célébrait, s'il était vu de beaucoup de
gens, il pleurait sur la passion du Sauveur, comme quelqu'un à qui

les larmes coûtaient peu quand il le voulait. Et en peu de temps,
par ses prédications et ses larmes, il sut capter tellement les Véni-
tiens, qu'il était nommé fidéi-commis et dépositaire de tout testament qui se faisait, gardien des deniers de beaucoup de gens, con-
fesseur et conseiller quasi de la meilleure partie des hommes et des
femmes ; et ainsi faisant, de loup il était changé en pasteur, et sa
réputation de sainteté était devenue à Venise bien plus grande que
ne le fut jamais celle de saint François à Assise.

« Or, il advint qu'une jeune dame, simple et sotte, qui était appelée madame Lisetta de Caquirino, femme d'un gros marchand qui
était parti avec des galères pour la Flandre, alla, avec d'autres
dames, se confesser à ce saint moine. Laquelle dame étant à ses pieds,
et ayant, comme une Vénitienne qu'elle était — et elles sont toutes
sans cervelle, — dit une partie de ses péchés, frère Alberto l'interrogea et lui demanda si elle n'avait pas quelque amant. A quoi elle,
d'un air indigné, répondit : « Eh ! messire le moine, n'avez-vous
« pas des yeux en tête ? Mes beautés vous paraissent-elles faites
« comme celles des autres ? j'aurais trop d'amants si j'en voulais ;
« mais mes beautés ne sont pas faites pour être aimées de celui-ci
« ou de celui-là. Combien en voyez-vous dont les beautés soient
« faites comme les miennes, moi qui serais belle dans le paradis
« même ? » Et par-dessus cela, elle dit tant de choses de sa beauté,
que c'était fastidieux à entendre. Frère Alberto connut incontinent
que celle-ci était atteinte de sottise, et comme elle lui parut terrain propice à ses desseins, il s'amouracha d'elle soudain et outre
mesure. Mais réservant les cajoleries pour un temps plus favorable,
et afin de se donner pour un saint, il se mit pour cette fois à la
reprendre et à lui dire que c'était là une vaine gloire, et autres choses
de ce genre. Pour quoi, la dame lui dit qu'il était une bête et qu'il
ne savait pas distinguer une beauté d'une autre. Alors frère Alberto,
ne voulant pas trop la courroucer, la confession étant finie, la laissa
aller avec les autres pénitentes.

« Quelques jours après, ayant pris avec lui un de ses fidèles compagnons, il alla à la maison de madame Lisetta, et s'étant retiré à
part avec elle dans une salle où il ne pouvait être vu de personne, il
se jeta à ses genoux et dit : « Madame, je vous prie, de par Dieu,

« de me pardonner ce que dimanche, alors que vous parliez de votre
« beauté, je vous ai dit, pour ce que j'en ai été si cruellement châtié
« la nuit suivante, que, depuis, je n'ai pu me lever si ce n'est
« aujourd'hui. » La dame niaise dit alors : « Et qui vous a châtié
« ainsi ? » Frère Alberto dit : « Je vous le dirai. Étant la nuit en
« prière, comme j'ai l'habitude d'être toujours, je vis subitement
« dans ma cellule une grande splendeur, et avant que j'eusse pu me
« retourner pour voir ce que c'était, je vis au-dessus de moi un
» jeune homme d'éclatante beauté, un gros bâton à la main, qui me
« prit par la tête, me jeta à ses pieds, et me bâtonna tellement
« qu'il me brisa tout entier. Je lui demandai après pourquoi il
« avait agi ainsi, et il répondit : « Parce que tu as osé aujourd'hui
« reprendre les célestes beautés de madame Lisetta, que j'aime, fors
« Dieu, au-dessus de toute chose. » Et moi je lui demandai alors :
« Qui êtes-vous ? » A quoi il répondit qu'il était l'ange Gabriel. O
« mon seigneur — dis-je — je vous prie de me pardonner. » Et lui
dit alors : « Eh bien, je te pardonne, à cette condition que tu iras
« la trouver le plus tôt que tu pourras, et que tu t'en feras par-
« donner, et si elle ne te pardonne pas, je reviendrai ici, et je te
« donnerai tant de coups, que je te rendrai impotent pour tout le
« temps que tu vivras ici-bas. » Ce qu'il me dit ensuite, je n'ose
« vous le dire, si vous ne me pardonnez tout d'abord. »

« La dame à la cervelle éventée, et qui était aussi un peu douce
de sel, se réjouissait tout en entendant ces paroles, et les croyait
toutes très vraies ; au bout d'un moment, elle dit : « Je vous disais
« bien, frère Alberto, que mes beautés étaient célestes ; mais Dieu
« me soit en aide, j'ai pitié de vous, et pour qu'il ne vous soit plus
« fait de mal, je vous pardonne présentement, si vous me dites
« exactement ce que l'ange vous a dit ensuite. » Frère Alberto dit :
« Madame, puisque vous m'avez pardonné, je vous le dirai volon-
« tiers ; mais je vous prie de vous souvenir d'une chose, c'est que,
« quoi que je vous dise, vous vous gardiez d'en parler à qui que
« ce soit au monde, si vous ne voulez gâter vos affaires, car vous
« êtes la plus heureuse femme qui aujourd'hui soit sur terre. L'ange
« Gabriel m'a dit de vous dire que vous lui plaisiez tant, que plu-
« sieurs fois il serait venu coucher avec vous, s'il n'avait craint de

« vous épouvanter. Maintenant il vous mande par ma bouche qu'il
« veut venir vous trouver une nuit et rester quelque temps avec
« vous ; et pour ce qu'il est ange, et qu'en venant sous la forme
« d'ange vous ne pourriez pas le toucher, il dit que, par amour
« pour vous, il veut venir sous une forme d'homme, et pour ce il dit
« que vous lui mandiez dire quand vous voulez qu'il vienne, et sous
« la forme de qui ; alors il viendra ; de quoi vous pouvez, plus que
« tout autre femme vivante, vous tenir heureuse. » Madame la
niaise dit alors qu'il lui plaisait beaucoup que l'ange Gabriel l'aimât,
pour ce qu'elle l'aimait bien, lui aussi, et qu'elle ne manquait jamais
d'allumer, devant les endroits où elle voyait son image, une chandelle d'au moins un matapan ; et que quelle que fût l'heure où il
voudrait venir la voir, il serait le bienvenu ; qu'il la trouverait toute
seule dans sa chambre, mais à la condition toutefois qu'il ne la
délaisserait pas pour la Vierge Marie, qu'on lui avait dit lui vouloir
beaucoup de bien, ainsi que cela paraissait du reste, puisque chaque
fois qu'elle le voyait elle se mettait à genoux devant lui. Elle ajouta
qu'il pouvait venir sous la forme qu'il voudrait, car elle n'aurait pas
peur.

« Frère Alberto dit alors : « Madame, vous parlez sagement, et
« j'ordonnerai tout pour le mieux avec lui selon que vous me dites.
« Mais vous pouvez me faire une grande grâce qui, à vous, ne
« vous coûtera rien, et cette grâce, la voici : consentez à ce qu'il
« vienne avec mon corps. Et écoutez en quoi vous me ferez ainsi
« une grâce : il me tirera l'âme du corps et la mettra en paradis,
« et il entrera en moi, et tout autant qu'il sera avec vous, autant
« mon âme restera en paradis. » La dame peu fine dit alors : « Cela
« me plaît très bien ; je veux qu'en dédommagement des coups
« qu'il vous a donnés à mon occasion, vous ayez cette consola-
« tion. » Frère Alberto dit alors : « Donc faites que cette nuit il
« trouve la porte de votre demeure disposée de façon qu'il puisse
« entrer, pour ce que, venant sous un corps d'homme, il ne pourra
« entrer autrement que par la porte. » La dame répondit que ce
serait fait. Frère Alberto partit, et elle resta si transportée de joie
que le cul ne lui touchait pas la chemise, et qu'il lui semblait qu'il
se passerait mille ans avant que l'ange Gabriel vînt la trouver

« Frère Alberto, pensant que cette nuit il lui faudrait faire office de cavalier et non d'ange, commença par se réconforter avec des confetti et d'autres bonnes choses, afin de ne pas être trop facilement jeté bas de son cheval. Ayant donc obtenu permission, dès qu'il fut nuit, il alla avec un de ses compagnons dans la maison d'une de ses amies, d'où il avait plus d'une fois pris sa course quand il allait courir les juments, et de là, quand le moment lui parut venu, il se rendit à la demeure de la dame, où ayant pénétré, il se transforma en ange avec les habits qu'il avait apportés, puis monta en haut et entra dans la chambre de la dame. Celle-ci, dès qu'elle vit cette chose toute blanche, s'agenouilla devant elle, et l'ange l'ayant bénie, la releva et lui fit signe d'aller au lit. Elle, empressée d'obéir, le fit prestement, et l'ange se coucha auprès de sa dévote. Frère Alberto était bel homme et robuste de corps, et sa personne se tenait bien sur ses jambes, pour quoi se trouvant avec madame Lisetta qui était fraîche et tendre, il lui fit une autre contenance que son mari et vola pendant la nuit bon nombre de fois sans ailes ; de quoi elle se tint pour fortement contente ; et de plus, il lui dit beaucoup de choses sur la gloire céleste. Puis, le jour approchant, ayant préparé son retour, il sortit sous ses habits ordinaires et rejoignit son compagnon, auquel afin qu'il n'eût pas peur en dormant seul, la bonne femme de la maison avait fait amicale compagnie.

« La dame, dès qu'elle eut déjeuné, ayant pris sa suivante, alla trouver frère Alberto et lui dit des nouvelles de l'ange Gabriel, et ce qu'elle avait entendu de lui sur la gloire de la vie éternelle, et comme il était fait, ajoutant à cela de merveilleuses fables. A quoi frère Alberto dit : « Je ne sais comment vous avez été avec lui ; je « sais bien que cette nuit, quand il est venu à moi et que je lui ai « eu fait votre ambassade, il transporta subitement mon âme parmi « tant de fleurs et tant de roses, que jamais on n'en vit autant ici- « bas, et je restai jusqu'à ce matin en un des plus agréables lieux « qui fut jamais ; ce que mon corps est devenu pendant ce temps, « je ne sais. » « Ne vous le dis-je pas — dit la dame — votre « corps a été toute la nuit avec l'ange Gabriel ; et si vous ne me « croyez pas, regardez-vous sous le sein gauche, à l'endroit où j'ai

« donné un grandissime baiser à l'ange, tellement que la trace en
« restera plusieurs jours. » Frère Alberto dit alors : « Bien ferai-je
« aujourd'hui une chose que je n'ai pas faite depuis longtemps,
« je me dévêtirai pour voir si vous dites vrai. — » Et après bon
nombre de sottises, la dame s'en retourna chez elle, où, sous forme
d'ange, frère Alberto alla souvent depuis, sans trouver aucun
empêchement.

« Cependant, il advint qu'un jour, madame Lisetta étant avec un
de ses commères, et devisant avec elle sur la beauté, elle dit, pour
mettre la sienne au-dessus de tout autre, en femme qui avait peu
de sel en la cervelle : « Si vous saviez à qui ma beauté plaît, en
« vérité vous vous tairiez sur celle des autres. » La commère, désireuse d'apprendre, et qui la connaissait bien, dit : « Madame,
« vous pouvez dire vrai, mais cependant, ne sachant pas quel est
« celui-là, d'aucuns ne le croiraient pas aussi légèrement. » Alors
la dame, qui avait peu d'esprit dit : « Commère, cela ne se doit pas
« dire, mais mon amant est l'ange Gabriel qui m'aime plus que lui-
« même, comme étant la plus belle dame, à ce qu'il me dit, qui
« soit au monde ou dans la Maremme. » La commère eut alors
envie de rire, mais elle se retint pour la faire parler davantage, et
dit : « Sur ma foi en Dieu, Madame, si l'ange Gabriel est votre
« amant et vous a dit cela, il doit bien en être ainsi ; mais je ne
« croyais pas que les anges faisaient ces choses. » La dame dit :
« Commère, vous êtes dans l'erreur ; par les plaies de Dieu, il le
« fait mieux que mon mari. Il me dit aussi que cela se fait ainsi là-
« haut ; mais pour ce que je lui parais plus belle qu'aucune autre
« qui soit au Ciel, il s'est enamouré de moi et vient coucher avec
« moi bien souvent : comprenez-vous maintenant ? »

« La commère ayant quitté madame Lisetta, il lui sembla vivre
mille ans avant d'être en un endroit où elle pût redire ces choses ; et
s'étant trouvée à une fête en compagnie d'une nombreuse société de
dames, elle leur raconta de tous points la nouvelle. Ces dames le
dirent à leurs maris et à d'autres dames, et celles-ci à d'autres
encore, et ainsi en moins de deux jours, Venise en fut toute remplie.
Mais parmi ceux aux oreilles de qui vint la chose, se trouvèrent les
beaux-frères de la dame, lesquels, sans rien lui dire, eurent à cœur

de connaître cet ange Gabriel et de savoir s'il savait voler, et s'embusquèrent pendant plusieurs nuits à cet effet.

« Il advint que de tout ceci rien ne parvint aux oreilles de frère Alberto, qui s'en fût une nuit retrouver la dame. Mais à peine se fut-il déshabillé, que les beaux-frères de celle-ci qui l'avaient vu venir, furent à la porte de sa chambre pour l'ouvrir. Ce que frère Alberto entendant, et s'apercevant de ce que c'était, il se leva, et n'ayant pas d'autre moyen de se sauver, ouvrit une fenêtre qui donnait sur le Grand Canal et se jeta à l'eau. Il y avait beaucoup de fond et il savait bien nager, de sorte qu'il ne se fit aucun mal ; et ayant nagé de l'autre côté du Canal, il entra prestement dans une maison qui était ouverte, où il pria un bon homme qui s'y trouvait, de lui sauver la vie pour l'amour de Dieu, lui racontant une fable pour lui expliquer comment il se trouvait là à cette heure et tout nu. Le bon homme, mû de pitié, et ayant à aller à ses affaires, le mit dans son lit et lui dit d'y rester jusqu'à son retour, puis, l'ayant enfermé, il alla à ses affaires. Quant aux beaux-frères de la dame, étant entrés dans la chambre, ils trouvèrent qu'après y avoir laissé ses ailes, l'ange Gabriel s'était envolé ; de quoi tout déconfits, ils firent de grands reproches à la dame, et la laissant désolée, s'en retournèrent chez eux avec la défroque de l'ange Gabriel.

« Sur ces entrefaites, le jour étant venu, le bon homme se trouvant sur le Rialto, entendit dire comment, la nuit précédente, l'ange Gabriel avait été coucher avec madame Lisetta, et que, trouvé par ses beaux-frères, il s'était, de peur, jeté dans le Canal, et qu'on ne savait ce qu'il était devenu ; pour quoi il s'avisa soudain que c'était lui qu'il avait en sa demeure. Y étant retourné et l'ayant reconnu, après lui avoir parlé de beaucoup de choses, il lui dit que s'il ne voulait pas qu'il le livrât aux beaux-frères, il lui fît apporter cinquante ducats : ce qui fut fait. Puis, frère Alberto désirant sortir de là, le bon homme lui dit : « Il n'y a pas d'autre moyen que celui-ci : « nous faisons aujourd'hui une fête dans laquelle chacun mène un « homme vêtu soit en ours, soit en sauvage, ou en tout autre dégui- « sement ; et nous faisons une chasse sur la place Saint-Marc, après « laquelle chasse, la fête est terminée, et chacun s'en va où il lui « plaît avec celui qu'il a mené. Si vous voulez, afin qu'on ne puisse

« deviner qui vous êtes, je vous mènerai là dans un de ces déguise-
« ments, et je pourrai ensuite vous conduire où vous voudrez. Autre-
« ment je ne vois pas comment vous pourriez sortir d'ici sans être
« reconnu, car les beaux-frères de la dame, avisant que vous êtes
« caché en quelque endroit des environs, ont mis partout des sen-
« tinelles pour vous avoir. »

« Bien qu'il parût dur à frère Alberto d'aller sous un tel déguisement, la peur qu'il avait des parents de la dame l'amena à accepter,
et il dit à son hôte où il voulait être conduit et qu'il serait content
pourvu qu'il l'y conduisît. Celui-ci, après l'avoir tout enduit de miel,
le couvrit par-dessus de plumes légères, puis lui ayant mis une chaîne
dans la bouche, et lui ayant donné à tenir d'une main un grand
bâton et de l'autre deux grands chiens qu'il avait menés de la bou-
cherie, il envoya quelqu'un au Rialto publier à son de trompe
que quiconque voudrait voir l'ange Gabriel allât sur la place de saint
Marc ; et voilà la loyauté vénitienne ! Cela fait, il le fit sortir, le faisant marcher devant lui, et le tenant derrière par la chaîne, non
sans une grande rumeur de la foule qui répétait à l'envi : Qu'est cela ?
Qu'est cela ? Il le conduisit sur la place, où il y avait des gens à l'infini qui tous étaient venus sur l'avis entendu au Rialto. Parvenu là,
dans un endroit élevé, faisant semblant d'attendre la chasse, il lia
à une colonne son homme sauvage auquel les mouches et les taons,
pour ce qu'il était enduit de miel, causaient un grand ennui. Mais
quand il eut vu la place bien pleine, feignant de vouloir détacher
son homme sauvage, il ôta le masque à frère Alberto, disant : « Sei-
« gneurs, puisque le sanglier ne vient pas à la chasse, et qu'ainsi
« on n'en fait pas, je veux, pour que vous ne soyez pas venus en
« vain, que vous voyiez l'ange Gabriel, lequel descend du ciel la
« nuit pour consoler mesdames les Vénitiennes ! »

« Dès que le masque fut ôté, frère Alberto fut aussitôt reconnu de
tous, et chacun lui adressait les mots les plus outrageants et les plus
grandes injures que l'on eût dites jamais à un fourbe. En outre,
chacun lui jetait au visage, qui une ordure, qui une autre. Et on le
tint ainsi un grand espace de temps, jusqu'à ce que la nouvelle fût
venue par aventure à ses frères. Enfin six d'entre eux arrivèrent le
chercher, et lui ayant jeté une cape sur le dos après l'avoir enchaîné,

ils le menèrent non sans une grande rumeur derrière lui, à leur
couvent, où il fut mis en prison, et où l'on croit qu'il mourut après
avoir mené une vie misérable. C'est ainsi que tenu pour saint et
faisant le mal sans qu'on le crût, il osa se faire passer pour l'ange
Gabriel, et déguisé en homme sauvage, il finit par être vitupéré, comme
il l'avait mérité, et pendant longtemps pleura en vain ses péchés.
Plaise à Dieu qu'à tous les autres il puisse en arriver ainsi ! »

LE POT DE BASILIC

*Les frères de Lisabetta tuent l'amant de celle-ci. Il lui apparaît en
songe et lui montre l'endroit où il est enterré. Elle le retrouve,
lui coupe la tête et l'enterre dans un pot de basilic sur lequel
elle ne cesse de pleurer. Ses frères lui enlèvent le pot
de basilic, et elle meurt peu après de chagrin.*

« Il y avait à Messine trois jeunes frères, tous trois marchands et restés très riches tous trois après la mort de leur père,
lequel était de San Gimignano. Ils avaient une sœur appelée Lisabetta, jeune fille fort belle et de bonnes manières, qu'ils n'avaient
pas encore mariée, bien qu'ils en eussent trouvé l'occasion. Les trois
frères avaient aussi, dans leur maison de commerce, un jeune Pisan,
nommé Lorenzo, qui conduisait toutes leurs affaires. Ce jeune
homme était très beau et très agréable de sa personne, et Lisabetta,
l'ayant vu plusieurs fois, il arriva qu'il lui plut extraordinairement ;
de quoi Lorenzo ayant fini par s'en apercevoir, il se mit aussi, ses
autres amours étant laissés de côté, à lui consacrer toutes ses pensées. Comme il se plaisaient également l'un à l'autre, la besogne
alla si vite, qu'il ne se passa pas longtemps sans qu'ils se fussent
assurés de leurs sentiments et sans qu'ils eussent fait ce que chacun
désirait le plus. Ils continuèrent à se voir, prenant tous deux beaucoup de bon temps et de plaisir ; mais ils ne surent pas faire si
secrètement, qu'une nuit que Lisabetta était allée dans la chambre

où couchait Lorenzo, l'aîné de ses frères l'aperçut sans qu'elle le
vît. Le frère, en homme prudent, bien que ce qu'il avait découvert
lui causât grand ennui, et mû par un sentiment d'honneur, attendit
jusqu'au matin sans rien témoigner ni rien dire, et roulant dans son
esprit toutes sortes de pensées. Le jour venu, il raconta à ses frères
ce qu'il avait vu pendant la nuit entre Lisabetta et Lorenzo. Après
en avoir longuement délibéré ensemble, ils résolurent, pour qu'il
n'en rejaillît aucun déshonneur sur eux et sur leur sœur, de tenir
la chose secrète et de feindre jusqu'à ce que le moment propice se
présentât où ils pourraient, sans dommage et sans danger pour eux,
écarter de devant leurs yeux cette honte avant qu'elle allât plus
loin. Dans cette disposition d'esprit, ils continuèrent à rire et à
plaisanter comme d'habitude avec Lorenzo, et, un jour, ayant fait
semblant d'aller tous les trois hors de la ville pour une partie de
plaisir, ils l'emmenèrent avec eux. Parvenus en un lieu reculé et
tout à fait désert, et voyant le moment propice, ils tuèrent Lorenzo
qui ne se défiait de rien, l'enterrèrent de façon que personne ne pût
s'en apercevoir, et, revenus à Messine, répandirent le bruit qu'ils
l'avaient envoyé quelque part pour une affaire, ce qui fut cru facilement, attendu qu'ils avaient l'habitude de l'envoyer souvent dans
les environs.

« Lorenzo ne revenant pas, et Lisabetta en ayant demandé plusieurs fois et instamment des nouvelles à ses frères, comme quelqu'un à qui cette absence était fort pénible, il arriva qu'un jour où
elle renouvelait sa demande, un de ses frères lui dit : « Que veut
« dire ceci ? Qu'as-tu à faire de Lorenzo, que tu nous demandes
« si souvent de ses nouvelles? Si tu nous en demandes encore,
« nous te ferons la réponse qu'il convient. » Sur quoi la jeune fille,
dolente et triste, craignant et ne sachant quoi, n'osait plus interroger. Elle appelait souvent son amant pendant la nuit et le suppliait de revenir, et parfois se plaignait avec force larmes de sa
longue absence, et, sans se consoler un instant, attendait toujours.
Il advint qu'une nuit qu'elle avait longtemps gémi sur Lorenzo qui
ne revenait pas, et qu'elle s'était endormie en pleurant, Lorenzo lui
apparut en songe, pâle et tout défait, les vêtements déchirés et
ensanglantés ; et il lui sembla qu'il lui disait : « O Lisabetta, tu

LE POT DE BASILIC

C. B. - VIII

« ne fais que m'appeler ; tu t'attristes de ma longue absence et tu
« m'accuses de cruauté par tes larmes. Sache donc que je ne peux
« plus revenir ici, car, le dernier jour que tu me vis, tes frères
« m'ont tué. » Et lui ayant désigné le lieu où ils l'avaient enterré,
il lui dit de ne plus l'appeler et de ne plus l'attendre, et il disparut.

« La jeune fille s'étant réveillée, et ajoutant foi à sa vision, pleura
amèrement. Le matin venu, ne voulant rien dire à ses frères, elle
résolut d'aller à l'endroit indiqué et de voir si ce qui lui était apparu
en songe était vrai. Ayant obtenu la permission d'aller se promener
un peu hors de la ville en compagnie d'une servante qui avait été
autrefois au service de sa famille et qui savait tous ses secrets, elle se
rendit le plus vite qu'elle put à l'endroit susdit, et là, après avoir
enlevé les feuilles sèches qui y étaient, elle creusa à la place où la
terre lui paraissait le moins dure. Elle ne creusa pas longtemps sans
trouver le corps de son malheureux amant qui n'était encore en rien
défiguré ni corrompu, par quoi elle reconnut manifestement que sa
vision avait dit vrai. Bien qu'elle fût la plus désespérée des femmes,
elle comprit que ce n'était pas le moment de se lamenter. Si elle
avait pu, elle aurait emporté le corps tout entier pour lui donner
une sépulture plus convenable ; mais voyant que cela ne se pouvait
pas, elle coupa du mieux qu'elle put la tête avec un couteau, l'enveloppa dans un linge, et après avoir rejeté la terre sur le reste du
corps, elle la mit dans le tablier de sa servante. Alors, sans avoir été
vue par personne, elle quitta ces lieux et revint chez elle. Lisabetta
monta dans sa chambre avec cette tête, elle pleura si longuement
et si amèrement sur elle, lui donnant partout mille baisers, qu'elle
finit par la laver avec ses pleurs. Elle prit alors un grand et beau
vase, de ceux dans lesquels on plante la marjolaine et le basilic, et
y plaça la tête de son amant enveloppée dans un drap fin ; puis elle
la recouvrit de terre dans laquelle elle planta quelques pieds d'un
très beau basilic de Salerne qu'elle arrosait uniquement d'eau de
rose ou de fleur d'oranger, ou bien de ses larmes.

« Elle avait pris l'habitude de se tenir constamment assise à côté
du pot de fleurs et de le contempler avec tendresse, comme si son
Lorenzo y eût été enfermé. Quand elle l'avait bien regardé ainsi,
elle se penchait sur lui et se mettait à pleurer longuement jusqu'à

ce que le basilic se trouvât baigné de pleurs. Le basilic, tant par le
soin continuel qu'elle en prenait, que par la fertilité de la terre
engraissée par la décomposition de la tête qu'elle recouvrait, devint
très beau et très odoriférant. La jeune fille, continuant d'agir de la
sorte, fut aperçue plusieurs fois par ses voisins qui en prévinrent
ses frères, lesquels étaient tout étonnés de voir la beauté de leur
sœur se flétrir à tel point que les yeux paraissaient lui sortir de la
tête. « Nous nous sommes aperçus — leur dirent les voisins —
« que chaque jour elle fait la même chose. » Ce qu'entendant et
voyant, les trois frères, après l'avoir plusieurs fois gourmandée en
vain, firent enlever en cachette le pot de fleurs. La jeune fille, ne le
retrouvant plus, le réclama à plusieurs reprises avec de très vives
instances, et comme on ne le lui rendait pas et qu'elle ne cessait de
gémir et de répandre des larmes, elle tomba malade, et, dans sa
maladie, elle ne demandait pas autre chose que son pot de fleurs.
Les jeunes gens s'étonnaient fort de cette demande et voulurent
enfin voir ce que contenait ce pot. Ayant enlevé la terre, ils virent
le drap et la tête qui était dedans, non encore assez rongée pour
qu'à sa chevelure bouclée ils ne pussent reconnaître que c'était celle
de Lorenzo. De quoi ils s'étonnèrent beaucoup et craignirent que
cette aventure ne vînt à se savoir. Ils enterrèrent la tête sans rien
dire, et après avoir tout ordonné pour leur départ, ils quittèrent
Messine et s'en allèrent à Naples. La jeune fille, ne cessant de se
plaindre et demandant toujours son pot de fleurs, mourut en se
lamentant ; et ainsi se termina sa mésaventure d'amour. Au bout
d'un certain temps, cette histoire ayant été connue de beaucoup de
gens, quelqu'un composa cette chanson que l'on chante encore
aujourd'hui, c'est-à-dire :

> Quel est le mauvais chrétien
> Qui m'a dérobé le pot de fleurs
> Où était mon basilic de Salerne ! etc.

SIMONE

*La Simone aime Pasquino ; ils se donnent rendez-vous dans
un jardin. Pasquino, s'étant frotté les dents avec une
feuille de sauge, meurt. La Simone est prise, et
voulant montrer au juge comment est mort
Pasquino, elle se frotte les dents avec une
feuille de sauge et meurt à son tour.*

« Il n'y a pas grand temps que vivait à Florence une jeune fille
très belle et très gracieuse eu égard à sa condition, née d'un père
pauvre, et qui avait nom Simone. Bien qu'il lui fallût gagner de ses
propres mains le pain qu'elle mangeait, et vivre en filant de la laine,
elle n'était cependant point d'un esprit si bas, qu'elle ne brûlât de
recevoir en son cœur Amour qui, sous les traits et par les paroles
aimables d'un jeune garçon d'aussi petite condition qu'elle et chargé
de porter de la laine à filer pour le compte de son maître, montrait
depuis longtemps bonne envie d'y entrer. L'ayant donc reçu sous
l'aspect charmant du jeune garçon qui l'aimait, et dont le nom était
Pasquino, désirant et n'osant pas aller plus loin, elle filait, et à chaque brassée de laine filée qu'elle enroulait autour de son fuseau, elle
poussait mille soupirs plus cuisants que du feu, au souvenir de celui
qui la lui avait donnée à filer. Le jeune garçon, de son côté, désireux que la laine appartenant à son maître fût bien filée, surveillait
plus spécialement, et même uniquement, celle que filait la Simone,
comme si elle devait seule servir au tissage. Pour quoi, l'un surveil-
lant, et l'autre contente d'être surveillée, il advint que, le premier
prenant plus d'audace qu'il n'en avait d'habitude, la seconde chas-
sant la crainte et la vergogne qui lui étaient naturelles, ils s'unirent
en des plaisirs communs. Ces plaisirs leur furent si chers que non
seulement ils n'attendaient pas que l'un y fût invité par l'autre,
mais que tous deux se rencontraient dans une mutuelle provoca-
tion.

« Leur bonheur se continuant ainsi et ne faisant que s'augmenter
de jour en jour, il advint que Pasquino dit à la Simone qu'il voulait
absolument qu'elle trouvât moyen de venir dans un jardin où il
désirait la conduire, pour qu'ils pussent s'y voir plus à l'aise et plus
sûrement. La Simone dit que cela lui plaisait, et, un dimanche,
après le repas, ayant donné à entendre à son père qu'elle avait l'intention d'aller au pardon de San Gallo, elle se rendit avec une de
ses compagnes, nommée la Lagina, au jardin que lui avait indiqué
Pasquino. Elle l'y trouva accompagné d'un de ses camarades qui
avait nom Puccino, mais qu'on appelait le Stramba. Là une nouvelle liaison amoureuse s'étant formée entre le Stramba et la Lagina,
ils s'enfoncèrent dans une partie du jardin pour s'y livrer à leurs
plaisirs, et laissèrent le Stramba et la Lagina dans l'autre.

« Il y avait, dans la partie du jardin où Pasquino et la Simone
s'étaient retirés, un grand et beau buisson de sauge, au pied duquel
ils s'assirent. Après s'être longuement satisfaits tous les deux et
avoir beaucoup causé d'un goûter qu'ils avaient l'intention de faire
à sens reposés dans ce même jardin, Pasquino se tourna vers le
buisson de sauge, y cueillit une feuille et se mit à s'en frotter les
dents et les gencives, en disant que la sauge les lui nettoyait parfaitement de tout ce qui y était resté après qu'il avait mangé. Quand
il les eut frottées quelque temps, il revint à parler du goûter dont
il avait été d'abord question. Mais à peine avait-il prononcé quelques mots, qu'il commença à changer de visage, et presque aussitôt, perdant la vue et la parole, il tomba mort. Ce que voyant la
Simone, elle se mit à se lamenter et à crier, et à appeler le Stramba
et la Lagina. Ceux-ci vinrent en toute hâte, et voyant Pasquino
non seulement mort, mais tout enflé et la figure ainsi que le corps
couverts de taches noires, le Stramba de crier aussitôt : « Ah !
méchante femme, tu l'as empoisonné ! » Le bruit qu'il faisait était
si grand, qu'il fut entendu d'un grand nombre de personnes qui
habitaient dans le voisinage. Ces gens accoururent à la rumeur,
et trouvant Pasquino mort et enflé, entendant le Stramba se lamenter et accuser la Simone de l'avoir traîtreusement empoisonné,
voyant que celle-ci, quasi folle de douleur par suite de l'accident
qui lui avait enlevé son amant d'une façon si subite, ne pouvait se

disculper, ils furent tous persuadés que les choses s'étaient passées comme le disait Stramba. C'est pourquoi, s'étant saisis d'elle qui continuait à pleurer fortement, ils la menèrent au palais du Podestat. Là, sur l'insistance du Stramba, de l'Atticciato et du Malagevole, camarades de Pasquino, qui étaient survenus, un juge, sans porter plus de retard à l'affaire, se mit à interroger la jeune fille sur l'événement.

« Comme il ne pouvait croire qu'en cette circonstance elle eût agi méchamment et qu'elle fût coupable, il voulut voir en sa présence le cadavre du mort et le lieu où elle disait que la chose s'était passée, car il ne comprenait pas bien ce qu'elle racontait. L'ayant donc fait conduire sans bruit à l'endroit où le corps de Pasquino gisait encore gonflé comme un tonneau, il s'y rendit lui-même aussitôt, et après s'être étonné de cette mort subite, il lui demanda comment cela s'était fait. Simone s'étant approchée du buisson de sauge, et ayant raconté toute l'histoire, afin de faire comprendre plus complètement ce qui était arrivé, fit comme avait fait Pasquino, et se frotta les dents avec une feuille de sauge. Alors, tandis que le Stramba, l'Atticciato et les autres amis et compagnons de Pasquino traitaient ses explications de frivoles et de vaines, prétendaient qu'elle se moquait de la présence du juge, et ne réclamaient rien moins que le supplice du feu pour punir une telle perversité, la malheureuse, déjà toute tremblante de douleur d'avoir perdu son amant et de peur du supplice réclamé par le Stramba, tomba soudain morte de la même façon que Pasquino, non sans grand étonnement des personnes présentes.

« O âmes fortunées, à qui, dans un même jour, il fut donné de goûter l'amour le plus fervent et de quitter la vie ! Plus heureuses encore si vous êtes allées ensemble en un même lieu, et si — s'aime-t-on dans l'autre vie ? — vous vous y aimez comme vous vous aimiez ici-bas ! Mais heureuse par-dessus tout — du moins à notre avis, nous qui vivons après elle — l'âme de la Simone, dont l'innocence ne succomba point sous le témoignage du Stramba, de l'Atticciato et du Malagevole, cardeurs de laine ou de plus vile profession encore. En étant frappée de la même mort que son amant et en suivant dans l'autre monde l'âme de Pasquino tant aimé par elle, Simone eut

8

une fin plus honnête et fut délivrée de leur infâme accusation.

« Le juge, stupéfait, comme tous ceux qui étaient là, de ce nouvel incident, et ne sachant que dire, resta longtemps immobile : puis, ayant recouvré ses esprits, il dit : « Ceci montre que cette « sauge est vénéneuse, ce qui n'arrive pas d'habitude à la sauge. « Mais pour qu'elle ne puisse plus nuire de la même façon à per- « sonne, qu'on la coupe jusqu'aux racines et qu'on la jette au feu. » Ce à quoi le gardien du jardin, procédant en présence du juge, on n'eut pas plutôt abattu le buisson, que la cause de la mort des deux malheureux amants apparut à tous. Il y avait sous ce buisson de sauge un crapaud prodigieusement gros, dont on vit bien que le venin avait empoisonné la plante. Personne n'ayant envie de s'approcher du crapaud, on fit autour de lui un grand amas de bois sec et on le brûla avec le buisson de sauge ; et c'est ainsi que prit fin l'enquête de messer le juge sur la mort du malheureux Pasquino. Le corps de ce dernier, ainsi que celui de la Simone, encore tout enflés, furent ensevelis ensemble dans l'église de San Paolo par le Stramba, l'Atticciato, Guccio Imbratta et le Malagevole, qui, par aventure, en étaient paroissiens. »

LES FORCES DE L'AMOUR

Girolamo aime la Salvestra. Cédant aux prières de sa mère, il va à Paris ; quand il revient, il trouve la Salvestra mariée. Il pénètre en cachette chez elle et meurt à ses côtés. On le porte à l'église où la Salvestra meurt à son tour à côté de lui.

« Il fut en notre cité, selon ce que racontent les anciens, un très gros marchand fort riche, dont le nom était Leonardo Sighieri. Il eut de sa femme un fils appelé Girolamo, après la naissance duquel, ses affaires ayant été soigneusement mises en ordre, il passa de cette vie. Les tuteurs, ainsi que la mère, gérèrent bien

et loyalement les affaires de l'enfant qui, grandissant avec ceux de
ses voisins, se lia plus particulièrement avec une jeune enfant de
son âge, fille d'un tailleur. L'âge venant, leur liaison se changea en
un amour si fort et si tenace, que Girolamo ne se sentait pas bien
sinon quand il voyait son amie ; et certainement elle ne l'aimait pas
moins qu'elle n'en était aimée. La mère du jeune garçon s'étant
aperçue de cela, à plusieurs reprises l'en réprimanda et l'en châtia.
Mais, par la suite, Girolamo ne pouvant s'en empêcher, elle s'en
plaignit à ses tuteurs, et comme si elle croyait, grâce à la grande
richesse de son fils, tirer une orange d'un prunier, elle leur dit :
« Notre enfant, qui a à peine quatorze ans, est si enamouré de
« la fille d'un tailleur notre voisin, nommée la Salvestra, que si
« nous ne la lui ôtons pas de devant les yeux, il la prendra d'aven-
« ture un jour pour femme sans que personne le sache, ce dont je
« ne me consolerai jamais ; ou bien il se consumera pour elle s'il la
« voit marier à un autre. Et pour ce, il me semble que, pour fuir
« ce danger, vous devez l'envoyer loin d'ici, quelque part, servir
« dans une boutique ; parce que, en l'éloignant de façon qu'il ne
« puisse plus la voir, elle lui sortira de l'esprit, et nous pourrons
« ensuite lui donner pour femme quelque jeune fille bien née. »

« Les tuteurs dirent que la dame parlait bien et qu'ils feraient
dans ce sens selon qu'ils pourraient ; et ayant fait appeler le jeune
garçon dans la boutique, l'un d'eux se mit à lui dire très affectueu-
sement : « Mon fils, tu es maintenant grandet ; il est bon que
« tu commences à voir par toi-même dans tes affaires ; pour quoi,
« nous serions fort contents que tu allasses un peu à Paris où tu
« verras comment se trafique une grande partie de ta richesse, sans
« compter que là-bas tu deviendras meilleur, mieux élevé et plus
« homme de bien que tu ne ferais ici, en voyant ces seigneurs, ces
« barons et ces gentilshommes qui y vivent en grand nombre, et
« en apprenant leurs belles manières ; puis tu pourras revenir
« ici. » Le jeune garçon écouta attentivement, et répondit d'un
ton bref qu'il n'en voulait rien faire, pour ce qu'il croyait pouvoir
aussi bien qu'un autre rester à Florence. Les braves gens, entendant
cela, le réprouvèrent encore avec plus de paroles ; mais ne pouvant
en tirer une autre réponse, ils le dirent à la mère. Celle-ci, très

irritée de cela, non de ce qu'il ne voulait pas aller à Paris, mais de
son amoureux entêtement, lui fit de grands reproches ; puis, l'ama-
douant par de douces paroles, elle se mit à le flatter et à le prier
doucement qu'il consentît à faire ce que voulaient ses tuteurs ; et
elle sut tant lui dire, qu'il consentit à s'en aller pendant un an,
mais non plus ; et ainsi fut fait.

« Girolamo étant donc allé à Paris, fièrement enamouré, y fut
retenu deux ans, toujours renvoyé d'aujourd'hui à demain. Quand
il en revint, plus amoureux que jamais, il trouva la Salvestra mariée
à un bon jeune homme qui construisait des tentes, de quoi il fut
dolent outre mesure. Mais enfin, voyant qu'il ne pouvait en être
autrement, il s'efforça de s'en consoler. Ayant découvert l'endroit
où était sa maison, il commença, selon l'habitude des jeunes amoureux, à passer devant chez elle, croyant qu'elle ne l'avait pas plus
oublié qu'il ne l'avait oubliée elle-même. Mais les choses allaient
de toute autre façon ; elle ne se souvenait pas plus de lui que si
elle ne l'avait jamais vu ; et si pourtant elle se le rappelait quelque
peu, elle témoignait bien du contraire, de quoi en peu de temps le
jeune homme s'aperçut, et non sans grandissime douleur. Néanmoins il faisait tout ce qu'il pouvait pour cacher ce chagrin dans
son âme ; mais ne pouvant y parvenir, il résolut, dût-il en mourir,
de lui en parler à elle-même. S'étant informé auprès de quelque
voisin comment la maison de son amie était faite, un soir qu'elle et
son mari étaient allés veiller avec leurs voisins, il y entra sans être
vu, se cacha dans sa chambre derrière des toiles à tentes qu'on y
avait étendues, et attendit jusqu'à ce qu'ils fussent de retour et
qu'ils se fussent mis au lit.

« Quand il vit le mari endormi, il s'en alla à l'endroit où il avait
vu que la Salvestra s'était couchée, et lui ayant posé la main sur la
poitrine, il lui dit doucement : « O mon âme, dors-tu déjà ? »
La jeune femme, qui ne dormait pas, voulut crier ; mais le jeune
homme se hâta de dire : « Pour Dieu, ne crie pas, car je suis
ton Girolamo. — » Ce qu'entendant celle-ci, elle dit toute tremblante : « Eh ! pour Dieu, Girolamo, va-t'en. Il est passé ce
« temps de notre enfance où il ne nous était pas défendu de nous
« aimer. Je suis, comme tu vois, mariée ; par conséquent ce n'est

« plus bien à moi de penser à un autre homme qu'à mon mari.
« Pour quoi, je te prie, au nom de Dieu, de t'en aller ; car si mon
« mari t'entendait, encore qu'un autre mal n'en advînt, il s'en-
« suivrait que je ne pourrais plus jamais vivre en paix avec lui,
« alors qu'aimée de lui, je demeure avec lui en tout bien et tran-
« quillité. » Le jeune homme, entendant ces paroles, ressentit
une violente douleur. Il eut beau lui rappeler le temps passé et son
amour nullement oublié malgré la distance, et y mêler de nombreuses prières et de grandes promesses, il n'obtint rien. Pour quoi,
désireux de mourir, il la pria finalement qu'en faveur de tant
d'amour, elle souffrît qu'il se coucha à côté d'elle, jusqu'à ce qu'il
pût se réchauffer un peu, car il s'était tout gelé en l'attendant, lui
promettant qu'il ne lui dirait rien, qu'il ne la toucherait pas, et
qu'il s'en irait dès qu'il serait un peu réchauffé. La Salvestra, ayant
quelque compassion de lui, le lui permit aux conditions fixées par
lui-même. Le jeune homme donc se coucha à côté d'elle sans la
toucher ; là songeant au long amour qu'il lui avait porté et à sa
dureté présente, à son espérance perdue, il résolut de ne plus vivre ;
et retenant en lui ses esprits, sans dire un mot, il ferma les poings
et mourut à côté d'elle.

« Au bout de quelques instants, la jeune femme s'étonnant de
sa contenance, craignant que son mari ne se réveillât, se mit à dire :
« Eh ! Girolamo, pourquoi ne t'en vas-tu pas ? » Mais ne l'entendant pas répondre, elle pensa qu'il s'était endormi. Pour quoi,
ayant étendu la main pour le réveiller, elle se mit à le tâter et, le
touchant, elle le trouva froid comme glace, de quoi elle s'étonna
vivement. Alors le touchant plus fortement, et sentant qu'il ne
remuait pas, elle connut qu'il était mort ; de quoi dolente outre
mesure, elle fut en grand embarras de savoir quoi faire. Enfin elle
résolut de voir ce que son mari dirait de faire comme s'il s'agissait
d'une autre personne ; et l'ayant réveillé, elle lui raconta, comme
étant arrivé à une autre, ce qui venait de lui arriver ; puis, elle lui
demanda quel conseil il lui donnerait si cela lui était arrivé à elle.
Le bon homme répondit qu'il pensait que le mort devrait être
porté sans bruit à sa demeure et qu'on devrait le laisser là, sans
porter aucun tort à la dame qui ne lui semblait pas avoir failli.

Alors la jeune femme dit : « Eh bien ! c'est ainsi qu'il faut que nous fassions. » Et lui ayant pris la main, elle lui fit toucher le jeune homme mort. De quoi, tout ému, il se leva, alluma une lumière, et, sans entrer dans de nouvelles explications avec sa femme, il revêtit le corps de ses habits, puis sans retard, persuadé de l'innocence de sa femme, il le mit sur ses épaules, le porta devant la porte de sa maison, où il le déposa sur le seuil et le laissa.

« Le jour venu, quand on vit cet homme mort devant sa porte, cela fit une grande rumeur et spécialement de la part de la mère ; et ayant partout cherché et regardé, et ne lui trouvant ni plaie ni coup aucun, les médecins déclarèrent unanimement qu'il était mort de douleur, comme cela était. Le corps fut donc porté dans une église, et là vint la douloureuse mère avec d'autres dames, parents et voisins, et sur lui on commença, selon nos usages, à pleurer et à se lamenter fortement. Et pendant qu'on faisait ces grandes lamentations, le bon homme dans la maison duquel il était mort, dit à la Salvestra : « Mets un manteau sur ta tête, et va dans « cette église où on a transporté Girolamo ; mêle-toi aux femmes « et tu écouteras ce qu'on dit de cette aventure ; moi j'en ferai « autant parmi les hommes, afin que nous voyions si l'on dit « quelque chose contre nous. » Cela plut à la jeune femme prise d'une pitié tardive, car elle désirait voir mort celui auquel elle n'avait pas voulu de son vivant faire plaisir d'un seul baiser, et elle y alla.

« Chose merveilleuse à penser combien sont difficiles à expliquer les forces de l'amour ! Ce cœur que la fortune prospère de Girolamo n'avait pu ouvrir, sa fortune malheureuse l'ouvrit et, les anciennes flammes s'y étant toutes réveillées, changea la Salvestra en tant de pitié quand elle vit le visage du mort, que cachée sous son manteau et mêlée aux femmes, elle ne s'arrêta pas avant d'être parvenue jusqu'auprès du corps. Et là, poussant un grand cri, elle se jeta le visage sur le jeune homme mort qu'elle n'eut pas le temps de baigner de beaucoup de larmes, car à peine l'eut-elle touché que, comme cela était arrivé à Girolamo, la douleur lui avait enlevé la vie. Puis — comme les femmes la réconfortaient et lui disaient de se lever, ne l'ayant pas encore reconnue — quand on voulut la relever et qu'on la trouva immobile, ce fut seulement alors qu'on reconnut la Salvestra et qu'elle était morte. De quoi toutes les femmes qui étaient là, vaincues d'une double pitié, se remirent à pleurer encore davantage. La nouvelle s'étant répandue hors de l'église parmi les hommes, elle parvint aux oreilles du mari qui était au milieu d'eux, et qui, sans vouloir écouter de consolations ou prendre aucun confort, pleura longtemps. Et ayant raconté à un grand nombre de ceux qui l'entouraient l'histoire arrivée la nuit précédente à ce jeune homme, la cause de sa mort fut manifestement connue de tout le monde, ce dont tous furent affligés. La jeune femme morte ayant donc été prise et ayant été parée comme on a coutume de le faire pour les morts, on la plaça sur le même lit à côté du jeune homme, et là, après qu'elle eut été longuement pleurée, tous deux furent ensevelis dans un même tombeau ; et ceux que, vivants, l'amour n'avait pu unir, la mort les unit d'un inséparable lien. »

L'HORRIBLE FESTIN

Messer Guiglielmo Rossiglione donne à manger à sa femme le cœur de Messer Guiglielmo Guardastagno qu'il a tué et qu'elle aime. La dame l'ayant su, se jette par la fenêtre et se tue. Elle est ensevelie avec son amant.

« Vous saurez que suivant ce que racontent les Provençaux, il y eut autrefois en Provence deux nobles chevaliers qui possédaient tous deux castels et vassaux. L'un avait nom messire Guiglielmo Rossiglione, et l'autre messire Guiglielmo Guardastagno ; et pour ce que l'un et l'autre étaient très habiles dans les armes, ils s'aimaient beaucoup et avaient coutume d'aller toujours ensemble à tous les tournois, joutes ou autres passes d'armes, et portant les mêmes couleurs. Comme ils habitaient chacun dans son château, et qu'ils étaient éloignés l'un de l'autre de dix bons milles, il advint que mes-

sire Guiglielmo Rossiglione ayant pour femme une très belle et très
appétissante dame, messire Guiglielmo Guardastagno, nonobstant
l'amitié et la camaraderie qui existaient entre eux, s'en amouracha
hors de toute mesure et fit si bien par un moyen ou par un autre,
que la dame s'en aperçut, et, le tenant pour un très valeureux chevalier, se mit à l'aimer de telle façon qu'il était son seul désir, son seul
amour, et qu'elle n'attendait que le moment d'être mise à réquisition
par lui, ce qui ne tarda guère. Ils eurent plusieurs rendez-vous, où
ils se donnèrent de fortes preuves d'amour. En ayant, par la suite,
usé moins discrètement, il advint que le mari s'en aperçut et en fut
tellement indigné, que la grande amitié qu'il portait à Guardastagno
se changea en haine mortelle. Mais il sut la tenir cachée mieux que
les deux amants n'avaient su tenir caché leur amour, et il résolut
de le tuer.

« Rossiglione étant en cette disposition d'esprit, il advint qu'un
grand tournoi fut publié en France, ce que Rossiglione fit sur-le-
champ connaître à Guardastagno, en lui faisant dire que si cela lui
plaisait, il vînt le voir pour délibérer s'ils iraient à ce tournoi et
comment. Le Guardastagno, tout joyeux, répondit qu'il irait sans
faute souper avec lui le jour suivant. Le Rossiglione, à cette nouvelle, pensa que le moment était venu de le tuer. Le lendemain,
s'étant armé, il monta à cheval suivi d'un de ses familiers, et s'em-
busqua dans un bois situé à environ un mille de son castel et par où
le Guardastagno devait passer. Après l'avoir attendu assez longtemps,
il le vit qui s'avançait sans armes et accompagné de deux familiers
désarmés aussi, comme quelqu'un qui ne se défiait de rien. Quand
il le vit arrivé à l'endroit où il voulait, le félon, plein de rage, sortit
de sa cachette et courut à lui la lance à la main, criant : « Tu es
mort ! » Prononcer ces paroles et lui plonger la lance dans le sein,
ne firent qu'un. Le Guardastagno, sans pouvoir se défendre ni dire
un mot, tomba transpercé et mourut. Quant à ses familiers, ayant
fait faire volte-face à leurs chevaux, ils s'enfuirent le plus vite qu'ils
purent vers le castel de leur maître, sans avoir reconnu qui avait
commis le meurtre. Alors le Rossiglione descendit de cheval, ouvrit
avec son couteau la poitrine du Guardastagno et, de ses propres
mains, lui arracha le cœur qu'il enveloppa dans le pennon d'une

L'HORRIBLE FESTIN

lance et qu'il donna à porter à un de ses familiers, auxquels il défendit d'avoir la hardiesse de dire un seul mot de cela. Puis il remonta à cheval, et comme il était déjà nuit, il revint à son castel.

« La dame, qui avait entendu dire que le Guardastagno devait venir dîner le soir, et qui l'attendait avec une grande impatience, ne le voyant pas arriver, s'en étonna beaucoup, et dit à son mari : « Comment se fait-il, messire, que le Guardastagno n'est pas « venu ? » A quoi le mari dit : « Femme, il m'a fait dire qu'il « ne pourra être ici que demain. » De quoi la dame fut toute troublée. Le Rossiglione descendu dans son appartement fit appeler le cuisinier et lui dit : « Prends ce cœur de sanglier, et fais en « sorte d'en faire un ragoût le meilleur et le plus appétissant que tu « sauras ; et quand je serai à table, envoie-le moi sur un plat d'ar- « gent. » Le cuisinier ayant pris le cœur, le hacha menu, l'assai- sonna de force poivre, et y appliquant tout son art et tous ses soins, en fit un ragoût excellent.

« L'heure du souper venue, messire Guiglielmo se mit à table avec sa femme ; mais poursuivi par le souvenir du crime qu'il avait commis, il mangea peu. Le cuisinier lui ayant envoyé le ragoût, il le fit placer devant la dame, prétendant que ce soir il n'avait pas faim, et le lui recommanda vivement. La dame, qui avait bon appétit, se mit à en goûter, et comme il lui parut bon, elle le mangea tout entier. Quand le chevalier eut vu que la dame l'avait mangé tout entier, il dit : « Femme, comment avez-vous trouvé ce plat ? » La dame répondit : « Monseigneur, il m'a plu beaucoup, sur ma foi. » « Par Dieu, je vous crois — dit le chevalier — et je ne m'étonne « point si vous avez trouvé bon mort ce qui, vivant, vous a plu « par-dessus tout. » A ces mots, la dame resta un moment immo- bile, puis elle dit : « Comment ? qu'est-ce que vous m'avez fait « manger ? » Le chevalier répondit : « Ce que vous avez mangé, « c'est le cœur de messire Guiglielmo Guardastagno, que vous, « femme déloyale, avez tant aimé. Soyez assurée que c'est bien lui, « car de ces propres mains je le lui ai arraché de la poitrine, avant « de revenir ici. »

« Si la dame, apprenant cela au sujet de celui qu'elle aimait par- dessus tout, fut saisie d'une horrible douleur, il ne faut pas le

demander. Après quelques instants elle dit : « Vous avez agi
« comme un déloyal et mauvais chevalier ; c'est moi qui, sans qu'il
« m'y ait en rien forcée, lui avais donné mon amour, et, de cet
« outrage envers vous, ce n'était pas lui, mais moi qui devais sup-
« porter le châtiment. Mais à Dieu ne plaise que sur une aussi
« noble nourriture que le cœur d'un chevalier vaillant et courtois
« comme le fut messire Guiglielmo, une autre nourriture vienne
« jamais se poser. » Et s'étant levée, elle se précipita par une
fenêtre qui se trouvait derrière elle. La fenêtre était élevée au-dessus
du sol ; pour quoi, la dame en tombant, non seulement se tua, mais
se brisa tous les membres. Ce que voyant, messire Guiglielmo fut
comme abasourdi et comprit qu'il avait mal fait. Craignant le courroux des voisins et surtout du comte de Provence, il fit seller des
chevaux et s'enfuit. Le lendemain matin, on sut par toute la contrée
ce qui était arrivé ; c'est pourquoi les gens du castel de messire
Guiglielmo et ceux du castel de la dame recueillirent les deux corps
des deux victimes, qui furent ensevelis, au milieu des pleurs et de la
douleur générale, dans l'église du château de la dame et dans un
même tombeau. On y inscrivit des vers relatant le nom de ceux
qui y étaient renfermés, ainsi que la cause et la nature de leur
mort. »

LE ROSSIGNOL

*Ricciardo Manardi est trouvé par messer Lizio da Valbona avec
la fille de celui-ci. Il l'épouse et fait sa paix avec le père.*

« Il n'y a pas longtemps que vivait en Romagne un chevalier
riche et de bonnes manières, qu'on appelait messer Lizio de Valbona. Étant proche de la vieillesse, il lui naquit, par aventure,
d'une sienne dame appelée madame Giacomina, une fille qui, en
grandissant, devint plus belle et plus plaisante qu'aucune autre
de tous les environs ; et pour ce qu'elle leur était restée seule, son

père et sa mère l'aimaient et la chérissaient profondément, et la gardaient avec un soin merveilleux, attendant le moment de lui faire faire quelque grand mariage. Or, dans la maison de messer Lizio venait fréquemment un jeune homme qui ne la quittait presque jamais, beau et frais de sa personne, et appartenant aux Manardi da Brettinoro. Il s'appelait Ricciardo, et messer Lizio et sa femme ne s'en méfiaient pas plus que si c'eût été leur fils. Ricciardo, ayant vu plusieurs fois la jeune fille, qui était très belle, très gracieuse de manières, bien élevée et déjà en âge d'être mariée, s'enamoura désespérément d'elle ; mais il tenait son amour soigneusement caché. La jeune fille, s'en étant aperçue, se mit, sans chercher à esquiver le coup, à l'aimer également ; de quoi Ricciardo fut très content. Et, bien qu'il eût eu souvent envie de lui en parler, il s'était tu cependant par crainte ; mais un jour, ayant pris son moment, il se hasarda à lui dire : « Caterina, je te prie de ne pas « me laisser mourir d'amour pour toi. » La jeune fille répondit aussitôt : « Plût à Dieu que tu ne me fisses pas mourir aussi « toi-même. » Cette réponse fit beaucoup de plaisir à Ricciardo et augmenta sa hardiesse, et il lui dit : « Je ne manquerai pas « de faire tout ce qui te sera agréable, mais c'est à toi de trouver « un moyen de sauver ta vie et la mienne. » La jeune fille dit alors : « Ricciardo, tu vois combien je suis gardée, et pour ce je « ne vois pas comment il te sera possible de me venir trouver ; mais « si tu sais trouver un moyen qui se puisse employer sans qu'il « m'en résulte vergogne, dis-le moi, et je l'emploierai. » Ricciardo ayant longtemps réfléchi, dit soudain : « Ma douce Caterina, je « ne vois pas d'autre moyen, sinon que tu couches ou que tu puisses « venir sur la galerie qui est près du jardin de ton père ; car si je « savais que tu y fusses la nuit, je m'efforcerais certainement d'aller « t'y trouver, quelque étroite que soit cette galerie. » A quoi la Caterina répondit : « Si tu te fais fort d'y venir, je crois que je réus- « sirai, moi, à m'y aller coucher. » Ricciardo dit que oui ; et cela dit, ils s'embrassèrent plusieurs fois à la dérobée, et se quittèrent.

« Le lendemain, comme on était déjà à la fin de mai, la jeune fille commença à se plaindre devant sa mère que la nuit précédente, à cause de la trop grande chaleur, elle n'avait pas pu dormir. La

mère dit : « Eh! ma fille, quelle chaleur si grande a-t-il fait ? Au
« contraire, il n'a pas fait chaud du tout. » A quoi la Caterina
dit : « Ma mère, vous devriez dire : à ce qu'il me semble, et
« peut-être vous diriez vrai. Mais vous devez réfléchir combien les
« jeunes filles ont plus chaud que les femmes âgées. » La dame
dit alors : « C'est vrai, ma fille; mais je ne puis pas faire chaud
« ou froid à ma fantaisie, comme tu le voudrais peut-être ; il fau
« supporter le temps comme les saisons le donnent. Peut-être cette
« nuit fera-t-il plus frais, et tu dormiras mieux. » « Or Dieu le
« veuille, — dit la Caterina, — mais ce n'est pas l'ordinaire que les
« nuits aillent en se refroidissant plus on avance vers l'été. »
« Que veux-tu donc que je fasse ? dit la dame. » La Caterina
répondit : « Si cela plaît à mon père et à vous, je ferais volon-
« tiers faire un lit dans la galerie qui est sur le jardin, à côté de la
« chambre de mon père, et j'y coucherais ; là, écoutant chanter le
« rossignol, et étant en un endroit plus frais, je serais beaucoup
« mieux qu'en votre chambre. » La mère dit alors : « Ma fille,
« sois tranquille ; je le dirai à ton père, et comme il voudra, nous
« ferons. »

« Ayant appris la chose par sa femme, messer Lizio qui était
vieux et qui, pour cette raison, était peut-être un peu revêche, dit :
« Qu'est-ce que ce rossignol dont elle a besoin pour s'endormir ?
« Je la ferai dormir au chant de la cigale. » Ce qu'ayant su la
Caterina, non seulement elle ne dormit pas la nuit suivante,
plus par dépit qu'à cause de la chaleur, mais elle ne laissa pas
dormir sa mère, se plaignant à chaque instant de la chaleur
grande. Sa mère, voyant cela, alla trouver le lendemain matin messer Lizio et lui dit : « Messire, vous ne tenez guère à cette jeune
« fille ; qu'est-ce que cela vous fait qu'elle couche sur cette galerie ?
« Elle n'a pas eu un moment de repos pendant toute la nuit ; en
« outre, faut-il vous étonner que ce lui soit un plaisir d'entendre
« chanter le rossignol, elle qui n'est qu'un enfant ? Les jeunes
« gens désirent ce qui leur ressemble. » Messer Lizio, entendant
cela, dit : « Allons, qu'on lui fasse un lit comme vous l'enten-
« drez, qu'on y mette tout autour des rideaux de serge, et qu'elle y
« couche et entende chanter le rossignol tout son saoûl. »

« La jeune fille, à cette nouvelle, fit promptement faire un lit
dans la galerie, et comme elle devait y coucher la nuit suivante,
elle guetta jusqu’à ce qu’elle eût vu Ricciardo, auquel elle fit un
signe convenu entre eux, et par où il comprit ce qu’il devait faire.
Quand messer Lizio eut entendu sa fille gagner son lit, il ferma une
porte par laquelle on allait de sa chambre à la galerie, et alla se
coucher a son tour. Ricciardo, dès qu’il vit que tout était tranquille,
monta à l’aide d’une échelle sur un mur, et une fois sur le mur,
s’accrochant à certaines pierres d’attente d’un autre mur, à grand’-
peine, et en courant risque de faire une chute dangereuse, il parvint
sur la galerie où il fut reçu sans bruit avec une grandissime fête par
la jeune fille. Et après de nombreux baisers, ils se couchèrent ensemble, et prirent, presque toute la nuit, joie et plaisir l’un de l’autre,
faisant chanter plusieurs fois le rossignol.

« Les nuits étant courtes, et le plaisir étant grand, le jour vint
sans qu’ils y songeassent ; et ils étaient encore si échauffés tant de la
température que du long amusement, qu’ils s’endormirent sans
avoir rien sur eux, la Caterina enlaçant de son bras droit le col de
Ricciardo, et le tenant de sa main gauche par cette chose que vous
avez le plus honte de nommer quand vous êtes avec des hommes.
Ils dormaient de cette façon sans se réveiller quand, le jour venu,
messer Lizio se leva ; et, se rappelant que sa fille était couchée sur
la galerie, il ouvrit doucement la porte et dit : « Voyons un peu
« comment le rossignol a fait dormir la Caterina, cette nuit. »
Et ayant fait quelques pas, il leva les rideaux de serge dont le lit était
entouré, et il vit Ricciardo et sa fille, tous nus et découverts, qui
dormaient en se tenant embrassés comme il a été dit plus haut.
Ayant parfaitement reconnu Ricciardo, il sortit de la galerie, et étant
allé dans la chambre de sa femme, il l’appela en lui disant :
« Sus, sus, femme ; lève-toi et viens voir ; ta fille avait tellement
« envie du rossignol, qu’elle l’a pris et qu’elle le tient dans sa
« main. » La dame dit : « Comment cela peut-il être ? » Messer
Lizio dit : « Tu le verras, si tu te dépêches de venir. » La
dame, s’étant empressée de s’habiller, suivit sans bruit messer
Lizio, et tous deux étant arrivés vers le lit, et les rideaux ayant été
écartés, madame Giacomina put voir manifestement comment sa

fille avait pris et tenait le rossignol qu'elle désirait tant entendre chanter. De quoi la dame, se tenant pour fortement jouée par Ricciardo, voulut crier et lui dire des injures ; mais messer Lizio lui dit : « Femme, garde-toi de dire un mot, si tu as mon affection « pour chère, car en vérité, puisqu'elle l'a pris, il sera sien. « Ricciardo est gentilhomme, riche et jeune ; nous ne pouvons avoir « avec lui qu'une bonne alliance. S'il veut s'en aller d'ici tranquil- « lement, il faudra d'abord qu'il l'épouse ; de sorte qu'il se trouvera « avoir mis le rossignol dans sa propre cage et non dans celle d'au- « trui. » Sur quoi, un peu consolée, et voyant que son mari n'était point courroucé du fait, et que sa fille après avoir eu une bonne nuit s'était bien reposée et avait pris le rossignol, la dame se tut.

« Il ne se passa guère de temps sans que Ricciardo se réveillât, et voyant qu'il était grand jour, il se tint pour mort et appela la Caterina, disant : « Hélas ! ma chère âme, comment ferons-nous ? « Le jour est venu et m'a surpris ainsi. » A ces mots, messer Lizio s'étant avancé et ayant levé les rideaux, répondit : « Nous « ferons bien. » Quand Ricciardo le vit, il lui sembla que le cœur lui était arraché de la poitrine ; et s'étant assis sur le lit, il dit : « Mon « seigneur, je vous requiers merci, de par Dieu. Je reconnais que « j'ai mérité la mort, en homme déloyal et méchant, et pour ce, « faites de moi ce qu'il vous plaira ; pour moi, je vous supplie, si « cela se peut, de me faire grâce de la vie et de ne point me faire « mourir. » A quoi messer Lizio dit : « Ricciardo, l'amour que « je te portais et la confiance que j'avais en toi ne méritaient « point cette récompense ; mais pourtant puisqu'il en est ainsi, et « que la jeunesse t'a poussé à une si grande faute, il faut, pour t'évi- « ter à toi la mort, et m'éviter à moi la honte, que tu prennes pour « ta femme légitime la Caterina, afin que, comme elle a été tienne « cette nuit, elle le soit tant qu'elle vivra ; et de cette façon tu peux « conquérir mon pardon et ton salut ; mais si tu ne veux pas faire « ainsi, recommande ton âme à Dieu. »

« Pendant que s'échangeaient ces paroles, la Caterina avait lâché le rossignol, et s'étant renfoncée sous la couverture, s'était mise à pleurer fort et à prier son père de pardonner à Ricciardo ; d'un autre

côté, elle suppliait Ricciardo de faire ce que voulait messer
Lizio, afin qu'ils pussent avoir tous deux longtemps et sans crainte
de pareilles nuits. Mais il ne fut pas besoin en cela de trop de prières,
pour ce que d'une part la honte de la faute commise et le désir de la
racheter, et d'autre part la peur de mourir et l'envie d'échapper sain
et sauf, enfin l'ardent amour et le désir de posséder l'objet aimé,
firent dire à Ricciardo librement et sans hésitation qu'il était prêt à
faire ce qu'il plairait à messer Lizio. Pour quoi, messer Lizio s'étant fait
prêter par madame Giacomina un de ses anneaux, Ricciardo épousa
en leur présence la Caterina, sans bouger de l'endroit même. La
chose faite, messer Lizio et la dame s'en allèrent en disant : « Main-
« tenant reposez-vous, car vous en avez probablement plus besoin
« que de vous lever. »

« Eux partis, les jeunes gens s'embrassèrent de nouveau, et n'ayant
pas cheminé plus de six milles pendant la nuit, ils fournirent encore
deux milles avant de se lever, et mirent ainsi fin à la première journée. Puis, s'étant levés, et Ricciardo s'étant entretenu plus longuement avec messer Lizio, quelques jours après, comme il convenait,
en présence des amis et des parents, il épousa de nouveau la jeune
fille et la conduisit à sa maison en grande fête. Et par la suite, il
oisela longuement avec elle aux rossignols, en paix et à son grand
contentement, de nuit et de jour, comme il lui plut. »

LA CHASSE FANTASTIQUE

*Nastagio degli Onesti, aimant une dame de la famille des Traversari,
dépense toute sa fortune sans parvenir à se faire aimer. Sur
les instances des siens, il s'en va à Chiassi. Là, il voit un
chevalier donner la chasse à une jeune femme, la tuer
et la donner à dévorer à deux chiens. Il invite à
déjeuner ses parents et la dame qu'il aime,
et celle-ci voit la même jeune femme subir le
susdit supplice. Craignant qu'il ne
lui en arrive autant, elle consent à
prendre Nastagio pour mari.*

« Il y avait autrefois à Ravenne, très antique cité de la Romagne,
un grand nombre de nobles gentilshommes, parmi lesquels un
jeune homme appelé Nastagio degli Onesti, que la mort de son
père et d'un sien oncle avait laissé richissime au-dessus de toute
estimation. Étant sans femme, il lui arriva, comme la plupart des
jeunes gens, de s'enamourer d'une fille de messer Paolo Traversaro,
homme beaucoup plus noble que lui, espérant par ses efforts l'amener
à l'aimer. Mais, ces efforts, quelque grands, quelque beaux, quelque
louables qu'ils fussent, non seulement ne lui servaient à rien, mais
semblaient au contraire lui nuire, tellement la jeune fille qu'il
aimait se montrait cruelle et dure et sauvage pour lui. Soit qu'elle
fût enivrée de sa singulière beauté, soit que sa noblesse la rendît
altière et dédaigneuse, elle tenait en mépris et lui et tout ce qui
pouvait lui plaire. Cela causait un tel chagrin à Nastagio, que, dans
son désespoir et las de se plaindre, il lui vint la pensée de se tuer.
Cependant, surmontant cette pensée, il prit à plusieurs reprises la
résolution de la laisser tranquille, ou, s'il pouvait, de lui porter la
même haine qu'elle avait pour lui. Mais c'est en vain qu'il formait
une telle résolution, pour ce qu'il semblait que son amour redoublât
alors que l'espoir lui manquait le plus.

« Le jeune homme persévérant dans cet amour, et continuant à

Gravelot inv.   Lempereur sc.

LA CHASSE FANTASTIQUE

C. B. - X

dépenser démesurément, ses amis et ses parents comprirent qu'il finirait par détruire sa fortune et sa santé ; pour quoi, ils le prièrent et lui conseillèrent de quitter Ravenne, et d'aller demeurer pendant quelque temps ailleurs, afin de mettre fin d'un même coup à sa passion et à ses prodigalités. Nastagio se moqua longtemps de cet avis, mais enfin, pressé par les sollicitations et ne pouvant plus dire non, il déclara qu'il ferait ainsi ; et ayant fait faire de grands préparatifs, comme s'il voulait aller en France, en Espagne ou en d'autres lieux éloignés, il monta à cheval et, étant sorti de Ravenne accompagné de ses nombreux amis, il s'en alla en un lieu distant d'environ trois milles de Ravenne et appelé Chiassi. Là, ayant fait dresser les tentes et les pavillons, il dit à ceux qui l'avaient accompagné qu'il voulait y rester, et qu'ils eussent à s'en retourner à Ravenne. Nastagio, s'étant donc installé en cet endroit, se mit à y mener la plus belle et la plus somptueuse vie qu'on eût jamais faite, invitant à dîner et à souper tantôt ceux-ci, tantôt ceux-là, selon son habitude.

« Or il advint que, le mois de mai commençant à peine et le temps étant très beau, les cruautés de sa dame lui revinrent à l'esprit ; et ordonnant à ses serviteurs de le laisser seul afin de pouvoir rêver plus à son aise, il alla, posant machinalement un pied devant l'autre, tout pensif, jusqu'à une forêt de pins. La cinquième heure du jour était déjà passée, et il était entré un bon mille dans la forêt, sans se souvenir de manger ni d'autre chose, quand soudain il lui sembla entendre une voix de femme pousser de grandes plaintes et des cris aigus, pour quoi, sa douce rêverie étant rompue, il leva la tête pour voir ce que c'était, et s'étonna de se trouver dans la forêt de pins. Puis, regardant devant lui, il vit sortir d'un fourré très épais d'arbrisseaux et de buissons, et venir en courant vers lui, une très belle jeune fille nue, échevelée et toute déchirée par les ronces et les épines, pleurant fort et criant merci. A ses côtés, courant d'un air acharné après elle, il vit deux énormes et féroces mâtins, qui, chaque fois qu'ils la pouvaient rejoindre, la mordaient cruellement ; enfin, derrière elle, il vit venir, monté sur un coursier noir, un chevalier brun, au visage fort courroucé, une épée à la main, et qui la menaçait de la tuer en l'accablant d'outrages. Ce

spectacle frappa tout d'abord son esprit d'étonnement et d'épouvante, puis de compassion pour l'infortunée, d'où naquit en lui le
désir de la délivrer d'une telle angoisse et de la mort, s'il le pouvait.
Se trouvant sans armes, il courut prendre une branche d'arbre en
guise de bâton, et se mit en travers des chiens et du chevalier. Mais
le chevalier, dès qu'il le vit, lui cria de loin : « Nastagio, ne
« t'oppose point à cela ; laisse faire aux chiens et à moi ce que cette
« méchante femme a mérité. »

« Comme il disait ainsi, les chiens ayant saisi la jeune fille aux
flancs, la forcèrent à s'arrêter, et le chevalier, les ayant rejoints,
descendit de cheval. Nastagio, s'étant approché de lui, dit : « Je
« ne sais qui tu es, toi qui me connais ainsi ; mais néanmoins je te
« dis que c'est grande lâcheté à un chevalier armé de vouloir tuer
« une femme nue, et de lâcher les chiens contre elle, comme si
« c'était une bête sauvage. Pour moi, je la défendrai certainement
« autant que je pourrai. — » Le chevalier dit alors : « Nastagio,
« je suis de la même cité que toi, et tu étais encore tout petit
« enfant, quand moi, qu'on appelait messer Guido degli Anastagi,
« je m'enamourai de cette femme que tu vois, bien plus encore que
« tu ne l'as fait de la fille des Traversari, et sa dureté, sa cruauté
« me rendirent si malheureux, qu'un jour, avec cette même épée
« que tu me vois à la main, je me tuai de désespoir ; et je suis con-
« damné aux peines éternelles. Peu de temps après, celle-ci, qui
« avait été joyeuse outre mesure de ma mort, vint à mourir, et tant
« à cause de sa cruauté que de la joie qu'elle avait montrée de mes
« tourments et dont elle ne s'était point repentie, croyant en cela non
« seulement n'avoir point péché, mais avoir bien mérité, elle fut
« également condamnée aux peines de l'enfer. Dès qu'elle y eut été
« précipitée, il nous fut imposé pour peine à tous deux, à elle de fuir
« ainsi devant moi, et à moi, qui l'avais tant aimée jadis, de la
« poursuivre comme une ennemie mortelle et non comme une dame
« aimée. Et toutes les fois que je l'atteins, je la tue avec cette même
« épée dont je me tuai moi-même ; je lui ouvre les reins, et je lui
« arrache ce cœur dur et froid où n'entrèrent jamais ni amour ni
« pitié, et je le donne, comme tu vas le voir tout à l'heure, à manger
« à ces chiens avec le reste des entrailles. Après cela, elle ne reste

« guère de temps — ainsi le veut la justice et la puissance de Dieu
« — sans ressusciter comme si elle n'avait jamais été morte ; et de
« nouveau commence la douloureuse poursuite, et les chiens et
« moi nous nous remettons à la traquer ainsi ; et tous les vendredis,
« il arrive que je l'atteins ici à la même heure, et que j'en fais le
« carnage que tu vas voir. Et ne crois pas que les autres jours nous
« nous reposions ; mais je la rejoins en d'autres lieux, dans lesquels
« elle a pensé ou agi cruellement contre moi. Comme tu vois,
« d'amant je lui suis devenu ennemi, et je dois la poursuivre de
« cette façon autant d'années qu'elle a été cruelle de mois à mon
« égard. Donc, laisse la divine justice suivre son cours, et ne cherche
« pas à t'opposer à ce que tu ne pourrais empêcher. »

« En entendant ces paroles, Nastagio, devenu tout tremblant, et
n'ayant quasi pas un poil sur le corps qui ne fût hérissé, se retira
en arrière, et, regardant la misérable jeune fille, il attendit en fré-
missant ce qu'allait faire le chevalier. Celui-ci, son discours terminé, courut comme un chien enragé, l'épée à la main, sur la jeune
fille, qui, agenouillée et fortement maintenue par les deux mâtins,
lui criait merci, et lui porta de toutes ses forces un coup de son
épée dans la poitrine qu'il traversa de part en part. A peine la jeune
fille eut-elle reçu le coup, qu'elle tomba la face contre terre, toujours pleurant et criant ; et le chevalier, ayant pris un couteau, lui
ouvrit les reins, et, en ayant arraché le cœur et tout ce qui était
autour, il le jeta aux deux mâtins, qui, comme des affamés, le
mangèrent incontinent. Au bout de quelques instants, la jeune
femme, comme si rien ne s'était passé, se leva soudain sur pieds, et
se remit à fuir vers la mer, les chiens toujours acharnés après elle
et la déchirant toujours de leurs crocs. Quant au chevalier, il
remonta à cheval, reprit son épée, et suivit la jeune femme ; et au
bout d'un instant, ils furent tous si loin, que Nastagio ne put plus
les voir.

« Nastagio, ayant vu toutes ces choses, resta un grand moment
partagé entre la pitié et la peur ; mais bientôt il lui vint à l'idée que
cette aventure pourrait grandement lui servir, puisqu'elle se renouvelait chaque vendredi. Pour quoi, ayant bien remarqué l'endroit, il
rejoignit ses familiers ; puis, quand le moment lui parut venu, il fit

mander le plus de parents et d'amis qu'il put, et leur dit : « Vous
« m'avez longtemps pressé de ne plus aimer celle qui m'est tant
« ennemie, et de cesser mes prodigalités ; et je suis prêt à le faire,
« si vous m'accordez une grâce, qui est celle-ci : de faire en sorte
« que, vendredi prochain, messer Paolo Traversari, sa femme, sa
« fille, toutes leurs parentes, et toutes les autres dames qu'il vous
« plaira, s'en viennent dîner ici avec moi. Vous verrez alors pour-
« quoi je vous demande cela. » Ceux à qui il parlait ainsi jugèrent la chose très facile à faire, et étant revenus à Ravenne, ils invi-
tèrent dès qu'il en fut temps tous ceux que Nastagio voulait, et
bien qu'on eût de la peine à faire venir la jeune fille qu'il aimait,
elle se décida à y aller avec les autres. Nastagio fit magnifiquement
préparer le repas, et fit placer les tables sous les pins, tout près de
l'endroit où il avait vu mettre en pièces la cruelle dame. Et ayant
fait mettre à table les hommes et les dames, il arrangea tout de
façon que la jeune fille qu'il aimait fût assise juste vis-à-vis l'endroit
où le fait devait se passer.

« Les dernières victuailles avaient déjà été entamées, quand la
rumeur désespérée de la jeune femme pourchassée fut entendue de
tous. De quoi chacun s'étonnant fort, et demandant ce que c'était,
sans que personne pût le dire, tous se levèrent, regardant ce que
cela pouvait être, et ils virent la dolente jeune femme, et le chevalier et les chiens, qui ne tardèrent pas à arriver au milieu d'eux. Une
grande rumeur accueillit les chiens et le chevalier, et un grand
nombre de convives se précipitèrent au secours de la jeune femme.
Mais le chevalier leur parlant comme il avait parlé à Nastagio, non
seulement les fit reculer, mais les remplit tous d'épouvante et d'étonnement. Et faisant ce qu'il avait fait la première fois, tous les dames
qui étaient là — et il y en avait beaucoup qui étaient parentes de la
malheureuse jeune femme et du chevalier, et qui se souvenaient et
de son amour et de sa mort — se mirent à pleurer amèrement,
comme si elles s'étaient vues traiter ainsi elles-mêmes.

« Le supplice terminé, et la dame et le chevalier ayant poursuivi
leur route, ceux qui avaient été témoins de l'aventure se mirent à
en deviser longuement et de diverses façons, mais celle qui fut le
plus épouvantée de tous, ce fut la cruelle jeune fille qu'aimait Nas-

tagio. Elle avait tout vu et entendu distinctement, et reconnu que ces choses la regardaient plus que toute autre, car elle se rappelait la cruauté dont elle avait toujours usé envers Nastagio ; pour quoi, il lui semblait qu'elle fuyait déjà devant lui qui la poursuivait plein de colère, et avoir les chiens à ses flancs. Et la peur qui lui vint de ceci fut si grande, que, pour qu'un pareil sort ne lui arrivât point, elle n'eut pas de tranquillité avant d'avoir — et cela se fit le soir même — changé sa haine en amour. Elle envoya donc secrètement sa fidèle camériste à Nastagio, pour le prier de sa part de venir la voir, pour ce qu'elle était prête à faire tout ce qui lui plairait. A quoi Nastagio fit répondre que cela lui était très agréable, mais que, si elle y consentait, il ne voulait avoir plaisir d'elle qu'avec honneur, et qu'il voulait la prendre pour femme. La jeune fille, qui savait qu'il ne dépendait que d'elle d'être la femme de Nastagio, lui fit dire que cela lui plaisait. Pour quoi, se faisant elle-même la messagère de tout cela, elle dit à son père et à sa mère qu'elle était contente de devenir la femme de Nastagio, de quoi son père et sa mère furent très satisfaits ; et le dimanche suivant, Nastagio l'ayant épousée, les noces furent faites, et il vécut longtemps heureux avec elle. Et cette peur ne fut pas seulement cause de cet heureux dénouement, mais toutes les Ravignanaises en devinrent si craintives, que, depuis, elles ont toujours été beaucoup plus complaisantes aux désirs des hommes qu'elles ne l'avaient été auparavant. »

LE FAUCON

*Federigo degli Alberighi aime et n'est point aimé. Ayant
dépensé tout son bien en prodigalités, il ne lui reste
plus qu'un faucon qu'il donne à manger à sa
dame venue chez lui pour le voir. Celle-
ci, apprenant cette nouvelle
preuve d'amour, change de
sentiment, le prend
pour mari et le
fait riche.*

« Vous saurez que Coppo di Borghese Domenichi — qui fut et
est peut-être encore de nos jours considéré dans notre cité comme
un homme vénérable et de grande autorité, et qui est digne d'éternelle renommée par ses qualités et ses vertus bien plus que par la
noblesse de sa race — se plaisait souvent à deviser avec ses voisins
et autres des choses passées, ce qu'il faisait avec une clarté, une mémoire et une éloquence bien supérieures à celles de tous les autres
hommes. Il avait coutume de dire, entre autres belles choses, qu'il
y eut autrefois, à Florence, un jeune homme, Federigo, fils de
messer Filippo Alberighi, et qui, en faits d'armes et en courtoisie,
était estimé au-dessus de tous les damoiseaux de Toscane. Ce jeune
homme, comme il arrive à la plupart des gentilshommes, s'enamoura d'une gente dame appelée Monna Giovanna, tenue en son
temps pour une des plus belles et des plus agréables qui fussent à
Florence ; et pour gagner son amour, il donnait des joutes, des tournois, des fêtes, prodiguait les présents, et dépensait sa fortune sans
être arrêté par rien. Mais la dame, non moins honnête que belle, ne
prenait pas plus garde à ces choses faites pour elle, qu'à celui qui les
faisait.

« Federigo dépensant donc fort au delà de ses moyens, et ne ga-
gnant rien, les ressources finirent par lui manquer, comme il advient
ordinairement, et il demeura pauvre, sans qu'il lui restât autre chose

qu'une petite métairie, du revenu de laquelle il vivait très stricte-
ment, et qu'un faucon, un des meilleurs qui fût au monde. Pour
quoi, plus amoureux que jamais, et voyant qu'il ne pouvait plus
mener la vie de citadin, comme il l'aurait désiré, il s'en alla demeurer à la campagne, dans sa petite métairie. Là, comme il pouvait,
oiselant et sans rien demander à personne, il supportait patiemment
sa pauvreté. Or, il advint qu'un jour, Federigo en étant ainsi arrivé
à une extrême pauvreté, le mari de Monna Giovanna tomba malade, et, se voyant près de mourir, fit son testament. Il était très
riche, et institua pour héritier un sien fils déjà grandet, stipulant
toutefois que, ayant beaucoup aimé Monna Giovanna, il la substi-
tuait à son fils si celui-ci venait à mourir sans héritier légitime ; puis
il mourut.

« Monna Giovanna, étant donc restée veuve, allait, comme c'est
la coutume parmi nos dames, passer la saison d'été à la campagne
avec son fils, dans une de ses propriétés, très voisine de celle de
Federigo. Pour quoi, il advint que le jeune garçon fit connaissance
avec Federigo, et prit plaisir à jouer avec les oiseaux et avec les
chiens ; et ayant vu plusieurs fois voler le faucon de Federigo, et ce
faucon lui plaisant extrêmement, il désirait vivement l'avoir, mais
il n'osait pas le demander, voyant qu'il était très cher à son maître.
Les choses étant ainsi, il advint que le jeune garçon tomba malade ;
de quoi la mère fut fort affligée, et comme elle n'avait que lui et
qu'elle l'aimait autant qu'on pouvait aimer, elle ne cessait de se
tenir près de lui tout le long du jour, et de le réconforter, et de lui
demander s'il y avait quelque chose qu'il désirât, le suppliant de le
lui dire, car s'il était possible de l'avoir, elle la chercherait jusqu'à
ce qu'il l'eût.

« Le jeune garçon, ayant entendu plusieurs fois cette demande,
dit : « Ma mère, si vous me faites avoir le faucon de Federigo,
« je crois que je serai promptement guéri. » La dame, à ces mots,
resta un instant pensive, et se mit à réfléchir à ce qu'elle devait
faire. Elle savait que Federigo l'avait toujours aimée, et n'avait
jamais obtenu d'elle un seul regard ; pour quoi elle disait : « Com-
« ment lui enverrai-je demander ce faucon qui est, à ce que j'ai
« entendu dire, le meilleur qui ait jamais volé, et qui en outre est

« son soutien en ce monde ? Et comment serai-je assez égoïste pour
« vouloir en priver un gentilhomme à qui nul autre plaisir n'est
« resté ? » Embarrassée par ces pensées, bien qu'elle fût certaine
d'avoir le faucon si elle le demandait, elle ne savait que dire à son
fils, et ne lui répondait pas. Enfin l'amour qu'elle avait pour ce fils ·
l'emporta tellement, qu'elle résolut de le contenter, et, quoi qu'il
dût en arriver, d'aller elle-même demander l'oiseau au lieu de l'envoyer demander, et elle répondit à l'enfant : « Mon fils, prends
« courage, et efforce-toi de guérir, car je te promets que la première
« chose que je ferai demain matin, sera d'aller chercher moi-même
« le faucon, et je te l'apporterai. » L'enfant, tout joyeux de cette
promesse, montra le jour même un peu de mieux.

« Le lendemain matin, la dame, s'étant fait accompagner d'une
autre dame, s'en alla, comme en se promenant, à la petite maison de
Federigo et le fit demander. Le temps n'étant pas propice, il n'avait
pas été oiseler ce jour-là, de sorte qu'il se trouvait dans son jardin,
où il surveillait quelques travaux. Entendant que Monna Giovanna
le demandait à la porte, il s'étonna vivement et accourut joyeux. La
dame, le voyant venir, vint à sa rencontre d'un air plaisant, et
après que Federigo l'eut respectueusement saluée, elle dit : « Bon-
« jour, Federigo. » Et elle poursuivit : « Je suis venue te récom-
« penser des dommages que tu as éprouvés autrefois pour moi,
« quand tu m'aimais plus qu'il n'aurait été besoin ; et la récom-
« pense est celle-ci : j'entends, avec la compagne que voici, dîner
« avec toi de bonne amitié ce matin. » A quoi Federigo répondit humblement : « Madame, je ne me souviens pas avoir reçu
« aucun dommage de vous, mais tant de bien au contraire, que si
« jamais j'ai valu quelque chose, c'est grâce à votre mérite et à
« l'amour que je vous porte que cela est arrivé. Et certes, votre gra-
« cieuse venue m'est plus agréable que s'il m'était donné de pou-
« voir dépenser de nouveau tout ce que j'ai dépensé, bien que vous
« soyez venue chez un pauvre hôte. » Et ayant ainsi parlé, il la
reçut, tout honteux, dans sa demeure ; d'où il la conduisit dans le
jardin ; et là, n'ayant personne pour lui tenir compagnie, il dit :
« Madame, puisqu'il n'y a personne autre, voici cette bonne
« vieille femme de ce jardinier, qui vous tiendra compagnie, pen-

« dant que je vais faire mettre la table. » Bien que sa pauvreté
fût extrême, il ne s'était jamais tant encore aperçu combien lui manquaient les richesses qu'il avait semées à profusion. Mais ce matin-
là, ne trouvant rien pour faire honneur à la dame pour l'amour de
laquelle il avait reçu avec tant d'honneurs une infinité de gens, il se
repentit amèrement. Anxieux outre mesure, maudissant sa destinée,
il courait çà et là, comme un homme hors de soi ; et ne trouvant ni
argent ni rien sur quoi il pût emprunter, comme l'heure s'avançait
et que son désir était grand de faire honneur de quelque chose à la
gente dame ; que d'un autre côté il ne voulait recourir à personne
autre qu'à son jardinier, il vint à jeter les yeux sur son bon faucon
qu'il vit dans sa chambrette, perché sur sa barre. Pour quoi, n'ayant
pas d'autre ressource, il le prit, et le trouvant gras, il pensa qu'il
serait un digne mets pour une telle dame. Donc, sans plus réfléchir,
lui ayant tordu le cou, il le fit promptement plumer et apprêter par
sa servante, puis mettre à la broche et rôtir. Enfin, la table ayant
été mise avec des nappes fort blanches, dont il lui restait encore
quelques-unes, il retourna dans le jardin, l'air joyeux, dire à la dame
que le dîner qu'il avait pu lui faire était prêt. La dame s'étant levée
avec sa compagne, elles allèrent à table, et sans savoir ce qu'on leur
offrait, elles mangèrent le bon faucon avec Federigo qui les servait
de grand cœur.

« Après s'être levées de table et être demeurées quelque temps à
deviser avec lui de choses plaisantes, il parut temps à la dame de
dire pourquoi elle était venue, et elle se mit à parler ainsi doucement à Federigo : « Federigo, si tu te rappelles ta vie passée et
« mon honnêteté que, d'aventure, tu as prise pour de la dureté et de
« la cruauté, je ne doute point que tu ne te doives étonner de ma
« présomption quand tu sauras la principale raison pour laquelle je
« suis venue ici ; mais si tu avais des enfants, ou si tu en avais eu,
« par quoi tu eusses pu connaître combien grande est l'affection
« qu'on leur porte, je suis certaine que tu m'excuserais en partie.
« Mais tu n'en as pas, et moi j'en ai un ; je ne puis donc me sous-
« traire aux lois communes aux autres mères. Pour obéir à ces lois
« si fortes, il faut, à mon grand regret et contre toute convenance, que
« je te demande de me donner une chose que je sais t'être souverai-

« nement chère avec juste raison, pour ce que ta mauvaise fortune
« ne t'a pas laissé d'autre plaisir, d'autre ressource, d'autre conso-
« lation. Ce que je te demande, c'est ton faucon, dont mon enfant
« est si fort désireux que, si je ne lui apporte pas, je crains que cela
« n'aggrave tellement sa maladie qu'il ne m'arrive de le perdre. Et
« pour ce, je te prie, non par l'amour que tu me portes, et qui ne
« t'oblige à rien, mais par ta noblesse de cœur, par la courtoisie qui
« s'est montrée en toi plus grande que chez tout autre, de consentir
« à me le donner, afin que je puisse dire que, grâce à cette libéralité,
« j'ai sauvé la vie de mon fils, et que je te suis, pour cela, éternelle-
« ment obligée. »

« Federigo, entendant ce que la dame lui demandait, et voyant
qu'il ne pouvait le lui donner, pour ce qu'il le lui avait servi à
manger, se mit, en sa présence, à gémir, ne pouvant répondre un
seul mot. La dame crut que ces gémissements provenaient de la douleur qu'il avait de se séparer du bon faucon, plus que de toute autre
chose, et elle fut sur le point de dire qu'elle ne le voulait plus ; mais
s'étant contenue, elle attendit la réponse que ferait Federigo quand
il aurait cessé de gémir. Celui-ci lui dit : « Madame, depuis qu'il
« a plu à Dieu que je misse en vous mon amour, la fortune m'a été
« contraire en bien des choses, et j'ai eu à me plaindre de ses
« rigueurs ; mais ses rigueurs ont toutes été légères en comparaison
« de celle qu'elle m'envoie présentement et pour laquelle je ne lui
« pardonnerai jamais, pensant que vous êtes venue ici, en ma pauvre
« maison, alors que vous n'avez pas daigné y venir pendant que
« j'étais riche, pour me demander un petit présent, et qu'elle ait
« ainsi fait que je ne puisse vous le donner. Et je vous dirai très
« brièvement pourquoi je ne peux vous faire ce présent. A peine
« ai-je entendu que vous me faisiez la faveur de vouloir dîner avec
« moi, que, considérant votre haut rang et votre valeur, j'ai jugé
« digne et convenable de vous faire honneur, selon mon pouvoir,
« d'un mets plus rare que ceux qu'on sert d'habitude aux autres
« personnes ; pour quoi, me rappelant le faucon que vous me
« demandez et sa bonté, j'ai pensé que ce serait un mets digne de
« vous, et vous l'avez eu ce matin tout rôti sur votre assiette. Je
« croyais l'avoir très bien employé, mais maintenant que je vois que

« vous le désirez d'une autre façon, il m'est si douloureux de ne
« pouvoir vous le donner, que je ne m'en consolerai jamais, je
« crois. » Ayant ainsi parlé, il fit jeter devant elle, en témoignage,
les plumes, les pattes et le bec du faucon.

« Ce que voyant et entendant la dame, elle le blâma tout d'abord
d'avoir, pour donner à manger à une femme, tué un tel faucon ;
puis elle admira profondément en elle-même sa grandeur d'âme que
la pauvreté n'avait pu ni ne pouvait abattre. Enfin, tout espoir d'avoir
le faucon étant perdu, et remplie de crainte pour la santé de son fils,
elle s'en alla toute mélancolique et retourna vers l'enfant. Celui-ci,
soit chagrin de n'avoir pas eu le faucon, soit que la maladie dût le
mener là, mourut au bout de peu de jours, au grandissime chagrin
de la mère. Quand elle fut restée quelque temps dans l'amertume et
les larmes, comme elle était demeurée fort riche et qu'elle était
encore jeune, ses frères la voulurent plus d'une fois contraindre à se
remarier. Bien qu'elle n'eût pas voulu le faire, voyant cependant
qu'ils insistaient, elle se rappela ce que valait Federigo et la dernière
preuve qu'il lui avait donnée de sa magnificence, en tuant un si précieux faucon pour lui faire honneur, et elle dit à ses frères : « Je
« resterais volontiers comme je suis, si vous y consentiez ; mais si
« pourtant il vous plaît que je prenne un mari, je n'en prendrai
« certainement jamais d'autre que Federigo Degli Alberighi. »
A quoi ses frères, se moquant d'elle, dirent : « Sotte, qu'est-ce
« que tu dis ? Comment veux-tu de lui qui n'a rien au monde ? »
Elle leur répondit : « Mes frères, je sais bien qu'il en est comme
« vous dites, mais j'aime mieux un homme qui ait besoin de richesse,
« que richesse qui ait besoin d'un homme. » Ses frères, voyant sa
résolution, et connaissant Federigo pour un homme de grande
valeur, bien qu'il fût pauvre, lui donnèrent leur sœur, selon le désir
de celle-ci, avec toutes ses richesses. Federigo, se voyant marié à
une dame de ce mérite et qu'il avait tant aimée, et en outre très
riche, devint plus économe et vécut en joie avec elle jusqu'à la fin
de ses jours. »

LES GRUES DE CHICHIBIO

*Chichibio, cuisinier de Conrad Gianfigliazzi, par une prompte
répartie, change en rire la colère de Conrad et échappe
au châtiment dont ce dernier l'avait menacé.*

« Conrad Gianfigliazzi a toujours été regardé comme un noble
citadin de notre ville. Libéral et magnifique, il mène une existence
chevaleresque, continuellement à se divertir avec les chiens et les
oiseaux, pour ne point parler présentement de ses occupations plus
sérieuses. Ayant tiré un jour, avec un de ses faucons, une grue près
de Peretola, et la trouvant grasse et jeune, il la fit porter à son bon
cuisinier, nommé Chichibio et qui était Vénitien, en lui faisant
dire de la faire rôtir pour le souper et d'en prendre bien soin.

« Chichibio, qui était aussi sot qu'il le paraissait, apprêta la grue,
la mit devant le feu et commença soigneusement à la faire cuire.
Elle était presque cuite et il s'en échappait une odeur succulente,
quand survint une femme du pays, appelée Brunetta, et dont Chichibio était fortement amoureux. Brunetta étant entrée dans la cuisine vit la grue, et sentant son parfum, pria instamment Chichibio
de lui en donner une cuisse. Chichibio lui répondit en chantant,
et dit : « Vous ne l'aurez pas de moi, dame Brunetta, vous ne
« l'aurez pas de moi. » De quoi dame Brunetta, toute courroucée,
dit : « Sur ma foi en Dieu, si tu ne me la donnes pas, tu n'auras
« jamais de moi chose qui te plaise. » Et en peu de temps ils
échangèrent force paroles. A la fin, Chichibio, pour ne point courroucer sa dame, ayant détaché une des cuisses de la grue, la lui
donna. La grue ayant été servie devant Conrad et un étranger qu'il
avait invité, sans cette cuisse bien entendu, Conrad s'en étonna,
fit appeler Chichibio, et lui demanda ce qu'était devenue l'autre
cuisse de la grue. A quoi le stupide Vénitien répondit aussitôt :
« Seigneur, les grues n'ont qu'une cuisse et une jambe. » Alors
Conrad, courroucé, dit : « Comment diable ! elles n'ont qu'une

« cuisse et qu'une jambe ? n'ai-je pas vu d'autres grues que
« celle-ci ? » Chichibio reprit : « C'est comme je vous le dis,
« messire ; et quand il vous plaira je vous le ferai voir dans celles
« qui sont vivantes. » Conrad, par déférence pour l'étranger qu'il
avait avec lui, ne voulut pas continuer cette altercation, mais
il dit : « Puisque tu dis que tu me le feras voir dans celles
« qui sont en vie, chose que je n'ai jamais vue ni entendu dire,
« je veux le voir dès demain matin, et je me tiendrai pour content ;
« mais je te jure, sur le corps du Christ, que s'il en est autrement,
« je te ferai arranger de façon que tu te souviendras à ton grand
« dommage de mon nom, tant que tu vivras. »

« L'entretien se termina là pour ce soir, et le lendemain matin,
dès que le jour parut, Conrad, que la colère avait empêché de dormir,
se leva encore tout irrité. Et ayant fait monter Chichibio sur un
roussin, il le mena à la rivière, sur le bord de laquelle on pouvait
toujours voir des grues, au lever du jour, et lui dit : « Nous
« allons voir tout à l'heure qui a menti hier, de toi ou de moi. »
Chichibio, voyant que la colère de Conrad durait toujours et qu'il
lui fallait justifier sa fourberie, ne savait comment le faire, et chevauchait derrière Conrad avec la plus grande peur du monde, et
volontiers il se serait enfui, s'il avait pu, mais ne le pouvant, il
regardait tantôt devant, tantôt derrière, tantôt à côté, et tout ce qu'il
voyait, il s'imaginait que c'étaient des grues se tenant sur deux
pieds. Mais à peine furent-ils arrivés à la rivière, que la première
chose qu'ils virent fut une douzaine de grues qui se tenaient toutes
sur un pied, comme elles ont coutume de faire quand elles dorment.
Pour quoi, Chichibio les montra vivement à Conrad et dit :
« Vous pouvez bien voir, messire, qu'hier je vous ai dit vrai, et
« que les grues n'ont qu'une cuisse et qu'une jambe, si vous regardez
« celles qui sont là. » Conrad les ayant vues, dit : « Attends ;
« je vais te montrer qu'elles en ont deux. » Et, s'étant rapproché
d'elles un peu plus, il cria : Hop ! hop ! A ce cri, les grues, ayant
abaissé leur autre jambe, se mirent à s'enfuir toutes après avoir fait
quelques pas. Sur quoi, Conrad s'étant retourné vers Chichibio, dit :
« Que t'en semble, fripon ? crois-tu qu'elles en aient deux ? »
Chichibio, tout ébahi, et ne sachant lui-même d'où il venait,

répondit : « Oui, messire ; mais vous n'avez pas crié : hop ! hop ! à
« celle d'hier soir ; car si vous aviez crié ainsi, elle aurait aussi fait
« voir l'autre cuisse et l'autre pied, comme ont fait celles-ci. »
Cette réponse plut tellement à Conrad, que toute sa colère se changea
en joie et en rire, et il dit : « Chichibio, tu as raison, j'aurais dû
« le faire. » Ainsi, par sa prompte et plaisante réponse, Chichibio
évita d'être battu, et fit sa paix avec son maître. »

MADAME FILIPPA

Mme Filippa, trouvée par son mari avec un sien amant,
et appelée en justice se sauve par une prompte et
plaisante réponse, et fait changer la loi.

« Dans la cité de Prato, il y avait autrefois une loi non moins
blâmable que sévère et qui, sans faire aucune distinction, condam-
nait à être brûlée toute femme qui avait été trouvée par son mari
avec un amant en flagrant délit d'adultère, aussi bien que celle qui
avait été surprise se livrant pour de l'argent à un autre homme.
Pendant que cette loi était en vigueur, il advint qu'une gente et
belle dame, plus qu'aucune autre amoureuse, nommée madame
Filippa, fut trouvée une nuit, dans sa propre chambre, par Rinaldo
de' Pugliesi, son mari, dans les bras de Lazzarino de' Guazzagliotri,
noble et beau jeune homme de cette ville, et qu'elle aimait plus
qu'elle même. Ce que voyant Rinaldo, il fut fort courroucé, et
eut peine à se retenir de leur tomber sus et de les tuer ; et n'eût été
qu'il avait peur pour lui-même, il aurait suivi l'impulsion de sa
rage, et l'aurait fait. S'étant donc contenu sur ce point, il voulut
essayer d'obtenir par la loi de Prato, ce qu'il ne lui était pas permis
de faire lui-même, c'est-à-dire la mort de sa femme. Et pour ce,
ayant rassemblé assez de témoignages pour prouver la faute de la
dame, dès que le jour fut venu, sans prendre aucun conseil, il
courut l'accuser et la fit requérir. La dame qui était d'un grand

cœur, comme le sont généralement celles qui sont vraiment amoureuses, bien que nombre de ses parents et de ses amis lui conseil-
lassent le contraire, résolut de comparaître et de mourir plutôt
courageusement en confessant la vérité, que de fuir lâchement, et
d'aller vivre contumace en exil, en se montrant indigne d'un amant
comme celui dans les bras duquel elle avait été la nuit précédente.

« Étant donc bien accompagnée de femmes et d'hommes qui tous
l'engageaient à nier, elle vint devant le Podestat, et lui demanda
d'un visage ferme et d'une voix sûre ce qu'il lui voulait. Le Podestat
l'ayant regardée et la voyant si belle et d'un si fier maintien, et, à
en juger par ses paroles, d'une âme si grande, se prit de compassion pour elle, craignant qu'elle ne fît tel aveu qu'il fût forcé, pour
sauvegarder son propre honneur, de la faire mourir. Mais cependant, comme il ne pouvait se dispenser de l'interroger sur ce qui
l'avait fait appeler, il lui dit : « Madame, comme vous voyez,
« voici votre mari Rinaldo qui se plaint de vous, et qui dit vous
« avoir trouvée en flagrant délit d'adultère avec un autre homme ;
« et pour ce, il demande, d'après une loi qui le veut ainsi, que je
« vous condamne à mort pour vous punir. Mais je ne puis le faire
« si vous n'avouez pas votre faute ; et pour ce, prenez bien garde à
« ce que vous répondrez, et dites-moi si ce dont votre mari vous
« accuse est vrai. » La dame, sans se troubler un seul instant,
répondit d'une voix fort plaisante : « Messire, il est vrai que
« Rinaldo est mon mari, et que la nuit dernière il m'a trouvée dans
« les bras de Lazzarino avec lequel, pour le bon et parfait amour
« que je lui porte, j'ai été souvent ; je ne le nierai donc point ;
« mais comme je suis certaine que vous le savez, les lois doivent
« être communes et faites avec le consentement de ceux qu'elles
« intéressent. C'est ce qui n'arrive pas pour celle-ci qui n'est
« rigoureuse qu'envers les malheureuses femmes, lesquelles pour-
« tant pourraient beaucoup mieux que les hommes satisfaire à
« plusieurs. En outre, quand elle a été faite, aucune femme non
« seulement ne l'a acceptée, mais n'a été consultée pour la faire,
« pour quoi elle peut donc justement être appelée mauvaise. Et si
« vous voulez, au préjudice de mon corps et de votre âme, vous en
« faire l'exécuteur, cela vous regarde ; mais avant que vous procé-

« diez à prononcer aucun jugement, je vous prie de me faire une
« grâce, c'est de demander à mon mari si toutes les fois qu'il lui
« a plu, et sans que j'aie jamais dit non, je ne lui ai pas fait
« tout entier abandon de moi-même. » A quoi Rinaldo, sans
attendre que le Podestat le lui demandât, répondit aussitôt que,
sans aucun doute, la dame, à chacune de ses requêtes, lui avait
pleinement concédé selon son désir. « Donc — poursuivit vive-
« ment la dame — je demande, moi, messire le Podestat, puisqu'il
« a toujours eu de moi ce qu'il lui fallait et ce qu'il voulait, ce que
« je devais ou ce que je dois faire de ce qu'il laisse. Dois-je le jeter
« aux chiens ? Ne vaut-il pas mieux en gratifier un gentilhomme
« qui m'aime plus que soi-même, que de le laisser perdre ou
« gâter ? »

« Il y avait là, attirés par une semblable affaire et par la renommée
d'une telle dame, presque tous les habitants de Prato, lesquels, en
entendant une si plaisante demande, se mirent soudain à rire aux
éclats, et crièrent tous d'une seule voix que la dame avait raison et
qu'elle disait bien. Aussi, avant qu'ils s'en allassent, et sur le conseil
du Podestat, ils modifièrent la cruelle loi, décidant qu'elle s'appli-
querait seulement aux femmes qui tromperaient leurs maris pour de
l'argent. Sur quoi Rinaldo, resté tout confus d'une si sotte entreprise, quitta l'audience. Quant à la dame, joyeuse et libre, et
quasi ressuscitée du feu, elle revint triomphante chez elle. »

LES RELIQUES

*Frère Cipolla promet à des paysans de leur montrer la
plume de l'ange Gabriel. Trouvant à la place de celle-
ci des charbons, il leur dit que ce sont les charbons qui avaient fait griller saint Laurent.*

« Certaldo, comme vous avez peut-être pu l'entendre dire, est
un bourg du val d'Elsa, situé sur notre territoire, et, bien qu'il soit
petit, il a été jadis habité par des hommes nobles et aisés. Comme

il y trouvait bon profit, un des moines de San Antonio, nommé
frate Cipolla, avait depuis longtemps l'habitude d'y aller une fois
par an pour recueillir les aumônes que lui faisaient les imbéciles,
et il y était bien accueilli, moins par dévotion qu'à cause de son
nom, cet endroit produisant des oignons renommés dans toute la
Toscane. Ce frère Cipolla était petit de sa personne, roux de poil et
d'air joyeux, et le meilleur diable du monde. N'ayant pas le moindre savoir, il était si beau et si prompt parleur, que quiconque ne
l'eût point connu, non seulement l'aurait tenu pour un grand rhé-
toricien, mais l'aurait pris pour Cicéron ou Quintillien eux-mêmes.
Il était le compère, l'ami ou le familier de tous les gens du bourg.
Étant, selon son habitude, venu une fois pendant le mois d'août,
et les hommes et les femmes des villages voisins s'étant, le dimanche
matin, rendus à la messe à l'église paroissiale, frère Cipolla s'avança
vers eux, quand le moment lui sembla venu, et dit : « Messieurs
« et dames, comme vous le savez, vous êtes dans l'usage d'envoyer
« chaque année aux pauvres du baron messer saint Antoine de
« votre grain et de votre avoine, qui peu, qui beaucoup, selon son
« pouvoir et sa dévotion, afin que le bienheureux saint Antoine
« prenne sous sa garde vos bœufs, vos ânes, vos porcs et vos bre-
« bis. En outre, vous avez coutume de payer, et cela spécialement
« à ceux qui sont inscrits à notre confrérie, ce petit tribut qu'on
« paie une fois l'an. C'est pour recueillir ces dons que j'ai été
« envoyé par mon supérieur, c'est-à-dire par messer l'abbé ; et
« pour ce, avec la bénédiction de Dieu, quand vous entendrez les
« cloches après none, vous viendrez ici, en dehors de l'église, où,
« selon l'usage, je vous ferai le sermon, et où vous baiserez la croix.
« De plus, pour ce que je vous connais tous pour très dévots à
« messer le baron saint Antoine, je vous montrerai par grâce spé-
« ciale une très sainte et belle relique que j'ai moi-même rapportée
« de la Terre Sainte d'outremer ; c'est une des plumes de l'ange
« Gabriel, laquelle est restée dans la chambre de la vierge Marie,
« quand il vint lui faire l'annonciation à Nazareth. »

« Ayant ainsi parlé, il se tut et retourna dire sa messe.

« Pendant que frère Cipolla tenait ce discours, il y avait dans
l'église, parmi les nombreux assistants, deux jeunes gens très mali-

cieux nommés l'un Giovanni del Bragoniera, l'autre Bagio Pizzini. Après qu'ils eurent quelque peu ri entre eux de la relique de frère Cipolla, bien qu'ils fussent de ses amis et de sa compagnie, ils complotèrent de lui jouer un tour à propos de cette plume. Ayant appris que frère Cipolla déjeunait ce matin-là au château avec un de ses amis, dès qu'ils le surent à table, ils descendirent dans la rue et se rendirent à l'auberge où le moine était descendu, après être convenu que Bagio lierait conversation avec le valet de frère Cipolla, et que Giovanni chercherait la plume parmi les objets appartenant au moine, et l'enlèverait pour voir ce qu'il dirait au peuple à ce sujet. Frère Cipolla avait un valet que d'aucuns appelaient Guccio Balena, et d'autres Guccio Imbratta ; d'autres enfin Guccio Porc. Ce valet était si laid, que Lippo Topo n'en a jamais véritablement fait de semblable. Frère Cipolla en faisait souvent des gorges chaudes avec sa compagnie, et disait en parlant de lui : « Mon valet possède en « lui neuf choses telles que si une seule de ces choses avait existé « chez Salomon, Aristote ou Sénèque, elle aurait suffi pour gâter « toute leur vertu, tout leur sens, toute leur sainteté. Pensez donc « quel homme il doit être, puisqu'en ayant neuf, il n'a ni vertu, ni « sens, ni sainteté. » Et comme on lui demandait parfois quelles étaient ces neuf choses, il les avait mises en vers et il répondait : « Je vais vous le dire : il est lent, souillard et menteur ; négli- « gent, désobéissant et médisant ; sans soin, sans esprit, sans con- « duite. De plus, il a bien d'autres vices qu'il vaut mieux taire. Et « ce qu'il y a de plus risible chez lui, c'est que partout il veut pren- « dre femme et louer une maison. Parce qu'il a la barbe forte, noire « et brillante, il se croit si beau et si plaisant, qu'il s'imagine que « toutes les femmes qui le voient s'amourachent de lui ; et si on le « laissait faire, il courrait après jusqu'à en perdre sa ceinture. Il est « vrai qu'il m'est d'un grand aide, pour ce qu'il n'est personne qui « ne me parle si secrètement qu'il n'en veuille sa part ; et s'il arrive « qu'on me demande quelque chose, il a si grand'peur que je ne « sache pas répondre, qu'il répond aussitôt oui et non, comme il « le juge à propos. »

« Frère Cipolla, l'ayant laissé à l'auberge, lui avait commandé de bien prendre garde que personne ne touchât à ses bagages, et spécialement à ses besaces, pour ce qu'en celles-ci étaient les choses sacrées. Mais Guccio Imbratta, qui était plus désireux de rester à la cuisine que le rossignol sur les branches vertes, surtout s'il y sentait quelque servante, ayant vu dans la cuisine de l'aubergiste une grasse et grosse maritorne petite et mal faite, avec une paire de tétons qui ressemblaient à deux paniers à fumier et un visage qui rappelait les Baronci, toute suante, graisseuse et enfumée, comme un vautour qui se jette sur la charogne, laissa la chambre de frère Cipolla et tout son bagage à l'abandon et descendit à la cuisine.

« Bien qu'on fût au mois d'août, il s'assit près du feu et se mit à lier conversation avec cette maritorne qui avait nom Nuta, et à lui dire qu'il était gentilhomme par procureur, et qu'il avait des écus par milliers, sans compter ceux qu'il avait à payer à autrui, et de ceux-là plus que moins, et qu'il savait faire et dire tant de choses, que c'était merveille.

« Et sans prendre garde à son capuchon sur lequel il y avait une telle couche de graisse qu'elle aurait assaisonné le chaudron d'Alto-pascio, à son pourpoint tout déchiré et rapiécé, émaillé de sueur autour du col et sous les aisselles, et marqueté de plus de taches de couleurs qu'aucun tapis turc ou indien le fut jamais, à ses souliers tout éculés, à ses chausses déchirées, il dit, comme s'il avait été le sire de Castiglione, qu'il voulait lui donner de beaux habits, la remettre en meilleur état, la délivrer de cette misérable condition de servir les autres, et, sans avoir de grands biens, lui donner espoir d'une meilleure fortune, et beaucoup d'autres choses ; mais tout cela, bien que dit d'un air très affectueux, se convertissait en fumée, comme la plupart de ses belles entreprises, et n'aboutissait à rien.

« Les deux jeunes gens trouvèrent donc Guccio Porc occupé autour de la Nuta. Enchantés de cette circonstance, il leur enlevait moitié de la peine, et ne rencontrant aucun obstacle, ils entrèrent dans la chambre de frère Cipolla qu'ils trouvèrent tout ouverte et où la première chose qui tomba sous leurs yeux fut la besace dans laquelle était la plume. La besace ouverte, ils trouvèrent, roulée dans une grande enveloppe de taffetas, une petite cassette où était une plume de la queue d'un perroquet et qu'ils pensèrent bien être celle que le moine avait promis de montrer aux habitants de Certaldo. Et certes, il pouvait à cette époque leur faire prendre facilement le change, pour ce que les raffinements du luxe d'Égypte n'étaient pas encore, sinon en petite partie, passés en Toscane, comme ils y sont venus depuis en foule, au grand dommage de l'Italie. Et si ces raffinements étaient déjà connus en certaines contrées, presque aucun des habitants de ce canton n'en savait rien, et non seulement n'avait pas vu de perroquets, mais n'aurait pu se rappeler en avoir jamais entendu parler. Les jeunes gens donc, enchantés d'avoir trouvé la plume, la prirent et, pour ne pas laisser la cassette vide, ayant vu des charbons dans un coin de la chambre, ils en emplirent la cassette, la refermèrent et remirent toutes choses en place comme ils les avaient trouvées. Puis, sans avoir été vus, ils s'en allèrent joyeux avec la plume, et attendirent ce que frère Cipolla dirait en trouvant des charbons à la place.

Les hommes et les femmes simples qui étaient dans l'église, ayant entendu qu'on devait voir après none la plume de l'ange Gabriel, aussitôt la messe dite, s'en retournèrent chez eux, et la nouvelle s'étant répandue de voisin à voisin et de commère à commère, aussitôt que chacun eut dîné, une telle foule d'hommes et de femmes coururent au château qu'à peine pouvaient-ils y tenir, attendant tous avec grande curiosité de voir cette plume. Frère Cipolla, ayant bien dîné, puis quelque peu dormi, se leva un moment après none, et voyant la multitude des paysans accourus pour voir la plume, il envoya dire à Guccio Imbratta de monter avec les clochettes et d'apporter ses besaces. Guccio, après s'être arraché à regret de la cuisine et des cotillons de la Nuta, monta avec les objets demandés. Quand il fut arrivé, comme la trop grande quantité d'eau qu'il avait bue lui avait fait gonfler le ventre, il s'en alla, sur l'ordre de frère Cipolla, à la porte de l'église, et se mit à sonner fortement les cloches.

« Quand tout le peuple fut réuni, frère Cipolla, sans s'être aperçu qu'on eût touché à aucune de ses affaires, commença sa prédication, et dit force paroles à l'appui de ses assertions, puis, voulant en arriver à montrer la plume de l'ange Gabriel, la confession ayant été faite en grande solennité, il fit allumer deux torches, déroula avec componction l'étoffe, ôta son capuchon, et sortit la cassette, qu'il ouvrit après avoir prononcé quelques paroles à la louange et en l'honneur de l'ange Gabriel et de sa relique. En voyant la cassette pleine de charbons, il ne soupçonna point Guccio Balena de lui avoir fait ce tour, pour ce qu'il ne l'en connaissait pas capable ; il ne le maudit pas davantage de l'avoir si mal gardée que d'autres eussent fait le coup, mais il jura tout bas contre lui-même de lui avoir confié la garde de ses reliques, le connaissant si négligent, si désobéissant, si paresseux et si dépourvu de mémoire. Mais, néanmoins, sans changer de visage, ayant levé les yeux et les mains au ciel, il dit de façon à être entendu de tous : « Mon Dieu, que ta puissance « soit louée à jamais ! » Puis, ayant refermé la cassette, et s'étant tourné vers le peuple, il dit :

« Messieurs et mesdames, il faut que vous sachiez qu'étant « encore tout jeune, je fus envoyé par mon supérieur en ces pays « où le soleil se lève, et qu'il me fut ordonné d'une manière ex- « presse de chercher jusqu'à ce que j'eusse trouvé les privilèges de « Porcellana, lesquels, bien qu'ils ne coûtent rien à sceller, sont « beaucoup plus utiles aux autres qu'à nous. Pour quoi, m'étant « mis en chemin, je partis de Venise, et m'en allai par le bourg des « Grecs ; de là, chevauchant par le royaume de Garbe et par Bal- « daca, je parvins en Parion ; puis, non sans avoir eu soif, j'arrivai « au bout de quelque temps en Sardaigne. Mais pourquoi vais-je « vous parler de tous les pays où j'ai cherché ? J'arrivai, après avoir « traversé le bras de Saint-Georges, en Truffie et en Buffie, pays « fort habités et très populeux, et de là je parvins en terre de Men- « songe où je trouvai beaucoup de nos frères et d'autres religieux, « qui tous allaient par ces pays fuyant la peine, pour l'amour de « Dieu, se souciant peu des peines des autres, pourvu qu'ils crussent « y voir leur profit, ne dépensant rien autre sinon monnaie sans « coin. Et de là je passai en terre des Abruzzes, où les hommes et « les femmes vont en sabots sur les montagnes, habillant les cochons « de leurs propres boyaux. Un peu plus loin, je trouvai des gens qui « portaient le pain avec des bâtons et le vin dans des sacs ; de ces « pays, je gagnai les montagnes de Bacchus, où toutes les eaux « courent en descendant, et en peu de temps je pénétrai si avant,

« que je parvins jusqu'à l'Inde-Pastinaca où je vous jure par l'habit
« que je porte sur le dos, que je vis voler les serpettes, chose in-
« croyable à qui ne l'eût pas vue. Mais en cela je ne serai point
« démenti par Masio del Saggio, grand marchand que je trouvai là
« occupé à casser des noix et à vendre les coquilles en détail. Mais
« ne pouvant trouver ce que je cherchais, pour ce que d'ici à ce
« pays on va par eau, je revins en arrière et j'arrivai dans ces lieux
« saints où l'an de l'été le pain frais vaut quatre deniers, et où le
« pain chaud se vend pour rien. Et là, je trouvai le vénérable père
« messer Ne me blâmez pas S'il vous plaît, le dignissime patriarche
« de Jérusalem, lequel, par révérence pour l'habit de messer le baron
« saint Antoine que j'ai toujours porté, voulut que je visse toutes
« les saintes reliques qu'il avait par devers lui ; elles étaient si nom-
« breuses, que si je voulais vous les compter toutes, je n'en vien-
« drais pas à bout avant plusieurs milles. Mais, pour ne pas vous
« laisser inconsolables, je vous parlerai de quelques-unes. Il me
« montra premièrement le doigt de l'Esprit Saint aussi entier, aussi
« sain qu'il fût jamais ; le museau de Séraphin qui apparut à saint
« François ; un des ongles des Chérubins ; une des côtes du Verbum
« Caro mets-toi aux fenêtres ; des vêtements de la Sainte Foi catho-
« lique ; quelques rayons de l'étoile qui apparut aux trois mages en
« Orient ; une fiole pleine de sueur de saint Michel quand il
« combattit contre le diable ; la mâchoire de la mort de saint Lazare,
« et d'autres encore. Et comme, de mon côté, je lui fis libéralement
« présent des plages du Mont-Morello en vulgaire, et de quelques
« chapitres du Caprezio, qu'il avait longtemps cherchés, il me fit
« participer à ses saintes reliques, et me donna une des dents de la
« Sainte-Croix, une petite fiole contenant un peu du son des clo-
« ches du temple de Salomon, la plume de l'ange Gabriel dont je
« vous ai déjà parlé, et l'un des sabots de San Gherard da Villa
« Magna, que je donnai, il n'y a pas longtemps, à Florence, à Ghe-
« rard di Bonsi qui a pour lui une grandissime dévotion. Il me
« donna aussi des charbons sur lesquels fut rôti le bienheureux
« martyr saint Laurent. Toutes ces choses, je les ai apportées ici
« dévotement avec moi, et je les ai toutes. Il est vrai que mon supé-
« rieur n'a jamais permis que je les montrasse jusqu'à ce qu'il ait

« eu la certitude que c'étaient bien elles et non d'autres. Mais au-
« jourd'hui que par certains miracles accomplis par elles, et par
« lettres reçues du patriarche, il en est certain, il m'a octroyé la
« permission de les montrer ; mais craignant de les confier à d'autres,
« je les porte toujours avec moi. Il est bien vrai que je porte la
« plume de l'ange Gabriel dans une cassette, afin qu'elle ne se gâte
« point, et dans une autre cassette les charbons sur lesquels fut
« rôti saint Laurent ; ces deux cassettes se ressemblent tellement,
« que souvent il m'arrive de les prendre l'une pour l'autre, ce qui
« m'arrive présentement ; de sorte que, croyant avoir apporté ici la
« cassette où était la plume, j'ai apporté celle où sont les charbons.
« Je ne pense pas que ce soit là l'effet d'une simple erreur ; il me
« semble au contraire que cela se soit fait par la volonté de Dieu,
« et qu'il a lui-même mis en mes mains la cassette des charbons,
« car je viens de me rappeler que la fête de saint Laurent est dans
« deux jours. Et pour ce, Dieu voulant qu'en vous montrant les
« charbons avec lesquels il a été rôti, je rallume en vos âmes la
« dévotion que vous devez avoir pour lui, il m'a fait prendre non
« pas la plume que je devais vous faire voir, mais les bienheureux
« charbons encore imprégnés de l'odeur du sanctissime corps de
« saint Laurent. C'est pourquoi, fils bénis, ôtez vos capuchons, et
« approchez-vous dévotement pour les voir. Mais auparavant, je
« veux que vous sachiez que quiconque est marqué avec ces char-
« bons du signe de la croix, peut vivre toute l'année assuré que le
« feu ne le touchera point sans qu'il le sente. »

« Ayant ainsi parlé, il chanta un hymne à la louange de saint
Laurent, ouvrit la cassette et montra les charbons. Quand la sotte
multitude les eut quelque temps regardés avec une révérente admiration, tous s'approchèrent en grande presse de frère Cipolla et lui
donnant une plus forte offrande que de coutume, chacun le priait
de vouloir bien l'en marquer. C'est pourquoi frère Cipolla, tenant
les charbons à la main, se mit à faire sur les chemisettes blanches,
sur les habits et sur les voiles des femmes les plus grandes croix
qu'il y pouvait tracer, affirmant que plus les charbons s'usaient à
tracer ces croix, plus ils augmentaient dans sa cassette, ainsi qu'il
l'avait déjà éprouvé maintes fois. Et de cette façon, ayant non sans

grandissime profit pour lui crucifié tous les habitants de Certaldo,
il se moqua par sa présence d'esprit de ceux qui, en lui enlevant la
plume, avaient cru se moquer de lui. Ces derniers, qui avaient assisté
à la prédication et qui avaient entendu la façon nouvelle dont il
s'était tiré d'affaire, bien qu'en s'y prenant de loin et à grande lon-
gueur de paroles, avaient tellement ri, qu'ils avaient cru s'en démonter
les mâchoires. Quand la foule fut partie, ils allèrent le trouver
et, lui racontant de la meilleure grâce du monde ce qu'ils avaient
fait, ils lui rendirent sa plume, qui, l'année suivante, ne lui valut
pas moins de profit que les charbons ne lui en avaient valu en ce
jour. »

LE CUVIER

*Peronella entendant son mari rentrer, fait cacher un sien amant
dans un cuvier que le mari venait justement de vendre. Elle
lui dit qu'elle l'a vendu de son côté à quelqu'un qui est
entré dedans pour voir s'il est en bon état. L'amant
étant sorti du cuvier, le fait nettoyer par le
mari pendant qu'il caresse la femme,
puis le fait porter chez lui.*

« Il n'y a pas encore longtemps qu'un pauvre homme de Naples
prit pour femme une belle et avenante jeune fille nommée Peronella. Tous deux travaillant, lui de son état de maçon et elle à filer,
ils gagnaient assez péniblement leur vie, et se tiraient d'affaire de
leur mieux. Il advint qu'un jeune galant, ayant vu un jour cette
Peronella, et celle-ci lui plaisant fort, il s'amouracha d'elle ; et d'une
façon ou d'une autre, il la pressa si vivement, qu'elle finit par se
familiariser avec lui. Afin de pouvoir se trouver ensemble, ils
convinrent de ceci : quand le mari la quitterait le matin pour aller
travailler, le jeune homme devrait se tenir aposté de façon à le
voir sortir, et comme la rue où il restait, et qui s'appelait Avorio,

Boucher inv.   Flipart sc.

LE CUVIER

était fort solitaire, aussitôt que le mari serait sorti, l'amoureux entrerait ; et ainsi ils firent plusieurs fois. Mais il advint qu'un matin, le brave homme étant sorti et Giannello Strignario — c'est ainsi qu'avait nom le jeune homme — se trouvant avec Peronella, le mari, qui ne devait pas rentrer de tout le jour, revint au bout de peu de temps à la maison. Trouvant la porte fermée, il frappa, et après avoir frappé il se dit en lui-même : « Mon Dieu, sois « à jamais loué ; car bien que tu m'aies fait pauvre, tu m'as au « moins récompensé en me donnant pour femme une brave et « honnête fille. Voyez comme elle a tout de suite fermé la porte, « dès que j'ai été sorti, afin que personne ne pût entrer et me « causer de l'ennui ! »

« Peronella, ayant reconnu son mari à sa manière de frapper, dit : « Hélas ! mon Giannello, je suis morte, et je ne sais ce que « cela veut dire, car il ne revient jamais à cette heure ; peut-être « t'a-t-il vu quand tu es entré. Mais, pour l'amour de Dieu, quoi « qu'il en soit, entre dans ce cuvier que tu vois là ; puis j'irai lui « ouvrir et nous verrons ce que cela veut dire de revenir si matin « à la maison. » Giannello entra lestement dans le cuvier, et Peronella étant allée à la porte, ouvrit au mari et lui dit d'un air de mauvaise humeur : « Qu'est-ce qu'il y a de nouveau, que « tu reviens de si bonne heure à la maison ce matin ? A ce « qu'il me semble tu ne veux rien faire aujourd'hui, que je te vois « revenir avec tes outils en main ; et si tu fais ainsi, de quoi « vivrons-nous ? où prendrons-nous du pain ? Crois-tu que je souf- « frirai de te voir mettre en gage mes jupes et mes autres nippes ? « Moi qui ne fais, le jour et la nuit, que filer, tellement que la « chair m'en tombe des ongles, pour pouvoir au moins avoir assez « d'huile pour faire brûler notre lampe ! Mari, mari, il n'y a pas « de voisine qui ne s'étonne et ne se moque de moi, à cause de la « grande peine que j'endure ; et toi, tu me reviens à la maison les « mains pendantes, quand tu devrais être à travailler. » Cela dit, elle se mit à pleurer et à dire de nouveau : « Hélas ! malheu- « reuse, en quelle male heure suis-je née, à quelle extrémité suis- « je venue ! J'aurais pu épouser un jeune homme si bien, et je n'ai « pas voulu pour prendre celui-ci qui ne pense pas le moins du

« monde à la femme qu'il a chez lui ! Les autres se donnent du bon
« temps avec leurs amants, et il n'y en a pas qui n'en ait deux et
« même trois ; et elles mènent joyeuse vie, et elles font prendre à
« leurs maris la lune pour le soleil. Et moi, malheureuse, parce
« que je suis bonne et que je ne me soucie pas de ces sortes de
« choses, je souffre mal et mal heure. Je ne sais pas pourquoi je
« n'en prends pas de ces amants, comme font les autres ; j'en trou-
« verais bien un, car il n'en manque pas de beaux et bien faits
« qui m'aiment et qui me veulent du bien, et qui m'ont envoyé
« offrir de grosses sommes, des robes ou des bijoux. Mais jamais
« je n'ai consenti à les entendre, pour ce que je ne suis pas fille de
« femme à cela. Et toi, tu me reviens à la maison, quand tu devrais
« être à travailler ! »

« Eh ! femme — dit le mari — ne te fais, par Dieu, pas de
« chagrin. Tu dois savoir que je connais qui tu es, et certes ce
« matin je m'en suis bien aperçu. Il est vrai que j'étais parti pour
« travailler, mais je vois que tu ne sais pas, comme je l'ignorais
« moï-même, que c'est aujourd'hui la fête de San Galeone, et
« qu'on ne travaille pas ; pour quoi, je suis revenu à la maison.
« Mais j'ai néanmoins pourvu à la chose et trouvé moyen d'avoir
« du pain pour plus d'un mois, car j'ai vendu à celui que tu vois
« avec moi le cuvier que tu sais et qui embarrasse depuis si long-
« temps la maison ; et il m'en donne cinq sequins. » Peronella
dit alors : « Et j'en suis fâchée ; toi qui es un homme, et qui vas
« partout et qui devrais être au courant des choses, tu as vendu
« cinq sequins un cuvier que moi, femme, qui ne sors presque
« jamais, et voyant l'embarras qu'il nous causait, j'ai vendu sept
« sequins à un brave homme qui venait d'y entrer comme tu es
« revenu, pour voir s'il était en bon état. » Quand le mari
entendit cela, il fut plus que content et dit à celui qui était venu
avec lui : « Mon brave homme, va-t'en avec Dieu ; tu entends
« que ma femme l'a vendu sept sequins, tandis que tu ne m'en
« donnes que cinq. » Le bon homme dit : « A la bonne heure ! »
Et il s'en alla.

« Peronella dit alors à son mari : « Viens, toi, puisque tu
« es ici, et règle avec lui nos affaires. » Giannello, qui se tenait

les oreilles dressées, pour voir ce qu'il avait à craindre ou à espérer, oyant les paroles de Peronella, sortit précipitamment du cuvier, et, comme s'il n'avait rien entendu de l'arrivée du mari, il se mit à dire : « Où es-tu, brave femme ? » A quoi le mari qui était entré, dit : « Me voici, que veux-tu ? » Giannello dit : « Qui « es-tu ? Je demande la femme avec qui j'ai fait marché de « ce cuvier. » Le bon homme dit : « Fais sans crainte avec « moi, car je suis son mari. » Giannello dit alors : « Le cuvier « me paraît en bon état, mais il me semble que vous y avez « tenu des ordures, car il est tout embrenné de je ne sais quoi « de sec que je ne peux enlever avec les ongles ; et je ne le « prendrais pas avant de le voir nettoyé. » Peronella dit alors : « Non, le marché ne sera point rompu pour cela ; mon mari va « tout le nettoyer. » Et le mari dit : « Oui, bien. » Et ayant déposé ses outils, et s'étant mis en manches de chemise, il se fit donner une lumière et un racloir ; puis il entra dans le cuvier et se mit à racler. Et Peronella, comme si elle voulait voir ce qu'il faisait, mit la tête à l'ouverture du cuvier qui n'était pas grande, et passant aussi l'un de ses bras et toute l'épaule, elle commença à dire : « Racle ici, racle là ; racle de ce côté ; vois, il est resté « là un peu de saleté. » Et pendant qu'elle se tenait dans cette posture, et qu'elle donnait ces indications à son mari, Giannello, qui ce matin-là n'avait pas entièrement fourni son office au moment où le mari était revenu, voyant qu'il ne pouvait se contenter comme il aurait voulu, résolut de faire comme il pourrait. S'étant approché de la jeune femme qui fermait totalement l'ouverture du cuvier, il satisfit son juvénile désir à la façon dont les chevaux emportés et échauffés d'amour saillissent les cavales dans les vastes champs de Parthe. Et quasi en un même temps, l'affaire fut menée à bonne fin et le cuvier raclé ; sur quoi le galant s'étant éloigné, la Peronella retira sa tête du cuvier et le mari sortit. Alors Peronella dit à Giannello : « Prends cette lumière, brave homme, et vois s'il est « nettoyé à ton idée. » Giannello, ayant regardé dedans, dit que cela allait bien et qu'il était satisfait ; et ayant donné les sept sequins, il fit porter le cuvier chez lui. »

FRÈRE RENAULD

*Frère Renauld couche avec sa commère. Le mari le trouve
dans la chambre de celle-ci et tous deux lui font croire
qu'ils conjuraient les vers de son petit enfant.*

« A Sienne fut jadis un jeune garçon très beau et de famille
honorable, nommé Renauld. Il aimait souverainement une sienne
voisine, fort belle dame et femme d'un homme riche, et vivait dans
l'espoir que, s'il pouvait trouver un moyen de lui parler sans qu'on
le sût, il obtiendrait d'elle tout ce qu'il désirait. Mais n'en voyant
aucun, et la dame étant grosse, il songea à devenir son compère ; sur
quoi, ayant fait la connaissance du mari, il lui fit part le plus adroitement qu'il put, de son désir, et il fut fait selon qu'il le voulait ;
Renauld étant donc devenu le compère de madame Agnès, et ayant
par là un prétexte de pouvoir lui parler plus sûrement, lui fit connaître son intention, qu'elle avait du reste déjà devinée aux regards
qu'il lui décochait. Mais cela l'avança peu, bien qu'il ne déplût point
à la dame de l'avoir entendu. Il advint peu de temps après que
Renauld, pour une raison ou pour une autre, se fit moine, et bien
qu'il y trouvât sa pâture, il persévéra à poursuivre celle-ci. Et quoique, au moment où il se fit moine, il eût quelque peu mis de côté
l'amour qu'il portait à sa commère, ainsi que certains autres vains
désirs, cependant, avec le temps, sans abandonner pour cela l'habit
de religieux, il y revint, et recommença à prendre plaisir à se montrer, à se vêtir de beaux et bons habits, à être en toutes choses élégant et paré, à composer des canzoni, des sonnets et des ballades et
à les chanter, et tout plein d'autres choses semblables.

« Mais que dis-je de notre frère Renauld, dont nous parlons ?
Quels sont les moines qui n'en font pas autant ? Ah ! honte du monde
mauvais ! Ils n'ont point vergogne de se montrer gros et gras, colorés
de visage, efféminés dans leurs vêtements et dans tous leurs actes ;
ils marchent la poitrine bombée, la crête levée, non comme des

colombes, mais comme des coqs triomphants. Et, ce qui est pis —
sans parler de leurs cellules, remplies de petites fioles de pommades
et d'onguents, de pots de confitures variées, de flacons d'eaux de
senteur, d'huiles parfumées, de bouteilles de malvoisie et d'autres
vins grecs très rares et très estimés, tellement qu'on se croirait non
dans des cellules de moines, mais dans des boutiques de pharmaciens
ou de parfumeurs — ce qui est pis, c'est qu'ils ne rougissent pas
qu'on sache qu'ils sont goutteux ; ils s'imaginent qu'on ne sait pas
que les jeûnes, une nourriture peu abondante et simple, une vie
sobre font devenir les hommes maigres, dégagés et plus sains, et
que si parfois cette façon de vivre les rend malades, ils ne sont pas
du moins malades de la goutte, à laquelle on a coutume de donner
pour remède la chasteté et choses semblables qui conviennent au
genre de vie d'un modeste moine. Ils s'imaginent aussi qu'on ne sait
pas qu'en dehors d'une existence sobre, les longues veilles, les
prières et les disciplines rendent les hommes pâles et sérieux, et que
ni saint Dominique, ni saint François n'avaient quatre robes pour
une, et qu'ils se vêtissaient non d'habits de drap richement teints
ou d'autres vêtements somptueux, mais d'habits faits de grosse laine
de couleur naturelle, pour se défendre du froid et non pour faire
belle figure. A toutes ces choses, Dieu veuille pourvoir, comme aux
âmes des gens simples qui nourrissent ces fainéants, car il en est
bon besoin.

« Frère Renauld étant donc retourné à ses premiers appétits,
recommença à faire de fréquentes visites à la commère et, son audace
croissant, il se mit à la presser, avec de plus vives instances qu'auparavant, pour ce qu'il désirait d'elle. La bonne dame se voyant
pressée de la sorte, et frère Renauld lui paraissant plus bel homme
qu'il ne lui avait paru tout d'abord, eut recours, un jour qu'il la
sollicitait vivement, au moyen qu'emploient toutes celles qui ont
bonne envie d'accorder ce qu'on leur demande, et elle dit : « Com-
« ment, frère Renauld, les moines font-ils de pareilles choses ? »
A quoi frère Renauld répondit : « Quand j'aurai ôté de mon dos
« ce capuchon — et je ne serai pas long à l'ôter — je vous semblerai
« un homme fait comme les autres, et non un moine. » La dame
fit bouche souriante, et dit : « Hélas ! malheureuse que je suis ;

« vous êtes mon compère, comment une telle chose pourrait-elle se
« faire ? Ce serait un trop grand mal ; et j'ai souvent entendu dire
« que c'est un très gros péché ; et certes, s'il n'en était point ainsi,
« je ferais ce que vous voulez. » A quoi frère Renauld dit : « Vous
« êtes une sotte, si vous vous laissez arrêter par cela. Je ne dis
« pas que ce ne soit point un péché, mais Dieu en pardonne de plus
« grands à qui se repend. Mais dites-moi : « Qui est plus proche
« parent de votre fils, ou moi qui le tins au baptême, ou votre mari
« qui l'engendra ? » La dame répondit : « C'est mon mari qui
« est plus proche parent. » « Et vous dites vrai — repartit le
« moine — et moi qui suis moins proche parent de votre mari, je
« dois pouvoir coucher avec vous, absolument comme le fait votre
« mari. » La dame, peu forte en logique et qui aurait eu besoin
d'un peu d'esprit, crut ou fit semblant de croire que le moine disait
vrai, et répondit : « Qui saurait répondre à vos sages paroles ? » Puis,
nonobstant le compérage, elle consentit à faire selon son plaisir.

« Ils ne se bornèrent pas à cette première expérience, mais, sous
le couvert du compérage, ayant toutes leurs aises, ils se retrouvèrent
ensemble plus d'une fois. Mais il advint un jour que frère Renauld
étant venu chez la dame, et voyant qu'il n'y avait personne qu'une
petite servante très belle et très appétissante, l'envoya au colombier
avec un sien compagnon qu'il avait avec lui, pour lui enseigner le
Pater noster ; quant à lui, il entra avec la dame qui tenait son petit
enfant par la main, dans la chambre à coucher, et s'étant enfermé
avec elle, ils montèrent tous deux sur le lit, et se mirent à se tré-
mousser de leur mieux. Sur ces entrefaites, le compère revint, et
sans avoir été entendu de personne, arriva jusqu'à la porte de la
chambre, frappa et appela la dame. Madame Agnès, l'entendant,
dit : « Je suis morte, car voici mon mari ; il va maintenant voir
« quel est le motif de notre liaison. » Frère Renauld était déshabillé, c'est-à-dire sans capuchon et sans robe, en simple jaquette ; à
ces mots de la dame il dit : « Vous dites vrai ; si pourtant j'étais
« habillé, on trouverait quelque moyen de s'en tirer ; mais si vous
« lui ouvrez et qu'il me trouve en cet état, on ne pourra inventer
« aucune excuse. » La dame, frappée d'une idée soudaine, dit :
« Habillez-vous vite, et dès que vous serez habillé, prenez votre

« filleul dans vos bras, et écoutez bien ce que je dirai à mon mari,
« de façon que vos paroles s'accordent ensuite avec les miennes, et
« laissez-moi faire. »

« Le bonhomme n'avait pas encore achevé de frapper, quand
sa femme répondit : « Je viens t'ouvrir. » Et s'étant levée, elle
alla d'un air souriant à la porte de la chambre qu'elle ouvrit, et dit :
« Mon mari, je te dirai que frère Renauld, notre compère, est
« venu nous voir, et que c'est Dieu qui l'a envoyé, car certainement
« s'il n'était pas venu, nous aurions aujourd'hui perdu notre en-
« fant. » En entendant cela, notre imbécile de mari faillit s'éva-
nouir, et il dit : « Comment ? » « O mon mari — reprit la
« dame — il lui est venu aujourd'hui une telle faiblesse, que je crus
« qu'il était mort, et je ne savais que faire ni que dire, quand frère
« Renauld est arrivé. Il a pris l'enfant dans ses bras et a dit :
« Commère, ce sont des vers qu'il a dans le corps et qui, lui remon-
« tant au cœur, l'auraient bientôt tué ; mais n'ayez pas peur ; je vais
« les exorciser et je les ferai mourir tous, et avant que je m'en aille
« d'ici, vous verrez votre enfant aussi sain que vous l'avez jamais
« vu. » Et comme nous avions besoin de toi pour dire certaines
« prières, et que la servante n'a pas su te trouver, Renauld a fait
« dire ces prières à son compagnon dans l'étage le plus élevé de la
« maison et lui et moi nous sommes entrés ici. Et pour ce que per-
« sonne autre que la mère de l'enfant ne peut assister à pareille céré-
« monie, nous nous sommes enfermés pour qu'aucun étranger ne
« vienne nous déranger ; il a encore notre fils dans ses bras, et je
« crois qu'il n'attend plus que son compagnon ait fini de dire ses
« prières, pour que tout soit fait, car l'enfant est déjà tout à fait
« revenu à lui. »

« Le benêt, croyant tout cela, fut tellement saisi, à cause de l'affection qu'il avait pour son fils, qu'il ne lui vint pas à l'esprit que
sa femme le trompait ; mais, poussant un grand soupir, il dit :
« Je veux aller le voir. » La dame dit : « Non, n'y va pas ; tu
« gâteras ce qui a été fait ; attends, je vais voir si tu peux y aller,
« et je t'appellerai. » Frère Renauld, qui avait tout entendu et
s'était habillé en toute hâte, avait pris l'enfant dans ses bras, et
les choses étant disposées à son gré, il appela : « Eh ! com-

« mère, n'entends-je pas là-bas le compère ? » L'imbécile répondit : « Oui, messire. » « Donc — dit le moine — venez ici. »
Le nigaud y alla ; sur quoi, frère Renauld dit : « Vous voyez
« votre fils sain et sauf par la grâce de Dieu ; il y a un moment,
« j'ai cru que vous ne le verriez pas vivant à vêpres ; vous
« ferez mettre une image de cire, de sa grandeur, en l'honneur de
« Dieu, devant la statue de messer saint Ambroise, par les mérites
« duquel Dieu vous a fait cette grâce. » L'enfant, voyant son père,
courut à lui et fit fête, comme font les petits enfants, et le père,
l'ayant pris dans ses bras, se mit à l'embrasser en pleurant, comme
s'il venait de le retirer du tombeau, et à rendre grâce à son compère
qui le lui avait guéri.

« Le compagnon de frère Renauld, qui avait appris à la jeune
servante non pas un, mais au moins quatre *Pater noster*, et lui avait
donné une petite bourse de soie blanche qu'il avait reçue lui-même
d'une dame veuve, l'une de ses dévotes, entendant le niais de mari
frapper à la porte, était venu tout doucement jusqu'à un endroit
d'où il pouvait voir et entendre tout ce qui se passait ; voyant que
tout s'était bien terminé, il descendit, et entra dans la chambre en
disant : « Frère Renauld, j'ai dit en entier les quatre prières que
« vous m'aviez ordonné de dire. » A quoi frère Renauld dit :
« Mon frère, tu as bonne haleine, et tu as bien fait. Pour moi,
« quand mon compère est arrivé, je n'en avais encore dit que
« deux ; mais Dieu, ayant en égard ta peine et la mienne, nous a
« fait la grâce de guérir l'enfant. » Sur ce, le brave mari fit venir
du bon vin et des confetti, et en fit les honneurs au compère et à
son compagnon qui en avaient meilleur besoin que d'autre chose.
Puis, étant sorti de la maison avec eux, il les recommanda à Dieu.
Enfin, ayant fait faire sans retard l'image de cire, il la fit mettre
avec les autres devant la statue de saint Ambroise, mais pas celui
de Milan. »

LE PUITS

C. B. - XII

LE PUITS

*Tofano laisse une nuit sa femme à la porte de sa maison. La dame,
voyant que les prières sont inutiles, fait semblant de se jeter
dans un puits et y jette une grosse pierre. Tofano sort
de la maison, et court au puits ; pendant ce temps,
sa femme rentre dans la maison, le ferme dehors et lui dit des injures par la fenêtre.*

« Il y avait autrefois à Arezzo un homme riche qu'on nom-
mait Tofano. On lui donna pour femme une très belle jeune fille
nommée Monna Ghita, dont sans savoir pourquoi il devint bientôt
jaloux. La dame, s'en étant aperçu, en eut du dépit, et lui ayant
plusieurs fois demandé la raison de sa jalousie sans qu'il sût lui en
donner une, sinon de vagues et de mauvaises, il lui vint en l'esprit
de le faire mourir du mal dont il avait peur sans motif. Ayant
remarqué qu'un jeune homme, fort bien à son avis, la courtisait,
elle commença par s'aboucher discrètement avec lui, et les choses
étant allées entre eux si loin qu'il ne leur manquait plus que
d'ajouter les actes aux paroles, la dame songea à trouver également
un moyen pour en venir là. Elle avait déjà remarqué qu'un des
défauts de son mari était d'aimer à boire ; non seulement elle se mit
à l'y encourager, mais elle l'y poussa adroitement le plus qu'elle
put. Elle l'y habitua si bien que, aussi souvent qu'elle voulait, elle
l'amenait à boire jusqu'à s'enivrer et, quand elle le voyait tout à fait
ivre, elle l'envoyait dormir ; c'est ainsi qu'elle put se rencontrer une
première fois avec son amant, et qu'elle continua à le voir ensuite
à diverses reprises en toute sécurité.

« Elle prit tellement confiance dans l'ivresse de son mari, que
non seulement elle s'enhardit à amener son amant chez elle, mais
qu'elle s'en allait parfois passer une grande partie de la nuit dans la
maison de ce dernier, laquelle maison n'était pas très loin de la
sienne. L'amoureuse dame continuant ce manège, il arriva que le

malheureux mari vint à s'apercevoir que chaque fois qu'elle le
poussait à boire, elle ne buvait jamais elle-même ; il soupçonna
alors la vérité, c'est-à-dire que sa femme l'enivrait pour pouvoir
faire tout à son plaisir pendant qu'il était à dormir ; et voulant, s'il
était ainsi en avoir la preuve, il fit un soir semblant, sans avoir bu
de la journée, par ses actes et par ses paroles, d'être l'homme le plus
ivre qui fut jamais. La dame le crut, et ne pensant pas qu'il fût
besoin de le faire boire davantage, elle le fit promptement coucher.
Cela fait, selon son habitude, elle sortit et s'en alla chez son amant
où elle demeura jusqu'à minuit.

« Tofano, dès qu'il n'entendit plus sa femme, se leva, alla à la
porte, la ferma en dedans et se mit à la fenêtre, afin de voir la dame
quand elle reviendrait, et de lui faire bien comprendre qu'il s'était
aperçu de sa conduite ; là, il attendit jusqu'à ce qu'elle revînt. La
dame étant revenue chez elle, et trouvant la porte fermée, fut très
marrie, et essaya de l'ouvrir de force. Quand Tofano l'eut laissée
faire pendant quelque temps, il dit : « Femme, tu te fatigues en
« vain, pour ce que tu ne pourras point entrer céans. Va, retourne
« là d'où tu viens, et sois assurée que tu ne reviendras jamais ici,
« jusqu'à ce qu'en présence de tes parents et des voisins, je t'aie fait,
« à ce sujet, l'honneur qui te convient. » La dame se mit alors à
le prier pour l'amour de Dieu qu'il voulût bien lui ouvrir, car elle
ne venait point d'où il croyait, mais bien de veiller chez une sienne
voisine, pour ce que les nuits étant longues, elle ne pouvait dormir
tout le temps, ni veiller seule à la maison. Mais les prières ne servaient à rien, sa brute de mari étant résolu à faire connaître son
déshonneur à tous les habitants d'Arezzo, alors que personne n'en
savait rien.

« La dame, voyant qu'il était inutile de prier, eut recours aux
menaces, et dit : « Si tu ne m'ouvres pas, je te ferai l'homme le
« plus malheureux qui soit en vie. » A quoi Tofano répondit :
« Et que peux-tu me faire ? » La dame, dont Amour avait
déjà aiguisé l'esprit de ses conseils, répondit : « Plutôt que de
« souffrir la honte que tu veux me faire bien à tort, je me jetterai
« dans ce puits qui est là ; et quand ensuite on m'y trouvera morte,
« il n'est personne qui ne croira que c'est toi qui m'y auras jetée,

« étant ivre ; alors il te faura fuir, abandonner tout ce que tu as et
« t'exiler, ou bien on te coupera la tête comme à mon assassin
« que tu auras véritablement été. » Ces paroles ne firent en rien
démordre Tofano de cette résolution ; pour quoi, la dame dit :
« Or ça ! je ne puis supporter plus longtemps ce traitement de ta
« part ; Dieu te pardonne ; tu feras prendre ma quenouille que je
« laisse ici. » Et cela dit, comme la nuit était tellement obscure
qu'à peine on eût pu se voir dans la rue, la dame alla vers le puits,
prit une grosse pierre qui était à côté, et criant : « Dieu te par-
« donne ! » elle la laissa tomber dans le puits.

« La pierre, en entrant dans l'eau, fit un grand bruit ; ce qu'entendant Tofano, il crut qu'elle s'était réellement jetée dans le puits ;
pour quoi, ayant pris le seau et la corde, il sortit précipitamment de
la maison pour aller à son secours, et courut au puits. La dame, qui
s'était cachée tout contre la porte de la maison, dès qu'elle vit son
mari courir vers le puits, rentra vivement et se fermant en dedans,
elle alla à la fenêtre et se mit à dire : « Il faut mettre de l'eau
« dans son vin quand on le boit, mais non après, et surtout la
« nuit. » Tofano, l'entendant, comprit qu'il était joué ; il revint
vers la porte, mais ne pouvant entrer, il se mit à dire à sa femme
de lui ouvrir. Mais elle, après l'avoir laissé un instant se morfondre,
comme il l'avait fait pour elle, se mit à lui crier : « A la croix de
« Dieu, fastidieux ivrogne, tu n'entreras point cette nuit ; je ne puis
« plus supporter ta conduite ; il faut que je montre à tous qui tu es,
« et à quelle heure de la nuit tu rentres à la maison. » De son
côté, Tofano, irrité, se mit à lui dire des injures et à crier ; sur
quoi, les voisins, entendant tout ce bruit, se levèrent et tous,
hommes et femmes, se mirent aux fenêtres et demandèrent ce qu'il
y avait. La dame se mit à dire en pleurant : « C'est ce malheureux
« homme qui me revient ivre le soir à la maison, et qui, après
« s'être endormi dans les tavernes, rentre ensuite à une heure
« pareille. Je l'ai longtemps supporté, bien que cela ne me plût
« pas, mais ne pouvant plus le souffrir, j'ai voulu lui faire cette
« honte de le fermer dehors pour voir s'il se corrigera. » D'un
autre côté, cette brute de Tofano disait comment la chose s'était
passée et proférait de grosses menaces. La dame disait à ses voisins :

« Or, voyez quel homme c'est ! que diriez-vous si j'étais dans la
« rue, comme il y est, et qu'il fût dans la maison, comme j'y suis ?
« Sur ma foi en Dieu, je ne puis croire que vous pensiez qu'il dise
« la vérité. A cela, vous pouvez bien juger de son état. Il dit préci-
« sément que j'ai fait ce que je crois qu'il a fait lui-même. Il a cru
« m'effrayer en feignant de se jeter dans je ne sais plus quel puits ;
« mais plût à Dieu qu'il s'y fût vraiement jeté et qu'il s'y fût noyé ;
« il aurait ainsi mis un peu d'eau dans le vin qu'il a bu en trop
« grande quantité. »

« Les voisins, hommes et femmes, se mirent tous à blâmer
Tofano, à lui donner tort et à l'apostropher sur ce qu'il disait contre
sa femme ; enfin, de voisin en voisin, la rumeur devint si grande,
qu'elle parvint jusqu'aux parents de la dame. Ceux-ci étant accourus,
et ayant entendu l'histoire de la bouche d'un voisin ou d'un autre,
empoignèrent Tofano, et ils lui donnèrent tant de coups, qu'ils le
laissèrent tout rompu. Puis, étant entrés dans la maison, ils prirent
ce qui appartenait à la dame et s'en retournèrent avec elle chez eux,
menaçant Tofano d'un traitement pire. Tofano se voyant en
méchante situation, et comprenant où sa jalousie l'avait conduit,
pour ce qu'il voulait toute sorte de bien à sa femme, pria quelques
amis de s'interposer et fit tant qu'il obtint la paix et ramena la dame
chez lui, lui promettant de ne plus jamais être jaloux ; en outre, il
lui donna licence de faire selon son bon plaisir, mais de façon qu'il
ne s'aperçût de rien. Ainsi, comme un fou, il fit la paix après avoir
reçu le dommage. Et vive Amour, et meure la guerre et toute la
boutique ! »

MADAME ISABETTA

*Madame Isabetta, se trouvant chez elle avec son amant Leonetto,
reçoit la visite de messer Lambertuccio qui l'aime. Son mari
étant survenu sur ces entrefaites, la dame fait sortir de
chez elle messer Lambertuccio avec un couteau à la
main, comme s'il était à la poursuite de Leonetto
qu'elle fait ensuite reconduire par son mari.*

« En notre cité, où tous les biens abondent, était jadis une jeune
dame noble et très belle et qui fut la femme d'un chevalier plein de
valeur et de mérite. Et comme il arrive souvent qu'on ne peut se
contenter de manger toujours d'un même plat, mais qu'on désire
parfois en changer, cette dame, son mari ne la satisfaisant pas entièrement, s'amouracha d'un jeune homme appelé Leonetto, plaisant
et de belles manières que bien n'étant pas de haute naissance,
lequel, de son côté, s'enamoura de la dame. Il est rare, vous le
savez, que ce que chacune des parties veut bien n'arrive pas à bon
effet ; aussi, il ne se passa guère de temps sans que leur amour ne
reçût son dénouement ordinaire. Sur ces entrefaites, il advint, la
dame étant belle et avenante, qu'un chevalier nommé messer Lambertuccio en devint fort amoureux ; mais comme il lui faisait l'effet
d'un homme déplaisant et grossier, la dame ne pouvait, pour quoi
que ce fût au monde, se décider à l'aimer. Le chevalier la pressant
beaucoup par de nombreux messages, mais en vain, il la menaça,
étant un homme puissant, de la couvrir de honte si elle ne faisait
point à son plaisir. Pour quoi, la dame qui le craignait et savait de
quoi il était capable, se résigna à faire selon sa volonté.

« La dame, qui avait nom madame Isabetta, étant allée, comme
c'est notre habitude pendant l'été, demeurer dans une de ses belles
maisons de campagne des environs, il advint qu'un matin son mari
monta à cheval pour se rendre en un certain endroit où il devait
passer quelques jours ; aussitôt la dame manda à Leonetto de venir

la rejoindre, ce que le jeune homme, fort joyeux, fit incontinent.
De son côté, messer Lambertuccio, apprenant que le mari de la
dame était absent, monta à cheval et, sans être accompagné de personne, alla frapper à la porte de la belle. La servante de la dame
l'ayant aperçu, alla sur-le-champ trouver sa maîtresse qui était dans
sa chambre avec Leonetto, et l'ayant appelée elle lui dit : « Madame,
« messer Lambertuccio est en bas, tout seul. » Ce qu'entendant
la dame, elle fut la plus ennuyée femme qui fût au monde ; mais
comme elle le craignait beaucoup, elle pria Leonetto de consentir à
se cacher un moment derrière les courtines du lit, jusqu'à ce que
messer Lambertuccio s'en fût allé. Leonetto, qui n'avait pas moins
peur de lui que la dame, s'y cacha, et elle ordonna à la servante
d'aller ouvrir à messer Lambertuccio. Celui-ci, une fois la porte
ouverte, entra dans la cour, descendit de cheval qu'il attacha à un
gond, et monta vers la dame, laquelle faisant bon visage, vint au-
devant de lui jusque sur l'escalier, le reçut aussi joyeusement qu'elle
put et lui demanda ce qu'il venait faire. Le chevalier l'ayant accolée
et baisée, dit : « Mon âme, j'ai appris que votre mari n'était
« point ici et je suis venu rester quelque peu avec vous. » Sur
ces paroles, ils entrèrent dans la chambre, s'y enfermèrent, et messer
Lambertuccio se mit à prendre plaisir d'elle.

« Pendant qu'il était ainsi avec la dame, il advint que le mari de
celle-ci, contre toute attente, s'en revint à la maison. Dès que la servante le vit, elle courut en toute hâte à la chambre de la dame et
dit : « Madame, voici messer qui revient ; je crois qu'il est déjà
« dans la cour. » La dame, voyant cela, se rappela qu'elle avait
deux hommes chez elle, et comprenant qu'elle ne pouvait pas cacher
le chevalier à cause de son cheval qui était dans la cour, elle se tint
pour morte. Néanmoins, sautant vivement en bas du lit, elle prit
sur-le-champ son parti et dit à messer Lambertuccio : « Si vous
« me voulez quelque bien, et si vous voulez me sauver la vie, vous
« ferez ce que je vais vous dire. Vous allez prendre en main votre
« couteau tiré de sa gaine, et l'air furieux et courroucé vous allez
« descendre l'escalier, et vous vous en irez en disant : Je jure Dieu
« que je le trouverai ailleurs ! et si mon mari veut vous retenir et
« vous demander quelque chose, vous ne répondrez rien autre que

« ce que je vous ai dit ; vous monterez à cheval, et ne resterez avec
« lui pour aucune raison. » Messer Lambertuccio dit : « Volon-
« tiers. » Et ayant tiré son couteau, le visage enflammé autant
« par la fatigue qu'il venait de se donner que par dépit du retour du
mari, il fit comme la dame lui avait ordonné.

« Le mari de la dame était déjà descendu de cheval dans la cour,
et voyant le palefroi qui y était attaché il s'en étonna, et il allait monter quand il vit descendre messer Lambertuccio. Surpris de son air
et de ses paroles, il dit : « Qu'est-ce donc, messire ? » Messer
Lambertuccio, le pied à l'étrier et déjà à cheval, ne répondit rien
sinon : « Ah ! corps de Dieu ! je le retrouverai ailleurs ! » Et il
partit.

« Le gentilhomme, étant monté, trouva la dame au haut de l'escalier toute troublée et remplie d'épouvante, et il lui dit : « Qu'est-
« ce ? qui donc messer Lambertuccio menace-t-il ainsi d'un air si
« colère ? » La dame, rentrée dans la chambre, afin que Leonetto
l'entendît, répondit : « Messire, je n'ai jamais eu peur semblable à
« celle-ci. Tout à l'heure est entré ici en fuyant un jeune homme
« que je ne connais pas et que messer Lambertuccio poursuivait un
« couteau à la main ; trouvant par hasard cette chambre ouverte,
« il me dit, tout tremblant : « Madame, pour Dieu, secourez-moi,
« que l'on ne me tue point dans vos bras ! » Je me levai toute droite,
« et comme j'allais demander qui il était et ce qu'il avait, messer
« Lambertuccio s'est mis à monter à son tour en disant : « Où es-
« tu, traître ? » Je m'avançai sur la porte de la chambre, et comme
« il voulut entrer, je le retins ; il fut assez courtois, voyant que cela ne
« me plaisait point qu'il entrât céans, pour s'arrêter, et après beau-
« coup de menaces, il est descendu comme vous l'avez vu. »

« Le mari dit alors : « Femme, tu as bien fait ; ç'aurait été un
« trop grand blâme pour nous, si quelqu'un avait été tué ici, et mes-
« ser Lambertuccio a commis une grande inconvenance en pour-
« suivant une personne qui s'était réfugiée chez moi. » Puis il
demanda où était ce jeune homme. La dame répondit : « Messire,
« je ne sais où il s'est caché. » Le chevalier dit alors : « Où
« es-tu ? sors sans crainte. » Leonetto, qui avait tout entendu, et
qui était tremblant comme quelqu'un qui aurait eu un juste sujet

de peur, sortit de l'endroit où il était caché. Alors le chevalier dit:
« Qu'as-tu donc à faire avec messer Lambertuccio ? » Le jeune
homme répondit : « Messire, rien au monde, et pour ce je crois
« fermement qu'il n'est point dans son bon sens, ou qu'il m'a pris
« pour un autre ; en effet, à peine m'a-t-il aperçu de loin sur la
« route près de ce palais, qu'il a mis son couteau à la main et a dit:
« Traître, tu es mort ! » Je ne me suis point amusé à lui deman-
« der pourquoi, mais je me suis enfui le plus vite que j'ai pu et je
« suis venu ici, où grâce à Dieu et à cette gente dame, j'ai été
« sauvé. » Le chevalier dit alors : « Allons, n'aie plus aucune
« crainte, je te conduirai chez toi sain et sauf, et puis tu verras ce
« que tu auras à faire avec lui. » Et quand ils eurent soupé,
l'ayant fait monter à cheval, il le mena à Florence et ne le laissa
que chez lui.

« Suivant recommandation de la dame, Leonetto parla le soir
même en secret à messer Lambertuccio, et s'arrangea avec lui de
telle façon que, bien qu'on parlât beaucoup de cette aventure, le chevalier ne s'aperçut jamais du tour que lui avait joué sa femme. »

LE MARI COCU, BATTU ET CONTENT

Ludovic découvre à Madame Béatrice l'amour qu'il lui porte.
La dame envoie son mari Egano à sa place dans le jar-
din et couche avec Ludovic, lequel s'étant ensuite
levé, va dans le jardin et bâtonne Egano.

Il fut autrefois à Paris un gentilhomme florentin qui, par pauvreté, s'était fait marchand, et auquel le commerce avait si bien
réussi, qu'il était devenu richissime. Il avait eu de sa femme un fils
unique qu'il avait nommé Ludovic ; et pour qu'il tînt de la noblesse
de ses aïeux et non de la profession de marchand, le père n'avait pas
voulu qu'il entrât comme apprenti dans aucune boutique, mais il
l'avait mis avec les autres gentilshommes au service du roi de France,

où il avait appris les belles manières et toutes sortes de bonnes choses. Le jeune homme étant à la cour, il advint que plusieurs chevaliers, de retour du Saint-Sépulcre, se mélèrent à une conversation de jeunes gens parmi lesquels se trouvait Ludovic, et que, les entendant parler entre eux des belles dames de France, d'Angleterre et des autres parties du monde, l'un d'eux se mit à dire que parmi toutes les dames qu'il avait vues en parcourant l'univers, il n'en avait pas trouvé une qui égalât en beauté la femme d'Egano de' Galluzzi de Bologne, appelée madame Béatrice ; ce que tous ses compagnons, qui avaient vu comme lui cette dame à Bologne, s'accordèrent à reconnaître. En entendant cela, Ludovic qui n'était encore amoureux d'aucune dame, s'enflamma d'un tel désir de la voir, qu'il ne pouvait penser à autre chose, et ayant résolu d'aller jusqu'à Bologne pour voir la dame et pour s'y fixer si elle lui plaisait, il donna à entendre à son père qu'il voulait aller visiter le Saint-Sépulcre, ce dont il obtint à grand'peine la permission.

« En conséquence, ayant pris le nom d'Anichino, il arriva à Bologne, et, la fortune le favorisant, dès le lendemain il vit cette dame à une fête ; elle lui parut beaucoup plus belle qu'il ne se l'était imaginé ; pour quoi, s'étant épris passionnément d'elle, il résolut de ne pas quitter Bologne avant d'avoir conquis son amour. En songeant à part soi au moyen qu'il devait employer pour y parvenir, il lui sembla, laissant de côté tous les autres, que s'il réussissait à devenir le familier du mari, lequel en avait beaucoup, il pourrait d'aventure venir à bout de ce qu'il désirait. Ayant donc vendu ses chevaux, et tout concerté avec ses gens pour le mieux, il leur recommanda de feindre de ne point le connaître ; puis il alla trouver l'hôtelier et lui dit qu'il entrerait volontiers au service de quelque gentilhomme si cela pouvait se faire. A quoi l'hôtelier dit : « Tu « es justement un familier comme il en faudrait un à un gentil- « homme de cette ville qui a nom Egano, lequel en a déjà beau- « coup et les veut tous de bonne tournure, comme toi ; je lui en « parlerai. » Et comme il avait dit, il fit ; de sorte qu'avant de quitter Egano, il lui fit accepter Anichino, ce qui fut on ne peut plus agréable à ce dernier.

« Demeurant chez Egano, et ayant occasion de voir souvent sa dame, Anichino se mit à servir si bien et avec tant de dévouement Egano, que celui-ci conçut pour lui un vif attachement, au point qu'il ne savait rien faire sans lui, et qu'il lui donna la direction de toutes ses affaires.

« Il advint qu'un jour, Egano étant allé oiseler, et Anichino étant resté au logis, madame Béatrice, qui ne s'était pas encore aperçue de son amour — bien qu'ayant plusieurs fois remarqué ses belles manières, elle l'eût fort loué et qu'il lui plût beaucoup — se mit à jouer aux échecs avec lui. Anichino, désireux de lui plaire, s'arrangeait de façon à se laisser gagner, de quoi la dame était enchantée. Mais quand toutes les femmes de la dame furent parties et les eurent laissés seuls à jouer, Anichino poussa un grandissime soupir. La dame, l'ayant regardé, dit : « Qu'as-tu, Anichino ? « cela te fâche-t-il donc si fort que je te gagne ? » « Madame — « répondit Anichino — c'est un motif bien plus sérieux que celui- « là qui m'a fait pousser un soupir. » La dame dit alors : « Eh ! « dis-le moi, si tu me veux quelque bien. »

« Quand Anichino s'entendit prier par ce : si tu me veux quelque bien, de la bouche de celle qu'il aimait par-dessus tout, il poussa un nouveau soupir plus fort que le premier ; pour quoi la dame le pria derechef qu'il voulût bien lui dire quelle était la cause de ses soupirs. A quoi Anichino dit : « Je crains fort que cela vous « fâche, si je vous le dis ; puis, je crains que vous le redisiez à « d'autres. » A quoi la dame dit : « Pour sûr, cela ne me sera « point déplaisant ; et sois certain que, quelque chose que tu me « dises, je ne le dirai jamais à personne, à moins que cela ne « te plaise. » Anichino dit alors : « Puisque vous me le pro- « mettez, je vous le dirai. » Et quasi les larmes aux yeux, il lui dit qui il était, ce qu'il avait entendu dire d'elle, où et comment il était devenu amoureux, et pourquoi il s'était fait le serviteur de son mari. Puis, humblement, il la pria, si cela se pouvait, de lui faire la grâce d'avoir pitié de lui, et de le satisfaire en son secret et fervent désir ; ajoutant que, si elle ne voulait pas, elle le laissât garder son déguisement et consentît à ce qu'il l'aimât.

« O singulière douceur du sang bolonais, comme tu as toujours été digne d'éloges en ces sortes de cas ! Tu n'aimas jamais les larmes ni les soupirs, et toujours tu te rendis aux humbles prières et aux amoureux désirs ; et si j'avais des louanges assez dignes de toi, ma voix ne se lasserait jamais de te louer. La gente dame, pendant qu'Anichino parlait, le regardait, et ajoutant pleine croyance à ses paroles et à ses prières, elle reçut son amour dans le cœur avec une telle force, qu'elle aussi se mit à soupirer, et, après quelques soupirs, elle dit : « Mon doux Anichino, reprends courage ; ni dons, ni « promesses, ni sollicitations de gentilshommes, de seigneurs, ni « d'aucun autre — car j'ai été et je suis encore courtisée de beau- « coup de gens — n'ont pu émouvoir mon âme, et je n'en ai aimé « aucun ; mais toi, dans le peu de temps que tes paroles ont duré, « tu as fait que je t'appartiens bien plus que je ne m'appartiens à « moi-même. J'estime que tu as parfaitement gagné mon amour, « et pour ce je te le donne, et je te promets que je t'en ferai jouir « avant que la nuit qui vient ne soit entièrement passée. Et pour « que cela arrive, tu feras en sorte de venir vers minuit en ma « chambre ; je laisserai la porte ouverte ; tu sais de quel côté du lit « je couche, tu y viendras, et une fois là, si je dors, tu me touche- « ras jusqu'à ce que je m'éveille, et alors je te récompenserai du « long désir que tu as eu. Et pour que tu croies à ce que je te dis, « je veux te donner un baiser comme arrhes. » Et lui ayant jeté les bras au col, elle le baisa amoureusement, ce qu'Anichino lui rendit de bon cœur.

Ces choses dites, Anichino quitta la dame, et alla vaquer à quel- ques affaires, attendant avec la plus grande joie du monde que la nuit vînt. Egano, de retour de la chasse, étant fatigué, alla se cou- cher dès qu'il eut soupé, et sa femme le suivit, après avoir laissé, comme elle l'avait promis, la porte de la chambre ouverte. A l'heure dite, Anichino s'y rendit, et après être entré doucement dans la chambre et avoir fermé la porte en dedans, il se dirigea vers l'en- droit où la dame était couchée, et lui ayant mis la main sur la poi- trine, il vit qu'elle ne dormait pas. Celle-ci, dès qu'elle sentit qu'A- nichino était arrivé, lui prit la main dans les deux siennes, et la tenant fortement, elle se tourna dans le lit jusqu'à ce qu'elle eût éveillé Egano à qui elle dit : « Je n'ai voulu te rien dire hier « soir, pour ce que tu me semblais fatigué ; mais dis-moi, sur ton

« salut en Dieu, mon cher Egano, quel est celui que tu tiens pour
« le plus loyal et le meilleur de tes familiers, celui que tu aimes
« le plus de tous ceux qui sont en ta maison ? » Egano répondit : « Qu'est-ce, femme, que tu me demandes ? Ne le sais-tu
« pas ? je n'en ai pas, je n'en ai jamais eu auquel j'aie accordé, j'ac-
« corde plus de confiance et que j'aime plus qu'Anichino ; mais
« pourquoi me fais-tu cette demande ? »

« Anichino, voyant qu'Egano était réveillé et entendant parler
de lui, avait à plusieurs reprises voulu retirer sa main pour s'en
aller, craignant fort que la dame n'eût voulu se jouer de lui ; mais
elle l'avait si bien tenu et elle le tenait si bien, qu'il n'avait pu se
dégager ni ne le pouvait. La dame répondit à Egano et dit : « Je
« te le dirai ; je croyais qu'il en était comme tu dis, et qu'il t'était
« plus fidèle qu'aucun autre ; mais il m'a détrompée, pour ce que,
« hier, quand tu as été parti pour la chasse, il est resté à la maison,
« et quand le moment lui a paru propice, il n'a pas eu honte de me
« demander de satisfaire son désir. Moi, pour pouvoir te dénoncer
« la chose sans avoir besoin d'autres preuves, et pour te la faire
« toucher et voir, je lui ai répondu que j'y consentais et que, cette
« nuit, après minuit, j'irais dans notre jardin l'attendre au pied du
« pin. Or, pour moi, je n'ai nulle envie d'y aller ; mais si tu veux
« connaître la fidélité de ton familier, tu peux facilement, en endos-
« sant une de mes robes et en mettant un voile sur ta tête, descendre
« et aller voir s'il viendra, ce dont je suis sûre. » En entendant
cela, Egano dit : « Certainement, il faut que je le voie. » Et
s'étant levé, il s'affubla du mieux qu'il sut d'une des robes de la
dame, mit un voile sur sa tête, et s'en alla dans le jardin où il se mit
à attendre Anichino au pied d'un pin.

« Dès que la dame l'eut vu se lever et sortir de la chambre, elle
se leva à son tour et courut fermer la porte en dedans.

« Anichino, qui avait éprouvé la plus grande peur qu'il eût eue
de sa vie, et qui avait fait tous ses efforts pour échapper des mains
de la dame, la maudissant mille fois elle et son amour, voyant la
fin de tout ceci, fut l'homme le plus content qui fut jamais. Sur
quoi, la dame étant revenue dans le lit, il se déshabilla sur son invitation, et ils prirent ensemble plaisir et joie pendant un bon mo-

ment. Puis, la dame jugeant qu'Anichino ne devait pas rester plus
longtemps, elle le fit lever, s'habiller et lui dit : « Mon doux
« ami, tu vas prendre un bon bâton et tu t'en iras au jardin ; là,
« feignant de m'avoir demandé ce rendez-vous pour m'éprouver,
« tu diras toutes sortes d'injures à Egano que tu feras semblant
« de prendre pour moi, et tu me le bâtonneras de la belle façon,
« pour ce que de tout cela il s'ensuivra pour nous merveilleuse
« joie et plaisir. »

« Anichino s'étant levé et étant allé dans le jardin, un gros
bâton de saule à la main, s'approcha du pin où Egano, qui le vit
venir, se leva comme pour lui faire grandissime fête, et courant à
sa rencontre. Sur quoi Anichino dit : « Ah ! mauvaise femme !
« tu es donc venue, et tu as cru que je voulais faire cette honte à
« mon maître ? sois mille fois la mal venue. » Et, le bâton levé,
il se mit à frapper. A ces paroles, Egano voyant le bâton, se mit
à fuir sans dire mot, et Anichino le poursuivit en disant : « Va,
« que Dieu te mette en mal an, femme coupable ! car je le dirai
« certainement à Egano demain matin. » Egano ayant reçu plusieurs coups de bâton, et des bons, s'en revint en toute hâte
à la chambre où la dame lui demanda si Anichino était venu au
jardin. Egano dit : « Plût à Dieu qu'il n'y fût pas venu, pour
« ce que, croyant que c'était toi, il m'a tout rompu de coups de
« bâton, et m'a dit les plus grosses injures qu'on ait jamais dites à
« une mauvaise femme ; et certainement je m'étonnais fort qu'il
« t'eût fait cette proposition dans l'intention de me déshonorer ;
« mais te voyant l'air enjoué et avenant, il a voulu t'éprouver. »
Alors la dame dit : « Loué soit Dieu, car il m'a éprouvée en
« paroles seulement, tandis qu'il t'a éprouvé, toi, par des coups ; et
« je crois qu'il pourra dire que je supporte plus patiemment les
« paroles que tu ne supportes les coups ; mais puisqu'il t'est si
« fidèle, je veux l'avoir pour cher et lui faire honneur. » Egano
dit : « Certes, tu dis vrai. »

« Et depuis ce jour, se reposant là-dessus, Egano fut convaincu
qu'il avait la femme la plus fidèle et le serviteur le plus loyal qu'eut
jamais eus un gentilhomme.

« Pour quoi, Anichino et la dame rirent plus d'une fois de ce bon tour, et pendant tout le temps qu'il plut à Anichino de rester au service d'Egano à Bologne, lui et sa maîtresse eurent, pour prendre leurs ébats, toutes les aises qu'ils n'auraient probablement pas eues sans cela. »

LE POIRIER ENCHANTÉ

Lidia, femme de Nicostrate, aime Pirrus. Celui-ci, pour croire en son amour, lui demande trois choses qu'elle fait toutes les trois ; en outre, en présence de Nicostrate, elle se satisfait avec lui et fait croire à Nicostrate que ce qu'il a vu n'est point vrai.

« Dans Argos, très ancienne cité d'Achaïe que ses anciens rois ont rendue plus fameuse que grande, fut jadis un noble homme appelé Nicostrate, et à qui, déjà voisin de la vieillesse, la fortune donna pour femme une grande dame non moins ardente que belle, dont le nom était Lidia. Notre homme, étant noble et riche, entretenait un nombreux domestique, des chiens et des oiseaux, et prenait un grandissime plaisir à chasser. Il avait, parmis les autres familiers, un jeune homme bien fait, élégant et beau de sa personne, adroit à tout ce qu'il entreprenait, nommé Pirrus. Nicostrate l'aimait pardessus tout, et avait en lui la plus entière confiance. Lidia s'en enamoura fortement, à tel point que, ni de jour ni de nuit, elle ne pouvait penser à autre chose. Mais de cet amour, soit qu'il ne s'en fût point aperçu ou qu'il n'en voulût pas, Pirrus ne paraissait se préoccuper, de quoi la dame portait en son cœur un intolérable ennui. Résolue à lui dévoiler toute son ardeur, elle fit venir près d'elle une sienne camériste nommée Lusca, en qui elle avait grande confiance, et elle lui parla ainsi : « Lusca, les bienfaits que tu « as reçus de moi doivent te rendre obéissante et fidèle ; pour ce, « garde-toi de faire jamais connaître à personne ce que je vais te « dire présentement, sinon à celui à qui je t'ordonnerai de le dire.

« Comme tu vois, Lusca, je suis dame, jeune et fraîche, et abon-
« damment pourvue de tout ce qu'une femme peut désirer ; bref,
« hors sur une chose, je ne puis me plaindre, et cette chose c'est
« que les années de mon mari sont trop nombreuses si on les
« mesure aux miennes ; pour quoi, je vis dans la privation de ce
« que les femmes ont le plus de plaisir à avoir. Cependant, comme
« je désire cette chose autant que les autres femmes, j'ai depuis
« longtemps résolu, puisque la fortune m'a été si peu amie de me
« donner un mari si vieux, de ne pas être assez ennemie de moi-
« même pour ne pas trouver un moyen de satisfaire mes plaisirs
« et de me soulager. Pour avoir ces plaisirs aussi complets en cela
« qu'en toute autre chose, j'ai pris un parti, à savoir que notre
« Pirrus, comme plus digne de cela que quiconque, y supplée par
« ses embrassements, et je lui ai voué un tel amour, que je
« n'éprouve de plaisir qu'en le voyant ou qu'en pensant à lui ;
« bref, si je ne n'ai pas sans retard un rendez-vous avec lui, pour
« sûr je crois que je mourrai. Pour quoi, si ma vie t'est chère, tu
« lui dévoileras mon amour de la façon qui te paraîtra la meilleure,
« et tu le prieras de ma part qu'il consente à venir me trouver quand
« tu iras le chercher. »

« La camériste dit qu'elle le ferait volontiers ; et ayant trouvé le
moment et le lieu propices, elle prit Pirrus à part et, du mieux
qu'elle sut, elle s'acquitta de l'ambassade dont sa dame l'avait
chargée. En entendant cela, Pirrus s'étonna fortement, en homme
qui ne s'était aperçu de rien, et craignant que la dame ne lui fît
tenir ce langage pour l'éprouver ; pour quoi, il répondit sur-le-champ
d'une façon rude : « Lusca, je ne puis croire que ces paroles vien-
« nent de madame, et pour ce, prends garde à ce que tu dis ; si
« elles viennent bien d'elle, je ne crois pas qu'elle te les fasse dire
« de bon cœur ; et si elle te les fait dire de bon cœur, comme mon
« maître me traite mieux que je ne mérite, je ne lui ferais pas sur
« ma vie un pareil outrage ; donc, garde-toi de me tenir plus long-
« temps de semblables propos. » La Lusca, nullement troublée
par son air rigide, lui dit : « Pirrus, de cela et de tout ce que
« ma dame voudra, je te parlerai toutes les fois qu'elle me l'ordon-
« nera, que cela te doive procurer plaisir ou ennui ; mais tu es

« une bête. » Et toute courroucée par les paroles de Pirrus, elle
s'en revint vers la dame qui, en l'entendant, désira mourir. Mais,
au bout de quelques jours, ayant reparlé à la cameriste, elle lui
dit : « Lusca, tu sais que le chêne ne tombe pas du premier coup,
« pour quoi je crois qu'il faut que tu retournes vers celui qui, à
« mon grand dommage, veut m'être déloyal, et choisissant le
« moment convenable, que tu lui démontres bien quel est mon
« amour pour lui ; qu'enfin tu t'efforces d'amener la chose à bon
« résultat, pour ce que si on la laissait ainsi, j'en mourrais, et il
« croirait avoir été bafoué ; de sorte qu'au lieu de son amour que
« je cherche, je n'obtiendrais que sa haine. » La cameriste réconforta la dame, et s'étant mise à la recherche de Pirrus, elle le
trouva joyeux et dispos, et elle lui dit ainsi :

« Pirrus, je t'ai montré, il y a quelques jours, de quel feu
« brûle notre maîtresse à cause de l'amour qu'elle te porte, et
« je t'en assure aujourd'hui de nouveau ; si tu persistes dans la
« dureté que tu as témoignée l'autre jour, tu peux être certain qu'elle
« ne vivra pas longtemps ; pour quoi, je t'en prie, consens à satis-
« faire son désir ; et si tu persistes dans ton obstination, moi qui
« te croyais très sage, je te tiendrai pour un sot. Quelle plus grande
« gloire peut-il t'arriver que de te voir aimer par-dessus tout par une
« telle dame, si belle et si noble ? En outre, combien n'as-tu pas à
« te reconnaître obligé de la fortune, en pensant qu'elle a mis devant
« toi toute prête une chose si conforme aux désirs de ta jeunesse, et
« un tel soulagement à tes besoins ? Quel est l'homme de ta condi-
« tion que tu pourras voir en meilleure position pour ses ébats que
« tu le seras, toi, si tu es avisé ? quel autre pourras-tu voir mieux
« fourni en armes, en chevaux, en vêtements et en argent, que tu
« le seras si tu consens à donner ton amour à cette dame ? Ouvre
« donc ton cœur à mes paroles et retourne en toi-même ; rappelle-
« toi qu'une fois seulement, et jamais plus, il arrive que la fortune
« vient à nous d'un air joyeux et les bras ouverts ; celui qui ne sait
« alors l'accueillir et qui plus tard se voit pauvre et misérable, ne
« doit se plaindre que de soi-même et non d'elle. Puis, il ne doit
« point exister une même loyauté entre les serviteurs et les maîtres,
« qu'entre les amis et les parents ; au contraire, les serviteurs doivent,

« en tant qu'ils peuvent, traiter les maîtres comme ils sont eux-
« mêmes traités par eux. Crois-tu, si tu avais une belle femme, une
« mère, une fille, ou une sœur qui aurait plu à Nicostrate, qu'il
« observerait envers toi la loyauté que tu veux lui garder au sujet
« de sa femme ? Aie pour certain que, si les promesses et les
« prières ne suffisaient pas, il emploierait la force, quoi que tu dusses
« en penser. Traitons-les donc, eux et leurs choses, comme ils nous
« traitent nous et les nôtres. Use du bénéfice de la fortune, ne la
« repousse pas ; fais-lui face et reçois-la quand elle vient, car pour
« sûr, si tu ne le fais pas, sans compter que ta dame en mourra,
« tu t'en repentiras toi-même tant de fois que tu désireras mourir
« aussi. »

« Pirrus, qui avait plusieurs fois songé à ce que lui avait dit la
Lusca, avait déjà résolu, si elle revenait le trouver, de faire une
toute autre réponse et de consentir en tout à complaire à la dame,
pourvu qu'il pût être certain qu'elle ne voulait pas l'éprouver ; pour
ce, il répondit : « Vois-tu, Lusca, je reconnais pour vrai tout
« ce que tu me dis ; mais, d'autre part, je sais que mon maître est
« fort sage et fort avisé. Comme il a remis toutes ses affaires en
« mes mains, je crains bien que Lidia, sur son avis et d'après son
« ordre, ne fasse ainsi que pour m'éprouver ; et pour ce, si elle veut
« faire trois choses que je demanderai pour éclaircir mes doutes,
« il n'est rien ensuite que je ne fasse promptement quand elle me
« commandera. Les trois choses que je veux sont celles-ci : Premiè-
« rement, qu'en présence même de Nicostrate, elle tue son bon
« épervier ; puis qu'elle m'envoie une touffe de la barbe de Nico-
« strate, et enfin une dent de celui-ci et des meilleures. » Ces
choses parurent difficiles à la Lusca et très difficiles à la dame ;
cependant Amour qui sait réconforter les cœurs, et qui est grand
maître en fait de conseils, la fit se décider à tenter l'aventure, et
la dame envoya dire à Pirrus, par sa ca9mériste, qu'elle ferait pleinement et vite ce qu'il avait demandé ; en outre, puisqu'il tenait
Nicostrate pour si avisé, elle fit dire qu'elle se satisferait avec
Pirrus en présence de Nicostrate même, et qu'elle ferait croire à
Nicostrate que ce n'était pas vrai. Sur quoi Pirrus attendit ce que
ferait la gente dame.

« A quelques jours de là, Nicostrate ayant donné à quelques
gentilshommes un grand dîner, comme il avait coutume de le faire
assez souvent, et les tables étant déjà levées, la dame, vêtue d'un
voile vert et fort parée, sortit de sa chambre et s'en vint en la salle
où étaient les convives. Là, voyant Pirrus et les autres, elle alla droit
au perchoir sur lequel se tenait l'épervier que Nicostrate aimait tant,
le délia, comme si elle voulait le prendre sur sa main, et le saisissant
par ses attaches, elle le lança contre la muraille et le tua. Comme
Nicostrate lui criait : « Eh ! femme, qu'as-tu fait ? » elle ne lui
répondit rien, mais s'étant retournée vers les gentilshommes qui
avaient dîné avec lui, elle dit : « Seigneurs, j'aurais peine à me
« venger d'un roi qui m'aurait fait outrage si je n'osais pas me ven-
« ger d'un épervier. Il faut que vous sachiez que cet oiseau m'a
« enlevé tout le temps que les hommes doivent consacrer longue-
« ment aux plaisirs des dames ; pour ce que, dès qu'apparaît l'au-
« rore, Nicostrate se lève, monte à cheval, et, son épervier en main,
« s'en va à travers les plaines pour le voir voler ; et moi, telle que
« vous me voyez, je reste au lit seule et mal satisfaite. Pour quoi,
« j'ai voulu faire ce que je viens de faire maintenant ; et aucun
« autre motif ne m'en a empêchée, sinon que j'attendais de le pou-
« voir faire en présence d'hommes qui fussent justes juges de mes
« griefs, comme je crois que vous le serez. » Les gentilshommes
qui l'écoutaient, croyant que son affection pour Nicostrate était conforme à ce que dénotaient ses paroles, se tournèrent tous en riant
vers Nicostrate qui était courroucé, et se mirent à dire : « Eh !
« comme la dame a bien fait de venger son injure par la mort de
« l'épervier ! » Et par divers propos sur cette matière, la dame étant
déjà retournée dans sa chambre, ils changèrent en rire le courroux
de Nicostrate. Pirrus, ce voyant, dit en lui-même : « La dame
« a donné un excellent commencement à mes heureuses amours ;
« fasse Dieu qu'elle continue. »

« La dame ayant donc tué l'épervier, elle se trouva peu de jours
après dans sa chambre avec Nicostrate ; tout en lui faisant des
caresses, elle se mit à plaisanter, et comme il lui tirait les cheveux
par manière d'amusement, elle saisit cette occasion de faire la
deuxième des choses que lui avait demandées Pirrus ; l'ayant saisi

vivement par une petite touffe de la barbe et se mettant à rire, elle tira si fortement qu'elle la lui arracha toute du menton. De quoi Nicostrate se plaignant, elle dit : « Qu'as-tu donc, que tu me « fais une pareille mine ? Est-ce parce que je t'ai arraché peut-être « six poils de ta barbe ? Tu n'as pas éprouvé ce que j'ai senti moi, « quand tu m'as tiré tout à l'heure les cheveux. » Et continuant d'une parole à une autre, à plaisanter sur ce ton, la dame conserva, sans qu'il s'en aperçût, la touffe de barbe qu'elle lui avait arrachée, et l'envoya le jour même à son cher amant.

« Pour la troisième chose, la dame fut plus perplexe ; pourtant, comme elle était fort ingénieuse et qu'Amour la rendait plus ingénieuse encore, elle imagina un moyen de faire cette troisième chose. Nicostrate avait près de lui deux jeunes enfants que leurs pères lui avaient confiés pour que dans sa maison, étant gentilshommes, ils en apprissent les manières. De ces deux garçons, quand Nicostrate mangeait, l'un lui découpait les plats devant lui, l'autre lui servait à boire. La dame les ayant fait appeler, leur persuada qu'ils sentaient mauvais de la bouche, et leur conseilla, quand ils serviraient Nicostrate, de tenir le plus qu'ils pourraient la tête en arrière, et surtout de ne jamais parler de cela à personne. Les jeunes garçons, le croyant, se mirent à procéder de la façon que leur avait indiquée la dame. Pour quoi, un jour elle demanda à Nicostrate : « T'es-tu aperçu de ce que font ces garçons quand « ils te servent ? » Nicostrate dit : « Mais oui ; j'ai même « voulu leur demander pourquoi ils faisaient ainsi. » A quoi la dame dit : « Ne le fais pas ; je saurai te le dire, moi ; et je te « j'ai caché un bon temps, pour ne pas te causer de l'ennui ; mais « aujourd'hui je vois que d'autres que moi commencent à s'en « apercevoir, et je ne dois plus te le cacher. Cela ne t'arrive pas « pour autre motif, sinon que tu sens fièrement mauvais de la « bouche, et je ne sais quelle en est la cause, pour ce que cela « n'était point d'habitude. C'est là une chose très fâcheuse pour « toi qui as coutume de fréquenter des gentilshommes, et pour ce, « il faudrait voir à soigner cela. » Nicostrate dit alors : « Que « pourrait-ce bien être ? Aurais-je dans la bouche quelque dent « gâtée ? » A quoi Lidia dit : « Peut-être bien. » Et l'ayant

mené vers une fenêtre, elle lui fit ouvrir la bouche, et quand elle
eut regardé de tous côtés, elle dit : « Oh ! Nicostrate, comment
« peux-tu l'avoir supportée si longtemps ! Tu en as une, de ce côté,
« qui, à ce qu'il me semble, est non seulement gâtée, mais qui est
« toute cassée, et pour sûr, si tu la gardes plus longtemps dans la
« bouche, elle te gâtera toutes celles qui sont du même côté ; pour
« quoi, je te conseillerais de l'arracher avant que le mal soit plus
« avancé. » Nicostrate dit alors : « Puisqu'il te semble ainsi,
« cela me plaît également ; envoie sans plus de retard chercher un
« praticien qui me l'arrache. » A quoi la dame dit : « Ne plaise
« à Dieu qu'un praticien vienne ici pour cela ; il me semble que cette
« dent tient si peu que, sans le secours d'aucun praticien, je l'arra-
« cherai moi-même très bien. D'un autre côté ces praticiens sont si
« cruels dans ces sortes d'opérations, que je ne pourrais souffrir en
« aucune façon de te voir ou de te sentir entre les mains de quel-
« qu'un d'eux ; et pour ce, je veux tout faire moi-même ; car au
« moins, si cela te fait trop de mal, je te laisserai tout de suite, ce
« que ne ferait pas un praticien. »

« S'étant en conséquence fait apporter les fers pour une semblable besogne, et ayant renvoyé tout le monde de la chambre, elle
retint seulement la Lusca, et s'enferma avec elle. Puis elle fit
étendre Nicostrate sur un siège, et lui ayant mis les tenailles dans la
bouche et ayant saisi une de ses dents, elle la lui arracha de vive
force pendant que sa caize le tenait solidement, et bien que la
douleur le fît crier beaucoup. Lidia ayant mis la dent de côté et en
ayant pris une autre très gâtée qu'elle tenait dans sa main, elle la
lui montra, quasi mort de douleur qu'il était, en disant : « Vois
« ce que tu as gardé si longtemps dans ta bouche. » Nicostrate,
la croyant, bien qu'il eût éprouvé une vive douleur et qu'il s'en
plaignît beaucoup, s'imagina pourtant être guéri dès que la dent
eut été arrachée ; et réconforté par une chose et par une autre, sa
douleur apaisée, il sortit de la chambre. La dame prit aussitôt la
dent et l'envoya à son amant, lequel, désormais certain de son
amour, se déclara prêt à faire selon son désir.

« Mais la dame, désireuse de le rendre encore plus certain de son
amour, et s'imaginant qu'elle resterait encore mille ans avant d'être

réunie à lui, voulut tenir ce qu'elle lui avait promis en plus. Ayant
feint d'être malade, elle fut un jour visitée par Nicostrate après
dîner, et voyant que Pirrus était seul avec lui, elle les pria de l'aider
à descendre au jardin pour se désennuyer. Pour quoi, Nicostrate
l'ayant prise d'un côté et Pirrus de l'autre, ils la portèrent dans le
jardin et la posèrent sur un petit pré, au pied d'un beau poirier.
S'y étant assise, au bout d'un moment la dame, qui avait déjà fait
informer Pirrus de ce qu'il avait à faire, dit : « Pirrus, j'ai grand
« désir d'avoir de ces poires ; monte donc sur le poirier et jette-
« nous-en quelques-unes. » Pirrus, y étant monté sur-le-champ,
se mit à jeter des poires, et pendant qu'il les jetait, il se mit à dire :
« Hé ! messire, qu'est-ce que vous faites ? Et vous, madame,
« comment n'avez-vous pas vergogne de permettre cela en ma
« présence? Croyez-vous que je sois aveugle? Vous étiez cependant
« si malade tout à l'heure ; comment êtes-vous si vite guérie, que
« vous fassiez de telles choses? Si vous voulez les faire, vous avez
« tant de belles chambres à votre disposition ; pourquoi n'allez-
« vous pas en l'une d'elles ; ce sera plus honnête que de faire de
« pareilles choses en ma présence. » La dame, se tournant vers
son mari, dit : « Que dit Pirrus? Est-il fou? » Pirrus dit alors :
« Non, je ne suis pas fou, madame ; ne croyez-vous donc
« pas que je vous vois ? » Nicostrate s'étonna fort et dit :
« Pirrus, je crois vraiment que tu rêves. » A quoi Pirrus répondit : « Mon Seigneur, je ne rêve nullement, et vous non plus
« vous ne rêvez pas ; vous vous démenez si bien au contraire,
« que si ce poirier se démenait de la sorte, il n'y resterait rien
« dessus. » La dame dit alors : « Que peut être cela ? serait-il
« vrai qu'il lui parût comme il dit ? Par mon salut en Dieu, si
« j'étais bien portante comme je l'étais naguère, je monterais sur-le-
« champ sur le poirier pour voir quelles sont ces choses étonnantes
« qu'il prétend voir. »

« Cependant Pirrus, toujours sur le poirier, continuait à tenir
les mêmes propos. Sur quoi, Nicostrate dit : « Descends ! Et
Pirrus descendit. Alors il lui dit : « Qu'est-ce que tu dis que tu
« vois ? » Pirrus dit : « Je crois que vous m'avez pris pour un
« homme sans jugement ou pour un endormi ; je vous voyais cou-

« ché sur votre femme, puisqu'il faut vous le dire ; puis, pendant
« que je descendais, je vous ai vu vous lever et vous rasseoir comme
« vous êtes maintenant. » « Vraiment — dit Nicostrate — as-tu
« perdu l'esprit à ce point? Quand tu as été monté sur le poi-
« rier, nous n'avons pas bougé et nous sommes restés comme tu
« nous vois. » A quoi Pirrus dit : « Pourquoi discutons-nous
« là-dessus? je vous ai bien vu ; et si je vous ai vu, vous étiez sur
« votre propre bien. » Nicostrate, de plus en plus émerveillé,
finit par lui dire : « Je vais bien voir si ce poirier est enchanté,
« et si ceux qui y montent voient les merveilles que tu dis. » Et
il y monta. A peine y fut-il, que la dame et Pirrus commencèrent
à se satisfaire ensemble ; ce que voyant Nicostrate, il se mi à crier :
« Ah ! femme criminelle, qu'est-ce que tu fais là ? Et toi Pirrus,
« en qui j'avais le plus de confiance ! » Et ainsi disant, il se mit
à descendre du poirier. La dame et Pirrus disaient : « Rasseyons-
« nous. » Et le voyant descendre, ils se rassirent comme ils étaient
quand il les avait laissés.

« Quant Nicostrate fut à terre et qu'il les vit comme il les avait
laissés, il se mit à leur dire des injures. A quoi Pirrus dit : « Ni-
« costrate, maintenant j'avoue que, comme vous me le disiez aupa-
« ravant, j'ai mal vu pendant que j'étais sur le poirier; et je le recon-
« nais à cela seul que je vois et que je sais que vous avez mal vu
« vous-même. Et que je dise vrai, rien ne vous le montre mieux
« que la réflexion que vous pouvez vous faire, à savoir que votre
« femme, qui est la plus honnête et la plus sage qu'il y ait, voulant
« vous faire un tel outrage, se garderait de le faire devant vos yeux.
« De moi, je ne veux rien dire, mais je me laisserais écorcher avant
« même d'en avoir la pensée, loin par conséquent de le faire en
« votre présence. Pour quoi, la faute de cette apparence doit certai-
« nement provenir du poirier ; pour ce que le monde entier ne
« m'aurait pas dissuadé que vous n'ayez été là, avec votre femme,
« goûtant tout deux le plaisir charnel, si je ne vous avais entendu
« dire à vous qu'il vous avait semblé que j'eusse fait ce à quoi je
« n'ai certes jamais songé, loin de l'avoir jamais fait. »

« Après qu'il eut ainsi parlé, la dame qui se montrait fort courroucée, s'étant levée, se mit à dire : « Sois à la male aventure si

« tu m'as crue si peu avisée que, voulant me livrer aux tristes
« choses que tu dis avoir vues, je serais venue les faire devant tes
« yeux. Sois sûr que si le désir m'en prenait, je ne viendrais point
« ici ; mais je saurais bien m'enfermer dans une de nos chambres
« de façon à m'assurer que tu ne le saurais jamais. » Nicostrate
à qui semblait vrai ce que l'un et l'autre disait, à savoir qu'ils ne se
seraient pas laissés entraîner à commettre un pareil acte devant lui,
laissant de côté les reproches, se mit à parler de la nouveauté du
fait et du miracle de la vue qui changeait ainsi les choses pour quiconque montait sur le poirier. Mais la dame qui se montrait encore
courroucée de l'opinion que Nicostrate avait eue un instant sur
elle, dit : « Vraiment, ce poirier ne fera plus désormais de ces
« hontes ni à moi, ni à aucune autre femme, si je peux ; pour ce,
« Pirrus, cours et va chercher une scie, et venge-nous d'un seul
« coup toi et moi en le coupant, quoiqu'il vaudrait peut-être mieux
« d'en donner sur la tête à Nicostrate qui, sans aucune considéra-
« tion, s'est laissé si promptement éblouir les yeux de l'intellect ;
« car bien qu'à ceux que tu portes à la tête il parût comme tu le dis,
« pour aucune raison tu ne devais dans ta pensée consentir à croire
« que c'était vrai. »

« Pirrus alla promptement chercher une scie et coupa le poirier.
Dès que la dame l'eut vu par terre, elle dit à Nicostrate : « Puis-
« que je vois abattu l'ennemi de mon honneur, ma colère s'en est
« allée. » Et elle pardonna généreusement à Nicostrate qui l'en
priait, lui imposant pour condition de ne plus jamais la soupçonner,
elle qui l'aimait plus que soi-même, d'une pareille chose. Sur quoi,
le malheureux mari bafoué s'en revint avec elle et avec son amant
au palais où, depuis ce jour, Pirrus et Lidia prirent à leur aise plaisir
l'un et l'autre. Dieu nous en accorde autant à nous ! »

LE CURÉ DE VARLUNGO

*Le curé de Varlungo couche avec Monna Belcolore. Il lui
laisse en gage son manteau et lui emprunte un mortier.
Quelque temps après, il lui renvoie le mortier en
lui faisant redemander le manteau qu'il dit lui
avoir laissé en garantie. La dame rend le
manteau en exhalant sa mauvaise humeur par un proverbe de circonstance.*

« Je dis donc qu'à Varlungo, village tout proche d'ici, comme
chacune de vous sait ou peut avoir appris, fut un vaillant prêtre,
gaillard de sa personne au service des femmes. Comme il ne savait
pas trop lire, il récréait le dimanche ses paroissiens au pied d'un
ormeau avec force bonnes et saintes allocutions familières. Il visitait
surtout les femmes, quand leurs maris étaient absents, mieux qu'aucun de ses prédécesseurs, leur portant jusque chez elle des images,
de l'eau bénite, des bouts de chandelle, et leur donnant sa bénédiction. Or, il advint que parmi ses autres paroissiennes qu'il avait
remarquées, une surtout lui plut qui avait nom Monna Belcolore.
C'était la femme d'un laboureur qui se faisait appeler Bentivegna
del Mazzo, elle était vraiment une plaisante et fraîche paysanne
brune et bien découplée, et propre à savoir moudre mieux que toute
autre. En outre, c'était celle qui, de toutes ses voisines, savait le
mieux sonner des cymbales et chanter « *L'eau coule à la ravine* »,
et mener une ronde ou une bourrée, quand besoin était, avec un
beau mouchoir à la main. Aussi messer le curé s'en amouracha si
fort, qu'il en devenait fou, et qu'il rôdait tout le long du jour pour
tâcher de la voir. Et quand le dimanche matin, il la voyait dans
l'église, il disait un *Kyrie* et un *Sanctus*, s'efforçant de paraître un
maître en l'art de chanter, alors qu'on l'eût pris pour un âne qui
brayait. Au contraire, quand il ne la voyait pas, il passait sur les
offices très légèrement. Il savait toutefois si bien faire, que Benti

LE CURÉ DE VARLUNGO

vegna del Mazzo ne s'en apercevait point, ni aucun de ses voisins. Pour mieux gagner l'amitié de Monna Belcolore, il lui faisait de temps à autre un petit présent, lui envoyant tantôt un bouquet d'ails frais dont il avait les plus beaux spécimens de tout le pays dans son jardin qu'il cultivait de ses mains, tantôt un panier de petits pois, un bouquet d'oignons nouveaux ou d'échalotes ; et, quand il voyait le moment favorable, après l'avoir guettée au passage, il lui donnait une bonne bourrade d'amitié, et elle, faisant la sauvage, feignait de ne pas s'apercevoir de son jeu, et se renfermait dans une attitude sévère ; pour quoi, messer le curé ne pouvait en venir à ses fins.

« Or, il advint un jour que le curé, flânant çà et là dans la rue sur l'heure de midi, rencontra Bentivegna del Mazzo sur un âne et portant devant lui force provisions ; l'ayant abordé, il lui demanda où il allait. A quoi Bentivegna répondit : « Ma foi, messire, en bonne « vérité, je vais jusqu'à la ville pour une affaire, et je porte tout cela « à messer Bonacorri da Ginestreto, afin qu'il m'aide pour je ne sais « quoi dont me requiert le juge de l'édifice dans une assignation à « comparaître qu'il m'a envoyée par son procureur. » Le curé, tout joyeux, dit : « Tu fais bien, mon fils ; or, va avec ma bénédic- « tion, et reviens vite ; et, si tu vois Lapuccio ou Naldino, n'oublie « pas de leur dire qu'ils me rapportent ces attaches pour mes « fléaux. » Bentivegna dit que cela serait fait, et pendant qu'il « s'en allait vers Florence, le curé pensa que c'était le moment d'al- ler trouver Belcolore et de tenter l'aventure. S'étant mis le chemin entre les pieds, il ne s'arrêta que lorsqu'il fut arrivé chez elle, et, entré dans la maison, il dit : « Dieu, envoie céans le bien qui est « ailleurs ! » La Belcolore, qui était montée au grenier, l'ayant entendu, dit : « Oh ! messire, soyez le bienvenu ; qu'allez-vous « faire par cette chaleur ? » Le curé répondit : « Si Dieu me « favorise, je venais passer un moment avec toi, pour ce que j'ai « trouvé ton homme qui allait à la ville. » La Belcolore, étant descendue du grenier, s'assit et se mit à trier des graines de choux que son mari avait battues peu auparavant. Le curé se mit à lui dire : « Eh bien, Belcolore, me dois-tu toujours faire mourir de la « sorte ? » La Belcolore se mit à rire, et dit : « Oh ! que vous « fais-je donc ? » Le curé dit : « Tu ne me fais rien, mais tu

« ne me laisses pas te faire ce que je voudrais et ce que Dieu
« ordonne. » La Belcolore dit : « Allons, allons, est-ce que les
« prêtres font de pareilles choses ? » Le curé répondit : « Nous
« les faisons mieux que les autres hommes ; et pourquoi pas ? Je
« dis plus : nous faisons une bien meilleure besogne, et sais-tu
« pourquoi ? parce que nous savons moudre avec peu d'eau ;
« mais, en vérité, il t'en résultera du bien si tu ne dis rien et me
« laisses faire. » La Becolore dit : « Et quel bien peut-il m'en
« advenir ? On dit que vous êtes tous plus avares que le diable. »
Alors le curé dit : « Je ne sais ; demande toi-même. Veux-tu une
« paire de souliers, un ruban, un beau fichu de soie ? Veux-tu autre
« chose ? » La Belcolore dit : « Allons donc ! j'ai de tout cela ;
« mais si vous me voulez tant de bien, rendez-moi un service, et je
« ferai ensuite ce que vous voudrez. » Le curé dit alors : « Dis
« ce que tu veux, et je le ferai volontiers. » Alors la Belcolore
dit : « Il faut que j'aille samedi à Florence pour rendre la laine
« que j'ai filée, et pour faire raccommoder mon rouet ; si vous me
« prêtez cinq lires, — je sais que vous les avez, — je retirerai de
« chez l'usurier ma jupe de perse et ma ceinture des jours de fête
« que j'apportai en mariage ; car vous voyez que je ne puis aller à
« l'église ni en aucun lieu convenable, pour ce que je ne les ai pas.
« Je ferai toujours ensuite ce que vous voudrez. » Le curé répondit : « Dieu me donne le bon an, je ne les ai pas sur moi ; mais
« crois-moi, avant samedi, je ferai en sorte que tu les auras pour
« sûr. » « Oui — dit la Belcolore — vous êtes tous ainsi de
« grands prometteurs, et puis vous ne tenez rien. Croyez-vous me
« faire à moi comme vous avez fait à la Biliuza, qui s'en retourna
« au son de la musette ? Sur ma foi en Dieu, vous ne le ferez pas ;
« car elle est devenue pour cela fille publique. Si vous ne les avez
« pas, allez les chercher. » « Eh ! — dit le curé — ne me fais
« pas aller en ce moment jusqu'à la maison ; tu vois que j'ai risqué
« l'aventure pendant qu'il n'y a personne, et peut-être quand je
« reviendrais y aurait-il quelqu'un qui nous gênerait ; et je ne sais
« pas quand je pourrais trouver un moment aussi favorable que
« celui-ci. » La belle dit : « Bon, si vous voulez y aller, allez-y ;
« sinon passez-vous-en. »

« Le curé, voyant qu'elle n'était pas le moins du monde disposée
à faire ce qu'il voulait sans un *salvum me fac,* et désirant, lui, faire
la chose *sine custodia,* dit : « Écoute, tu ne crois pas que je te les
« donnerai ; afin que tu me croies, je te laisserai en gage mon man-
« teau de drap bleu que voici. » La Belcolore leva les yeux et
dit : « Ce manteau ! Et que vaut-il ? » Le curé dit : « Com-
« ment, que vaut-il ? Je veux que tu saches qu'il est en drap de
« Douai, deux fois, trois fois fin, et il y en a chez nous qui le tien-
« nent pour quatre fois fin ; il n'y a pas encore quinze jours qu'il
« m'a coûté sept lires chez le fripier Lotto, et je l'ai eu à bon mar-
« ché, y ayant bien gagné cinq sols, à ce que m'a dit Buglietto qui,
« tu le sais, se connaît fort bien en ces sortes de draps. » « Eh
« quoi ! — dit la Belcolore — que Dieu me soit en aide, je ne l'au-
« rais jamais cru ; mais donnez-le-moi d'abord. » Messer le curé,
qui avait l'arbalète tendue, ôta son manteau et le lui donna ; et elle,
après qu'elle l'eut serré, dit : « Messire, allons dans la grange ;
« car il n'y va jamais personne. » Et ils y allèrent. Là, le curé,
lui donnant les plus doux baisers du monde, et la faisant parente
de messer le bon Dieu, se satisfit un bon temps avec elle ; puis, étant
parti en soutane, comme s'il venait de faire une noce, il s'en retourna
à l'église.

« Là, réfléchissant que les bouts de chandelle qu'il retirait de l'of-
ferte pendant toute l'année ne valaient pas la moitié de cinq lires, il
lui parut avoir fait une mauvaise affaire, et il se repentit d'avoir
laissé le manteau ; sur quoi, il songea au moyen de le ravoir sans
rien payer. Comme il était quelque peu rusé, il eut bientôt trouvé le
moyen de le ravoir, et ne tarda pas à le mettre à exécution. Le lendemain étant jour de fête, il envoya l'enfant d'un de ses voisins chez
cette Monna Belcolore, pour la prier de lui prêter son mortier en
pierre, car il avait ce matin-là à déjeuner chez lui Binguccio dal
Poggio et Nuto Buglietto, et il voulait faire de la sauce. La Belcolore le lui envoya. Quand l'heure du déjeuner fut venue, le curé
attendant que Bentivegna del Mazzo et la Belcolore fussent à manger, appela son clerc et lui dit : « Prends ce mortier et rapporte-le
« à la Belcolore, et dis-lui : Le curé vous fait dire grand merci, et
« que vous lui renvoyiez le manteau que l'enfant vous a laissé en

« gage. » Le clerc alla avec le mortier chez la Belcolore et la
trouva à table, qui déjeunait avec Bentivegna. Ayant mis le mortier
par terre, il fit la commission du curé. La Belcolore, s'entendant
réclamer le manteau, voulut répondre ; mais Bentivegna, d'un air
fâché, dit : « Donc, tu demandes un gage à messer le curé ? Je
« fais vœu au Christ qu'il me vient envie de te donner un grand
« coup de poing. Allons, rends-le-lui vite, et que la teigne te prenne ;
« garde-toi, quelque chose qu'il veuille désormais, même si c'était
« notre âne, de ne lui jamais dire non. » La Belcolore se leva en
grommelant, alla à son coffre, en tira le manteau et le donna au
clerc en disant : « Tu diras à messer le curé ceci de ma part : La
« Belcolore a dit qu'elle fait vœu à Dieu que vous ne ferez jamais
« plus de sauce dans son mortier ; car vous ne lui avez pas fait si
« bel honneur pour cette fois. » Le clerc s'en alla avec le manteau et fit la commission au curé ; à quoi celui-ci dit en riant :
« Tu lui diras, quand tu la verras, que si elle ne me prête plus
« son mortier, je ne lui prêterai plus mon pilon ; l'un vaut
« l'autre. »

« Bentivegna croyait que sa femme avait ainsi parlé parce qu'il
l'avait tancée, et n'en eut cure. Mais la Belcolore fût fort irritée
contre le curé et lui tint rigueur jusqu'aux vendanges. Par la suite, le
curé l'ayant menacée de la faire aller dans la bouche du grand Luci-
fer, elle eut une belle peur, et pour du mou et des châtaignes qu'il
lui donna, elle se remit d'accord avec lui ; de sorte qu'ils firent plusieurs fois ripaille ensemble. En échange des cinq lires, le curé lui
fit raccommoder ses cymbales et y fit poser une petite sonnette ; ce
dont elle se contenta. »

LA PIERRE QUI REND INVISIBLE

*Calandrino, Bruno et Buffamalcco vont dans la plaine du Mugnon
chercher la pierre précieuse appelée l'Élitropia. Calandrino
croit l'avoir trouvée. Il revient chez lui chargé de pierres. Sa femme, l'ayant querellé, il entre en colère
et la bat, puis il raconte à ses compagnons
ce qu'ils savent mieux que lui.*

« En notre cité, qui a toujours abondé en toutes sortes de gens,
était, il n'y a pas grand temps encore, un peintre appelé Calandrino,
homme simple et neuf, lequel allait presque toujours avec deux
autres peintres appelés l'un Bruno et l'autre Buffamalcco, tous les
deux fort enjoués, mais prudents et avisés, et qui fréquentaient
Calandrino seulement pour ce qu'ils s'égayaient souvent de ses manières et de sa simplicité. Il y avait alors aussi à Florence un jouvenceau d'une merveilleuse adresse en tout ce qu'il voulait faire,
facétieux et avenant, nommé Maso del Saggio. Ayant entendu parler de la simplicité de Calandrino, il résolut de s'amuser à ses dépens
en lui faisant quelque farce, ou en lui faisant accroire quelque chose
d'étrange. Un jour qu'il l'avait trouvé par aventure dans l'église de
Saint-Jean occupé à regarder les peintures et les bas-reliefs du taber-
nacle qui est sur l'autel de la susdite église, lesquels y avaient été mis
depuis peu, il pensa que le lieu et le moment étaient opportuns pour
ses projets. Ayant informé un de ses compagnons de ce qu'il entendait faire, tous deux s'approchèrent de l'endroit où Calandrino était
assis tout seul, et feignant de ne pas le voir, ils se mirent à parler
des vertus de certaines pierres, sujet sur lequel Maso raisonnait aussi
sûrement que s'il avait été un grand et profond joaillier. Calandrino
prêta l'oreille à ces raisonnements, et voyant qu'il n'y avait pas d'in-
discrétion, il se leva et se joignit aux deux compagnons, ce qui plut
fort à Maso. Comme il poursuivait ses théories, Calandrino lui
demanda où se trouvaient ces pierres si remplies de vertu. Maso

répondit que la plupart se trouvaient à Berlinzone, ville des Basques,
en un pays qui s'appelait Bengodi, où l'on liait les vignes avec des
saucisses et où l'on avait une oie pour de l'argent et un oison par-dessus le marché ; qu'il y avait une montagne toute de fromage de
parmesan râpé, sur laquelle demeuraient des gens qui n'étaient pas
occupés à autre chose qu'à faire des macarons et des ravioli et à les
faire cuire dans du jus de chapon, puis qu'ils les jetaient au bas de
la montagne où ceux qui en prenaient le plus en avaient davantage.
Tout près de là, coulait un petit ruisseau de vin blanc, du meilleur
qui se soit jamais bu, et où n'entrait pas une goutte d'eau. « Oh !
« — dit Calandrino — c'est là un bon pays ; mais, dis-moi, que fait-
« on des chapons que ces gens cuisent ? » Maso répondit : « Les
« Basques les mangent tous. » Calandrino dit alors « Y es-tu
« jamais allé ? » A quoi Maso répondit : « Tu demandes si j'y
« suis jamais allé ? J'y suis allé aussi bien une fois que mille. — »
Calandrino dit alors : « Et combien de milles y a-t-il d'ici ? — »
Maro répondit : « Il y en a plus de millante, qui toute la
« nuit chante. » Calandrino dit : « Ce doit être plus loin que
« les Abruzzes. » « Oui bien — répondit Maso — c'est un peu
« plus loin. »

« Calandrino, toujours simple, voyant que Maso disait tout cela
d'un air impassible et sans rire, le croyait comme on pourrait croire
à la vérité la plus manifeste et le tenait pour vrai ; sur quoi, il dit :
« C'est trop loin pour moi ; mais si ç'avait été plus près, je t'as-
« sure bien que j'irais une fois avec toi, rien que pour voir dégrin-
« goler ces macarons et pour m'en rassasier. Mais, dis-moi, de grâce,
« ne se trouve-t-il pas en ces contrées quelqu'une de ces pierres qui
« ont tant de vertu ? » A quoi Maso répondit : « Oui, on y
« trouve deux sortes de pierres qui ont une grandissime vertu : les
« unes sont les pierres à meule de Settignano et de Montisci, par la
« vertu desquelles, quand elles sont devenues meules, se fait la
« farine ; et pour ce, on dit dans ce pays de là-bas, que de Dieu
« viennent les grâces et les meules de Montisci ; mais on extrait une
« si grande quantité de ces pierres à meules qu'elles ne sont pas plus
« estimées chez nous que chez eux les émeraudes, car il y en a des
« montagnes plus grandes que le mont Morello et qui reluisent en

« plein minuit, à Dieu va. Et sache que celui qui ferait enchâsser
« ces belles pierres avant qu'elles soient percées et les apporterait
« au soudan, en aurait ce qu'il voudrait. Les autres sont une pierre
« que nous, lapidaires, nommons Élitropia, pierre de très grande
« vertu, pour ce que quiconque la porte sur lui, n'est vu de per-
« sonne là où il n'est pas. » Alors Calandrino dit : « Voilà de
« grandes vertus ; mais où se trouve cette grande espèce de pier-
« res ? » A quoi Maso répondit qu'on en trouvait d'habitude dans
le Mugnon. Calandrino dit : « De quelle grosseur est cette pierre ?
« quelle couleur a-t-elle ? » Muso répondit : « Elle est de gros-
« seur variée, les unes sont plus grosses et les autres moins, mais
« elles sont toutes quasi noires. »

« Calandrino, ayant retenu toutes ces indications, fit semblant
d'avoir autre chose à faire et quitta Maso, bien décidé à se mettre à
la recherche de cette pierre. Mais il ne voulut pas le faire sans l'avoir
dit à Bruno et à Buffamalcco, qu'il aimait tout particulièrement. Il
se mit donc en quête d'eux, afin que, sans nul retard, et avant toute
autre chose, ils cherchassent avec lui, et il passa tout le reste de la
matinée à demander où ils étaient. Enfin, l'heure de none étant déjà
passée, il se souvint qu'ils travaillaient dans le couvent des dames de
Faenza, et, bien que la chaleur fût grande, laissant là toutes ses
autres affaires, il y courut et, les ayant appelés, il leur dit ceci :
« Compagnons, si vous voulez m'en croire, nous pouvons devenir
« les plus riches de Florence, pour ce que j'ai appris, d'un homme
« digne de foi, que dans le Mugnon se trouve une pierre au moyen
« de laquelle celui qui la porte sur lui n'est vu de personne ; pour-
« quoi, il me semble que nous devons aller la chercher sans aucun
« retard et avant que d'autres y aillent. Nous la trouverons pour
« sûr, car je la connais ; et, dès que nous l'aurons trouvée, qu'au-
« rons-nous à faire, sinon de la mettre en notre escarcelle et d'aller
« vers les tables des changeurs, qui, vous le savez, sont toujours
« chargées de gros et de florins, et d'en prendre autant que nous
« voudrons ? Personne ne nous verra, et nous pourrons ainsi nous
« enrichir incontinent, sans avoir besoin de barbouiller tout le long
« du jour les murs comme font les limaces. »

« Bruno et Buffamalcco, entendant cet imbécile, se mirent à rire en eux-mêmes, et, se regardant l'un l'autre, firent semblant d'être fort émerveillés et approuvèrent le conseil de Calandrino. Cependant, Buffamalcco demanda quel était le nom de cette pierre. Ce nom était déjà sorti de la mémoire de Calandrino, qui était de grosse pâte ; pour quoi, il répondit : « Qu'avons-nous à faire du nom, « puisque nous en connaissons la vertu ? M'est avis que nous allions « la chercher sans plus attendre. » « Or, bien — dit Bruno — « comment est-elle faite ? » Calandrino dit : « Elles sont de « différentes formes, mais toutes quasi noires ; pour quoi, il me « semble que nous devions ramasser toutes celles que nous verrons « noires, jusqu'à ce que nous ayons mis la main sur la bonne ; et « pour ce, ne perdons point de temps, allons. » A quoi Bruno « dit : « Attends ! » Et s'étant tourné vers Buffamalcco, il dit : « Il me paraît que Calandrino a bien parlé ; mais je ne crois « pas que ce soit l'heure propice, pour ce que le soleil est haut « et tombe d'aplomb sur le Mugnon ; il a calciné toutes les pierres, « de sorte que maintenant toutes celles qui y sont doivent paraître « blanches, comme, le matin, avant que le soleil les ait séchées, « elles paraissent toutes noires ; en outre, c'est aujourd'hui jour de « travail et il y a par le Mugnon beaucoup de gens pour divers « motifs. Ces gens, en nous voyant, pourraient deviner ce qui nous « y fait aller, faire comme nous et peut-être trouver la pierre, et « nous aurions perdu le trot pour l'amble. Il me semble, si cela vous « va ainsi, que cette besogne doit se faire le matin, alors qu'on peut « reconnaître plus facilement les noires d'avec les blanches, et un « jour de fête alors qu'il n'y aura personne qui puisse nous voir. »

« Buffamalcco approuva l'avis de Bruno auquel se rallia Calandrino, et ils convinrent que le dimanche matin suivant, ils iraient tous trois à la recherche de cette pierre ; mais sur toute chose Calandrino les pria de ne parler de cela à personne au monde, pour ce que la chose lui avait été confiée en secret. Cette recommandation faite, il leur dit ce qu'il avait entendu dire du pays de Bengodi, affirmant par serment que la chose était vraie. Calandrino les ayant quittés, les deux compères arrêtèrent ensemble ce qu'ils devaient faire en cette circonstance.

« Calandrino attendit avec une vive impatience le dimanche

matin. Ce jour étant venu, il se leva dès l'aurore, et ayant appelé ses compagnons, ils sortirent tous les trois par la porte San Gallo, descendirent dans le Mugnon, et se mirent à la recherche de la pierre. Calandrino allait en avant comme le plus ardent, sautant vivement de-çà, de-là ; partout ou il voyait une pierre noire, il se jetait dessus, la ramassait et se la mettait sur l'estomac. Ses compagnons marchaient derrière lui, en ramassant tantôt une, tantôt une autre. Mais Calandrino ne tarda pas à en avoir plein sa poitrine ; pour quoi, relevant les coins de sa robe qui n'était pas serrée, et en faisant une ample poche en les attachant à sa ceinture, il l'emplit ; puis, en ayant fait autant avec son manteau, il le remplit également de pierres. Sur quoi, Buffamalcco et Bruno voyant que Calandrino avait sa charge et que l'heure de manger s'approchait, Bruno dit à Buffamalcco, suivant ce qui était convenu entre eux : « Où « est Calandrino ? » Buffamalcco qui le voyait près de lui se tourna de-çà, de-là, regardant, et répondit : « Je ne sais ; mais « il n'y a qu'un moment il était devant nous. » Bruno dit : « Il « n'y a qu'un moment ? Je crois, moi, qu'il est en train de déjeu- « ner, et qu'il nous a laissés ici faire cette sottise d'aller cherchant « les pierres noires par le Mugnon. » « Eh ! comme il a bien « fait, — dit alors Buffamalcco — de s'être moqué de nous et de « nous avoir laissés ici, puisque nous avons été assez sots pour le « croire. Vois, quels autres que nous auraient été assez sots pour « croire qu'une pierre d'une telle vertu se doive trouver dans le « Mugnon ? »

« Calandrino, entendant ce dialogue, s'imagina que la fameuse pierre lui était tombée entre les maims, et que, grâce à sa vertu, bien qu'il fût à côté d'eux, ses compagnons ne le voyaient pas. Joyeux outre mesure d'une si heureuse chance, il résolut de retourner chez lui sans rien leur dire, et étant revenu sur ses pas, il se mit en route. Ce voyant, Buffamalcco dit à Bruno : « Et nous, qu'al- « lons-nous faire ? nous en allons-nous ? » A quoi Bruno répon- dit : « Allons-nous en : mais je jure Dieu que Calandrino ne nous « en fera plus une seule ; et si j'étais près de lui, comme j'ai été toute « la matinée, je lui donnerais un tel coup de pierre dans les jam- « bes, qu'il se souviendrait pendant un mois au moins de cette farce

« qu'il nous a faite. » Dire ainsi, prendre une pierre et la jeter dans les jambes de Calandrino, fut tout un. Calandrino ayant senti le coup, leva le pied et se mit à souffler, mais il continua à se taire et poursuivit son chemin. Buffamalcco ayant pris en main un des cailloux qu'il avait ramassés, dit à Bruno : « Tiens, vois ce beau « caillou ; que ne va-t-il donner au beau milieu des reins de Calan- « drino ! » Et le lançant, il lui en donna un grand coup dans les reins. Bref, de cette façon, tantôt sous un prétexte, tantôt sous un autre, ils le poursuivirent à coups de pierres jusqu'à la porte San Gallo. Là, après avoir jeté les pierres qu'ils avaient récoltées, ils s'arrêtèrent un instant auprès des gardiens de la gabelle. Ceux-ci, qui avaient été prévenus par eux, faisant semblant de ne point voir Calandrino, le laissèrent passer en riant de leur mieux.

« Sans s'arrêter, Calandrino alla droit à sa maison qui était près du Coin des Moulins ; et tout favorisa si bien l'aventure que, pendant tout le temps que Calandrino marcha le long de la rivière et qu'il traversa la ville, personne ne lui adressa la parole, bien qu'il eût rencontré quelques passants, pour ce que presque tout le monde était à déjeuner. Calandrino entra donc ainsi chargé à la maison. Sa femme, nommée Monna Tessa, belle et intelligente dame, se trouvait par hasard en haut de l'escalier. Déjà un peu irritée de sa longue absence, elle se mit, en le voyant venir, à l'apostropher ainsi : « Le diable ne te fait jamais rentrer ; tout le monde a déjeuné, « quand toi tu reviens déjeuner. » A ces mots, Calandrino, comprenant que sa femme l'avait déjà vu, se mit à dire, plein de courroux et de dépit : « Ah ! méchante femme, tu étais là? Tu m'as « ruiné ; mais sur ma foi en Dieu, je te le revaudrai. » Et étant monté dans une petite chambre, il déchargea toutes les pierres qu'il avait ramassées ; puis, tout furieux, il courut vers sa femme, et l'ayant saisie par les cheveux, il la jeta par terre et lui donna par tout le corps tant de coups de pied et de coups de poing, qu'il ne lui laissa pas un cheveu sur la tête ou un endroit qui ne fût meurtri, la malheureuse criant en vain merci en joignant les mains.

« Buffamalcco et Bruno, après avoir ri quelque temps avec les gardiens, se mirent à suivre Calandrino de loin et à petits pas. Arrivés à la porte de chez lui, ils entendirent la raclée qu'il donnait à sa

femme, et, feignant alors d'arriver, ils l'appelèrent. Calandrino, tout
en sueur, rouge et enflammé de colère, vint à la fenêtre et les pria
de monter. Ils montèrent, faisant semblant d'être un peu irrités, et,
quand ils furent en haut, ils virent la chambre pleine de pierres,
la dame échevelée, le visage meurtri, toute pâle et pleurant à chaudes larmes dans un coin, et Calandrino assis dans un autre coin,
les vêtements défaits et soufflant comme un homme harassé. Quand
ils eurent regardé un certain temps, ils dirent : « Qu'est-ce donc?
« Calandrino ? Veux-tu bâtir, que nous voyons ici tant de pier-
« res ? » Puis ils ajoutèrent : « Et Monna Tessa, qu'a-t-elle ?
« il paraît que tu l'as battue ! Qu'est-ce que tout cela ? » Calandrino, fatigué d'avoir porté ses pierres et d'avoir battu sa femme
avec tant de rage, tout chagrin de la bonne fortune qu'il croyait
avoir perdue, ne pouvait rassembler ses esprits et répondre une
seule parole. Pour quoi, comme il se taisait, Buffamalcco reprit :
« Calandrino, si tu avais un autre sujet de colère, tu n'aurais
« pas dû te moquer de nous comme tu l'as fait, en nous laissant
« comme deux badauds dans le Mugnon où tu nous avais menés
« pour y chercher avec toi la pierre précieuse, et en t'en revenant
« ici sans nous dire ni à Dieu, ni à Diable, ce que nous avons pris
« fort mal ; mais pour sûr, ce sera la dernière farce que tu nous
« feras jamais. »

« A ces mots, Calandrino, faisant un effort, répondit : « Com-
« pagnons, ne vous fâchez pas; la chose s'est passée autrement que
« vous croyez. Moi, malheureux ! j'avais trouvé cette pierre ; et
« voulez-vous voir si je vous dis vrai ? Quand vous vous êtes tout
« d'abord demandé où j'étais, je n'étais pas à plus de dix pas de
« vous ; et voyant que vous vous en reveniez sans me voir, je suis
« passé devant vous, et je m'en suis venu, vous précédant de quel-
« ques pas. » Et commençant par l'un des bouts, il leur raconta
jusqu'à la fin ce qu'ils avaient fait et dit, il leur montra sur son dos
et sur ses jambes les coups qu'ils lui avaient donnés; puis il ajouta:
« Je vous dis qu'en passant par la porte de la ville, ayant sur moi
« toutes ces pierres que vous voyez là, on ne m'a rien dit, et vous
« savez cependant si ces gardiens sont d'ordinaire ennuyeux et
« déplaisants à vouloir tout examiner. En outre, j'ai rencontré par

« la rue plusieurs de mes compères et amis qui ont toujours l'habi-
« tude de me dire bonjour et de m'inviter à boire ; pas un d'eux ne
« m'a adressé le moindre mot, absolument comme s'ils ne me
« voyaient point. Enfin, arrivé céans, cette diablesse de femme est
« venue au-devant de moi et m'a vu, pour ce que, comme vous le
« savez, les femmes ôtent toute vertu aux objets ; sur quoi, moi qui
« pouvais m'estimer le plus heureux de tous les citoyens de Flo-
« rence, je suis resté le plus misérable, c'est pourquoi je l'ai battue
« tant que j'ai pu me servir de mes mains, et je ne sais à quoi tient
« que je ne lui saigne les veines. Que maudite soit l'heure où je la
« vis pour la première fois, et où elle vint céans! » Et sa colère
s'étant rallumée, il voulut se lever pour la battre de nouveau.

« Buffamalcco et Bruno, à ce récit, feignant de s'étonner fort,
affirmaient ce que Calandrino avait dit, et ils avaient si grande envie
de rire qu'ils en étouffaient ; mais en le voyant se lever furieux pour
battre de nouveau sa femme, ils s'y opposèrent et le retinrent, disant
qu'en tout ceci ce n'était pas la dame qui était fautive, mais bien lui
qui savait que les femmes font perdre toute vertu aux objets et qui
ne l'avait pas prévenue de se garder de se présenter devant lui de
tout ce jour ; et que Dieu l'avait empêché de prévoir cela, soit parce
que cette bonne fortune ne devait pas lui arriver à lui, soit parce
qu'il avait voulu tromper ses compagnons auxquels il devait tout
dire dès qu'il s'était aperçu qu'il avait trouvè la pierre. Enfin, après
de nombreuses paroles de ce genre, ils lui firent faire, non sans
peine, la paix avec sa malheureuse femme, et le laissant tout mélancolique dans sa maison pleine de pierres, ils s'en allèrent. »

LE COCHON DE CALANDRINO

*Bruno et Buffamalcco volent un cochon à Calandrino ; pour le
retrouver, ils lui font faire une épreuve magique qui con-
siste à avaler des pilules de gingembre préparées
pour les chiens, et dont le résultat est que c'est
Calandrino qui a volé lui-même le cochon.
Ils finissent par lui faire donner de
l'argent pour qu'ils ne le disent pas à sa femme.*

« Je n'ai pas besoin de vous expliquer ce qu'étaient Calandrino,
Bruno et Buffamalcco, car vous l'avez tantôt assez appris ; pour ce,
passant outre, je dis que Calandrino avait non loin de Florence un
petit domaine qu'il tenait en dot de sa femme. Parmi les revenus
qu'il en retirait, figurait chaque année un cochon, et il avait l'habitude d'aller en décembre avec sa femme à sa campagne pour tuer le
susdit cochon et le faire saler. Or, il advint une fois entre autres que
sa femme n'étant pas très bien portante, Calandrino alla seul tuer le
cochon. Bruno et Buffamalcco l'ayant appris, et sachant que sa
femme ne devait pas y aller, s'en allèrent passer quelques jours chez
un curé de leurs amis, voisin de Calandrino. Calandrino avait, le
matin même du jour où ils étaient arrivés, tué le cochon, et les voyant
avec le curé, les appela, et dit : « Soyez les bienvenus. Je veux
« vous faire voir quel bon ménager je suis. » Et les ayant menés
chez lui, il leur montra le cochon. Ses amis jugèrent que le cochon
était très beau, et ils apprirent de Calandrino qu'il voulait le saler
pour son ménage. A quoi Bruno dit : « Eh ! comme tu es bête !
« Vends-le, et réjouissons-nous avec l'argent ; tu diras à ta femme
« qu'on te l'a volé. » Calandrino dit : « Non ; elle ne le croirait
« pas, et me chasserait de la maison ; soyez tranquille, je ne ferai
« jamais cela. » Ils eurent beau insister beaucoup, ils ne purent
réussir. Calandrino les invita à souper à la bonne franquette, mais
ils ne voulurent pas accepter, et ils le quittèrent.

« Bruno dit à Buffamalcco : « Veux-tu que nous lui volions son
« cochon cette nuit ? » Buffamalcco dit : « Eh ! comment pour-
« rons-nous faire ? » « Je sais bien comment — dit Bruno —
« s'il ne le change pas de l'endroit où il est maintenant. » « Donc
« — dit Buffamalcco — faisons-le ; pourquoi ne le ferions-nous pas ?
« Nous en ferons ensuite bombance avec le curé. » Ce dernier
dit que cela lui plaisait fort ; alors Bruno dit : « Il faut ici user
« d'un peu de ruse ; tu sais, Buffamalcco, combien Calandrino est
« avare et comme il boit volontiers quand les autres payent ; allons
« le trouver, menons-le à la taverne, et là le curé fera mine de payer
« toute la dépense pour nous faire honneur, et de ne rien vouloir
« lui laisser payer ; il se grisera, et nous pourrons alors agir en
« toute commodité pour ce qu'il est seul à la maison. » Ils firent
comme Bruno avait dit. Calandrino voyant que le curé ne laissait
payer personne, se mit à boire comme un trou, et bien qu'il ne lui
en fallût pas beaucoup, il en prit sa bonne charge. Comme il était
déjà fort tard quand il quitta la taverne, il rentra chez lui, et, sans
avoir envie de souper, il alla se mettre au lit, laissant ouverte la
porte qu'il croyait avoir fermée. Buffamalcco et Bruno allèrent souper avec le curé, et quand ils eurent soupé, ils prirent plusieurs
outils pour pénétrer chez Calandrino et s'en allèrent sans bruit à
l'endroit que Bruno leur avait indiqué ; mais trouvant la porte
ouverte, ils entrèrent, détachèrent le cochon, l'emportèrent chez le
curé où ils le déposèrent, et allèrent se coucher.

« Le lendemain matin, le vin lui étant sorti de la tête, Calandrino
se leva. Mais à peine fut-il descendu, qu'il n'aperçut plus son cochon
et vit la porte ouverte ; pour quoi, ayant demandé à plusieurs personnes si elles savaient qui avait pris le cochon, et n'en pouvant
avoir des nouvelles, il se mit à faire grande rumeur, poussant des
hélas ! et se plaignant de ce que son cochon lui avait été volé.

« Bruno et Buffamalcco s'étant levés, s'en allèrent chez Calandrino
pour voir ce qu'il dirait au sujet du cochon. Dès qu'il les vit, il les
appela, quasi tout en pleurs, et dit : « Hélas ! compagnons, mon
« cochon m'a été volé. » Bruno, l'ayant abordé, lui dit doucement : « C'est merveille que tu aies été sage une fois ! » « Hélas !
« — dit Calandrino — je dis la vérité. » « Bien — disait Bruno,

« — crie fort, afin qu'on croie qu'il en est ainsi. » Alors Calandrino se mettait à crier plus fort, et disait : « Corps Dieu, je te
« dis que c'est vrai, qu'il m'a été volé. » Et Bruno disait :
« — Bon, bon, tu fais bien ; crie fort, qu'on t'entende, que cela
« paraisse vrai. » Calandrino dit : « Tu me ferais donner au
« diable. Tu ne crois pas ce que je dis ; que je sois pendu par la
« gorge, s'il ne m'a pas été volé. » Bruno dit alors : « Eh !
« comment cela se peut-il ? Je l'ai vu ici hier encore ; penses-tu
« nous faire croire qu'il se soit envolé ! » Calandrino dit :
« C'est comme je te dis. » « Eh ! — dit Bruno — c'est-il pos-
« sible ! » « Pour sûr — dit Calandrino — c'est ainsi ; du coup,
« je suis ruiné et je ne sais comment m'en retourner à la maison ;
« ma femme ne me croira point, et si par hasard elle me croit, je
« n'aurai plus un moment de paix avec elle. » Bruno dit alors :
« — Que Dieu me sauve, si c'est vrai, c'est très mal ; mais tu sais,
« Calandrino, que je t'ai conseillé hier de dire ainsi ; je ne voudrais
« pas que tu te moquasses à la fois de ta femme et de nous. »

« Calandrino se remit à crier et à dire : « Eh ! pourquoi m'exas-
« pérer et me faire blasphémer Dieu et les saints et tout le reste ?
« Je vous dis que le cochon m'a été volé cette nuit. » Buffamalcco
dit alors : « S'il en est vraiment ainsi, cherchons-le, pour voir si
« nous pourrons le retrouver. » « Eh ! — dit Calandrino —
« comment pourrons-nous le trouver ? » Buffamalcco dit alors :
« Pour sûr, il n'est venu personne de l'Inde pour te voler ton cochon ;
« ce doit être quelqu'un de tes voisins ; si tu pouvais les rassembler,
« je sais très bien faire l'épreuve du pain et du fromage, et nous
« verrions tout de suite quel est celui qui l'a volé. » « Oui, —
« dit Bruno — tu pourras bien faire l'épreuve du pain et du fromage
« à certains gentillâtres des environs, car je suis sûr que c'est quel-
« qu'un d'eux qui l'a volé ; mais ils se méfieront de la chose et ne
« voudront pas venir. » « Comment donc faire ? — dit Buffa-
« malcco. » Bruno répondit : « Il faudrait avoir de belles pilules
« de gingembre, du bon vin blanc, et les inviter à boire. Ils
« ne se défieront de rien et viendront ; et ainsi on pourra bénir les
« pilules de gingembre aussi bien que le pain et le fromage. »
Buffamalcco dit : « Pour sûr, tu dis vrai ; et toi, Calandrino,

« qu'en dis-tu ? Le faisons-nous ? Calandrino dit : « Je vous
« en prie, au contraire, pour l'amour de Dieu ; car si je pouvais
« savoir qui l'a volé, il me semblerait être à moitié consolé. »
« Or, allons — dit Bruno — je suis tout prêt à aller jusqu'à
« Florence pour y chercher ce dont tu as besoin, pourvu que tu me
« donnes de l'argent. » Calandrino avait environ quarante sols
qu'il lui donna.

« Bruno étant allé à Florence, chez un apothicaire de ses amis,
acheta une livre de belles pilules de gingembre, et en fit faire
séparément deux avec du gingembre amer, appelé gingembre de
chien, qu'il fit rouler dans la pâte fraîche d'aloès ; il les fit ensuite
recouvrir de sucre, comme il avait fait pour les premières, et afin de
ne pas les confondre avec les autres, il leur fit faire une petite marque
au moyen de laquelle il pouvait fort bien les reconnaître ; puis,
ayant acheté un flacon de bon vin blanc, il s'en revint à la campagne
de Calandrino et lui dit : « Tu inviteras demain matin pour
« boire avec toi tous ceux sur qui tu as des soupçons ; c'est jour de
« fête, chacun viendra volontiers, et je ferai cette nuit avec Buffa-
« malcco l'enchantement sur les pilules ; je te les apporterai demain
« matin chez toi, je te les donnerai à cause de l'amitié que je te
« porte, et je te dirai ce qu'il te faudra dire et faire. »
« Calendrino fit comme on lui avait dit. En conséquence, le lendemain matin, un bon nombre de jeunes gens de Florence qui se
trouvaient à la campagne, ainsi que des laboureurs, étant rassemblés
devant l'église, autour de l'ormeau, Bruno et Buffamalcco y vinrent
avec une écuelle de pilules et un flacon de vin, et ayant fait mettre les
assistants en cercle, Bruno dit : « Seigneurs, il faut que je vous
« dise le motif pour lequel vous êtes ici, afin que s'il arrive quelque
« chose qui ne vous plaise point, vous n'ayez pas à m'en faire de
« reproches. On a volé, la nuit dernière, à Calandrino que voici, un
« beau cochon qu'il avait, et il ne peut trouver celui qui le lui a
« volé. Et pour ce que d'autres que nous qui sommes présents ne
« peuvent l'avoir fait, il vous offre de manger chacun une de ces
« pilules et de boire de ce vin, afin de connaître quel est le voleur.
« Sachez que celui qui a volé le cochon ne pourra avaler sa pilule,
« qu'elle lui paraîtra au contraire plus amère que venin, et qu'il la

« crachera. Pour ce, avant de s'exposer à une telle vergogne en pré-
« sence de tant de monde, il vaudrait peut-être mieux que celui
« qui a volé le cochon le dît en confession au curé, et alors je
« m'abstiendrai de tout ceci. »

« Chacun de ceux qui étaient là dit qu'il en mangerait volontiers ;
pour quoi, Bruno ayant fait placer Calandrino au milieu d'eux, et
commençant par un bout, se mit à distribuer à chacun sa pilule.
Arrivé à Calandrino, il prit une des pilules de chien, et la lui mit dans
la main. Calandrino la jeta vivement dans sa bouche et se mit à la
mâcher, mais à peine sa langue eut-elle senti l'aloès, que n'en pouvant supporter l'amertume, il la cracha. Chacun des assistants guet-
tait le visage de son voisin, pour voir qui cracherait sa pilule, et Bruno
n'ayant pas achevé de les distribuer toutes, continuait sa besogne
sans faire semblant de prendre garde à ce qui se passait, quand il
entendit dire derrière lui : « Eh ! Calandrino, que veut dire
« ceci ? » Pour quoi, s'étant soudain retourné, et voyant que Calandrino avait craché sa pilule, il dit : « Attendez ; peut-être est-ce
« quelque autre motif qui la lui a fait cracher ; tiens, prends-en une
« autre. » Et prenant la seconde pilule de chien, il la lui mit dans
la bouche et continua à distribuer celles qu'il lui restait à donner.

« Si la première pilule avait paru amère à Calandrino, la seconde
lui parut plus amère encore ; mais pourtant, ayant honte de la cracher,
il la mâcha quelque temps dans sa bouche, et pendant qu'il la tenait,
il versait des larmes qui semblaient le faire souffrir beaucoup, tant
elles étaient grosses ; enfin, n'en pouvant plus, il la rejeta hors de sa
bouche, comme il avait fait de la première. Buffamalcco était en train
de verser à boire à la compagnie et à Bruno. En voyant ce que venait
de faire Calandrino, tous s'accordèrent à dire que, pour sûr, c'était
lui qui s'était volé son cochon, et il y en eut qui lui firent de vifs
reproches. Mais quand ils furent partis et que Calandrino fut seul
avec Bruno et Buffamalcco, ce dernier se mit à dire : « J'étais bien
« sûr que c'était toi qui l'avais pris, et que tu voulais nous faire
« croire qu'on te l'avait volé, pour ne point nous offrir à boire un
« coup avec l'argent que tu en as retiré. » Calandrino, qui n'avait
pas encore pu entièrement cracher l'amertume de l'aloès, se mit à
jurer qu'il ne l'avait point eu. Buffamalcco dit : « Voyons, farceur,

« de bonne foi, combien en as-tu retiré ? en as-tu eu six florins ? »
Calandrino, entendant cela, se mit à se désespérer. Sur quoi, Bruno
dit : « Écoute, Calandrino, un de ceux qui viennent de manger et
« de boire avec nous m'a dit que tu avais ici une jeunesse que tu
« tenais à ta disposition, et que tu lui donnais tout ce que tu pouvais
« mettre de côté ; que pour sûr tu lui avais envoyé ce cochon. Tu as
« l'habitude de faire des farces. Tu nous as menés une fois le long
« du Mugnon ramasser des pierres noires, et quand tu nous as eu
« embarqués sans biscuits, tu t'en es revenu ; puis tu as voulu nous
« faire croire que tu avais trouvé la pierre enchantée. Et aujourd'hui
« encore tu crois avec tes serments nous faire croire que le cochon,
« que tu as donné ou vendu, t'a été volé ! Nous sommes fatigués
« de tes plaisanteries et nous les connaissons ; tu ne nous en pourras
« plus faire d'autres, et pour ce, à te dire vrai, que nous avons pris
« beaucoup de peine à faire l'enchantement, nous entendons que
« tu nous donnes deux paires de chapons ; sinon, nous dirons tout
« à Monna Tessa. » Calandrino voyant qu'il n'était point cru
d'eux, et jugeant qu'il avait assez d'ennui sans vouloir encore y
ajouter celui de sa femme, leur donna deux paires de chapons. Pour
eux, après avoir salé le cochon, ils l'emportèrent à Florence, laissant
Calandrino volé et bafoué. »

LA REVANCHE DU MARI

Deux hommes mariés se fréquentent journellement ;
l'un d'eux couche avec la femme de l'autre,
lequel, s'en étant aperçu, s'entend avec
la femme du traître pour enfermer
celui-ci dans une caisse sur la-
quelle ils prennent ensuite
tous deux leurs ébats.

« Il faut donc que vous sachiez qu'à Sienne, ainsi que je l'ai
entendu dire jadis, il y avait deux jeunes gens très aisés et de bonnes

familles bourgeoises, dont l'un s'appelait Spinelloccio Tanena, et
l'autre Zeppa di Mino ; tous les deux demeuraient porte à porte dans
la rue Camollia. Ces deux jeunes gens étaient toujours ensemble, et
paraissaient s'aimer autant et même plus que s'ils eussent été frères.
Chacun d'eux avait pour femme une fort belle dame. Or il advint
que Spinelloccio, fréquentant beaucoup la maison de Zeppa, que
Zeppa y fût ou n'y fût pas, devint tellement familier avec la femme
de ce dernier, qu'il finit par coucher avec elle, et les deux amants
continuèrent un bon temps ce jeu sans que personne s'en aperçût.
Pourtant, à la longue, Zeppa étant un jour chez lui sans que sa
femme le sût, Spinellocio s'en vint le demander. La dame lui dit
qu'il n'était point à la maison ; sur quoi Spinelloccio étant monté
promptement, trouva la dame dans la salle et voyant qu'il n'y avait
personne, se mit à la prendre dans ses bras et à l'embrasser ; et elle
en fit autant. Zeppa, qui vit cela, ne souffla mot et se tint caché pour
voir où le jeu s'arrêterait. Il ne tarda point à voir sa femme et Spinelloccio ainsi embrassés s'en aller dans la chambre et s'y enfermer,
de quoi il fut fort courroucé. Mais comprenant que s'il faisait du
bruit l'injure qui lui avait été faite n'en serait pas moindre ; qu'au
contraire elle serait augmentée de la honte, il donna toute sa pensée
à chercher quelle vengeance il en devait tirer de façon que, sans
qu'on en sût rien au dehors, il en fût satisfait. Après y avoir longtemps pensé, il crut avoir trouvé le moyen, et se tint caché pendant
tout le temps que Spinelloccio demeura avec la dame.

   « Quand celui-ci s'en fut allé, il entra dans la chambre où il trouva
la dame qui n'avait pas encore fini de rajuster sur sa tête son voile
que Spinelloccio en jouant avec elle avait fait tomber, et il dit :
« Femme, que fais-tu là ? » A quoi la dame répondit : « Ne le
« vois-tu pas ? » « Oui bien — dit Zeppa — oui ; j'ai vu aussi autre
« chose que je n'aurais pas voulu voir. » Sur ce, il entra en
grandes explications sur ce qui s'était passé, et la dame, tremblant
de peur, après lui avoir avoué ce qu'elle ne pouvait véritablement
nier de ses relations avec Spinelloccio, se mit à pleurer et à lui
demander pardon. A quoi le Zeppa dit : « Vois, femme, tu as mal
« fait ; si tu veux que je te le pardonne, songe à faire entièrement ce
« que je t'ordonnerai, et le voici : je veux que tu dises à Spinelloccio

« que demain matin, sur l'heure de tierce, il trouve un motif quel-
« conque pour me quitter et venir ici te trouver ; quand il y sera, je
« reviendrai, et dès que tu m'entendras, tu le feras aussitôt entrer
« dans cette caisse où tu l'enfermeras. Puis, quand tu auras fait cela,
« je te dirai ce qu'il te restera à faire. Et tu ne devras avoir aucune
« hésitation à ce faire, car je te promets que je ne lui ferai aucun
« mal. » La dame, pour le contenter, dit qu'elle le ferait, et elle
le fit en effet.

« Le lendemain, sur la troisième heure, Zeppa et Spinelloccio
étant ensemble, Spinelloccio, qui avait promis à la dame d'aller la
trouver à cette heure-là, dit à Zeppa : « Je dois déjeuner ce matin
« avec un ami et je ne veux pas me faire attendre ; pour ce, va avec
« Dieu. » Zeppa dit : « Il n'est pas encore l'heure de déjeuner,
« il s'en faut. » Spinelloccio dit : « Cela ne fait rien ; j'ai aussi
« à causer avec lui d'une affaire, de sorte qu'il faut que j'y sois de
« bonne heure. » Spinelloccio ayant donc quitté Zeppa, fit un
détour et s'en alla chez ce dernier trouver sa femme. Ils venaient à
peine d'entrer dans la chambre, que Zeppa revint. La dame l'entendant, se montra très effrayée, et le fit entrer dans la caisse comme
son mari le lui avait dit : après quoi, l'y ayant enfermé, elle sortit
de la chambre.

« Zeppa étant monté, dit : « Femme, est-il l'heure de déjeu-
« ner ? » La dame répondit : « Oui, dans un moment. » Zeppa
dit alors : « Spinelloccio est allé déjeuner ce matin avec un
« sien ami et a laissé sa femme seule, mets-toi à la fenêtre et
appelle-la ; dis-lui qu'elle vienne déjeuner avec nous. » La dame,
craignant pour elle-même, et pour ce devenue tout à fait obéissante,
fit ce que son mari lui ordonnait. La femme de Spinelloccio, après
en avoir été bien priée par la femme de Zeppa, se décida à venir en
apprenant que son mari ne devait pas déjeuner à la maison. Quand
elle fut venue, Zeppa, lui faisant de grandes caresses et la prenant
amicalement par la main, ordonna doucement à sa femme d'aller à
la cuisine, et emmena avec lui sa voisine dans la chambre où, à peine
entré, il se retourna et ferma la porte en dedans. Quand la dame vit
fermer la porte, elle dit : « Eh ! Zeppa, que veut dire ceci ? C'est
« donc pour cela que vous m'avez fait venir ? Voilà l'amitié que

Gravelot inv. Le Mire sc.

LA REVANCHE DU MARI

C. B. - XIV

« vous portez à Spinelloccio, et la loyale compagnie que vous lui
« faites ? » A quoi Zeppa, s'étant approché de la caisse où était le
mari de la dame et tenant celle-ci dans ses bras, dit : « Femme,
« avant de te mettre en colère, écoute ce que je veux te dire : j'ai
« aimé et j'aime Spinelloccio comme un frère, et hier, bien qu'il ne
« le sache pas, j'ai trouvé que la confiance que j'avais en lui avait
« abouti à ceci, à savoir qu'il couche avec ma femme tout comme
« avec toi. Or, précisément parce que je l'aime, je n'entends pas tirer
« de lui une autre vengeance que de lui faire la même injure qu'il
« m'a faite : il a eu ma femme, et j'entends à mon tour t'avoir. Si
« tu refuses, il faudra certainement que je le prenne céans, et comme
« je n'entends pas laisser cette offense impunie, je lui ferai un tel
« jeu, que ni toi ni lui ne serez jamais plus joyeux de votre vie. »

« La dame, oyant cela, et Zeppa continuant à la presser vivement,
finit par le croire et dit : « Mon cher Zeppa, puisque c'est sur
« moi que doit retomber cette vengeance, j'en suis contente, pourvu
« que, après ce que nous allons faire, tu me fasses rester en paix
« avec ta femme, comme j'entends, nonobstant ce qu'elle m'a fait,
« lui conserver mon amitié. » A quoi Zeppa répondit : « Cer-
« tainement, je le ferai ; en outre, je te donnerai un rare et beau
« joyau comme tu n'en as jamais eu. » Ceci dit, l'ayant prise dans
ses bras, il se mit à l'embrasser, l'étendit sur la caisse où était
enfermé le mari, et là, il se satisfit tout autant qu'il lui plut avec
elle, et elle avec lui.

« Spinelloccio qui était dans la caisse, et qui avait entendu tout
ce que Zeppa avait dit, ainsi que la réponse de sa femme, et qui
ensuite avait senti la danse de Trévise qu'on faisait sur sa tête,
éprouva un moment une si grande douleur qu'il faillit en mourir ;
et n'eût été qu'il craignait Zeppa, il aurait dit de grosses injures à sa
femme, tout enfermé qu'il était. Cependant, en songeant que l'offense
avait commencé de son chef, et que Zeppa avait raison de faire ce
qu'il faisait, et qu'il s'était comporté envers lui humainement et
comme un camarade, il se dit qu'il devait rester plus que jamais
l'ami de Zeppa, si celui-ci y consentait.

« Zeppa, après être resté avec la dame autant qu'il lui plut, descendit de la caisse, et comme la dame lui demandait le joyau qu'il

lui avait promis, il ouvrit la porte de la chambre et fit rentrer sa
femme, laquelle ne dit autre chose que ceci : « Madame, vous
« m'avez rendu un pain pour une fouace. » Sur quoi, elle se mit
à rire. Zeppa lui dit alors : « Ouvre cette caisse » ce qu'elle
fit, et Zeppa montra à la dame son Spinelloccio. Il serait trop long
de dire lequel des deux eut le plus de honte, du Spinelloccio à la
vue de Zeppa et sachant que ce dernier savait ce qu'il avait fait, ou
de la dame voyant son mari et comprenant qu'il avait entendu et
senti ce qu'elle lui avait fait sur la tête. Zeppa lui dit : « Voilà le
joyau que je te donne. »

« Spinelloccio, étant sorti de sa caisse, sans trop faire de réflexions,
dit : « Zeppa, nous sommes quitte à quitte ; et pour ce, il est bon,
« comme tu le disais tout à l'heure à ma femme, que nous restions
« amis, comme d'habitude ; et puisque entre nous deux il n'y a que
« nos femmes qui ne soient pas en commun, il faut les mettre en
« commun elles aussi. » Zeppa y consentit, et dans la meilleure
entente du monde tous les quatre déjeunèrent ensemble. A partir de
ce jour, chacune de ces dames eut deux maris, et chacun de ceux-ci
eut deux femmes, sans que jamais la moindre contestation ou la
moindre querelle s'élevât entre eux à ce sujet. »

LE PSAUTIER DE L'ABBESSE

*Une abbesse se lève en toute hâte et dans l'obscurité, pour aller
surprendre au lit une de ses nonnes qu'on lui avait dit être
couchée avec son amant. Étant elle-même couchée avec
un prêtre, elle croit mettre sur sa tête son voile,
appelé psautier, et y met les culottes du prêtre ;
ce que voyant la nonne accusée, elle l'en
fait apercevoir, est absoute, et peut tout
à son aise rester avec son amant.*

« Vous saurez donc qu'il y a en Lombardie un monastère très
fameux pour sa sainteté et sa religion. Entre autres nonnes qui s'y
trouvaient, était une jeune fille de sang noble et douée d'une mer-

veilleuse beauté. Elle s'appelait Isabetta, et un jour un de ses parents
étant venu la voir à la grille avec un beau jeune homme, elle s'enamoura de celui-ci. Le jouvenceau la voyant si belle, et ayant vu
dans ses yeux ce qu'elle désirait, s'enflamma également pour elle,
et tous deux endurèrent pendant longtemps cet amour sans pouvoir
en tirer aucun fruit. Enfin, l'un et l'autre étant sollicités par une
même envie, le jeune homme trouva un moyen de voir secrètement
sa nonne, de quoi celle-ci fut fort contente, de sorte qu'il la visita
non une fois, mais souvent, au grand plaisir de chacun d'eux. Ce
manège continuant, il arriva qu'une nuit il fut vu par une des
dames de la maison, sans que ni l'un ni l'autre s'en aperçût, au
moment où il quittait l'Isabetta pour s'en aller. La dame le redit
à quelques-unes de ses compagnes. Leur premier mouvement fut
d'aller l'accuser auprès de l'abbesse, qui avait nom madame Usim-
balda, bonne et sainte personne suivant l'opinion des dames nonnains et de quiconque la connaissait ; puis elles pensèrent, afin
qu'elle ne pût nier, qu'il valait mieux la faire surprendre avec le
jeune homme par l'abbesse elle-même. Ayant donc gardé le silence,
elles se partagèrent en secret les veilles et les gardes afin de la surprendre.

« L'Isabetta ne se méfiant point de cela et ignorant tout, il arriva
qu'une nuit elle fit venir son amant ; ce que surent aussitôt celles
qui la surveillaient. Quand elles crurent le moment venu, une
bonne partie de la nuit étant déjà passée, elles se partagèrent en
deux bandes, dont l'une resta à faire la garde à la porte de la cellule de l'Isabetta, et l'autre courant à la chambre de l'abbesse, frappa
à la porte, et comme celle-ci répondait, elles lui dirent : « Sus !
« madame, levez-vous vite, car nous avons découvert que l'Isa-
« betta a un jouvenceau dans sa cellule. »

« Cette même nuit, l'abbesse était en compagnie d'un prêtre
qu'elle introduisait souvent dans un coffre. Entendant tout ce bruit,
et croyant que les nonnains, par trop de précipitation ou de méchant
désir, ne poussassent tellement la porte que celle-ci s'ouvrît, elle se
leva précipitamment, et s'habilla de son mieux dans l'obscurité ;
croyant prendre certains voiles pliés que les nonnes portent sur la
tête et qu'elles appellent le psautier, elle prit les culottes du prêtre,

et sa hâte fut si grande que, sans s'en apercevoir, elle se les jeta
sur la tête à la place du psautier, et sortit de sa chambre dont elle
ferma vivement la porte, en disant : « Où est cette maudite de
Dieu ? » Et avec les autres, qui brûlaient d'une telle envie de
trouver l'Isabetta en faute qu'elles ne s'apercevaient pas de ce que
l'abbesse avait sur la tête, elle arriva à la porte de la cellule qu'elle
jeta par terre, aidée par l'une et par l'autre. Étant entrées dans la
cellule, les nonnes trouvèrent au lit les deux amants étroitement
embrassés, et qui, tout étourdis d'être ainsi surpris, ne sachant que
faire, se tinrent coi. La jeune fille fut sur-le-champ saisie par les
autres nonnes et, sur l'ordre de l'abbesse, conduite au chapitre.
Le jouvenceau, remis de son émotion, avait repris ses habits et
attendait la fin de l'aventure, disposé à faire un mauvais parti à
toutes celles qu'il pourrait joindre s'il était fait le moindre mal à sa
jeune nonnain, et à l'emmener avec lui.

« L'abbesse, après s'être assise au chapitre, en présence de toutes
les nonnes qui n'avaient de regards que pour la coupable, se mit à
lui adresser les plus grandes injures qui eussent été jamais dites à
une femme, comme ayant contaminé, par ses actes indignes et vitu-
pérables, l'honneur, la bonne renommée du couvent, si cela venait
à se savoir au dehors ; aux injures, elle ajoutait les plus graves
menaces. La jeune nonne, honteuse et timide, se sentant coupable,
ne savait que répondre, et se taisait, inspirant compassion à toutes
les autres. Comme l'abbesse continuait à se répandre en reproches,
la jeune fille venant à lever les yeux, vit ce que l'abbesse avait sur
la tête, et les liens de la culotte qui pendaient de-çà et de-là ; sur
quoi, s'avisant de ce que c'était, elle dit, toute rassurée : « Ma-
« dame, que Dieu vous soit en aide ; rajustez votre coiffe et puis
« dites-moi tout ce que vous voudrez. » L'abbesse, qui ne la comprenait pas, dit : « Quelle coiffe, femme coupable ? As-tu main-
« tenant le courage de plaisanter ? Te semble-t-il avoir commis une
« chose où les bons mots aient leur raison d'être ? » Alors la
jeune nonne dit de nouveau : « Madame, je vous prie de nouer
« votre coiffe, puis, dites-moi ce qu'il vous plaira. » Là-dessus,
plusieurs des nonnes levèrent les yeux sur la tête de l'abbesse, et
celle-ci y ayant également porté les mains, on s'aperçut pourquoi

l'Isabetta parlait ainsi. L'abbesse, reconnaissant son erreur, et voyant que toutes les nonnes s'en étaient aperçues et qu'il n'y avait pas moyen de la cacher, changea soudain de langage, et se mit à parler sur un tout autre ton qu'elle avait fait jusque-là ; elle en vint à conclure qu'il est impossible de se défendre des excitations de la chair ; et pour ce, elle dit que chacune devait se donner en cachette autant de bon temps qu'elle pourrait, comme on avait fait jusqu'à ce jour. Ayant fait relâcher l'Isabetta, elle s'en retourna coucher avec son prêtre, et l'Isabetta avec son amant, qu'elle fit revenir souvent depuis, en dépit de celles qui lui portaient envie. Pour les autres qui étaient sans amants, elles pourchassèrent en secret leur aventure du mieux qu'elles surent. »

L'HOMME EN MAL D'ENFANT

Maître Simon, sur les instances de Bruno, de Buffamalcco et
de Nello, fait croire à Calandrino qu'il est en mal
d'enfant. Ce dernier, en guise de médecine,
donne aux susdits compères des cha-
pons et de l'argent et gué-
rit sans accoucher.

« Il a déjà été démontré assez clairement ce qu'étaient Calandrino et les autres dont je dois parler dans cette nouvelle ; pour ce, sans rien ajouter à ce sujet, je dis qu'il arriva qu'une tante de Calandrino mourut et lui laissa deux cents livres comptant, en petite monnaie. Sur quoi, Calandrino se mit à dire qu'il voulait acheter un domaine, et il allait, proposant marché à tous les courtiers qu'il y avait à Florence, comme s'il avait eu à dépenser dix mille florins d'or ; mais l'affaire se gâtait toujours quand on en venait au prix du domaine en question. Bruno et Buffamalcco, qui savaient cela, lui avaient plus d'une fois dit qu'il ferait mieux de dépenser son argent à s'amuser avec eux, que de chercher à acheter

de la terre, comme s'il avait eu à faire des balles ; mais ils n'avaient
pas même pu l'amener à leur payer une seule fois à dîner. Pour
quoi, un jour qu'ils s'en plaignaient entre eux, un peintre de leurs
compagnons, nommé Nello, étant survenu, ils résolurent tous
les trois de trouver un moyen pour se graisser le museau aux
dépens de Calandrino ; et, sans plus de retard, ayant arrêté entre
eux ce qu'ils devaient faire, ils guettèrent, le lendemain matin, le
moment où Calandrino sortait de chez lui. A peine ce dernier eut-il
fait quelques pas, que Nello vint à sa rencontre et dit : « Bonjour, Calandrino. » Calandrino lui répondit que Dieu lui donnât
bon jour et bon an. Après quoi Nello, l'ayant retenu quelque temps,
se mit à le regarder au visage. Calandrino lui dit : « Que regardes-
tu ? » Et Nello lui dit : « N'as-tu rien senti cette nuit ? Tu
« ne me sembles pas le même. » Calandrino se mit aussitôt à
douter et dit : « Eh ! quoi ? que te semble-t-il que j'aie ? » Nello
dit : « Eh ! je ne le dis pas pour cela, mais tu me parais tout
changé ; ce ne sera probablement rien. » Et il le laissa aller.

« Calandrino, tout pensif, ne se sentant cependant pas le moindre
malaise du monde, poursuivit son chemin. Mais Buffamalcco, qui
se tenait non loin de là, voyant qu'il avait quitté Nello, vint à lui,
et l'ayant salué, lui demanda s'il ne se sentait rien. Calandrino
répondit : « Je ne sais pas ; pourtant Nello me disait tout à
« l'heure que je lui paraissais tout changé ; serait-il possible que
« j'eusse quelque chose ? » Buffamalcco dit : « Tu pourrais
« bien avoir quelque chose en effet ; tu sembles à moitié mort. »
Calandrino croyait déjà avoir la fièvre, quand voici venir Bruno ;
la première chose qu'il dit fut : « Calandrino, quelle figure est-
ce là ? On dirait que tu es mort ; qu'éprouves-tu ? » Calandrino,
entendant chacun d'eux parler ainsi, tint en lui-même pour très
sûr qu'il était malade, et, tout inquiet, il lui demanda : « Que
« me faut-il faire ? » Bruno dit : « Je crois que tu dois t'en
« retourner chez toi, te mettre au lit et te bien couvrir ; tu enverras
« de ton urine à maître Simon, qui est, comme tu sais, notre
« ami dévoué. Il te dira tout de suite ce que tu auras à faire,
« nous irons auprès de toi, et s'il y a quelque chose à faire, nous
« le ferons. »

« Sur ces entrefaites, Nello les ayant rejoints, ils s'en retournèrent avec Calandrino chez ce dernier, lequel, en entrant d'un air
accablé dans la chambre, dit à sa femme : « Viens et couvre-moi
« bien, car je me sens bien mal. » S'étant donc couché, il envoya,
par une petite servante, de son urine à maître Simon, dont la boutique
était alors sur le Marché-Vieux, à l'enseigne du Melon. Bruno dit
à ses compagnons : « Vous, restez ici avec lui ; moi, je vais voir
« ce que dira le médecin et, s'il en est besoin, je l'amènerai ici. »
Calandrino dit alors : « Eh ! oui, mon compagnon, va et tâche
« de me dire ce qu'il en est, car je me sens je ne sais quoi
« en dedans. » Bruno, étant allé vers maître Simon, y arriva
avant la petite servante qui portait l'urine, et eut vite informé
maître Simon du fait. Pour quoi, la servante étant arrivée, et le
maître ayant examiné l'urine, il dit à la servante : « Va, et dis
« à Calandrino de se tenir bien chaud, que je vais venir incon-
« tinent le voir et que je lui dirai ce qu'il a et ce qu'il aura à
« faire. » La jeune servante rapporta la réponse telle quelle, et
peu après arrivèrent le maître avec Bruno. Le médecin, s'étant assis
auprès de lui, commença par lui tâter le pouls, et au bout d'un
instant, sa femme étant présente, il dit : « Vois-tu, Calandrino, à te
« parler en ami, tu n'as pas d'autre mal que d'être en mal d'enfant. »
A peine Calandrino l'eut-il entendu, qu'il se mit à crier dou-
loureusement et à dire : « Hélas ! Tessa, que m'as-tu fait en ne
« voulant pas te tenir autrement que dessus ? Je te le disais bien ! »
La dame, qui était une fort honnête personne, entendant son mari
parler de la sorte, devint toute rouge de honte, et, baissant le front,
sortit de la chambre : « Hélas ! c'est fait de moi ! Comment
« accoucherai-je de cet enfant ? Par où sortira-t-il ? Je vois bien que
« je suis mort par la rage de ma femme ; que Dieu la rende aussi
« triste que je voudrais être joyeux ! Ah ! si j'étais aussi bien portant
« que je suis malade, je me lèverais et je lui donnerais une telle
« raclée que je la briserais toute, quoique cela soit bien fait pour
« moi, car je ne devais pas la laisser mettre sur moi ; mais pour
« sûr, si j'échappe de cette fois, elle pourra bien mourir d'envie
« avant que je la laisse monter dessus. »
« Bruno, Buffamalcco et Nello avaient si grande envie de rire en

entendant les paroles de Calandrino, qu'ils étouffaient ; mais cependant ils se retenaient ; quand à maître Scimmione [1], il riait si fort qu'on aurait pu lui arracher toutes les dents. Enfin, à la longue, Calandrino se recommandant au médecin, et le priant en cette circonstance de lui donner aide et conseil, le maître lui dit : « Calandrino, je ne veux pas que tu te tourmentes, car, grâce à
« Dieu, nous nous sommes assez tôt aperçus de la chose pour t'en
« délivrer avec peu de peine et en peu de jours ; mais il faudra
« dépenser quelque argent. » Calandrino dit : « Ah ! mon cher
« maître, oui, pour l'amour de Dieu ; j'ai là deux cents livres avec
« lesquelles je voulais acheter un domaine ; s'il les faut toutes,
« prenez-les toutes, pourvu que je n'aie point à accoucher, car je
« ne sais comment je ferais. J'ai entendu les femmes faire une si
« grande rumeur quand elles sont pour accoucher, bien qu'elles
« aient passage assez large pour ce faire, que je crois, si j'avais à
« supporter une pareille souffrance, que je mourrais avant d'ac-
« coucher. » Le médecin dit : « Ne pense pas à cela. Je te ferai
« faire une certaine tisane distillée très bonne et très agréable
« à boire qui, en trois matinées, fera tout disparaître et te remettra
« mieux portant qu'un poisson dans l'eau ; mais tu feras en sorte
« d'être sage dorénavant et de ne plus tomber dans cette sottise.
« Or, nous avons besoin, pour cette tisane, de trois paires de bons
« chapons bien gras ; et pour le reste, tu donneras à chacun de tes
« amis ici présents cinq livres de petite monnaie pour qu'ils achètent
« tout ce qu'il faudra et me le fassent porter à ma boutique ; quant
« à moi, sur le saint nom de Dieu, je t'enverrai demain matin de
« ce breuvage distillé et tu commenceras à en boire un bon verre à
« chaque fois. »

« Calandrino, entendant cela, dit : « Maître, je me fie à
« vous. » Et ayant donné cinq livres à Bruno et des deniers pour trois paires de chapons, il le pria de se donner cette peine pour son service. Le médecin, l'ayant quitté, il lui fit faire une certaine eau claire, et la lui envoya. Bruno, ayant acheté les chapons et tout ce qu'il fallait pour faire bombance, s'en fut les

1. Boccace estropie ici le nom de Simon par plaisanterie.

manger avec le médecin et ses compagnons. Quant à Calandrino,
pendant trois jours il but l'eau claire ; après quoi le médecin l'étant
venu voir avec ses compagnons, il lui tâta le pouls et dit : « Calan-
« drino, tu es guéri, sans le moindre doute ; tu peux désormais
« vaquer à tes affaires, et tu n'as pas besoin de garder plus long-
« temps la maison. » Calandrino, joyeux, s'étant levé, alla à
ses affaires, louant beaucoup, auprès de toutes les personnes qu'il
rencontrait, la belle cure que le maître Simon avait faite sur
lui, en le faisant, en trois jours, dégrossir sans la moindre souffrance. Bruno, Buffamalcco et Nello se tinrent pour satisfaits d'avoir
trompé l'avarice de Calandrino, bien que madame Tessa, s'étant
aperçue du tour, eût fortement querellé son mari. »

CECCO FORTARRIGO

*Cecco Fortarrigo joue tout ce qu'il possède ainsi que l'argent de
Cecco Angiullieri son maître ; puis il se met à courir en
chemise après ce dernier, disant qu'il l'avait volé ;
il le fait prendre par des paysans, revêt ses
habits, monte sur son cheval et revient
en laissant Angiullieri en chemise.*

« Il y a quelques années à peine, vivaient à Sienne deux hommes
déjà d'un certain âge. Tous deux s'appelaient Cecco, mais l'un était
fils de messer Angiullieri et l'autre de messer Fortarrigo. Bien qu'ils
différassent beaucoup comme mœurs et comme caractère, ils s'ac-
cordaient si bien sur un point, à savoir que tous deux haïssaient leur
père, qu'ils en étaient devenus amis et se fréquentaient souvent.
Mais l'Angiullieri, qui était beau et élégant, trouvant qu'il ne pouvait pas vivre convenablement à Sienne avec la pension que lui
donnait son père, et ayant appris qu'un cardinal avec lequel il était
en excellentes relations était arrivé dans la Marche d'Ancône comme
légat du pape, résolut d'aller le trouver dans l'espoir d'améliorer sa
position. Ayant soumis ce projet à son père, il s'entendit avec lui

pour toucher d'une seule fois ce qui lui revenait pendant six mois, afin de pouvoir se fournir de vêtements et de chevaux et de voyager honorablement. Comme il cherchait quelqu'un qu'il pût emmener à son service, le Fortarrigo en eut vent, et, étant allé le lendemain trouver l'Angiullieri, il se mit, du mieux qu'il sut, à le prier de l'emmener avec lui, disant qu'il consentait à être son domestique, son familier, tout ce qu'il voudrait, sans autre salaire que sa dépense. L'Angiullieri lui répondit qu'il ne voulait pas l'emmener, non point parce qu'il ne le croyait pas capable de faire un bon service en toute chose, mais pour ce qu'il jouait et s'enivrait souvent. A quoi le Fortarrigo répondit qu'il se garderait sans faute sur l'un et l'autre point, et le lui affirma par serment, ajoutant de si vives prières, que l'Angiullieri finit par céder et consentir.

« S'étant mis tous deux en chemin, par une belle matinée, ils allèrent déjeuner à Buonconvento. Après avoir déjeuné, la chaleur étant grande, l'Angiullieri fit préparer un lit dans l'auberge, se déshabilla avec l'aide de Fortarrigo et s'en alla dormir en lui disant de l'appeler comme nones sonneraient. Pendant que l'Angiullieri dormait, le Fortarrigo descendit dans la taverne, et là, après avoir bu un tantinet, il se mit à jouer avec quelques voyageurs qui, en peu de temps, lui eurent gagné les quelques deniers qu'il avait, ainsi que les vêtements qu'il portait ; sur quoi, désireux de se rattraper, il s'en alla, tout en chemise qu'il était, à l'endroit où reposait l'Angiullieri, et, le voyant profondément endormi, il lui prit tout l'argent qu'il avait dans sa bourse, puis retourna au jeu où il perdit cet argent comme il avait perdu l'autre.

« L'Angiullieri s'étant réveillé se leva, et s'étant habillé s'enquit de Fortarrigo. Comme on ne le trouvait pas, l'Angiullieri pensa qu'il devait dormir ivre en quelque endroit, comme il avait l'habitude de le faire autrefois. Pour quoi, s'étant décidé à le laisser, il fit mettre la selle et sa valise sur son palefroi, remettant de se munir d'un autre familier quand il serait à Corsignano. Au moment de payer l'hôte, il ne se trouva plus aucun argent ; de quoi il y eut grande rumeur et grand trouble dans toute l'hôtellerie, l'Angiullieri disant qu'il avait été volé céans, et menaçant de les faire tous conduire en prison à Sienne. Là-dessus, arrive Fortarrigo en chemise qui venait

pour enlever les habits, comme il avait fait pour l'argent. Voyant
l'Angiullieri prêt à monter à cheval, il dit : « Qu'est cela, Angiul-
« lieri ? Voulons-nous nous en aller déjà ? Eh ! attends un peu. Il
« doit venir tantôt un compère qui a pris mon pourpoint en gage
« pour trente-huit sols ; je suis sûr qu'il nous le rendra pour trente-
« cinq si nous le payons comptant. » Pendant qu'il parlait, survint quelqu'un qui assura l'Angiullieri que c'était Fortarrigo qui lui
avait volé son argent en lui montrant la somme qu'il avait perdue.
Pour quoi, l'Angiullieri, fort courroucé, dit à Fortarrigo toutes sortes
d'injures, et, s'il n'avait par craint autre chose plus qu'il ne craignait
Dieu, il lui aurait fait un mauvais parti ; enfin, le menaçant de le
faire pendre par le col, ou de le faire bannir de Sienne sous peine
de la potence, il monta à cheval.

« Le Fortarrigo, comme si l'Angiullieri eût parlé à un autre et
non à lui, disait : « Eh ! Angiullieri, laissons là toutes ces paroles
« qui ne valent pas le diable ; pensons seulement à cela ; nous le
« rachèterons pour trente-cinq sols, en le payant comptant, tandis
« que, si nous attendons jusqu'à demain, il ne vaudra pas moins de
« trente-huit, comme il m'a prêté ; il me fait cette concession parce
« que je me suis remis à sa discrétion. Eh ! pourquoi ne gagnerions-
« nous pas ces trois sols ? » L'Angiullieri, l'entendant parler de la
sorte, se désespérait, surtout en se voyant regarder de travers par ceux
qui l'entouraient et qui semblaient croire non pas que le Fortarrigo
eût joué les deniers de l'Angiullieri, mais que l'Angiullieri s'était
emparé des siens ; il lui disait : « Qu'ai-je à faire de ton pourpoint ?
« Que pendu sois-tu par la gorge, car non seulement tu m'as volé
« mon argent et tu l'as joué, mais tu as retardé mon départ, et
« par-dessus le marché tu te moques de moi. » Le Fortarrigo
n'en restait pas moins impassible comme si ce n'eût pas été à lui
qu'on parlât, et il disait : « Eh ! pourquoi ne veux-tu pas me faire
« gagner ces trois sols ? Crois-tu que je ne puisse pas te les prêter
« encore ? Va ; fais-le si tu as souci de moi. Pourquoi es-tu si
« pressé ? Nous arriverons bien encore ce soir à Torrenieri. Va, tire
« ta bourse ; sache que je pourrais chercher dans tout Sienne sans
« en trouver un qui m'allât aussi bien que celui-ci ; et dire que je
« le lui ai laissé pour trente-huit sols alors qu'il en vaut encore

« quarante et plus ! Tu me ferais ainsi tort de deux façons. »

« L'Angiullieri, saisi d'un grand ennui en se voyant voler par ce drôle et en s'entendant tenir un pareil langage, sans plus répondre, fit faire volte-face à son palefroi, et prit le chemin de Torrenieri. Sur quoi, le Fortarrigo, saisi d'une subite malice, se mit à trotter derrière lui en chemise. Il avait déjà fait deux bons milles à ses trousses en le priant de lui rendre son pourpoint, et l'Angiullieri allait plus vite pour s'ôter cette rumeur des oreilles, quand Fortarrigo aperçut des laboureurs dans un champ voisin de la route, en avant de l'Angiullieri ; il se mit à leur crier de toutes ses forces : « Arrêtez-le ! arrêtez-le ! » Pour quoi, ces gens, qui avec sa houe, qui avec sa bêche, s'étant mis en travers du chemin de l'Angiullieri, l'arrêtèrent et se saisirent de lui, pensant qu'il avait volé celui qui courait après lui en chemise. L'Angiullieri eut beau leur dire qui il était et comment le fait s'était passé, cela leur servit peu. Mais le Fortarrigo, accouru sur les lieux, dit d'un air courroucé : « Je ne sais pour-« quoi je ne te tue point, larron déloyal, qui t'enfuies avec ce qui « m'appartient. » Et, s'étant retourné vers les laboureurs, il dit : « Vous voyez, messieurs, en quel équipage il m'a laissé dans « l'auberge, après avoir joué tout ce qui était à moi ! Je puis bien dire « que c'est grâce à Dieu et à vous que j'aurai recouvré au moins « une partie de mon bien, dont je vous serai toujours tenu. » L'Angiullieri disait tout le contraire, mais on ne l'écoutait pas. Le Fortarrigo, avec l'aide des paysans, le fit descendre de son palefroi, le dépouilla de ses habits qu'il revêtit, et, étant monté à cheval, retourna à Sienne, laissant l'Angiullieri en chemise et pieds nus, et disant partout qu'il avait gagné à l'Angiullieri son cheval et ses habits. Quant à l'Angiullieri, qui croyait s'en aller en riche équipage vers le cardinal dans la Marche, il revint pauvre et en chemise à Buonconvento, et, de honte, n'osa pas retourner tout de suite à Sienne. Quelques vêtements lui ayant été prêtés, il monta sur le roussin que chevauchait Fortarrigo, et s'en alla chez ses parents à Corsignano, avec lesquels il resta jusqu'à ce qu'il fût de nouveau secouru par son père. C'est ainsi que la malice de Fortarrigo entrava la bonne résolution de l'Angiullieri ; toutefois celui-ci ne laissa pas en temps et lieu ce méchant tour impuni. »

LE BERCEAU

*Deux jeunes gens logent chez un hôtelier. L'un couche avec
sa fille, l'autre avec sa femme. Celui qui avait couché avec
la fille, couche dans le même lit que le père auquel
il raconte tout, croyant le dire à son compagnon. Une dispute s'ensuit. La femme
de l'hôtelier, étant allée dans le
lit de sa fille, arrange tout
avec certaines paroles.*

« Dans la plaine du Mugnon, était, il n'y a pas longtemps, un
brave homme qui donnait, pour leur argent, à manger et à boire aux
voyageurs ; et, bien qu'il fût pauvre et que sa maison fût petite, il
lui arrivait parfois de loger, par grand besoin, non pas tout le monde,
mais des gens de connaissance. Cet homme avait une femme très
belle dont il avait eu deux enfants : l'une était une jeune fille de
quinze à seize ans et non encore mariée ; l'autre était un petit garçon
qui n'avait pas encore un an et que sa mère allaitait. La jeune fille
avait attiré les regards d'un jeune gentilhomme de notre cité, aux
manières agréables et plaisantes, qui fréquentait beaucoup l'endroit,
et aimait ardemment la belle. Celle-ci qui était fort glorieuse d'être
aimée par un jeune homme de cette qualité, en s'efforçant de le retenir en son amour par des manières aimables, s'enamoura pareillement de lui, et plusieurs fois, suivant le désir des deux parties, cet
amour aurait eu bonne fin, si Pinuccio, — c'est ainsi que le jouvenceau avait nom, — n'eût voulu éviter le déshonneur de la jeune fille
et le sien. Cependant, leur ardeur croissant de jour en jour, le désir
vint à Pinuccio de se trouver avec elle, et il chercha dans sa pensée
le moyen d'être hébergé chez son père, avisant, en homme qui connaissait la disposition intérieure de la maison de la jeune fille, que
s'il se faisait qu'il y fût logé, il pourrait trouver l'occasion d'être avec
elle sans que personne s'en aperçût. Cette pensée lui fut à peine
venue en l'esprit, qu'il la mit sans retard à l'essai.

« Un soir, vers une heure tardive, lui et un sien compagnon fidèle, appelé Adriano, qui connaissait son amour, ayant pris deux roussins de louage sur lesquels ils posèrent deux valises, sortirent de Florence, et après avoir fait un détour arrivèrent en chevauchant dans la plaine du Mugnon, à la nuit tombante. Là, comme s'ils venaient de la Romagne, ils firent volte-face, et s'en vinrent frapper à l'auberge du brave homme. Celui-ci qui les connaissait beaucoup tous les deux, leur ouvrit promptement la porte. Pinuccio lui dit : « Vois, il faut que tu nous héberges cette nuit ; nous pensions « pouvoir entrer à Florence, et nous nous sommes si peu pressés, « que nous sommes arrivés ici, comme tu vois, à l'heure qu'il « est. » A quoi l'hôte répondit : « Pinuccio, tu sais bien comme « je suis peu en état de pouvoir héberger des hommes comme vous ; « mais pourtant, puisque l'heure vous a surpris ici, et qu'il n'est « plus temps d'aller ailleurs, je vous hébergerai volontiers comme « je pourrai. » Les deux jeunes gens étaient donc descendus de cheval, et étant entrés dans l'auberge, pansèrent tout d'abord les roussins, puis, ayant apporté avec eux de quoi bien manger, ils soupèrent avec l'hôte.

« Or, l'hôte n'avait qu'une chambrette très petite dans laquelle il avait mis, du mieux qu'il avait pu, trois lits, sans que pour cela il restât beaucoup d'espace libre ; deux de ces lits étaient sur un même côté de la chambre et le troisième de l'autre côté en face les deux premiers, de sorte qu'on ne pouvait que difficilement passer entre eux. L'hôte fit préparer le moins mauvais de ces trois lits pour les deux compagnons et les fit coucher ; puis, au bout d'un moment, ni l'un ni l'autre ne dormant, bien qu'ils fissent semblant de dormir, l'hôte fit coucher sa fille dans un des autres lits et se mit dans le troisième avec sa femme qui, à côté du lit où elle était couchée, plaça le berceau dans lequel était son petit enfant. Les choses étant en cet état, et Pinuccio ayant bien vu comment tout était disposé, quand il lui sembla que chacun était endormi, il se leva doucement, s'en alla droit au petit lit où était couchée la jeune fille qu'il aimait et se glissa à côté d'elle. Celle-ci, encore qu'elle eût grand'peur, l'accueillit joyeusement et il put goûter avec elle ce plaisir qu'ils désiraient le plus l'un et l'autre.

« Pendant que Pinuccio était avec la jeune fille, il arriva qu'une
chatte fit tomber quelque chose, ce que la maîtresse du logis étant
éveillée entendit ; pour quoi, craignant que ce ne fût autre chose,
elle se leva dans l'obscurité, et s'en alla à l'endroit où elle avait
entendu le bruit. Sur ces entrefaites Adriano, qui ne pensait à rien
de mal, se leva par hasard pour satisfaire un besoin naturel ; en y
allant, il trouva le berceau placé là par la dame, et ne pouvant passer sans l'ôter, il le prit, l'ôta de l'endroit où il était, et le posa à côté
du lit où il couchait lui-même ; puis ayant satisfait au besoin qui
l'avait fait se lever, il revint se remettre dans son lit, sans plus songer
au berceau. De son côté, la dame ayant cherché, et ayant trouvé que
ce qui était tombé n'était point ce qu'elle pensait, ne songea pas
autrement à allumer une chandelle pour le voir, mais après avoir
crié contre la chatte, elle revint dans la chambrette, et se dirigea à
tâtons vers le lit où son mari dormait. Mais n'y retrouvant pas le
berceau, elle se dit en elle-même : « Eh ! pauvre de moi, voyez ce
« que je faisais ! Sur ma foi en Dieu, je m'en allais droit au lit de
« mes hôtes. » Alors ayant fait quelques pas de plus et ayant
trouvé le berceau, elle se coucha dans le lit qui était à côté et où
était Adriano, croyant se coucher avec son mari.

« Adriano, qui n'était pas encore endormi, sentant cela, la reçut
bien et joyeusement, et sans dire mot, remplit plus d'une fois copieusement son office au grand plaisir de la dame. Sur ces entrefaites,
Pinuccio craignant que le sommeil ne le surprît auprès de la jeune
fille, et ayant pris tout le plaisir qu'il désirait, la quitta pour retourner dormir dans son lit ; en y retournant, il rencontra le berceau, et
crut que c'était le lit de l'hôtelier ; pour quoi, ayant poussé un peu
plus outre, il alla se coucher auprès de l'hôtelier, croyant être aux
côtés d'Adriano, et dit : « Je puis bien te dire qu'il n'y eut jamais
« si douce chose que la Niccolosa. Par la corps Dieu ! j'ai eu avec
« elle le plus grand plaisir que jamais homme ait eu avec une femme.
« Et je te dis que j'ai fait plus de six lieues depuis que je suis parti
« d'ici. » L'hôtelier, entendant ces étranges propos qui ne lui plaisaient guère, se dit tout d'abord à part soi : « Que diable celui-ci
« vient-il faire là ? » Puis, plus irrité que prudent, il dit : « Pinuc-
« cio, tu viens de commettre une grande scélératesse, et je ne sais

« pourquoi tu m'as fait cela ; mais par la corps Dieu ! tu me le
« payeras. » Pinuccio, qui n'était pas l'homme le plus fin du
monde, reconnaissant son erreur, n'essaya pas de s'excuser de son
mieux, mais il dit : « Comment te le payerai-je ? Que pourrais-tu
« me faire ? »

« La femme de l'hôtelier, qui croyait être avec son mari, dit à
Adriano : « Eh ! entends nos hôtes qui ont je ne sais quelle que-
« relle ensemble. » Adriano répondit en riant : « Laisse faire ;
« que Dieu leur donne la male an ; ils ont trop bu hier soir. »
La dame qui croyait que c'était son mari qui allait lui répondre,
entendant la voix d'Adriano, reconnut sur-le-champ où elle était et
avec qui ; pour quoi, en femme avisée, sans dire un mot, elle se leva
soudain, et ayant pris le berceau de son petit enfant, profitant de
l'obscurité complète qui régnait dans la chambre, elle le porta vers
le lit de sa fille, à côté de laquelle elle se coucha. Puis, comme si elle
était éveillée par les cris de son mari, elle l'appela et lui demanda ce
qu'il avait avec Pinuccio. Le mari répondit : « N'entends-tu pas
« ce qu'il dit avoir fait cette nuit à la Niccolosa ? » La dame dit :
« Il ment par la gorge, car je me suis couchée avec elle et je n'ai
« pu dormir un seul instant ; et toi, tu es une bête de le croire. Vous
« buvez tellement le soir, que vous rêvez toute la nuit ; vous allez
« d'un côté et d'autre sans vous en douter, et il vous semble avoir
« fait merveille. C'est grand dommage que vous ne vous rompiez
« pas le col ; mais que fait Pinuccio là-bas ? Pourquoi n'est-il pas
« dans son lit ? »

« De son côté, Adriano voyant que la dame couvrait sagement sa
honte et celle de sa fille, dit : « Pinuccio, je te l'ai dit cent fois de
« ne pas t'en aller hors de chez toi ; que ce défaut que tu as de te
« lever pendant que tu dors, et de raconter comme vraies les choses
« que tu rêves, te joueront à la fin un mauvais tour ; reviens vers
« moi ; que Dieu te donne la male nuit ! » L'hôtelier, entendant
ce qu'avait dit sa femme et ce que disait Adriano, commença à
croire très bien que Pinuccio rêvait ; pour quoi, le prenant par les
épaules, il se mit à le secouer, à l'appeler en disant : « Pinuccio,
« réveille-toi ; retourne dans ton lit. » Pinuccio ayant entendu ce
qui s'était dit de part et d'autre, se mit, comme un homme qui rêve,

à recommencer d'autres divagations ; de quoi l'hôtelier fit les plus grandes risées du monde. A la fin pourtant, se sentant de plus en plus secouer, Pinuccio fit semblant de se réveiller, et appelant Adriano, dit : « Est-ce qu'il est déjà jour que tu m'appelles ? » Adriano dit : « Oui, viens ici. » Pinuccio, dissimulant toujours et feignant d'être tout endormi, finit par quitter l'hôtelier et retourna dans le lit d'Adriano.

« Le jour venu, ils se levèrent tous et l'hôtelier ne manqua pas de rire et de se moquer de Pinuccio et de ses rêves. Tout en plaisantant, d'un mot à un autre, les deux jeunes gens ayant apprêté leurs roussins, mis leurs valises dessus et bu avec l'hôtelier, remontèrent à cheval et s'en revinrent à Florence, non moins contents de la façon dont l'aventure s'était passée que de l'effet qui s'en était suivi. Par la suite, ayant pris d'autres mesures, Pinuccio se retrouva avec la Niccolosa qui avait affirmé à sa mère que leur hôte avait rêvé. Pour quoi la bonne dame, se souvenant des embrassements d'Adriano, soutenait qu'elle seule avait veillé. »

LA JUMENT DU COMPÈRE PIERRE

*Maître Jean, sur les instances de son compère Pierre, fait
un enchantement pour changer la femme de celui-ci en
jument. Quand il en vient à appliquer la queue,
compère Pierre, disant qu'il n'y voulait
pas de queue, gâte toute l'opération.*

« L'autre année, il y avait à Barletta un prêtre appelé maître Jean de Barolo, lequel, ayant une église trop pauvre, se mit, pour gagner sa vie, à colporter de côté et d'autre, sur une jument, des marchandises aux foires de la Pouille, à acheter et à vendre. Ainsi voyageant, il se lia intimement avec un certain Pierre de Tresanti, qui faisait le même métier avec un âne. En signe d'affectueuse amitié, suivant la coutume de Pouille, il ne l'appelait que compère Pierre, et chaque fois que celui-ci arrivait à Barletta, il l'emmenait à son presbytère, où il lui offrait l'hospitalité, lui faisant de son mieux les honneurs du logis. De son côté, compère Pierre qui était très pauvre et ne possédait à Tresanti qu'une petite cabane à peine suffisante pour lui, pour sa belle et jeune femme et pour son âne, menait maître Jean chez lui, toutes les fois que ce dernier passait à Tresanti, et le traitait du mieux qu'il pouvait, en reconnaissance de la réception qu'il en recevait à Barletta. Cependant, quant à la question du coucher, compère Pierre n'ayant qu'un tout petit lit dans lequel il dormait avec sa femme, il ne pouvait recevoir maître Jean comme il aurait voulu, mais il était obligé de l'envoyer coucher sur un peu de paille dans une petite écurie où la jument de maître Jean était remisée à côté de son âne. La femme sachant la bonne réception que le prêtre faisait à son mari à Barletta, avait plus d'une fois voulu, quand maître Jean venait, aller dormir avec une de ses voisines nommée Zita Carapresa de Giudice Leo, afin que leur hôte pût reposer dans le lit avec son mari, et elle l'avait souvent proposé au prêtre ; mais celui-ci n'avait jamais voulu. Une fois, entre autres, il lui dit : « Commère Gemmata, ne t'inquiète pas de moi ; je suis fort bien, « parce que, quand cela me plaît, je change ma jument en une « belle jeune fille et je couche avec elle. Puis quand je veux, je la « fais redevenir jument. C'est pourquoi je ne me séparerais pas « d'elle. » La jeune femme étonnée, le crut et le dit à son mari, ajoutant : « S'il est ton ami autant que tu le dis, que ne te fais- « tu enseigner cet enchantement ? Tu pourrais me changer en « jument et faire tes affaires avec un âne et une jument. De la sorte, « nous gagnerions le double. Quand nous serions de retour, tu « pourrais me faire redevenir femme, comme je suis. » Compère Pierre, qui était aussi simple que pas un, la crut, goûta le conseil et, du mieux qu'il sut, se mit à solliciter maître Jean de lui enseigner la chose. Maître Jean s'efforça de le détourner de cette sotte idée ; mais ne le pouvant il dit : « Eh bien, puisque vous le vou- « lez absolument, nous nous lèverons demain matin, suivant notre « habitude, avant le jour, et je vous montrerai comment on fait. « A vrai dire, le plus malaisé en cette affaire, c'est d'attacher « la queue, comme tu verras. » Compère Pierre et commère Gemmata, ayant à peine dormi de la nuit, tellement ils attendaient

le moment désiré, se levèrent dès l'approche du jour et appelèrent
maître Jean, lequel s'étant levé en chemise, vint dans la chambre
de compère Pierre et dit : « Je ne sais personne au monde pour
« qui je ferais cela, si ce n'est pour vous. Donc, puisque cela vous
« plaît, je le ferai ; mais il faut que vous fassiez tout ce que je vous
« dirai, si vous voulez que la chose réussisse. » Ceux-ci dirent
qu'ils feraient ce qu'il leur dirait. Sur quoi, maître Jean prit une
chandelle, la mit dans la main de compère Pierre et lui dit :
« Regarde bien comme je ferai et rappelle-toi bien comment je
« dirai. Garde-toi, si tu as bon désir de ne pas gâter tout, quelque
« chose que tu entends ou que tu voies, de dire une seule parole ;
« et prie Dieu que la queue s'attache bien. » Compère Pierre
prit la chandelle et dit qu'il le ferait bien. Alors maître Jean fit
mettre commère Gemmata nue comme à sa naissance, et la fit placer
les mains et les pieds par terre, comme se tiennent les juments, la
prévenant aussi qu'elle n'eût à dire mot, quoi qu'il advînt. Puis avec
les mains, il se mit à lui toucher la figure et la tête et commença
par dire : « Que ceci soit belle tête de jument. » Il lui toucha
les cheveux et dit : « Que ceci soit belle crinière de jument. »
Lui touchant les bras, il dit : « Et que ceci soit belles jambes et
« beaux pieds de jument. » Passant ensuite au sein et le trouvant
ferme et rond, il sentit se réveiller et se lever quelque chose qui
n'avait pas été appelé, et il dit : « Que ceci soit beau poitrail de
« jument. » Il fit de même pour l'échine, le ventre, la croupe,
les cuisses et les jambes. Enfin, rien ne restant plus à faire que la
queue, il leva sa chemise, et prenant le plantoir avec lequel il
plantait les hommes, il le mit prestement dans la gaine pour ce
faite, et dit : « Et que ceci soit belle queue de jument. » Compère
Pierre, qui jusque-là avait tout regardé fort attentivement, voyant
cette dernière opération, et ne la trouvant pas de son goût, dit :
« O maître Jean, je n'y veux pas de queue, je n'y veux pas de
« queue ! » Déjà l'humide radical, par lequel toutes les plantes
prennent racine, était venu, quand maître Jean, retirant son outil
dit : « Eh ! compère Pierre, qu'as-tu fait ? Ne t'ai-je pas dit de ne
« pas bouger, quoi que tu visses ? La jument allait être faite ;
« mais en parlant, tu as tout gâté, et il n'y a plus moyen de la

« refaire jamais maintenant. » Compère Pierre dit : « C'est bon,
« je n'y voulais pas cette queue. Pourquoi ne me disiez-vous
« pas : fais-la, toi ? Et puis, vous l'attachiez trop bas. » Maître
Jean dit : « Parce que tu n'aurais pas su l'attacher si bien que
« moi la première fois. » La jeune femme entendant cela, se
leva sur ses pieds et dit naïvement à son mari : « Bête que tu es !
« pourquoi as-tu gâté tes affaires et les miennes ? Quelle jument
« as-tu jamais vue sans queue ? Que Dieu me soit en aide ; tu es
« pauvre, mais ce serait bien fait que tu le fusses encore davan-
« tage ! » Et voyant qu'il n'y avait plus moyen d'être changée
de jeune femme en jument, elle se rhabilla mélancolique et toute
marrie. Quant à compère Pierre, il s'en tint à son âne, ainsi qu'il
en avait l'habitude, pour faire son métier. Il s'en alla avec maître
Jean à la foire de Bitonto, et plus jamais il ne requit de lui semblable service. »

LA GÉNÉROSITÉ DE NATHAN

*Mitridanes envieux de la générosité de Nathan, et étant allé
pour le tuer, lui parle sans le connaître. Nathan lui in-
dique le moyen d'atteindre son but, et il va l'attendre, selon les indications, dans un petit bois
où Mitridanes, l'ayant reconnu, a honte
de son crime et devient son ami.*

« C'est chose très certaine — si l'on peut ajouter foi aux paroles
de quelques Génois et d'autres gens qui vivent en ce pays — que dans
certaines parties du Catay fut jadis un homme de noble lignage et
riche sans comparaison, nommé Nathan. Cet homme avait un
domaine voisin d'une route par laquelle devait passer quasi nécessai-
rement quiconque voulait aller du Ponant au Levant, ou du Levant
au Ponant, et comme son âme était grande et généreuse et qu'il
voulait le prouver par ses actes, il manda en cet endroit un grand

LA JUMENT DU COMPÈRE PIERRE

nombre d'artistes, et leur fit construire en peu de temps un des plus
beaux, des plus grands et des plus riches palais qu'on eût jamais vus,
et le fit remplir abondamment de tout ce qu'il fallait pour recevoir
avec honneur des gentilshommes. Ayant avec lui un nombreux
domestique, il y faisait recevoir avec honneur, au milieu des plaisirs et des fêtes, quiconque allait et venait ; et il persévéra tellement dans cette louable coutume, que sa renommée fut bientôt
connue non seulement dans le Levant, mais dans quasi tout le
Ponant.

« Étant chargé d'ans, sans que pour cela sa générosité se fût
lassée, il advint que sa renommée arriva jusqu'aux oreilles d'un jeune
homme nommé Mitridanes, habitant d'un pays peu éloigné du sien,
lequel se sentant non moins riche que Nathan, devint envieux de sa
réputation et de son mérite, et se proposa de l'annuler ou de l'éclipser
par une libéralité plus grande. Ayant fait faire un palais semblable à
celui de Nathan, il se mit à faire les plus démesurées libéralités
qu'eût jamais faites un autre homme, à quiconque allait ou venait
par là, et il devint sans conteste en peu de temps très fameux. Or il
advint un jour que le jeune homme était demeuré tout seul dans la
cour de son palais, qu'une vieille femme entra par une des portes,
lui demanda l'aumône, et la reçut ; étant ensuite rentrée par une
autre porte, elle reçut encore une nouvelle aumône, et ainsi successivement jusqu'à la douzième ; comme elle revenait une treizième
fois, Mitridanes dit : « Bonne femme, tu es bien prompte à revenir
demander ! » Néanmoins, il lui fit encore l'aumône. La petite vieille,
entendant cette réponse, dit : « O générosité de Nathan, combien
« tu es merveilleuse ! Je suis entrée par les trente-deux portes qu'a
« son palais, comme j'ai fait pour celui-ci, et je lui ai chaque fois
« demandé l'aumône ; mais il n'a point fait semblant de me recon-
« naître et il me l'a toujours donnée ; tandis que je ne suis venue
« ici que treize fois encore, et j'ai été « reconnue et réprimandée. »
Et ce disant, elle partit sans plus revenir,

« Mitridanes, entendant les paroles de la vieille et estimant que
ce qu'il venait d'entendre au sujet de la renommée de Nathan diminuait la sienne, s'enflamma d'une rageuse colère, et se mit à dire :
« Malheur à moi ! Quand donc égalerai-je la libéralité de Nathan

« dans les grandes choses loin de les dépasser, comme je le cherche,
« puisque même dans les plus petites choses je ne puis en appro-
« cher ? Vraiment, je m'efforcerai en vain d'y arriver, si je ne le
« fais disparaître de dessus terre ; puisque la vieillesse ne veut pas
« se charger de ce soin, il faut que sans plus de retard mes mains
« se chargent de cette besogne. » Et s'étant levé dans cet accès
de fureur, sans communiquer son dessein à personne, il monta à
cheval avec une suite peu nombreuse, et arriva le troisième jour
à l'endroit où Nathan demeurait. Là, ayant ordonné à ses compagnons de faire semblant de n'être point avec lui et de ne pas le
connaître, il leur dit de chercher à se loger jusqu'à ce qu'il leur
donnât d'autres ordres.

« Resté seul, et le soir commençant à venir, il rencontra, à peu
de distance du beau palais, Nathan qui se promenait seul et sans le
moindre vêtement d'apparat. Ne le connaissant pas, il lui demanda
s'il pourrait lui enseigner où Nathan demeurait. Nathan lui répondit
joyeusement : « Mon fils, personne en ce pays ne saurait mieux te
« l'enseigner que moi ; et, pour ce quand il te plaira, je t'y mènerai. »
Le jeune homme dit que cela lui agréerait fort, mais que, si c'était
possible, il ne voulait point être vu ni connu de Nathan. A quoi
Nathan dit : « Et je ferai encore ainsi, puisque cela te plaît. »
Étant donc descendu de cheval, Mitridanes s'en alla jusqu'au beau
palais avec Nathan qui se mit à lui tenir la plus plaisante conversation. Là Nathan fit prendre le cheval du jeune homme par un de
ses familiers, et s'étant penché vers l'oreille de ce dernier, il lui
ordonna d'informer promptement tous les gens de la maison que
personne ne s'avisât de dire au jeune homme qu'il fût Nathan ; ce
qui fut fait. Quand ils furent dans le palais, il installa Mitridanes
dans une magnifique chambre où nul ne pouvait le voir excepté
ceux qu'il avait commis à son service, et lui faisant rendre de grands
honneurs, il lui tint lui-même compagnie.

« Pendant qu'il était avec lui, Mitridanes, bien que le révérant
comme un père, lui demanda cependant qui il était. A quoi Nathan
répondit : « Je suis un petit serviteur de Nathan ; depuis ma
« plus tendre enfance j'ai vieilli avec lui, et il ne m'emploie pas à
« autre chose qu'à ce que tu vois ; pour quoi, bien que tous les

« autres se louent beaucoup de lui, je ne puis guère m'en louer
« pour mon compte. »

« Ces paroles donnèrent à Mitridanes quelque espérance de
pouvoir mettre à exécution son perfide dessein avec plus d'aide et
de facilité. Nathan lui demanda à son tour très courtoisement qui
il était, et quel motif l'amenait, lui offrant ses conseils et son aide
en ce qu'il pourrait. Mitridanes resta un moment sans répondre ;
enfin, se décidant à se confier à lui, il employa un long détour pour
exiger sa parole ; puis, lui demandant aide et conseil, il lui découvrit entièrement qui il était et pour quel motif il était venu.
Nathan, entendant ce discours et le cruel dessein de Mitridanes, fut
tout bouleversé au fond de lui-même ; cependant, d'un cœur fort
et d'un visage ferme, il répondit sans trop d'hésitation : « Mitri-
« danes, ton père était gentilhomme, et tu ne veux pas dégénérer,
« ayant résolu une si haute entreprise, à savoir d'être libéral envers
« tous ; et je loue très fort l'envie que tu portes au mérite de
« Nathan, pour ce que s'il y avait beaucoup d'entreprises sem-
« blables, le monde, qui est très misérable, deviendrait bien vite
« bon. Ton dessein que tu m'as confié sans hésiter sera gardé
« secret ; je puis plutôt en cela te donner conseil que grande aide,
« et ce conseil est celui-ci : tu peux voir d'ici à un mille de distance
« à peu près un petit bois dans lequel Nathan va quasi tous les
« matins se promener longtemps seul ; là, il te sera facile de le
« trouver et de faire à ton plaisir. Si tu le tues, afin de pouvoir
« retourner sans empêchement chez toi, tu t'en iras non par le
« chemin que tu as pris pour venir ici, mais par celui que tu vois
« sortir du bois à gauche, pour ce que, bien qu'il soit un peu plus
« sauvage, il est plus près de chez toi et partant plus sûr pour toi. »

« Après avoir reçu cette information, et quand Nathan l'eut
quitté, Mitridanes fit secrètement prévenir ses compagnons, qui
étaient aussi dans le château, de l'endroit où ils devaient l'attendre.

« Le lendemain, Nathan, invariable dans ses sentiments, malgré
le conseil donné à Mitridanes, et sans rien changer à ses habitudes,
s'en alla seul vers le petit bois pour y mourir. Mitridanes, s'étant
levé, ayant pris son arc et son épée, — car il n'avait pas d'autres
armes, — monta à cheval, s'en alla droit au bois, et vit de loin

Nathan qui se promenait tout seul. Voulant, avant de l'assaillir, le voir et l'entendre parler, il courut vers lui, et, le saisissant par le bandeau qu'il avait sur la tête, il dit : « Vieillard, tu es mort ! » A quoi Nathan ne répondit rien, si ce n'est : « Alors, c'est que je l'ai « mérité. » Mitridanes, entendant sa voix et le regardant au visage, le reconnut aussitôt pour celui qui l'avait si bien accueilli, qui lui avait courtoisement fait compagnie et l'avait loyalement conseillé ; pour quoi, sa fureur tomba soudain et sa colère se changea en honte. Alors, jetant son épée qu'il avait déjà tirée pour le frapper, il descendit de cheval, courut en pleurant se jeter aux pieds de Nathan, et dit : « Je reconnais manifestement votre générosité, très cher père, « considérant avec quelle délicatesse vous êtes venu ici pour me « donner votre vie, laquelle, bien que je n'en eusse aucune raison, « je me suis montré à vous-même désireux de vous arracher. Mais « Dieu, plus soucieux que moi de mon devoir, m'a ouvert, juste au « moment où il en était le plus besoin, les yeux de l'intelligence, que « la méchante envie m'avait fermés. Et pour ce, je me reconnais « d'autant plus avoir mérité d'être puni de mon erreur, que vous « avez été plus empressé à me complaire ; prenez donc de moi telle « vengeance que vous jugerez convenable pour mon crime. »

« Nathan fit relever Mitridanes, le serra tendrement dans ses bras, l'embrassa, et lui dit : « Mon fils, il n'est pas besoin que tu « demandes pardon, ni que je te pardonne pour ton entreprise, « que tu la veuilles appeler crime ou autrement, pour ce que tu ne « la poursuivais point par haine, mais afin de pouvoir être tenu « pour le meilleur. Vis donc sans aucune crainte de moi, et sois cer- « tain qu'il n'y a personne que j'aime autant que toi, considérant la « grandeur de ton âme qui ne s'est point adonnée à entasser de « l'argent comme font les avares, mais à le dépenser. N'aie point « non plus de vergogne d'avoir voulu me tuer pour devenir plus « renommé, et ne crois pas que je m'en étonne. Les illustres empe- « reurs et les plus grands rois n'ont agrandi leur royaume, et par « conséquent leur renommée, qu'en employant quasi uniquement « l'art de tuer, non pas un homme comme tu voulais faire, mais « un nombre infini de gens, qu'en brûlant des pays entiers et ren- « versant les villes ; pour quoi, si toi tu as voulu me tuer, moi

« seulement, pour te rendre plus fameux, tu faisais une chose ni fort
« étonnante, ni nouvelle, mais fort habituelle. »

« Mitridanes, sans excuser son dessein pervers, mais louant beaucoup l'honnête excuse trouvée par Nathan, en vint à dire, tout en
devisant avec lui, qu'il s'émerveillait outre mesure de ce que
Nathan eût pu se résoudre à lui donner le conseil et le moyen de
le tuer. A quoi Nathan dit : « Mitridanes, je ne veux pas que
« tu t'étonnes du conseil que je t'ai donné ni de ma résolution,
« pour ce que depuis que j'ai eu mon libre arbitre et que je me
« suis résolu à faire ce que tu as toi-même entrepris, personne
« n'est jamais venu en ma maison que je n'aie satisfait à sa demande.
« Tu y es venu désireux de me prendre la vie ; pour quoi, te l'en-
« tendant demander, et afin que tu ne fusses pas seul à t'en aller
« d'ici sans avoir obtenu ce que tu demandais, je me suis sur-le-
« champ décidé à te la donner ; et pour que tu pusses la prendre,
« je t'ai donné ce conseil que j'ai cru bon pour que tu eusses ma
« vie sans risquer de perdre la tienne ; et pour ce, je te dis encore,
« et je te prie, si elle te fait toujours envie, de la prendre et de te
« satisfaire toi-même en cela, attendu que je ne crois pas que je la
« puisse employer mieux. Je m'en suis déjà servi pendant quatre-
« vingts ans, et je l'ai employée pour mes plaisirs et mon conten-
« tement ; et je sais que, suivant le cours de la nature, ainsi qu'il
« advient des autres hommes, et généralement de tout, elle ne m'est
« laissée que pour peu de temps désormais. Pour quoi, je crois
« qu'il est mieux de la donner, comme j'ai toujours donné et
« dépensé mes trésors, que de la vouloir tellement garder qu'elle
« me soit, contre mon gré, ôtée par la nature. C'est faire un mince
« présent que de donner cent années ; combien donc en est-ce un
« moindre de donner les six ou huit ans que j'ai à vivre ? Prends-la
« donc, si elle t'agrée, je t'en prie ; pour ce que, pendant tout le
« temps que j'ai vécu, je n'ai encore trouvé personne qui l'ait
« désirée, et je ne sais si je trouverai jamais qui la veuille, si toi,
« qui l'as demandée, tu ne la prends pas. Et si pourtant il arrivait
« qu'il s'en trouvât un, je reconnais que plus je la garderai, moins
« elle aura de prix ; donc, avant qu'elle devienne plus vile, prends-
« la, je t'en prie. »

« Mitridanes, plein de vergogne, dit : « A Dieu ne plaise, non pas
« seulement que je sépare de vous une vie aussi précieuse que la
« vôtre et que je la prenne, mais que j'en conçoive même le désir,
« comme je le faisais naguère ; bien loin de diminuer ses années, je
« l'allongerais volontiers des miennes. » A quoi Nathan dit aussitôt :
« Et, si tu veux, tu peux les en allonger en effet, et tu me feras faire
« vis-à-vis de toi ce que je n'ai jamais fait pour aucun autre, c'est-
« à-dire prendre de ce qui est à toi, moi qui jamais n'acceptai rien
« d'autrui. » « Oui, » dit vivement Mitridanes. « Donc — dit Nathan
« — tu feras comme je vais te dire : tu resteras, jeune comme tu es,
« ici, dans ma maison, et tu t'appelleras Nathan, et moi, j'irai dans
« la tienne, et je me ferai désormais appeler Mitridanes. » Alors
Mitridanes répondit : « Si je savais aussi bien agir que vous savez
« et que vous avez toujours su, j'accepterais sans trop hésiter ce
« que vous m'offrez ; mais pour ce qu'il me paraît très certain que
« mes œuvres diminueraient la renommée de Nathan, et que je
« n'entends pas gâter chez les autres ce que je ne sais pas arranger
« pour moi-même, je ne l'accepte pas. »

« Après ces plaisants entretiens entre Nathan et Mitridanes, et
beaucoup d'autres encore, ils revinrent ensemble au palais, selon
qu'il plut à Nathan. Là, Nathan combla d'honneurs Mitridanes
pendant plusieurs jours, et avec beaucoup d'esprit et de savoir l'en-
couragea dans sa grande et noble entreprise. Et Mitridanes voulant
s'en retourner chez lui avec sa suite, Nathan lui donna congé après
lui avoir fait bien voir qu'il ne pourrait jamais le surpasser en
libéralité. »

CHARLES LE VICTORIEUX

*Le roi Charles le Victorieux, étant vieux, devient amoureux
d'une jeune fille ; rougissant de son fol amour, il la
marie honorablement ainsi qu'une de ses sœurs.*

« Chacune de vous peut avoir plus d'une fois entendu rappeler
le nom du roi Charles le Vieux, autrement Charles Ier, par la
magnifique entreprise duquel — et surtout par la glorieuse victoire
qu'il remporta sur le roi Manfred — les Gibelins furent chassés de
Florence où rentrèrent les Guelfes. Par suite de quoi, un chevalier,
nommé messer Neri degli Uberti, étant sorti de la ville avec toute
sa famille et de grosses sommes d'argent, ne voulut pas aller se
réfugier ailleurs que sous la protection du roi Charles ; et pour vivre
en un lieu solitaire où il pourrait tranquillement finir ses jours, il
s'en alla à Castello da Mare di Distabia, et là, à une distance d'un trait
d'arbalète environ des autres habitations de la ville, au milieu des
oliviers, des noyers et des châtaigniers dont le pays abondait, il
acheta un domaine sur lequel il fit faire une belle et commode
habitation, et, tout à côté, un agréable jardin au milieu duquel,
ayant des eaux vives en abondance, il établit un vaste et clair vivier
qu'il remplit facilement d'une grande quantité de poissons.

« Pendant qu'il ne songeait qu'à rendre son jardin chaque jour
plus beau, il advint que le roi Charles, au temps de la canicule,
s'en vint à Castello da Mare pour se reposer un peu, et ayant
entendu parler de la beauté du jardin de messer Neri, il voulut le
voir. Ayant appris à qui il était, il pensa que, le chevalier étant du
parti opposé au sien, il fallait en user avec lui d'une façon plus
affable, et il lui envoya dire qu'il voulait aller secrètement et avec
quatre amis, souper avec lui la nuit suivante dans son jardin. Cela
fut très agréable à messer Neri, et ayant magnifiquement préparé et
ordonné avec ses serviteurs ce qu'il y avait à faire, il reçut le roi

dans son beau jardin de l'air le plus joyeux qu'il put et qu'il sut. Le roi, après avoir vu et admiré tout le jardin et la maison de messer Neri, et les tables ayant été dressées tout à côté du vivier, s'assit à l'une d'elles, après s'être lavé, et ordonna au comte Guido de Montfort, qui était un de ses compagnons, de s'asseoir à un de ses côtés, et à messer Neri de s'asseoir à l'autre ; quant aux trois autres personnes qui étaient venues avec lui, il leur commanda de servir, suivant l'ordre fixé par messer Neri. On apporta de délicates victuailles, les vins furent exquis et précieux, et le service fut si bien et si convenablement fait, que le roi n'eut à souffrir d'aucun bruit de dispute, ce qu'il loua fort.

« Pendant qu'il mangeait d'un air joyeux, et enchanté de ce lieu solitaire, entrèrent dans le jardin deux jouvencelles, âgées d'environ quinze ans chacune, blondes comme l'or, avec les cheveux tout crespelés et surmontés d'une légère guirlande de pervenches. Leurs yeux semblaient plutôt appartenir à des anges qu'à des créatures humaines, tant elles les avaient fins et beaux ; et elles portaient sur leur chair des vêtements de lin très fins et blancs comme neige, très étroits au-dessus de la ceinture, et de la ceinture en bas flottants et longs jusqu'aux pieds, comme un pavillon. Celle qui marchait la première portait sur ses épaules une paire de filets à pêcher qu'elle tenait de sa main gauche, et avait dans sa main droite un long bâton. Celle qui venait après avait sur son épaule gauche une poêle, sous le même bras un petit fagot de bois, et à la main un trépied ; de l'autre main elle portait un petit pot d'huile et un flambeau allumé. Les jeunes filles, arrivées devant le roi, lui firent en rougissant une révérence respectueuse ; puis étant allées à l'endroit par où l'on entrait dans le vivier, celle qui avait la poêle la posa par terre ainsi que tous les autres objets qu'elle portait, prit le bâton que tenait sa compagne, et toutes les deux entrèrent dans le vivier, dont l'eau leur venait jusqu'à la poitrine. Un des familiers de messer Neri alluma promptement le feu, et ayant posé la poêle sur le trépied après y avoir versé de l'huile, il se mit à attendre que les jeunes filles lui jetassent du poisson.

« Ces deux dernières, l'une d'elles fouillant dans les endroits où elle savait que les poissons se cachaient, et l'autre tenant le filet

tout prêt, eurent en peu de temps, au grandissime plaisir du roi
qui les regardait attentivement, pris beaucoup de poissons. Après
en avoir jeté quelques-uns au familier qui les mettait quasi vivants
dans la poêle, elles se mirent très habilement à prendre parmi les
plus beaux, et à les jeter sur la table devant le roi, le comte Guido
et leur père. Ces poissons sautaient sur la table, de quoi le roi
éprouvait un merveilleux plaisir et prenant lui-même à son tour
quelques-uns de ces poissons, il les rejetait en s'amusant aux
jeunes filles ; ils plaisantèrent ainsi quelque temps, jusqu'à ce que
le familier eut fait cuire ceux qu'on lui avait donnés, et qui, sur
l'ordre de messer Neri, furent mis devant le roi, plutôt comme
un entremets, que comme un plat rare ou agréable. Les jeunes filles
voyant le poisson cuit, et ayant assez pêché, sortirent du vivier,
leur blanc et fin vêtement collant à leur chair et ne cachant pour
ainsi dire rien de la forme délicate de leur corps, et ayant repris
chacune les objets qu'elles avaient d'abord, elles passèrent en rougissant devant le roi, et s'en retournèrent à la maison.

« Le roi, le comte et ceux qui les servaient, avaient beaucoup
regardé ces jeunes filles, et chacun d'eux les avait, en soi-même,
admirées comme belles et bien faites, et en outre pour leurs
manières et leur tenue ; mais elles avaient plu au roi par-dessus
tout. Il avait si attentivement examiné toutes les parties de leur
corps, quand elles étaient sorties de l'eau que si on l'eût piqué, il
ne l'aurait point senti. Pensant de plus en plus à elles, sans savoir
qui elles étaient ni comment, il se sentit naître dans le cœur un
ardent désir de les posséder, pour quoi il vit bien qu'il était près
d'en devenir amoureux s'il n'y prenait garde ; et il ne savait pas
lui-même quelle était celle des deux qui lui plaisait le plus, tellement elles se ressemblaient en tout l'une à l'autre. Mais quand il
se fut un moment livré à ces pensers, s'étant retourné vers messer
Neri, il lui demanda qui étaient les deux demoiselles ; à quoi
messer Neri répondit : « Monseigneur, ce sont mes filles, nées toutes
« deux le même jour ; l'une s'appelle Ginevra la belle, et l'autre
« Isotta la blonde. » Sur quoi, le roi les loua beaucoup et l'engagea
à les marier, mais messer Neri s'excusa en disant qu'il ne le pouvait
plus.

« Sur ces entrefaites, comme il ne restait plus à servir que les fruits, les deux jouvencelles vinrent, en jupes de taffetas très belles, et portant deux grandissimes plats d'argent chargés de fruits variés, suivant que la saison le comportait, et les posèrent devant le roi sur la table. Cela fait, elles se retirèrent un peu en arrière, et se mirent à chanter une canzone dont les paroles commençaient ainsi :

> Là où je suis arrivée, Amour,
> On ne pourrait chanter longuement...

Elles chantèrent d'une façon si douce et si plaisante, qu'il semblait au roi, qui les regardait et les écoutait avec ravissement, que toutes les hiérarchies des anges étaient descendues en cet endroit pour chanter. La chanson dite, s'étant agenouillées, elles demandèrent congé au roi qui le leur accorda d'un air en apparence joyeux, bien que leur départ le fâchât.

« Le souper fini, le roi et ses compagnons remontèrent à cheval, et ayant quitté messer Neri, ils s'en retournèrent au logis royal en devisant d'une chose et d'une autre. Là, le roi tenant son amour caché, et ne pouvant, quelque affaire sérieuse qui se présentât, oublier la beauté et la grâce de Ginevra la belle, dont il aimait aussi la sœur pour ce qu'elle lui ressemblait, s'empêtra tellement dans les gluaux amoureux, qu'il ne pouvait songer quasi à autre chose. Saisissant d'autres prétextes, il s'était lié d'une étroite amitié avec messer Neri, et le visitait très souvent dans son beau jardin, pour voir la Ginevra. Enfin, ne pouvant pas supporter plus longtemps sa passion, et lui étant venu en la pensée de voir s'il ne pourrait point enlever à leur père non seulement une des jeunes filles, mais toutes les deux, il confia son amour et son intention au comte Guido, lequel, pour ce que c'était un honnête homme, lui dit :

« Monseigneur, j'ai grand étonnement de ce que vous me dites, « et je l'ai d'autant plus grand que ne l'aurait tout autre, qu'il me « paraît avoir mieux que personne connu vos habitudes depuis « votre enfance jusqu'à ce jour. Et ne vous ayant jamais connu « une telle passion dans votre jeunesse, alors que l'amour aurait « pu plus facilement vous saisir dans ses liens, je trouve si nou-

« veau et si extraordinaire que vous, que je vois déjà vieux,
« aimiez d'amour, que cela me semble quasi un miracle ; et s'il
« m'appartenait de vous en blâmer, je sais bien ce que je vous en
« dirais, considérant que vous avez encore le harnais sur le dos
« dans un royaume nouvellement conquis, parmi une population
« que vous ne connaissez pas et pleine de ruses et de trahisons ;
« que vous êtes tout entier occupé de grandissimes soucis et de
« hautes affaires, et que vous n'avez pas encore pu vous asseoir.
« Qu'au milieu de tant de choses vous ayez donné place à un
« amour trompeur, ce n'est pas là l'acte d'un roi magnanime, mais
« bien d'un jeune homme pusillanime. En outre, ce qui est bien
« pis, vous dites que vous avez résolu d'enlever les deux filles au
« pauvre chevalier qui vous a honoré dans sa maison au delà de
« ses moyens, et pour vous faire davantage honneur, vous a fait
« voir ses filles quasi nues, témoignant par là quelle confiance il a
« en vous, et qu'il croit que vous êtes un roi et non un loup
« rapace. Vous est-il donc si tôt sorti de la mémoire que ce sont les
« violences faites aux femmes par Manfred qui vous ont ouvert
« l'entrée de ce royaume ? Quelle trahison fut-elle jamais commise
« plus digne d'un éternel supplice que le serait celle-ci, à savoir
« que vous enleviez à celui qui vous a fait honneur, et son hon-
« neur, et son espérance et sa consolation ? Que dirait-on de vous,
« si vous faisiez cela ? Vous pensez peut-être que ce serait une
« excuse suffisante de dire : je l'ai fait pour ce qu'il est Gibelin.
« La justice des rois consiste-t-elle maintenant à traiter de la
« sorte ceux, quels qu'ils soient, qui se sont réfugiés dans leurs
« bras ? Je vous rappelle, ô roi, que ç'a été une grandissime gloire
« pour vous de vaincre Manfred, mais que c'en est une bien plus
« grande de se vaincre soi-même ; et pour ce, vous qui avez à
« corriger les autres, triomphez de vous-même et refrénez cet
« appétit, et gardez-vous de souiller par cette tache ce que vous
« avez si glorieusement acquis. »

« Ces paroles émurent amèrement l'âme du roi, et l'affligèrent
d'autant plus qu'il sentait qu'elles disaient vrai ; pour quoi, après
un profond soupir, il dit : « Comte, j'estime certainement qu'il
« n'y a point d'ennemi, si fort qu'il soit, qu'il ne soit plus facile à

« vaincre par un guerrier habile qu'il n'est facile de vaincre soi-
« même son propre appétit ; mais bien que le chagrin soit grand,
« et qu'il faille une force inexprimable, vos paroles m'ont si fort
« aiguillonné, qu'il faut, avant qu'il soit peu, que je vous fasse
« voir par des preuves que, de même que je sais vaincre les autres,
« je sais aussi me vaincre moi-même. » Peu de jours après cet
entretien, le roi étant retourné à Naples, tant pour s'enlever toute
occasion de faire quelque action blâmable, que pour récompenser
le chevalier de l'honneur qu'il en avait reçu, et bien qu'il lui parût
dur de rendre autrui possesseur du bien qu'il désirait souverainement pour lui-même, résolut de marier les deux jeunes filles, non
comme si elles étaient les filles de messer Neri, mais comme si elles
étaient les siennes. Les ayant magnifiquement dotées, du consentement de messer Neri, il donna Ginevra la belle à messer Maffeo
da Palizzi, et Izotta la blonde à messer Guglielmo della Magna, tous
deux nobles chevaliers et grands barons. Après les leur avoir remises,
il s'en alla dans la Pouille, plein d'une douleur inexprimable, et
là il macéra tant et si bien son cruel appétit par de continuelles
fatigues, qu'ayant enfin brisé et rompu les amoureuses chaînes, il
se délivra pour le reste de sa vie d'une si grande passion.

« Il y en aura peut-être qui diront que c'est petite chose pour
un roi que d'avoir marié deux jouvencelles ; je l'accorde, mais
je dirai que c'est une grande, une grandissime chose si c'est un
roi amoureux qui marie celle qu'il aimait sans avoir pris ou sans
prendre de son amour, fleur, feuille ou fruit. Donc, le magnifique
roi agit ainsi, estimant bien haut le noble chevalier, honorant d'une
façon louable les jeunes filles qu'il aimait, et triomphant fortement
de soi-même. »

LA CHANSON DE MINUCCIO

*Le roi Pierre ayant appris le fervent amour que lui
portait Lisa, va la voir pendant qu'elle est malade
et la console. Puis il la marie à un gentil
chevalier, la baise au front, et dès
ce moment se proclame pour
toujours son chevalier.*

« Au temps où les Français furent chassés de Sicile, il y avait à
Palerme, comme apothicaire, un de nos concitoyens de Florence,
homme fort riche et nommé Bernardo Puccini, lequel avait eu de
sa femme une fille unique très belle et qui était déjà en âge d'être
mariée. En ce temps aussi, le roi Pierre d'Aragon était devenu
seigneur de l'île et faisait à Palerme une merveilleuse fête avec ses
barons. Un jour qu'il joutait à la manière catalane, il arriva que
la fille de Bernardo, qui avait nom Lisa, le vit courir d'une fenêtre
où elle était avec d'autres dames. Il lui plut tellement, que, le
regardant à plusieurs reprises, elle s'enamoura fortement de lui. La
fête terminée, et rentrée dans la maison de son père, elle ne pouvait
songer à autre chose, sinon à l'amour qu'elle portait à si haut et si
magnifique personnage. Ce qui lui causait le plus de chagrin, c'était
la conscience qu'elle avait de son infime condition, qui ne lui
laissait pas la moindre espérance d'un heureux résultat. Pourtant,
elle ne voulait point cesser d'aimer le roi, mais par crainte d'un
ennui plus grand, elle n'osait manifester son amour. Le roi ne s'en
était point aperçu et n'en avait cure ; de quoi, selon qu'on peut le
penser, elle souffrait une intolérable douleur. Il en advint que,
son amour s'augmentant sans cesse, et la mélancolie s'ajoutant à la
mélancolie, la belle jouvencelle, n'en pouvant plus, tomba malade,
et elle se consumait de jour en jour à vue d'œil, comme la neige
au soleil. Le père et la mère fort affligés de cet événement, s'efforçaient de la réconforter, et lui prodiguaient, en médecins et en
médecines, tous les soins que faire se pouvait ; mais cela ne servait

à rien, pour ce que, désespérant de son amour, elle avait résolu de ne plus vivre.

« Or il advint que son père lui offrant de faire tout ce qu'elle désirerait, il lui vint la pensée de faire, avant de mourir, connaître au roi, si cela se pouvait, et son amour et son désir ; et pour ce elle pria un jour son père de faire venir près d'elle Minuccio d'Arezzo. Minuccio était, en ces temps, tenu pour un très fin chanteur et sonneur de luth, et volontiers reçu par le roi Pierre. Bernardo croyant que Lisa voulait l'entendre un peu chanter et sonner du luth, le lui fit dire, et lui qui était un homme très complaisant, vint incontinent la voir. Après qu'il l'eut un peu réconfortée par d'amoureux propos, il se mit à sonner doucement sur sa viole une sonate, puis il chanta quelques chansons ; mais tout cela était feu et flamme pour l'amour de la jeune fille, là où Minuccio croyait la consoler. Quand il eut fini, la jeune fille dit qu'elle voulait lui dire quelque chose à lui seul ; pour quoi, tout le monde s'étant retiré, elle lui dit : « Minuccio, je t'ai choisi pour « fidèle gardien de mon secret, espérant d'abord que tu ne le « découvrirais jamais à personne, sinon à celui que je te dirai, puis « que tu m'aiderais en cela de tout ton pouvoir ; ce dont je te prie. « Il faut donc que tu saches, mon cher Minuccio, que le jour où « notre seigneur le roi Pierre fit la grande fête de son couronne-« ment, il m'est arrivé de le voir pendant qu'il faisait des armes, « et d'être à ce point touchée par sa vue que, d'amour pour lui, un « feu s'est allumé en mon âme. C'est lui qui m'a mise en l'état où « tu me vois. Je connais que mon amour ne convient point à un « roi, mais comme je ne puis, je ne dis pas le chasser, mais même « en restreindre l'ardeur, et qu'il m'est trop douloureux à supporter, « j'ai résolu, pour avoir moindre mal, de mourir ; et ainsi ferai-je. « Il est vrai que je m'en irais grandement désolée, si, avant que je « meure, il ne le savait pas ; et comme je ne connais personne qui « lui puisse plus facilement que toi exposer mon désir, je veux t'en « donner la mission, et je te prie de ne point refuser de ce faire. « Quand tu l'auras fait, fais-le-moi savoir, afin que, mourant con-« solée, je me délivre d'une telle peine. » Et ceci dit, elle se tut en pleurs.

« Minuccio, étonné de la hauteur d'âme de cette jeune fille, et de
sa fière proposition, en eut grande pitié, et soudain ayant imaginé
de quelle façon il la pourrait honnêtement servir, il lui dit : « Lisa,
« je t'engage d'abord ma foi, sur laquelle tu peux te reposer, car
« jamais tu ne seras trompée par elle ; puis je te loue d'une si bonne
« pensée que celle d'avoir placé ton amour sur un si grand roi. Je
« t'offre mon concours, à l'aide duquel j'espère, alors que tu veux
« seulement te consoler un peu, faire de telle sorte qu'avant que se
« soit passé le troisième jour, je t'apporterai des nouvelles qui te
« seront chères ; et pour ne point perdre de temps, je veux com-
« mencer tout de suite. » La Lisa l'ayant de nouveau prié et lui
ayant promis de se réconforter, lui dit d'aller à la garde de Dieu.

« Minuccio l'ayant quittée, s'en fut trouver un certain Mico de
Sienne, très bon arrangeur de rimes de cette époque, et l'amena,
par ses prières, à faire la chanson suivante :

> Meus-toi, Amour, et va-t'en vers Messire ;
>   Conte-lui les peines que j'endure ;
>   Dis-lui que je vais mourir,
>   Obligée, par crainte, de cacher mon désir.

> Je t'en prie, Amour, à mains jointes,
>   Va-t'en où reste Messire.
>   Dis-lui que je le désire souvent et que je l'aime,
>   Si doucement mon cœur s'en est enamouré ;
>   Et que, du feu dont je suis tout embrasée,
>   Je crains de mourir, sans même savoir l'heure
>   Où je serai délivrée de la peine si cruelle
>   Que j'endure pour lui, pleine à la fois de désir,
>   De crainte et de vergogne.
>   Hélas ! pour Dieu, fais-lui savoir mon mal.

> Depuis, Amour, que de lui je me suis enamourée,
>   Tu ne m'as pas donné autant d'audace que de crainte,
>   De sorte que j'aie pu une seule fois
>   Faire ouvertement montre de mon désir
>   A celui qui me tient en si grande angoisse ;
>   Et mourir ainsi m'est chose cruelle.
>   Peut-être qu'il ne l'aurait point à déplaisir
>   S'il savait quelle peine je ressens,
>   Et si tu m'avais donné la hardiesse
>   De lui faire connaître mon état.

> Puisque, Amour, il ne t'a point plu
> De me donner cette assurance
> De faire connaître mon âme à Messire,
> Soit par message, soit par autre signe,
> Je te requiers en grâce, mon doux maître,
> D'aller à lui et de lui donner souvenance
> Que le jour où je le vis avec l'écu et la lance
> Combattre avec d'autres chevaliers,
> Je me mis à le regarder,
> Tellement enamourée que mon cœur en dépérit.

Minuccio mit sur-le-champ ces paroles sur un air suave et plaintif, comme il convenait à un tel sujet, et le troisième jour il s'en alla à la cour où il trouva le roi Pierre encore à table. Le roi lui ayant dit de chanter quelque chose en s'accompagnant de sa viole, il se mit à sonner et à chanter si doucement cette chanson, que tous ceux qui étaient dans la chambre royale avaient l'air d'hommes stupéfaits, tellement ils se tenaient muets et attentifs à écouter, et le roi quasi plus que les autres. Minuccio ayant fini de chanter, le roi lui demanda d'où venait cette chanson, attendu qu'il ne lui semblait pas l'avoir jamais plus entendue. « Monseigneur — répondit « Minuccio — il n'y a pas encore trois jours que les paroles et la « musique en ont été faites. » Le roi ayant demandé par qui, Minuccio répondit : « Je n'ose le révéler, sinon à vous seul. » Le roi, désireux de l'apprendre, une fois les tables levées, fit venir Minuccio dans sa chambre, où celui-ci lui raconta par le menu tout ce qu'il savait. De quoi le roi fit grande fête, loua beaucoup la jeune fille, et dit qu'il voulait avoir compassion d'une si valeureuse jouvencelle ; que, pour ce, Minuccio allât de sa part la trouver pour la réconforter et lui dire qu'il irait sans faute lui faire visite le jour même sur l'heure de vesprée. Minuccio, très joyeux de porter si plaisante nouvelle à la jeune fille, sans perdre de temps, s'en alla avec sa viole, et ayant parlé à elle seule en particulier, lui raconta tout ce qui s'était passé, et lui chanta la canzone sur sa viole. De quoi la jeune fille fut si contente, que sur-le-champ des signes d'un grand mieux se manifestèrent dans son état ; et, sans que personne dans la maison sût ou présumât quoi que ce soit, elle se mit à attendre en un grand désir l'heure de vesprée, à laquelle son seigneur devait venir la voir.

LA CHANSON DE MINUCCIO

C. B. - XVI

« Le roi, qui était un seigneur libéral et bon, après avoir plus
d'un fois pensé à ce que Minuccio lui avait dit, et connaissant très
bien la jouvencelle et quelle était sa beauté, en eut encore plus de
compassion, et étant monté à cheval sur l'heure de vesprée et feignant de sortir pour se promener, il se rendit à l'endroit où était
située la maison de l'apothicaire. Là, ayant demandé qu'on lui ouvrît
la porte d'un très beau jardin que l'apothicaire possédait, il y descendit et au bout d'un moment demanda à Bernardo des nouvelles
de sa fille, et s'il ne l'avait point encore mariée. Bernardo répondit :
« Monseigneur, elle n'est point mariée ; elle a été au contraire
« et elle est encore bien malade ; il est vrai que depuis ce matin
« neuf heures elle va admirablement mieux. » Le roi comprit
parfaitement ce que ce mieux signifiait et dit : « En bonne foi,
« ce serait dommage qu'une si belle créature fût si tôt enlevée de
« ce monde ; nous voulons aller la voir. » Et, suivi de deux de
ses gentilshommes seulement et de Bernardo, il se rendit peu
d'instants après dans la chambre de la jeune fille. Dès qu'il y fut
entré, il s'approcha du lit où la jeune fille, s'étant un peu soulevée,
l'attendait en grand désir, et la prenant par la main, il dit : « Ma-
« dame, que veut dire ceci? Vous êtes jeune et vous devriez récon-
« forter les autres, et vous vous laissez vaincre par le mal. Nous
« voulons vous prier de consentir, pour l'amour de nous, à vous
« réconforter de façon à être promptement guérie. »

« La jeune fille se sentant toucher les mains par celui qu'elle
aimait par-dessus toutes choses, bien qu'elle rougît un peu, éprouvait dans l'âme un aussi grand plaisir que si elle eût été en paradis ;
et comme elle put, elle répondit : « Monseigneur, c'est d'avoir
« voulu soumettre mon peu de forces à un poids trop lourd que
« m'est venue cette maladie, dont vous me verrez bientôt guérie,
« grâce à vous. » Seul le roi comprenait le langage couvert de
la jeune fille, et il l'en estimait toujours davantage, maudissant plus
d'une fois en lui-même la fortune qui l'avait faite la fille d'un tel
homme. Enfin, après être demeuré quelque temps auprès d'elle et
l'avoir encouragée, il partit.

« Cette humanité du roi fut beaucoup louée et réputée comme
un grand honneur pour l'apothicaire et sa fille. Celle-ci était restée

si contente, que jamais dame ne le fut autant de son amant, et, soutenue par un meilleur espoir, elle fut en peu de jours guérie et redevint plus belle que jamais. Quand elle fut guérie, le roi, après avoir délibéré avec la reine quelle récompense on devait lui accorder pour un tel amour, monta un jour à cheval, avec un grand nombre de ses barons et s'en alla à la maison de l'apothicaire. Là, étant entré dans le jardin, il fit appeler l'apothicaire et sa fille, et, sur ces entrefaites, la reine étant arrivée avec nombre de dames, et la jeune fille ayant été accueillie au milieu d'elles, on commença une merveilleuse fête. Peu après, le roi et la reine appelèrent la Lisa et le roi lui dit : « Valeureuse jouvencelle, le grand amour que vous « nous avez porté vous a acquis grand honneur auprès de nous, et « nous voulons que, pour l'amour de nous, vous en ayez satisfac- « tion. L'honneur sera celui-ci, que puisque vous êtes à marier, « nous voulons que vous preniez pour mari celui que nous vous « donnerons, entendant toujours, nonobstant, porter le titre de « votre chevalier, sans vouloir exiger autre chose pour un si grand « amour, qu'un baiser de vous. »

« La jeune fille, qui était devenue toute rouge, faisant sien le plaisir du roi, répondit à voix basse : « Monseigneur, je suis sûre « que si l'on savait que j'ai été amoureuse de vous, la plupart des « gens me tiendraient pour folle, croyant sans doute que j'avais oublié « moi-même ce que j'étais, et que je ne connaissais point ma con- « dition et surtout la vôtre ; mais, comme Dieu le sait, qui seul « voit le cœur des mortels, dès la première heure où vous m'avez « plu, j'ai très bien compris que vous êtes roi et que je suis la fille « de Bernardo l'apothicaire, et qu'il me convenait mal de placer en « si haut lieu l'ardeur de mon âme. Mais comme vous le savez « bien mieux que moi, personne ne choisit l'objet de son amour, « mais on s'amourache suivant son appétit ou son plaisir. A cette « loi, j'ai opposé plus d'une fois toutes mes forces, et, ne pouvant « plus résister, je vous aimai, et je vous aime et je vous aimerai « toujours. Il est vrai qu'aussitôt que je me sentis prendre d'amour « pour vous, je résolus de faire toujours que ma volonté fût la « vôtre ; et, pour ce, non seulement j'accepte de bon cœur, et j'aurai « pour cher le mari qu'il vous plaira de me donner pour mon hon-

« neur et selon mon rang, mais si vous me disiez de me jeter dans
« le feu, cela me serait agréable si je croyais que cela vous fît plaisir.
« Vous avoir pour chevalier, vous qui êtes roi, vous savez combien
« cela m'est précieux, et pour ce, je ne réponds plus à cela. Quant
« au baiser que vous demandez, seule preuve que vous exigiez de
« mon amour, avec la permission de madame la reine il ne vous
« sera pas non plus refusé. Néanmoins, d'une si grande bonté pour
« moi, comme est la vôtre et celle de madame la reine que voici,
« Dieu vous rende grâce et vous en récompense ; car moi je ne le
« puis. » Et là elle se tut.

« La réponse de la jeune fille plut beaucoup à la reine, et elle lui
parut aussi sage que le roi l'avait dit. Le roi fit appeler le père et la
mère de la jeune fille, et, s'étant assuré qu'ils consentaient à ce qu'il
voulait faire, il fit appeler un jouvenceau, lequel était gentilhomme,
mais pauvre, et avait nom Perdicon, et lui ayant passé certains
anneaux au doigt, sans qu'il se refusât à le faire, il lui fit épouser
la Lisa. Séance tenante, le roi, outre les nombreux joyaux et les
pierreries que lui et la reine donnèrent à la jeune fille, donna au
jeune homme Cefalou et Calatabellota, deux très bonnes terres
d'un excellent revenu, puis il lui dit : « Nous te les donnons pour
« dot de ta femme ; quant à ce que nous voulons faire pour toi, tu
« le verras advenir avec le temps. » Et cela dit, il se tourna vers
la jeune fille, et dit : « Maintenant, nous voulons prendre ce
« fruit de votre amour qui nous est dû. » Et lui ayant pris la
tête avec les deux mains, il la baisa au front.

« Perdicon, le père et la mère de Lisa et Lisa elle-même fort
satisfaits, firent une grandissime fête et de joyeuses noces. Et selon
que beaucoup l'affirment, le roi tint la promesse qu'il avait faite à
la jeune fille, en ce que toujours il s'appela son chevalier ; et il
n'alla jamais dans une prise d'armes sans porter d'autre bannière
que celle que la jeune fille lui avait envoyée. C'est en agissant
ainsi que se gagnent les cœurs des sujets, qu'on donne aux autres
occasion de bien faire, et qu'on s'acquiert une gloire éternelle.
Mais bien peu de gens aujourd'hui, voire pas un, s'ingénient l'esprit à cela, la plupart des seigneurs étant devenus cruels et
tyrans. »

GRISELDA

*Le marquis de Saluces, forcé par les prières de ses vassaux de
prendre femme, afin de la prendre à sa fantaisie, épouse la fille
d'un vilain de laquelle il a deux enfants qu'il fait semblant de
faire tuer. Puis, donnant à croire à sa femme qu'il ne veut
plus d'elle et qu'il a pris une autre femme, il fait revenir
chez lui sa fille, comme si elle était sa nouvelle femme,
après avoir chassé la première en chemise. Quand il a vu
qu'elle prenait toutes ces épreuves en patience, il
la reconduit dans sa maison, la tenant pour
plus chère que jamais ; il lui montre ses
enfants devenus grands, et l'honore et
la fait honorer comme marquise.*

« Il y a grand temps déjà, parmi les marquis de Saluces, le plus
illustre de la maison fut un jeune seigneur nommé Gaultier, lequel
étant sans femme et sans enfants, ne dépensait pas son temps à
autre chose qu'à oiseler et à chasser, et ne songeait en aucune façon
à prendre femme ou à avoir des enfants, en quoi il méritait d'être
réputé très sage. Cela ne plaisait point à ses vassaux, ils le prièrent
à plusieurs reprises de prendre femme, afin qu'ils ne restassent point,
lui sans héritier, eux sans seigneurs ; s'offrant de lui en trouver une
de telle valeur, et née de père et de mère tels, qu'il pourrait fonder
bonne espérance sur elle, et en être très satisfait. A quoi, Gaultier
répondit : « Mes amis, vous me contraignez à ce que j'étais
« entièrement résolu à ne faire jamais, considérant comme c'est
« chose difficile de trouver compagne qui aille à ses habitudes ;
« comme au contraire, est grande la foule des autres, et combien
« dure est la vie pour celui qui tombe sur une femme qui ne lui
« convient pas. Quant à dire que vous croyez, d'après le caractère
« des pères et des mères, connaître les filles, d'où vous puissiez
« répondre de m'en donner une qui me satisfasse, c'est une sottise.
« Encore que je ne sache pas où vous auriez pu connaître les pères,

« ni comment vous pourriez savoir le secret des mères, quand bien
« même vous les connaîtriez, les filles sont le plus souvent dissem-
« blables aux parents. Cependant, puisqu'il vous plaît de me lier de
« ces chaînes, moi aussi j'y veux consentir. Et pour que je n'aie à
« me plaindre de personne autre que moi, si la chose tourne à mal,
« je veux trouver moi-même ; vous affirmant que, quelle que soit
« celle que je choisisse, si par vous elle n'est pas honorée comme
« Dame, vous verrez, à votre grand détriment, ce qu'il vous en
« coûtera de m'avoir contraint, par vos prières, à prendre femme
« malgré mon désir. » Les braves vassaux répondirent qu'ils
étaient contents rien que de le voir consentir à se marier.

« Depuis quelque temps, Gaultier avait été charmé des manières
d'une pauvre jeune fille qui était d'un village voisin de son château,
et comme elle lui avait paru très belle, il pensa qu'avec elle il pourrait mener une vie très paisible. Pour quoi, sans plus chercher, il
résolut de l'épouser. Ayant fait appeler le père, qui était très pauvre, il convint avec lui de la prendre pour femme. Cela fait, Gaultier assembla tous ses amis de la contrée, et leur dit : « Mes amis,
« il vous a plu, il vous plaît que je cherche à me marier, et je m'y
« suis prêté plus pour vous complaire que par désir de ma part
« d'avoir femme. Vous savez ce que vous m'avez promis, c'est-à-
« dire d'être satisfaits de celle que j'aurai choisie et, quelle qu'elle
« soit, de l'honorer comme votre dame. Le moment est venu de
« tenir la promesse que je vous ai faite, et je veux que vous teniez
« la vôtre. J'ai trouvé tout près d'ici une jeune fille selon mon cœur ;
« j'entends la prendre pour femme et la mener, d'ici à peu de jours,
« en ma demeure. Donc, songez à ce que la fête des noces soit belle,
« et à la recevoir avec honneur, afin que je puisse me déclarer
« satisfait de l'exécution de votre promesse, comme vous pourrez
« vous déclarer satisfaits de l'exécution de la mienne. » Les bons
vassaux, tout joyeux, répondirent que cela leur plaisait et, — qu'elle
fût qui il voudrait, — qu'ils l'accepteraient pour maîtresse et l'ho-
noreraient en tout comme leur dame. Après cela, tous se préparèrent à grande et joyeuse fête, et, de son côté, Gaultier en fit autant.
Il fit apprêter des noces grandioses et magnifiques et invita une
foule d'amis, de parents et de gentilshommes des environs. En

outre, il fit tailler et confectionner en grand nombre de riches et
belles robes, sur la mesure d'une jeune fille qui lui parut de même
taille que celle qu'il se proposait d'épouser. Il fit également préparer des ceintures, des anneaux, une riche et belle couronne et tout
ce qui est d'usage pour une nouvelle épousée.

« Le jour qu'il avait fixé pour les noces étant arrivé, Gaultier,
vers la troisième heure, monta à cheval ainsi que tous ceux qui étaient
venus pour lui faire honneur. Ayant ainsi tout disposé, il dit :
« Seigneurs, il est temps d'aller chercher la nouvelle épousée. »
Et s'étant mis en route, lui et toute sa suite, ils parvinrent au village. Arrivés devant la maison du père de la jeune fille, ils trouvèrent celle-ci portant de l'eau, qui revenait en grande hâte de la
fontaine, afin d'aller avec les autres femmes, voir venir l'épousée de
Gaultier. Comme Gaultier la vit, il l'appela par son nom, c'est-à-dire
Griselda, et lui demanda où était son père. A quoi, rougissant, elle
répondit : « Monseigneur, il est à la maison. » Alors Gaultier
descendit de cheval, et, ayant ordonné à tous ses gens de l'attendre,
il entra seul dans la pauvre maison où il trouva le père qui avait
nom Jeannot, et lui dit : « Je suis venu pour épouser la Griselda ;
« mais auparavant, je veux savoir quelque chose d'elle, en ta pré-
« sence. » Et il lui demanda si, l'ayant prise pour femme, elle
s'efforcerait toujours de lui complaire, sans se troubler en rien de ce
qu'il dirait ou ferait ; si elle serait obéissante, et beaucoup d'autres
choses semblables, à toutes lesquelles elle répondit oui. Alors
Gaultier, la prenant par la main, la mena au dehors et, en présence de toute sa suite, et des autres assistants, il la fit mettre nue.
Ayant fait ensuite apporter les vêtements qu'il avait fait faire, il
l'en fit revêtir, chausser, et sur ses cheveux épars comme ils étaient,
il fit poser une couronne. Après quoi, chacun s'étonnant de tout
cela, il dit : « Seigneurs, voilà celle que j'entends prendre pour
« ma femme, du moment qu'elle me veut pour mari. » Puis,
s'étant retourné vers elle qui se tenait rougissante et troublée, il
lui dit : « Griselda, me veux-tu pour ton mari ? A quoi, elle
répondit : Monseigneur, oui. » Et il dit : « Et moi je te veux
pour ma femme. » Et, en présence de tous, il l'épousa. L'ayant
fait monter sur un palefroi, il l'accompagna respectueusement

à son château où il la conduisit. Là, les noces furent belles et grandes, et la fête ne fut pas autre que s'il avait pris la fille du roi de France.

« Il sembla qu'en changeant de vêtement, la jeune épouse eût changé d'esprit et de manières. Elle était, comme nous avons déjà dit, belle de corps et de visage, et elle devint aussi avenante qu'elle était belle, et si aimable, de façons si accortes, qu'elle semblait être non la fille de Jeannot, une ancienne gardeuse de moutons, mais la fille de quelque noble seigneur ; en quoi elle faisait l'étonnement de tous ceux qui l'avaient primitivement connue. En outre, elle était si obéissante à son mari, si empressée à le servir, qu'il se tenait pour l'homme le plus heureux et le mieux payé du monde. Semblablement, elle était si gracieuse, si affable envers les sujets de son mari, qu'il n'y en avait pas un qui ne l'honorât comme digne du rang qu'elle occupait. Tous priaient pour son bonheur, pour sa santé, pour sa prospérité, disant — de même qu'ils avaient dit que Gaultier avait agi en homme peu sage en la prenant pour femme — qu'il était le plus sage et le plus avisé des hommes, puisque nul autre que lui n'avait jamais su reconnaître la haute valeur qu'elle cachait sous ses pauvres habits de paysanne. En peu de temps, elle sut faire de telle sorte, que non seulement dans son marquisat, mais partout, on parlait de sa vertu, de ses bonnes œuvres, et qu'elle changea en éloge le blâme qu'on avait pu jeter sur son mari à son sujet, quand il l'avait épousée.

« Elle ne fut pas longtemps avec Gaultier sans devenir grosse et, en temps voulu, elle accoucha d'une fille ; de quoi Gaultier fit grande fête. Mais peu après, une nouvelle pensée étant entrée en son esprit, il voulut éprouver par une longue épreuve et des traitements intolérables, la patience de sa femme. Il commença par la brutaliser en paroles, lui montrant un visage troublé et lui disant que ses vassaux étaient mécontents d'elle à cause de sa basse condition, et surtout parce qu'ils voyaient qu'elle lui donnait des enfants ; et qu'ils étaient tellement tristes de la naissance de sa fille, qu'ils ne cessaient de murmurer. La dame, entendant ces paroles, sans changer de visage, de langage et de contenance, dit : « Mon seigneur, fais de moi ce « que tu croiras le plus utile à ton honneur et à ta tranquillité. Je

« serai contente de tout, car je reconnais que je suis moins qu’eux
« et que je n’étais pas digne de l’honneur auquel, par ta courtoisie,
« tu m’as appelée. » Cette réponse fut très agréable à Gaultier, qui
reconnut que les hommages que lui et les autres lui avaient rendus
ne l’avaient nullement enorgueillie. Peu de temps après, ayant dit
en termes vagues à sa femme que ses sujets ne pouvaient souffrir la
fille née d’elle, il donna ses instructions à un de ses familiers et
l’envoya à Griselda. Celui-ci, avec un visage tout dolent, lui dit :
« Madame, si je ne veux mourir, il me faut faire ce que mon
« seigneur me commande. Il m’a ordonné de prendre votre fille et
« de... » Il n’en dit pas davantage. La dame, à ces mots, considérant le visage du familier, et se souvenant des paroles de son mari,
comprit qu’il lui avait ordonné de tuer sa fille. Pour quoi, l’ayant
vivement ôtée de son berceau, l’ayant baisée et bénie, bien qu’elle
ressentît un grand désespoir en son cœur, sans changer de visage,
elle la mit dans les bras du familier et lui dit : « Fais de tout point
« ce que ton seigneur et le mien t’a commandé, mais ne l’abondonne
« pas en pâture aux bêtes et aux oiseaux, à moins qu’il ne te l’ait
« aussi ordonné. » Le familier prit l’enfant et rapporta à Gaultier
ce que lui avait dit la dame. Gaultier, s’étonnant d’une telle fermeté,
envoya le familier à Bologne avec l’enfant chez une de ses parentes,
en la priant de l’élever avec soin, sans jamais lui dire de qui elle
était fille.

« Il arriva par la suite que la dame devint grosse de nouveau, et à
époque dite, accoucha d’un enfant mâle, lequel fut très cher à Gaultier. Mais ce qu’il avait fait ne lui suffisant pas, il traita la dame plus
brutalement encore et, avec un visage troublé, lui dit un jour :
« Femme, depuis que tu as fait cet enfant mâle, je n’ai pu vivre
« en aucune façon avec les miens, si durement ils me reprochent
« qu’un petit-fils de Jeannot doive, après moi, devenir leur seigneur ;
« sur quoi je crains, si je ne veux être chassé, qu’il ne me faille faire
« une seconde fois ce que j’ai déjà fait, et te laisser pour prendre une
« autre femme. » La dame l’écouta d’une âme patiente, et ne
répondit pas autre chose, sinon : « Mon seigneur, pense à te con-
« tenter et à faire selon ton plaisir, et ne te préoccupe nullement de
« moi, parce que nulle chose ne m’est chère, qu’autant que je vois

« qu'elle te plaît. » Peu de jours après Gaultier, de la même façon
qu'il avait agi pour sa fille, procéda pour son fils, et feignant aussi
de l'avoir fait tuer, il l'envoya à Bologne pour l'élever, comme il
avait envoyé la jeune fille. A cela, la dame ne fit pas un autre visage,
ni une autre réponse que pour sa fille. De quoi Gaultier s'étonna
fort et, à part lui, affirmait que nulle autre femme n'aurait pu en
faire autant. Et s'il ne l'eût vue, pendant que cela lui plaisait, très
affectionnée pour ses enfants, il aurait cru qu'elle agissait ainsi par
indifférence, tandis qu'il reconnut que c'était par sagesse. Ses sujets
croyant qu'il avait fait tuer ses enfants, le blâmaient fort et le
tenaient pour un homme cruel, et avaient grande compassion de sa
femme. Celle-ci, aux dames qui lui adressaient leurs condoléances
sur ses enfants morts ainsi, ne dit jamais autre chose sinon que
rien ne lui plaisait à elle que ce qui plaisait à celui qui les avait
engendrés.

« Mais plusieurs années s'étant écoulées depuis la naissance de
sa fille, il parut temps à Gaultier de faire la suprême épreuve de ce
que sa femme pouvait supporter. Il dit à plusieurs des siens qu'en
aucune façon il ne pouvait plus souffrir d'avoir Griselda pour femme,
et qu'il reconnaissait avoir agi mal et en jeune homme lorsqu'il
l'avait prise. Pour quoi, il voulait s'adresser au pape, afin qu'il lui
permît de prendre une autre femme et de laisser Griselda ; ce dont
il fut vivement blâmé par la plupart de ses bons vassaux. Mais il ne
leur répondit rien, si ce n'est que cela lui convenait ainsi. La dame,
apprenant ces choses, et prévoyant qu'elle devait s'attendre à retourner à la maison de son père, peut-être à garder les moutons comme
autrefois, et à voir une autre femme posséder celui auquel elle s'était
entièrement dévouée, se lamentait grandement en elle-même. Toutefois, de même qu'elle avait soutenu les autres coups de la fortune,
elle se préparait à recevoir d'un visage aussi ferme ce qu'elle devrait
encore supporter. Quelque temps après, Gaultier fit venir de Rome
des lettres fausses, et fit voir à ses sujets que le pape, par ces lettres,
l'avait autorisé à prendre une autre femme et à laisser Griselda. Pour
quoi, l'ayant fait venir en présence de tous il lui dit : « Femme,
« grâce à la faveur qui m'est concédée par le pape, je puis prendre
« une autre femme et te laisser ; et pour ce que mes ancêtres ont été

« grands gentilhommes et seigneurs de ces contrées, où les tiens
« ont toujours été simples artisans, j'entends que tu ne sois plus ma
« femme, mais que tu t'en retournes à la maison de Jeannot, avec
« la dot que tu m'as apportée. Pour moi, je mènerai ensuite ici
« une autre épouse que j'ai trouvée et qui me convient. » La
dame entendit ces paroles non sans une peine extrême ; mais,
domptant sa nature de femme, elle retint ses larmes et répondit :
« Mon seigneur, j'ai toujours reconnu que ma basse condition ne
« convenait nullement à votre noblesse, et ce que j'ai été près de
« vous, de vous et de Dieu je reconnais le tenir, et je ne l'ai jamais
« considéré comme mon bien propre, mais toujours comme un prêt.
« Il vous plaît de me le reprendre, et à moi il doit me plaire, il me
« plaît de vous le rendre ; voici votre anneau avec lequel vous
« m'épousâtes ; prenez-le. Vous m'ordonnez d'emporter la dot que
« je vous ai apportée ; pour ce faire, il ne sera pas besoin à vous de
« rien payer à moi de bourse ni de bête de somme, car il ne m'est
« point sorti de la mémoire que m'avez prise nue. Et si vous jugez
« honnête que ce corps, dans lequel j'ai porté les enfants engendrés
« de vous, soit vu de tous, je m'en irai nue. Mais, je vous prie, en
« échange de ma virginité que j'ai apportée ici et que je ne puis
« remporter, qu'il vous plaise me laisser prendre sur ma dot une
« seule chemise. » Gaultier, qui avait meilleure envie de pleurer
que d'autre chose, garda cependant un visage dur et dit : « Soit ;
« emporte une chemise. » Tous ceux qui l'entouraient le priaient
de lui donner une robe, afin qu'on ne vît pas celle qui, pendant
treize ans et plus, avait été sa femme, quitter son château si pauvre
et si honteusement vêtue qu'elle dût en sortir en chemise. Mais les
prières furent vaines. Donc, la dame, en chemise et pieds nus, et
sans rien sur la tête, ayant recommandé tout le monde à Dieu, sortit du château et s'en retourna chez son père, faisant verser des
larmes et pousser des sanglots à tous ceux qui la virent. Jeannot, qui
n'avait jamais pu croire que tout ce qui était arrivé fût vrai, c'est-à-
dire que Gaultier dût garder sa fille comme femme, s'attendait chaque jour à cet événement et avait conservé les vêtements qu'elle avait
dépouillés le matin où Gaultier l'épousa. Pour quoi, elle les reprit,
s'en revêtit, et se remit aux modestes travaux de la maison pater-

nelle, ainsi qu'elle avait coutume de le faire jadis, soutenant d'une
âme forte le rude assaut de la fortune ennemie.

« Quand Gaultier eut fait cela, il fit savoir aux siens qu'il avait
pris une jeune fille d'un des comtes de Panago, et faisant faire de
grands apprêts pour les noces, il envoya dire à Griselda de venir le
trouver. Celle-ci venue, il lui dit : « Je mène chez moi la dame
« que j'ai nouvellement prise, et j'entends lui faire honneur dès son
« arrivée. Tu sais que je n'ai pas dans le château de femmes qui
« sachent préparer les chambres, ni faire les nombreuses choses qui
« ont lieu en cette circonstance. Pour quoi, toi qui, mieux qu'une
« autre, connais les aîtres de la maison, ordonne ce qu'il faut faire ;
« fais inviter les dames qu'il te semblera convenable et reçois-les
« comme si tu étais dame ici. Puis, les noces faites, tu pourras t'en
« retourner chez toi. » Bien que chacune de ces paroles fût coup
de couteau au cœur de Griselda, qui n'avait pu dépouiller l'amour
qu'elle lui portait aussi facilement qu'elle avait renoncé à la bonne
fortune, elle répondit : « Mon seigneur, je suis prête et toute dis-
« posée. » Et étant entrée avec ses habits de gros drap de Romagne dans cette demeure dont, peu auparavant, elle était sortie en
chemise, elle commença à nettoyer les chambres et à les arranger, à
faire placer les tentures et les tapis dans les salles, à faire apprêter
la cuisine. Comme si elle avait été une humble servante de la maison, elle mit la main à chaque chose, et ne se reposa que lorsqu'elle
eut tout préparé et ordonné comme il convenait. Puis elle fit, de la
part de Gaultier, inviter toutes les dames de la contrée et attendit
la fête.

« Le jour des noces venu, bien qu'elle n'eût sur elle que ses pauvres habits, elle reçut courageusement, d'un visage joyeux et avec
les manières d'une maîtresse de maison, toutes les dames qui vinrent. Gaultier avait fait élever avec soin ses enfants à Bologne chez
sa parente qui était mariée dans la famille des comtes de Panago.
Sa fille, âgée déjà de douze ans, était la plus belle créature qui se
fût jamais vue, et son fils avait six ans. Gaultier envoya à Bologne,
prier son parent de venir à Saluces avec sa fille et son fils, lui recommandant de mener avec lui belle et honorable compagnie, et de dire
à tous qu'il conduisait la jeune fille pour être sa femme, sans révé-

ler à personne qui elle était. Le gentilhomme, ayant fait comme le
marquis l'en priait, se mit en chemin et, quelques jours après, avec
la jeune fille, son frère et noble compagnie, il arriva sur l'heure du
dîner à Saluces, où il trouva tous les paysans et beaucoup de gens
des environs, qui attendaient la nouvelle épousée de Gaultier. Celle-
ci fut reçue par les dames et conduite dans la salle où les tables
étaient mises. Griselda y vint aussi, comme elle était, et se porta d'un
air joyeux à sa rencontre, disant : « Madame soit la bien venue ! »
Les dames qui avaient beaucoup, mais en vain, prié Gaultier de
faire que la Griselda se tînt dans une chambre, ou qu'il lui prêtât
du moins une des robes qui lui avaient appartenu, afin qu'elle ne se
montrât point ainsi devant ses hôtes étrangers, se mirent à table, et
on commença à les servir. La jeune fille attirait les regards de tous
les convives et chacun disait que Gaultier avait fait bon échange.
Mais de tous les assistants, c'était Griselda qui la louait le plus, elle
et son frère.

« Gaultier estima alors avoir obtenu tout autant qu'il désirait de
la patience de sa femme. Voyant que la nouveauté de toutes ces
choses ne la changeait en rien, et étant certain qu'elle n'agissait
point par bêtise, car il la connaissait pour très sensée, il lui parut
temps de la tirer de l'amertume qu'il savait bien qu'elle cachait sous
un visage fort. Pour quoi, l'ayant fait venir en présence de tous ses
vassaux, il lui dit en souriant : « Que te semble de notre épou-
« sée ? » « Mon seigneur — répondit Griselda — elle me paraît
« très bien, et si elle est aussi sage que belle, ce que je crois, je ne
« doute pas que vous ne deviez être avec elle le plus heureux sei-
« gneur du monde. Mais, autant que je puis, je vous prie de ne pas
« la soumettre aux épreuves que vous avez fait subir à cette autre
« qui fut vôtre aussi, car je crois qu'elle pourrait difficilement les
« supporter. Non seulement elle est plus jeune, mais elle a été éle-
« vée délicatement alors que l'autre avait été, toute petite, habituée
« à une peine continuelle. » Gaultier voyant qu'elle croyait fermement que la jeune fille devait être sa femme et que, malgré cela,
elle n'en parlait pas moins bien, la fit asseoir à côté de lui et dit :
« Griselda, il est temps désormais que tu recueilles le fruit de ta
« longue patience, et que ceux-ci, qui m'ont réputé cruel, inique et

« brutal, sachent que ce que j'ai fait était dans un but prévu. J'ai
« voulu apprendre : à toi, à être une véritable épouse ; à eux, à
« savoir choisir la leur et à la conserver, et, en même temps, me
« conquérir une perpétuelle tranquillité pour tout le temps que j'ai
« à vivre avec toi, ce que, lorsque j'en suis venu à prendre femme,
« j'avais grand'peur de n'obtenir jamais. Pour quoi, afin d'en faire
« l'épreuve, je t'ai brutalisée et persécutée en diverses façons que tu
« sais. Et comme je ne me suis jamais aperçu qu'en paroles ou en
« fait, tu te sois opposée à mon bon plaisir, et que j'ai eu de toi les
« satisfactions que je désirais, j'entends te rendre en une heure ce
« que je t'ai enlevé en plusieurs fois, et récompenser par une dou-
« ceur extrême les tourments que je t'ai causés. Accueille donc d'un
« cœur joyeux celle que tu crois être mon épouse et son frère, qui
« sont tes enfants et les miens. Ce sont ceux que toi et beaucoup
« d'autres avez cru longtemps que j'avais fait tuer par cruauté. Et
« moi, je suis ton mari qui t'aime par-dessus tout, car je crois pou-
« voir me vanter qu'il n'en est pas un autre qui puisse, comme moi,
« être satisfait de sa femme. » Ayant dit ainsi, il la prit dans ses
bras et la baisa ; et comme elle pleurait d'allégresse, il se leva avec
elle, et ils allèrent à la place où leur fille était assise et, toute stupé-
faite, entendait toutes ces choses. Griselda l'ayant embrassée tendrement, ainsi que son frère, elle, et tous ceux qui étaient là, furent
enfin désabusés. Les dames, très joyeuses, se levèrent de table et se
retirèrent avec Griselda dans une chambre où, sous de meilleurs
présages, elles lui enlevèrent ses vêtements grossiers et la revêtirent
d'une de ses robes de dame noble. Puis, comme dame, ce qu'elle
paraissait même sous ses haillons, elles la ramenèrent dans la salle.
Là, elle fit avec ses enfants une merveilleuse fête, et chacun étant
très heureux de ce dénouement, on multiplia les jeux et les amuse-
ments, et on les continua pendant plusieurs jours. Tous réputèrent
Gaultier comme fort sensé, bien qu'ils tinssent pour trop cruelles et
intolérables les épreuves faites par lui sur sa femme. Mais, par-dessus tout, ils considérèrent Griselda comme très sage. Le comte de
Panago, quelques jours après, s'en retourna à Bologne, et Gaultier,
ayant enlevé Jeannot à ses travaux, le traita comme son beau-père,
de sorte qu'il vécut honoré et fort heureux tout le reste de sa vieil-

lesse. Gaultier ayant par la suite marié sa fille en haut lieu, vécut longtemps tranquille avec Griselda, l'honorant le plus qu'il pouvait.

« Que pourrait-on dire ici, sinon que dans les pauvres chaumières pleuvent du ciel de divins esprits ; comme aussi dans les demeures royales on en trouve qui seraient plus dignes de garder les porcs que de posséder droits de seigneurie sur les hommes? Qui, excepté Griselda, auraient pu supporter, d'un visage non seulement sec, mais joyeux, les épreuves rigoureuses et inouïes tentées par Gaultier ? Quant à celui-ci, ce n'aurait peut-être pas été un mal, s'il était tombé sur une femme qui, lorsqu'il l'eut chassée en chemise hors de son château, se fût avisée de se faire secouer la pelisse par un autre, afin de se procurer une belle robe. »

TABLE DES GRAVURES

TABLE DES MATIÈRES

CHARTRES. — IMPRIMERIE DURAND, RUE FULBERT (12-1927).

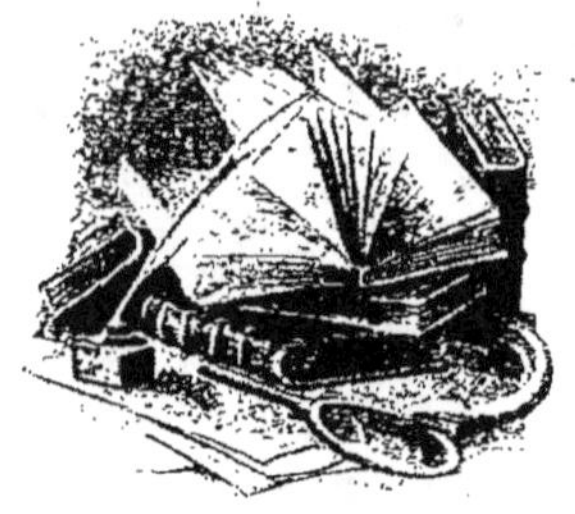